ANNA CLAIRE
Die Glücksfrauen –
Der Geschmack von Freiheit

Anna Claire

Die Glücks Frauen

Der Geschmack von Freiheit

Roman

Lübbe

Die Bastei Lübbe AG verfolgt eine nachhaltige Buchproduktion. Wir verwenden Papiere aus nachhaltiger Forstwirtschaft und verzichten darauf, Bücher einzeln in Folie zu verpacken. Wir stellen unsere Bücher in Deutschland und Europa (EU) her und arbeiten mit den Druckereien kontinuierlich an einer positiven Ökobilanz.

Originalausgabe

Dieses Werk wurde vermittelt durch die
Literarische Agentur Michael Gaeb.
Copyright © 2023 by Anna Claire
Copyright © 2023 by
Bastei Lübbe AG, Schanzenstraße 6–20, 51063 Köln
Textredaktion: Anne Schünemann, Schönberg
Umschlaggestaltung: Christin Wilhelm, www.grafic4u.de unter Verwendung von Illustrationen von © Trevillion Images: Natasza Fiedotjew; © shutterstock: RomanYa | Elonalaff
Satz: two-up, Düsseldorf
Gesetzt aus der Bennet
Druck und Verarbeitung: GGP Media GmbH, Pößneck

Printed in Germany
ISBN 978-3-7857-2848-2

1 3 5 4 2

Sie finden uns im Internet unter luebbe.de
Bitte beachten Sie auch: lesejury.de

»Betrachte einmal die Dinge von einer anderen Seite, als du sie bisher gesehen hast. Denn das heißt, ein neues Leben beginnen. Denke nicht so oft an das, was dir fehlt, sondern an das, was du hast.«

Marc Aurel

KAPITEL 1

Berlin, Juli 1936

FAHNEN, ÜBERALL FAHNEN. Ganz Berlin flatterte im lauen Sommerwind. Die Olympischen Sommerspiele würden in wenigen Wochen beginnen. *Sommerspiele*, was für ein schönes Wort, dachte Luise, Sommerspiele im Sommerwind, fast wie Poesie. Aber nur fast. Eilig ging sie den holprigen Gehweg in Schöneberg entlang, kickte einen kleinen Stein vor sich her, strich ihre wilden blonden Locken zurück. Sie liebte Wortspiele, denn Worte hatten so viele Bedeutungen, Worte konnten aufwecken, Geheimbotschaften enthalten.

Als sie um die nächste Straßenecke bog, strömte ihr der Duft von frischen Backwaren entgegen. Selbst hier, vor ihrer Lieblingsbäckerei, in der sie und ihre Freundinnen sich jeden Donnerstag am Mittag trafen, um ihren geliebten Berliner Streuselkuchen auf die Hand zu essen und zu schwatzen, flatterten sie, zwei Fahnen. Rot. Ein weißer Kreis. Ein schwarzes verdrehtes Kreuz. Luise fröstelte. Bei dieser Hitze. Sie blieb kurz stehen und rückte ihren Hut zurecht. Wie sollte sie es ihren Freundinnen sagen? Das, was vor ein paar Tagen geschehen war, das, was ihnen geschehen würde, wenn sie sich nicht endlich entscheiden konnten?

»Renn, Luise, renn um dein Leben!«, hatte Richard panisch geschrien. Und Luise war gerannt, so schnell wie nie zuvor.

Aber ihre Freundinnen wollten nicht sehen, was in Deutschland Unmenschliches geschah, verschlossen die Augen, hofften wie so viele, dass alles gut werden würde. Aber verhöhnten nicht all die flatternden Fahnen diese Hoffnung im Wind?

»Da bist du ja endlich«, hörte sie Marias Stimme und sah auf. Maria, die Pragmatische, Belesene, verheiratet mit Jakob, einem Buchhändler. Die beiden hatten zwei ganz wunderbare Kinder: die dreijährige Tabea und den sechsjährigen Noah. Wie so oft trug sie ein Buch unter dem Arm. Die schwarzen Haare seitlich zusammengerollt, die Strähnen ihres Ponys kräuselten sich in kleinen Löckchen an den Schläfen. In einer Hand hielt sie ein Stück Streuselkuchen, in der anderen eine Papiertüte der Bäckerei.

Neben ihr stand Anni, die Dritte im Bunde, und zwirbelte eine blonde Haarsträhne zwischen den Fingern. Ihr langes, gewelltes Haar hatte sie seitlich eingedreht und zurückgesteckt. Auch sie balancierte ein Stück Kuchen auf der Handfläche und musterte Luise forschend mit ihren hellblauen Augen.

»Ich hab dir schon ein Stück mitgekauft, Luise«, sagte Maria, hielt ihr die Papiertüte hin und lächelte.

»Danke.« Luise nahm die Tüte entgegen, öffnete sie aber nicht. »Es ist etwas passiert«, platzte sie heraus.

»Das habe ich dir sofort angesehen«, erwiderte Anni triumphierend, strich ihr blaues Kleid glatt. Wie immer sah sie fantastisch aus und duftete nach Lavendelseife. Anni war die Romantischste der drei Freundinnen. Geschmack hatte sie, zumindest was Dinge betraf. »Luise, bei dir ist immer *etwas* passiert«, neckte sie ihre Freundin. »Was ist es denn nu wieder?« Genüsslich biss sie in ihren Streusel und leckte sich über die Lippen.

Luise atmete durch, ihre Hand zitterte plötzlich, das Papier raschelte. »Richard. Richard ist weg.«

»Er hat dich verlassen?«, entfuhr es Anni mitleidig. Sie war eine Seele von Mensch, glaubte immer an das Gute. Eines Tages würde sie eine großartige Mutter werden, so, wie sie es sich wünschte. Mit ihrer herzlichen, fröhlichen Art konnte man sie nur gernhaben. Auf sie war immer Verlass.

»Nein, wir sind aufgeflogen«, berichtete Luise. »Gestern. In diesem Keller. In dem die Druckmaschine steht, mit der unsere Gruppe die Flugblätter druckt.«

Maria schlug sich erschrocken die Hand vor den Mund. Anni kaute ruhig weiter.

»Richard hat sie in Grund und Boden geredet, die polternden Nazis, mit seinen grandiosen Ausreden, seinen erfundenen Kontakten nach ganz oben. Für mich haben sie sich nicht interessiert. Noch nicht. Richard glaubt, ich bin ebenfalls in Gefahr, weil ich Texte für die Flugblätter schreibe. Wobei er auch sagt, Frauen trauen sie nicht viel zu. Deshalb haben sie mich da im Keller nicht ernst genommen. Sollten sie aber mal«, schloss sie rebellisch.

Anni verschluckte sich an ihrem Kuchenstück und hustete. Maria schlug ihr herzhaft mit der Hand auf den Rücken. Als sie wieder atmen konnte, sagte Anni: »Luise, es ist doch klar, dass sie etwas dagegen tun müssen, wenn ihr ... so was verbreitet.«

»Wir verbreiten keine Lügen«, konterte Luise wütend. Sie wusste, es hatte keinen Sinn, mit Anni darüber zu reden. Mit Anni, die ihren Siegfried vergötterte, den sie schon seit der Grundschule kannte, der in der Gestapo war, in dem sie dennoch nur das Gute sah.

»Immerhin hält Siegfried seine schützende Hand über Maria und ihre Familie«, hatte Anni einmal gesagt. »Auch wenn sie Juden sind, ihnen wird nichts geschehen.« Auch wenn sie Juden sind. Worte konnten die Liebe zu Freundinnen anzweifeln lassen. Im schlimmsten Fall zerstören. Zumindest anknacksen konnten sie. Luise hatte viel mit Anni diskutiert. Sie hatte versucht, ihr die verliebten Augen zu öffnen, aber Anni besaß auch eine sture Seite, und sie war Meisterin der Verdrängung. Gegen Sätze wie »Jeder Mensch hat das Recht, zu denken, was er möchte, das sagst du doch selbst immer, Luise«, konnte selbst eine Studentin der Philosophie nichts ausrichten.

Richard hätte es gekonnt. Zuerst ihr Dozent an der Uni, seit einem Jahr ihre Liebe. Ein angesehener Wortkünstler. Und vor ein paar Wochen hatte er um ihre Hand angehalten. »Wollen wir heiraten, Luise?« Banale Worte. Aber es hatte sich angefühlt, als ob das Glück aus ihrer Brust herausplatzen müsste.

In diesem Moment kamen ihnen zwei Soldaten entgegen. Sie trugen braune Uniformen und waren vermutlich in ihrem Alter. Sie musterten die jungen Frauen mit überheblichen, kühlen Blicken. Luise bemühte sich, heiter zu wirken, etwas Spaßiges zu den Freundinnen zu sagen. Aber Maria versteifte sich. Nur Anni lachte über Luises Scherz, lächelte dann die beiden an und grüßte sie mit »Heil Hitler«. Sie grüßten mit »Heil Hitler« zurück und gingen weiter. »So musst du das machen, Luise. Opportun sein ist auch klug«, erklärte Anni.

Luise atmete durch.

»Also, wo ist Richard?«, hakte Maria besorgt und leise nach.

»Jetzt gerade ... müsste sein Zug schon in Hamburg sein, bald ist er auf dem Schiff«, antwortete Luise angespannt.

»Was?«, hakte Maria nach. »Ohne dich?«

Luise schluckte. Ihre Enttäuschung, dass er ohne sie gegangen war, kroch hervor wie eine scheue Eidechse. Luise scheuchte sie schnell wieder zur Seite. Es wäre nicht anders gegangen. Sie hatten vorher viel darüber diskutiert. Ob sie als politisch Verfolgte auswandern sollten, wie andere auch. Und wenn ja, wohin? »Jetzt werden wir verfolgt, Luise, jetzt ist es so weit. New York«, hatte Richard gesagt. »Dort kenne ich George. Er schickt mir sicher eine Bürgschaft, gibt sich als ein entfernter Verwandter aus. Und von dort aus können wir sogar mehr tun, da bin ich mir sicher.«

»Wieso nicht Paris, irgendwas in Europa? Dann sind wir näher an der Heimat«, hatte Luise erwidert.

Aber Richard hatte bestimmt den Kopf geschüttelt. »Dort dürfen Emigranten nicht arbeiten, habe ich gehört, viele leben in Armut. Und es ist mir zu nah. Wir müssen größer denken, Luise. Großes kann nur mit Großem geschlagen werden, verstehst du?«

Natürlich verstand sie.

»Ich kann George erst mal nur nach einer Bürgschaft für mich fragen, vor Ort bitte ich ihn um eine für dich. Du musst so lange alles für uns regeln. Du kannst das gut, Luise, du bist die Beste«, hatte er gesagt.

»Aber wolltet ihr nicht zusammen gehen? Ihr wollt doch heiraten«, fragte Anni jetzt verwundert nach.

»Ja, das werden wir auch. In New York«, erwiderte Luise tapfer. Sie wusste, dass Anni sie nicht verstand. »Ich reise nach. Wenn ich hier alles organisiert habe. Ich soll alles, was geht, veräußern. Wir brauchen ja Geld für einen Neuanfang. Ein bisschen hatte Richard schon vorab organisiert, sonst wäre es ja nicht so schnell gegangen. Für den Fall eines Falles. Was ist mit dir, Maria, mit euch? Kommt mit, bitte, bevor es zu spät ist«, wandte sie sich eindringlich an die Freundin.

Maria schüttelte wie immer auf diese Frage den Kopf. »Ich habe noch mal auf Jakob eingeredet. Ich habe jeden Tag Angst, dass er die Buchhandlung schließen muss. Aber er meint, wir finden einen Weg. Er will die Buchhandlung partout nicht aufgeben. Du weißt doch, wie er ist. Durch die Reichsfluchtsteuer würden wir so viel von unserem Vermögen verlieren. Es wird schon nicht noch schlimmer werden.«

»Genau«, stimmte Anni zu. »Wird es nicht. Das glaube ich auch, ganz fest.«

»Ich aber. Lasst uns alle nach New York gehen, bevor es zu spät ist, und dort unser kleines Restaurant eröffnen. Wir haben doch alle schon seit Jahren davon geträumt. Und so können wir in Amerika von den Einnahmen leben.«

»Ach, Luise, wir wollten es doch hier in Berlin eröffnen«, entgegnete Anni und biss erneut in ihren Streuselkuchen. Ein dicker Krümel fiel ihr aus dem Mund.

»Mich würden sie hier kein Restaurant mehr aufmachen lassen«, bemerkte Maria bitter. »Luise hat schon recht. Falls wir irgendwann auswandern müssen, wäre es die beste Möglichkeit, neu anzufangen. Ein kleines Lokal, etwas Eigenes. Ich liebe unsere Buchhandlung, aber von einem kleinen Restaurant kann man in einem fremden Land sicher erst mal besser leben. Luise kocht, philosophiert mit den Gästen, Anni hat das Händchen für die Inneneinrichtung, wählt die täglich frischen Blumen aus, und ich bediene und kann in meiner Freizeit so viel lesen, wie ich will.«

Anni schüttelte den Kopf. »In Amerika, so ein Unsinn.«

»Ist es nicht«, widersprach Luise. »Wir Frauen müssen selbständig sein, nicht abhängig von unseren Männern.« Sie wurde ernst. »Maria, ich mache mir wirklich Sorgen um dich. Um euch. Versprecht mir eines: Wenn es in Deutschland gefährlicher wird, kommt ihr sofort nach New York. Ich schicke euch Bürgschaften, Affidavits für die Einreise, sobald ich drüben bin, dann könnt ihr ein Visum beantragen. Anni kommt irgendwann auch.«

»Werde ich nicht.«

»Auch für dich könnte es gefährlich werden, hast du nicht entfernte jüdische Verwandte?«

Anni zuckte zusammen, nickte jetzt nachdenklich. »Sehr, sehr entfernt!«

»Wir brauchen einen Plan, ein Ziel für uns alle, wenn es hier schlimmer wird, und danach sieht es ja leider aus. In Amerika ist es sicher, und wir wären wieder alle zusammen«, fuhr Luise fort. »Also, da ich jetzt eh dorthin gehe und dort leben werde, ist es die schlauste Lösung. Ich kann mich vor Ort schon mal um alles kümmern, wie und wo man in New York ein Restaurant gründen kann.«

Anni lächelte jetzt unsicher, sie war sehr still geworden, sagte jetzt: »Du immer mit deinen verrückten Ideen.«

»Aber es ist eine gute Idee«, wandte Maria ein. »Nur bestimmt sehr teuer, wie soll das gehen?«

»Ich weiß. Aber daran darf es nicht scheitern«, entgegnete Luise kämpferisch. »Andere Auswanderer haben das auch hinbekommen. Natürlich ist so etwas teuer, aber essen müssen die Leute immer. Auch in Notzeiten. Auch in Amerika. Deutsche Küche kommt bestimmt gut an. Erst recht Berliner Streuselkuchen als Nachtisch.«

Maria nickte nachdenklich. »Wir geben Luise Geld dafür, und falls wir nicht nachkommen, kann sie es uns ja zurückzahlen.«

»Natürlich«, versicherte Luise. Anni sah sie unwohl an.

»Was wird das kosten?«, fragte sich Maria.

»Bis zu einem Jahresgehalt, ich habe mich erkundigt«, erwiderte Luise. »Aber es geht bestimmt auch mit deutlich weniger.«

»So viel?«, entfuhr es Anni entsetzt.

»Gebt mir, sagen wir, jede 150 Reichsmark, ungefähr ein Monatsgehalt. Oder besser zwei. Dann könnte es schön werden, vielleicht kann ich ja einen Laden mit Inventar günstig übernehmen«, erwiderte Luise unbeirrt.

»Dreihundert Reichsmark?«, wiederholte Anni zögerlich.

»Ich weiß, es ist viel Geld, und sie ziehen etwas ab, wenn ich es dorthin überweise, mitnehmen kann ich ja nur zehn Reichsmark, aber es ist zu unserer aller Sicherheit.« Luise sah Anni bittend an.

Maria nickte jetzt bestimmt. »Jakob wird damit einverstanden sein. Es ist ein Notfallplan. Ein Weg in die Freiheit, sollten wir ihn benötigen. Auch du weißt wirklich nicht, wie sich hier alles entwickelt, Anni.«

Die setzte an zu protestieren, aber Maria redete weiter: »Entweder kommen wir nach Amerika nach und führen zusammen das Restaurant, oder Luise überweist uns das Geld, sobald es geht, wieder. So haben wir nichts zu verlieren. Du hast doch Geld von deinem Vater geerbt, Anni.«

»Ja, schon.«

»Es ist gut angelegt, glaube mir. Eine Investition. Vielleicht in dein Leben.«

Luise sah Anni gespannt an. Auch sie musste ihren Anteil von ihrem Geerbten nehmen. Ihre verstorbene Mutter würde es klug finden, was die Frauen vorhatten. Da war sie sich sicher. »Wenn jede ein Pfand gibt, wird es auch klappen mit unserem Restaurant«, fügte sie noch hinzu.

»Also gut. Mein Geld gut anzulegen ist in diesen Zeiten nicht verkehrt. So machen wir es«, erwiderte Anni. »Ein Hintertürchen braucht jede Frau, das hat mein Vater immer gesagt.«

»Ihr seid großartig. Lasst uns schwören, dass wir alles dafür tun werden, unseren Traum zu verwirklichen«, schlug Luise vor. »Wir schwören wie früher.« Die Freundinnen legten alle ihre Hände übereinander und sahen sich dabei in die Augen. Ohne ein einziges Wort.

KAPITEL 2

New York, 2023

Der Geruch von Lavendel hing in der Luft und schmerzte. So viele Jahre war sie nicht mehr hier gewesen bei ihrer Großmutter Luise. June sah sich im Schlafzimmer um, stand verloren in der Mitte des Raums, spürte den Schwindel, der sie seit Luises Tod vor fünf Jahren immer wieder erfasste. June war in Amerika geboren und nach dem frühen Tod ihrer Eltern bei Luise in Washington Heights, einem Stadtviertel von New York, aufgewachsen. Hier gehörte ihrer Großmutter ein großes, anmutiges Haus, edel eingerichtet, mit vielen Antiquitäten, einem parkähnlichen Garten, einem Gärtner und einer Haushaltshilfe. Nur gekocht hatte Luise nimmer selbst.

Jetzt war auch noch Luises letzter Mann, Bill, verstorben. Er war etwas jünger gewesen als Junes betagte Großmutter und hatte lebenslanges Wohnrecht in ihrem Haus gehabt. June hatte ihn nicht besonders gut gekannt, auch war sie seit Luises Beerdigung nicht mehr in New York gewesen.

Um alles zu regeln, war sie aus ihrer Wahlheimat Berlin angereist, in der sie seit ihrem Studium lebte. Großmutters Testament lag bei einem Anwalt, der June als Erbin vor dem »personal representative«, dem Nachlassverwalter, den es in den USA in Erbsachen gab, vertrat. Dieser Anwalt hatte sie nach dem Tod ihrer Großmutter über Bills lebenslanges Wohnrecht informiert und auch darüber, dass sie in der Erbfolge hinter Bill stand, dass es aber noch einen verschlossenen Brief von ihrer Großmutter an June gebe, den er ihr erst nach Bills Tod vorlesen dürfe, so hatte sie es in ihrem Testament verfügt. Dies sollte dann auch persönlich sein. Als gäbe es etwas zu verheimlichen, hatte sich June damals gedacht. Ein seltsamer Gedanke. Verbarg Großmutter ein Geheimnis?

Das Zimmer sah aus, als wäre Luise nur kurz hinausgegangen. Bill hatte nichts verändert, er schien sie sehr geliebt zu haben. Und sie ihn? »Wenn du liebst, dann tu es aus vollstem Herzen im Hier und Jetzt oder lass es sein«, hatte sie einmal zu June gesagt. Und: »Im Leben einer Frau gibt es immer eine ganz besondere Liebe.«

June ließ sich auf den altrosafarbenen Hocker vor dem Frisiertischchen sinken. Alles in diesem Zimmer wirkte, als wäre die Zeit in den Sechzigerjahren stehen geblieben. Zu selten hatte June ihre Großmutter in den letzten Jahren besucht, durchfuhr es sie, zu viel hatte sie gearbeitet. Und Großmutter wollte partout nicht nach Berlin kommen, auch nicht, als June ihr Studium begann und Luise noch rüstiger gewesen war.

Nach dem Tod ihrer Eltern war die sechsjährige June nachts oft zu Luise unter die Bettdecke gekrochen. Der Verlust von Junes Eltern hatte sie beide zutiefst erschüttert, herausgerissen aus dieser Welt in eine Schwerelosigkeit. Junes Mutter, Großmutters einzige Tochter Linda, hatte im Sarg so friedlich ausgesehen. Kein einziger Schnitt im Gesicht, dafür offenbar viele am Körper. Details, die June nicht hören wollte. Aber wer kümmerte sich schon um die Gedanken eines Kindes, wenn es neben einem Sarg stand? Einzig ihre Großmutter hatte sie dort entdeckt und ihr die Hand vor Augen und Ohren gehalten. »Ein Kind darf nicht alles sehen«, hatte sie geflüstert. »Ich habe so gehofft, dass dir der Anblick von Toten erspart bleibt.«

Zu Luises Beerdigungsfeier waren nur ein paar Nachbarn in die kleine Kapelle gekommen. June hatte vorgehabt, alte Freunde und Bekannte ausfindig zu machen, aber ohne ein persönliches

Telefonbuch ihrer Großmutter war das vergebens. Vermutlich waren auch alle schon tot. Überhaupt hatte sich June nie Gedanken gemacht, ob ihre Großmutter enge Freundinnen und Freunde hatte. Luise hatte immer zufrieden gewirkt, sich um kranke Nachbarn gekümmert und für sie gekocht, sonst aber eher zurückgezogen in diesem wunderschönen Haus gelebt. Aber auch die alten Nachbarn, mit denen Luise Kontakt gehabt hatte, waren schon gestorben oder weggezogen.

Ob Bill Freunde oder Bekannte hatte? June wusste aus den Erzählungen ihrer Großmutter nur, dass er keine Familie mehr hatte, mehr nicht. Er hatte nie viel geredet.

Ein letztes Mal ließ sie den Blick durch Luises Schlafzimmer schweifen, dann erhob sie sich und ging die Treppe hinunter ins Entrée. Woher Großmutter so viel Geld gehabt hatte, um dieses große Haus kaufen zu können, hatte June sie einmal gefragt. »Über Geld redet man nicht«, war Großmutters Devise gewesen, und danach hatte June sie nie wieder gefragt.

Vor einem goldumrandeten Gemälde blieb sie stehen. Luise war wie eine Mutter für sie gewesen. Eine oft fröhliche Mutter, aber auch eine traurige. Beinahe wäre sie an dem Verlust der einzigen Tochter zerbrochen, hatte sie June später einmal gestanden. Einzig die Tatsache, dass sie für ihre Enkelin da sein musste, hielt sie am Leben. »Du hast mir das Leben gerettet, Schatz«, hatte sie gesagt. »Ich danke dir sehr dafür, du hast meinem Leben wieder einen Sinn gegeben. Und meine Schuld verringert.«

June hatte den letzten Satz damals nicht verstanden, aber Großmutter hatte nicht darüber reden wollen.

Jetzt, als June auf das Gemälde sah, dachte sie wieder daran. Denn Großmutter hatte den Satz genau hier gesagt, vor dem Bild, auf dem Ellis Island abgebildet war. Die Insel der Tränen. June wischte den Gedanken beiseite.

June war mit zwanzig nach Berlin gegangen, um Journalismus zu studieren, und hatte sich danach lange als Praktikantin ausbeuten lassen. Hätte Großmama ihr nicht monatliche Schecks geschickt, hätte das niemals funktioniert. Kurz vor dem Ende ihres Studiums lernte June Micha kennen, einen Musiker. Sie heirateten überstürzt, und June musste Geld verdienen, denn Micha lebte für seine Musik und von ihr.

Notgedrungen hatte sie einen befristeten Job als Redakteurin eines Klatschmagazins angenommen. Anfangs mochte sie diese Art Jobs sogar, die sich aneinanderreihten. Aber inzwischen, mit Ende dreißig, kam ihr ihre Arbeit leer und sinnlos vor. Sie machte June unzufrieden und unleidlich, wie ihr aktueller Partner Anton ihr immer wieder vorwarf. Anton, mit dem sie seit vier Jahren zusammenlebte, nachdem die Ehe mit Micha gescheitert war, weil er sie betrogen hatte. Sie hatte Anton in einem Café kennengelernt, da trug er nicht sein *Bankerkostüm*, wie sie es immer nannte, sondern eine legere Hose und ein T-Shirt.

Auch die Beziehung mit Anton war inzwischen schwierig. Er nörgelte oft an ihr herum. Aber das hatte sie erst in den letzten Monaten bemerkt. Auch dass sie kurz vor einem Burn-out stand, dass ihre Hände öfter zitterten. Gut, dass ihr befristeter Vertrag bei einem Unterhaltungsmagazin gerade ausgelaufen war und sie ein wenig Atem schöpfen konnte. Oder belastete sie das, was sie über Anton herausgefunden hatte, immer noch so sehr? Sie fühlte sich seitdem einsamer als jemals zuvor.

June sah auf die Uhr, zog den Brief des Anwalts aus Manhattan aus ihrer Handtasche hervor, der sie vor einer Woche erreicht hatte, und überflog ihn erneut.

Sehr geehrte Mrs. Zeiler,
wie wir Ihnen nach dem Tod Ihrer Großmutter mitgeteilt haben, soll Ihnen nach dem Ableben von Mr. Bill Blixton der verschlossene Brief Ihrer Großmutter persönlich verlesen werden.

Zu diesem Anlass möchten wir Sie bitten, einen Termin in unserer Kanzlei zu vereinbaren.
Mit freundlichen Grüßen
Walter Brown

June ließ den Brief sinken, der Termin war in einer Stunde. Was konnte es sein? Sie würde dieses wunderschöne Haus erben, das war ja eigentlich klar. Da sie aber in Berlin lebte und sich dort mit Anton ein Häuschen am Stadtrand kaufen wollte, musste sie es wohl verkaufen. Das tat ihr jetzt schon in der Seele weh.

June steckte den Anwaltsbrief zurück in ihre Handtasche, goss rasch die Blumen im Salon und schloss die Haustür sorgfältig ab. Wie sehr vermisste sie ihre Großmutter, wie sehr bedauerte sie es, mit ihr nicht mehr über ihre Vergangenheit, ihr Leben, ihre Lieben geredet zu haben.

KAPITEL 3

Berlin, August 1936

Luise Sass erschöpft am Tisch ihres Zimmers in der Damenpension, in der sie lebte. Vor ihr lag ein Blatt Papier. Richard hatte ihr nach seiner Ankunft in New York ein Telegramm gesendet, dass er gut angekommen sei, und nun wollte sie ihm einen Brief schreiben. Sie hielt einen Stift in der Hand und sah durchs Fenster in den typischen Berliner Hinterhof. Sie fühlte sich so schwach, als habe ihr jemand all ihre Energie herausgesaugt. Und das ihr. Dem Energiebündel, wie ihre Mutter sie immer genannt hatte. Ihre Mutter, die vor zwei Jahren an einer Lungenentzündung gestorben war. *Ein Glück, dass sie das alles hier nicht mehr erleben musste,* dachte Luise. Diese sensible, gute Frau. Die sich erschreckt hatte, als die Nazis an die Macht gekommen waren. Die Unheil nahen sah und Luise bestärkte, weiterzumachen. Zu versuchen, das Schlimmste abzuwenden. Luises Vater hatte die Familie früh verlassen und sich danach nie wieder nach seiner Tochter erkundigt. Irgendwann war die Nachricht gekommen, dass er gestorben war. Besser so, hatte Luise verletzt gedacht, aber auch gemerkt, wie sehr es schmerzte. Feige Männer brauchte keiner.

Sie dachte an Richard, der allein gegangen war. Tippte mit dem Stiftende an ihre Lippen und überlegte. Was sollte sie ihm schreiben? Ein lapidarer Brief durfte es nicht sein. Sie stützte sich mit den Ellenbogen auf den alten Holztisch. Er wackelte. Richard hatte immer gesagt, er werde sich darum kümmern.

Aber Luise hatte gewusst, dass sie es selbst in die Hand nehmen musste. Richard war ein Mann der Worte, sein Talent lag nicht darin, mit einem wackeligen Tisch zu ringen. Mit ein Grund, warum er ihr die ganze Organisation überlassen hatte. Praktisch war er wahrlich nicht veranlagt. Musste er auch nicht. Wo er sich so gut ausdrücken konnte, den Mut besaß, zu widerstehen. Gegen all dieses Unrecht.

Dass man etwas tun sollte, darin waren sich viele einig. Aber sie wagten es nicht. Liefen mit wie die Schafe. Selbst wenn sie geschoren wurden. Es tat ja nicht weh. Noch nicht. Aber es würde wehtun, hatte Richard gesagt. »Jetzt haben sie uns im Auge, ab jetzt werden wir verfolgt, Luise.«

Im Widerstand zu sein war gefährlich. Es drohten KZ, Deportation, Folter, womöglich bis zum Tode. Luise wusste manchmal nicht, ob sich Richard der Konsequenzen seines Tuns bewusst war, sie schon. Richard schwebte in geistigen Sphären. Flugblätter drucken gegen das Regime. Aufbegehren, Menschen wachrütteln. Ein probates Mittel. Das einzige Mittel, das es für sie gab. Die Studenten aus Richards Kursen, die ihn unterstützten, debattierten in der Gruppe viel. Auch über das Für und Wider von Attentaten. Denn mutige Menschen hatten es bereits versucht. Mit vergiftetem Essen, einem vergifteten Brief, der abgefangen wurde, und offenbar hatte auch eine andere Gruppe in Berlin einen Versuch gewagt. Bestimmt noch weitere.

Emil, ein Vorlauter aus ihrer Gruppe, Richards Student, fand einen Anschlag auf so einen wie Hitler durchaus legitim. »Ein Diktator, der viele andere Menschen tötet und noch mehr töten will, daraus macht er ja keinen Hehl. Den darf man ermorden, man muss es sogar.«

Luise gab ihm recht. »Um Schlimmeres zu verhindern.« Aber der Rest der Gruppe war sich uneins. Und Luise musste zugeben, dass sie selbst es nicht könnte und von keinem verlangen würde. Emil debattierte aufgewühlt mit ihr. Emil, der sie immer so interessiert ansah. Ein hübscher Kerl mit braunen, zerzausten Haaren, eher klein, mit breiten Schultern, durchtrainierter Figur. Luise mochte ihn, mochte es, mit ihm zu debattieren, weil er auf sie einging. Wie Richard. Der aber fand Emil anstrengend, wie er ihr einmal gesagt hatte, er redete ihm zu viel. Richard unterbrach die immer hitzigere Debatte aufgewühlt mit einer Armbewegung. »Nein!«, rief er dazu aus. »Einen Menschen zu töten ist Unrecht und gegen die Moral. Und es ist nicht zielführend. Denn dafür gibt es schon zu viele Gleichgesinnte in Deutschland. Man muss es auf anderem Wege schaffen, diesen Wahnsinn in den Köpfen aufzuhalten. Mit Flugblättern erreicht man viel bei vielen. Wörter fräsen sich in dein Gehirn. So, wie es die Propaganda schafft.«

Luise erinnerte sich an sein Gesicht, das diesen leidenschaftlichen Ausdruck annahm, wenn er von etwas überzeugt war, wenn er redete, mit Worten jonglierte. Wie sehr sie das liebte. Sein schmales, ebenmäßiges Gesicht.

Sie betrachtete das Foto, das er ihr vor seiner hektischen Abreise gegeben hatte. Darauf stand er neben einem jungen Mann Anfang zwanzig vor dem Brandenburger Tor. »Das ist George«, hatte er gesagt, »mein amerikanischer Freund, der einmal in Berlin studiert hat. Er ist ein Guter.«

George war groß und gut aussehend, viel sportlicher gebaut als Richard, der zwar schlank, aber nicht muskulös war. Richard trug sein braunes Haar kurz, George sein blondes etwas länger. Er hatte ein sympathisches Lächeln und blickte in den Himmel. Richard sah ihr auf dem Bild genau in die Augen.

Sehnsucht machte sich in Luise breit. Seufzend nahm sie den Stift aus dem Mund, drehte ihn noch einmal und legte ihn dann beiseite. Sie würde ihm später schreiben. Oder morgen. Der Brief würde eh lange brauchen, bis er den großen Teich überquert haben würde. Da kam es auf einen Tag mehr oder weniger nicht an.

Sie stand auf. Ihr Affidavit von Richard beziehungsweise seinem Freund George war noch nicht eingetroffen, kein Wunder, lange war er ja noch nicht weg. Aber ohne Affidavit war es unmöglich, in die USA zu kommen, denn wenn man als Immigrant einreisen wollte, musste ein US-Bürger für einen bürgen. Ohne diese Bürgschaft kein Visum, ohne Visum keine Einreise. Erschwert wurde das Ganze dadurch, dass es eine Quote für Immigranten gab, wie Richard ihr erklärt hatte. Sie hatten immer wieder darüber gesprochen. Entscheidend für die Einwanderung war die Länderquote. Seit 1891 wurde diese Quote von einer Kommission festgelegt, und 1924 war im Immigration Act der Anteil der Einwanderer an der Gesamtbevölkerung der USA zur Bemessungsgrundlage der Quote gemacht worden. Aus welchem Land wie viele einreisen durften, bezog sich wiederum auf ihre Herkunftsländer. Im letzten Jahr war diese Quote für Deutsche wohl nur zu einem Viertel ausgeschöpft worden, hatte Richard gesagt. Zum Glück, denn Luise wollte auf keinen Fall einem jüdischen Flüchtling ein Visum wegnehmen. »Für politische Flüchtlinge, wie wir es sind, gibt es Visa, die nicht nach der Quote erteilt werden«, hatte er sie beruhigt. Doch auch sie brauchten die Bürgschaft eines US-Bürgers, ein sogenanntes Affidavit, um ein Visum zu erhalten. Am besten für ein Affidavit war es, wenn man mit einem US-Bürger verwandt war. Denn wenn der Verdacht aufkam, man könne dem Sozialsystem zur Last fallen, konnte es sein, dass das Visum abgelehnt wurde.

Luise hatte die letzten Wochen gewirbelt, so viele Dinge veräußert wie möglich. Dieses Geld und ihr eigenes hatte sie, bis auf zehn Reichsmark, erst mal auf das neue Konto von Richard in New York transferieren lassen, sie brauchten es in Amerika. Sie wollte dann dort für sich auch eines eröffnen. Ihr Konto in Berlin ganz auflösen wollte sie nicht. Wer wusste schon, ob sie nicht doch irgendwann wieder zurückkommen würden, auch wenn sie das im Moment nicht glaubte. Weitere zehn Reichsmark durfte sie mitnehmen.

»Von Amerika aus kann man auch Schriften verfassen, um die Bevölkerung wachzurütteln«, hatte Richard gesagt. Sie hatten eine Mission. Sie mussten es schaffen in der Neuen Welt. Um die alte Welt zur Vernunft zu bringen.

Richards großen Koffer mit seiner Kleidung hatte sie sorgfältig in seiner Wohnung, zu der sie einen Schlüssel besaß, gepackt. Er legte großen Wert auf knitterfreie Kleidung. Einen kleinen Koffer für sich selbst hatte sie auch schon fertig. Die Unterlagen für Richard, um die er sie vor seiner Abfahrt gebeten hatte, hatte sie herausgesucht. Jetzt lag alles vorbereitet in ihrem Zimmer, nun hieß es warten. Warten, bis er ihr das Affidavit von diesem George schicken würde, sodass sie das Visum beantragen konnte. Hoffentlich dauerte es nicht lange. Seit Tagen wartete sie schon, ihre Ungeduld und Sorge wuchsen. Konnte George vielleicht kein zweites Affidavit für sie ausstellen? Wollte Richard nicht, dass sie nachkam? Ein törichter Gedanke. Er liebte sie, sie wollten schließlich heiraten.

Die Uhr an der Wand tickte. Ein Tropfen am Wasserhahn fiel in ihr Waschbecken. Was, wenn sie hier in der Falle saß? Waren ihr die Nazis nach der Entdeckung im Keller doch auf der Spur? Mit jedem Tag wurde ihre Angst größer. Himmel, ihr fiel etwas ein: Ein Brief mit ihrer Adresse lag noch im Keller! Wieso hatte sie nicht früher daran gedacht? Sie bekam Angst, ihr wurde ganz heiß, ihre Wangen glühten. Hastig legte sie ihre Hände darauf, versuchte, sich selbst zu beruhigen.

Offenbar hatten sie ihn noch nicht gefunden. Sonst hätte man sie doch längst festgenommen. Fieberhaft überlegte Luise, was sie tun konnte, aber in den Keller zu gehen, war viel zu gefährlich. Sie nahm ihr Notizbuch, ein einfaches, schmuckloses Büchlein, das als eine Art Tagebuch diente, zur Hand und schrieb sich, wie so oft, all die Ereignisse der letzten Zeit von der Seele.

Die nächsten Tage schlief sie schlecht, wachte immer wieder schweißgebadet auf.

Und dann, eines Morgens, hatte sie eine Idee. Sie zog ihren Sommermantel an und machte sich auf in die Buchhandlung von Marias Mann Jakob. Die Straßen von Berlin waren immer noch voll von fröhlichen Menschen, die sich über die Sommerspiele freuten. Berlin war zur weltoffenen Sportmetropole geworden. Es blieben Luise nur noch wenige Tage bis zum Ende des Spektakels. Dann würde man Widerstandskämpfer sicher wieder stärker verfolgen.

Sie kam am Delphi-Palast in der Kantstraße vorbei. In einem der Vorgärten spielte eine Band, eine Menschentraube hatte sich in den umliegenden Straßen versammelt. Luise kannte diese Musik, sie liebte sie. Das Orchester von Teddy Stauffer gastierte in Berlin. Sein Song »Goody Goody« war irgendwie zur Begleitmusik der Olympischen Spiele geworden.

Stramme Nazis, die vorbeigingen, zuckten zusammen, sagten aber nichts. Auf den Sound der Teddies schien Berlin nur gewartet zu haben. Auch Luise war stehen geblieben und wippte mit, tanzte, wie andere Schaulustige, gönnte sich einen Moment der Sorglosigkeit, ehe sie schließlich weiterlief zur Buchhandlung von Jakob. Diese befand sich nahe der Kantstraße in einem Bau aus der Gründerzeit. Vor dem Haus stand eine kleine Bank, auf der man sitzen und lesen konnte. Im Schaufenster des Ladens hatte Jakob eine Reihe Buchtitel in einem Regal ausgestellt. Luise betrachtete sie einen Moment lang. Es waren einige darunter, die ihr unbekannt waren, doch das war kein Wunder, schließlich besorgte Jakob ständig neue gute Bücher. Sie las gerne, half ab und zu hier aus, um ein wenig Geld zu verdienen und ihr Studium zu finanzieren.

Sie trat ein. Die Tür der Buchhandlung klingelte. Luise sah sich in der kleinen Buchhandlung um, die vollgestellt war mit Regalen voller Bücher. Es wurden immer mehr, hatte sie den

Eindruck. Luise atmete ein, sie liebte den Duft der Bücher, auch wenn es etwas muffig roch.

An einem Regal entdeckte sie Jakob, er trug ein weißes Hemd und Hosenträger darüber, schob seine runde Hornbrille gerade wieder höher auf die Nase und las konzentriert den Klappentext eines Buches. Er war in den letzten Wochen noch schlanker geworden. Und er hatte Augenringe bekommen, richtige Sorgenfalten. Weiter hinten entdeckte sie Maria in dem angrenzenden kleinen Raum, winkte ihr zu. Maria winkte mit der Linken zurück. In der rechten Hand hielt sie einen Suppenbehälter an einem Tragegriff. Sie brachte ihrem Mann immer sein Mittagessen.

Luise ging zu Jakob, der sie erst jetzt bemerkte, so vertieft war er gewesen. Jetzt roch sie auch den Duft von Gemüsesuppe. Luise begrüßte Jakob herzlich und kam schnell zu ihrem Anliegen.

»Das Telefonbuch von New York willst du?« Er sah sie nachdenklich an, verstand, dieser kluge Mann. »Du suchst New Yorker, die denselben Nachnamen wie du tragen, um sie um ein Affidavit zu bitten. Eine gute Idee. Und im Telefonbuch findest du die Adresse.«

»Auch wenn sie nicht mit mir verwandt sind, vielleicht haben sie ein großes Herz. Ich werde ihnen nicht auf der Tasche liegen. Mit demselben Nachnamen fällt es am wenigsten auf, und die Chance, dass es klappt, ist am größten.«

»Ja, versuche es. Nur ich als Jude kann es nicht besorgen, das ist zu auffällig, tut mir sehr leid.«

»Natürlich. Aber du könntest mir helfen, den Brief auf Englisch zu schreiben.«

»Das mache ich gern.«

»Danke. Und weißt du, wo ich das Telefonbuch von New York finde? In welcher Bibliothek könnte es sein?«

»In der Staatsbibliothek vielleicht?« Sie wussten zwar beide, dass die Bibliotheken die Ausleihe von Büchern kontrollierten, vor allem von Büchern, denen das Regime einen »undeutschen Geist« unterstellte. Aber es war ja kein Roman, sie musste es wagen.

»Geh nicht da hin«, bat Maria, die zu den beiden getreten war und alles mitbekommen hatte. »Das fällt doch auf.«

»Mir fällt schon was ein«, entgegnete Luise bemüht selbstsicher.

»Und möchtest du nicht doch bei uns wohnen, bis das Affidavit von diesem Freund von Richard da ist?«, schlug Maria vor. »Sicherheitshalber?«

»Nein, nein. Danke. Sie lassen mich in Ruhe, Richard hatte recht. Sie nehmen mich als Widerstandskämpferin nicht ernst. Sonst wären sie schon längst da gewesen.«

»Pass auf dich auf«, sagte Jakob.

»Mach ich.«

KAPITEL 4

New York, 2023

June saß in der Kanzlei »Brown« im vierten Stock eines älteren Hochhauses unweit des Flatiron Buildings in Manhattan, in der 23rd Street. Sie hatte sich einen alten, korpulenten Anwalt hinter einem antiken Schreibtisch vorgestellt. Stattdessen saß ihr ein charmanter, gut aussehender Mann gegenüber, der sie unsicher werden ließ. Walter Brown junior war etwa Mitte vierzig, lächelte sie an, saß in seinem geschmackvoll eingerichteten Büro. Ein cognacfarbener Barcelona Chair stand in einer Ecke, auch sein Schreibtisch sah aus wie ein Designstück. Eine grüne Zimmerpflanze stand in einer Ecke.

Seine Schläfen wurden bereits grau, aber es stand ihm gut und gab seinen dunklen Haaren eine gewisse Frische. Wieso dachte sie das?

»Schön, dass es so schnell geklappt hat«, sagte er. »Ich durfte Ihre Großmutter noch kennenlernen, eine wirklich außergewöhnliche, herzliche Frau.«

»Ja, das war sie. Sie fehlt mir immer noch sehr.«

»Das glaube ich. Mein Vater ist vor zwei Jahren gestorben, ich kann mir vorstellen, wie es Ihnen nach dem Verlust Ihrer Großmutter gehen muss.«

»Danke.« June presste die Lippen zusammen, sie hielt ihre Handtasche auf dem Schoß, knetete die Finger. Es war eine edle, aber nicht prunkvolle Tasche, die ihre Großmutter ihr geschenkt hatte. Sie hatte auf Understatement bestanden.

»Wissen Sie«, fuhr Walter Brown fort, »sie haben uns mehr geprägt, als wir es wahrhaben wollen. Ich meine, mein Vater war ein humorvoller Mann, aber er konnte auch eigen sein, genauso mein Großvater. Und ich fürchte, ich bin das auch, selbst wenn ich nicht genauso werden wollte.«

June horchte auf. Wie offen er über sich sprach. Sehr sympathisch.

»Wer ist nicht eigen?«, entgegnete sie lächelnd. »Meine Großmutter hat gesagt, wer keine Ecken und Kanten hat, ist rund. Und wer möchte schon mit einem Ball zusammenleben?«

Walter lachte, und auch June musste mitlachen. Dann wurde sie plötzlich traurig. Tränen schossen ihr in die Augen. Was war nur los mit ihr?

»Möchten Sie ein Taschentuch?«, fragte der Anwalt sofort, stand auf und reichte ihr eine Packung, die auf einem Beistelltisch lag.

»Danke.« June nahm ein Papiertuch, dabei berührten sich für einen kurzen Moment ihre Hände. Er stand jetzt vor ihr, an seinen Schreibtisch gelehnt, und musterte sie. Er war groß und trieb sicher Sport. Sie schnäuzte sich, und leider klang es laut, fast wie bei einem Mann. Wie unangenehm.

»Entschuldigung«, sagte sie.

»Sie müssen sich für nichts entschuldigen. Soll ich Ihnen jetzt den Brief vorlesen, wie es Ihre Großmutter gewünscht hat nach Bills Tod?«

June nickte und atmete tief durch. Er ging wieder hinter seinen Schreibtisch, nahm eine Akte zur Hand, öffnete sie, sah June noch einmal an und holte einen verschlossenen Briefumschlag heraus. Sie erkannte sofort Großmutters geschwungene Handschrift. Er öffnete den Brief mit einem silbernen Briföffner, June hielt gespannt den Atem an. Dann zog er mehrere beschriebene Seiten aus dem Umschlag hervor und las: »*Meine liebe June, mein Ein und Alles, wie gerne hätte ich dir diese Situation erspart. Ich habe dich geliebt wie meine Tochter. Du hast mir ein weiteres Leben geschenkt, denn ohne dich hätte ich all das nicht ertragen. Keine Mutter sollte ihr Kind beerdigen müssen. Damals habe ich meinen Beruf aufgegeben, um mich ganz dir zu widmen. Das, was ich als junge Frau nicht konnte oder nicht wollte – den Job aufgeben, für deine Mutter. Glücklicherweise war es mir möglich, als du zu mir kamst, nur noch von den Einnahmen des Restaurants zu leben.«* Walter sah vielsagend auf.

»Sie hatte einmal ein Restaurant? Wie schön«, entfuhr es June.

»Das wussten Sie nicht?«

»Nein. Sie hat nie darüber geredet. Ich wusste nur, dass sie exquisit kochen kann.«

Walter las weiter: »*Von den Einnahmen unseres Restaurants. Aber dazu später mehr. Jedenfalls scheine ich ein Glückskind zu sein. Das Taste of Freedom in Manhattan wurde früh ein Treffpunkt für Künstler und Intellektuelle, für viele deutsche Emigranten, und es hat es all die Jahre geschafft, einen hervorragenden Ruf zu wahren. Ich konnte das Haus, in dem sich das Restaurant befindet, dazukaufen.*

Dennoch kann ich leider nicht sagen, dass ich immer alles richtig gemacht habe im Leben. Ich hoffe so sehr, dass es dir noch gelingen wird, vor allem in der Liebe. Höre immer auf dein Herz, mein Schatz, dann wirst du den Richtigen zur richtigen Zeit finden.« Wieder sah Walter auf.

Wie unangenehm, dachte June. Es ging ihn nichts an, dass sie Beziehungen hatte, die nicht gut gelaufen waren. Wieso nur hatte sie ihre Großmutter nicht öfter in Liebesdingen um Rat gefragt? Mit Junes Großvater war Luise nicht mehr zusammen gewesen, als June nach dem Tod ihrer Eltern zu ihr gezogen war. Um ehrlich zu sein, wusste June über ihren Großvater so gut wie nichts. War er gestorben? Hatte Luise sich von ihm getrennt? Wieso hatte sie sich nie Gedanken darüber gemacht? Luise war lange alleine geblieben, bis sie Bill kennenlernte, ihre späte Liebe. Aber da lebte June bereits in Berlin.

»Soll ich weiterlesen?«, hörte sie Walter fragen.

June wurde bewusst, dass sie eine Weile schweigend auf den Boden gestarrt hatte. Sie nickte schnell, sah in Walters bernsteinfarbene Augen und bemühte sich, aufgeräumt zu wirken. »Ja, sicher.«

»Meine liebe June, bei einer Frau in meinem Alter sagt man: Sie hat ihr Leben gelebt. Das ist zum einen richtig, zum anderen durfte ich es nicht so leben, wie ich wollte, und das tat unendlich weh. Ich liebe Deutschland, Berlin, meine Heimat, aber ich musste ihr den Rücken kehren.«

»Was?«, unterbrach June ihn verblüfft. »Berlin war ihre Heimat? Großmutter war Deutsche?«, stotterte sie verwirrt.

»Ja«, erwiderte Walter. »Mein Vater hat mir erzählt, dass sie im politischen Widerstand war, aus Deutschland fliehen musste und ins Exil nach New York ging. Viele waren ja damals auf der Flucht.«

Fassungslos nahm sie diese Nachrichten auf. »Im politischen Widerstand? Und sie musste fliehen? Wie schrecklich, dass sie ihre Heimat verlassen musste.«

Er nickte. »Leider ist dies in Europa wieder sehr aktuell. Seit die Russen letztes Jahr in die Ukraine einmarschiert sind.«

»Es ist furchtbar. Wie muss sich ein Leben im Exil anfühlen? Ein Leben in der Fremde, das man aus der Not heraus wählen musste?« Sie sah ihn an. »Lesen Sie bitte weiter«, bat sie aufgewühlt.

»Lange habe ich nach meiner Flucht aus Deutschland gehofft, irgendwann wieder zurückkehren zu können, aber es ging nicht. Ich bin geblieben, in der Fremde. Die mir durch deine Mutter und dich ein Zuhause wurde, ein sicherer Ort, und dafür bin ich sehr dankbar. Ich

konnte dir nicht sagen, dass es dieses Restaurant gibt, ich wollte dir die Geschichte, die dahintersteckt, ersparen. Ich kann dir aber eines sagen: Es hat mich glücklich gemacht, mir das Leben gerettet, und ich hoffe sehr, dass es auch dir Sicherheit geben kann, zumindest finanziell. Es ist mein Erbe, aber nur zu einem Drittel. Auch das Haus in Washington Heights gehört dir nur zu einem Drittel.«

Wieder machte Walter eine Pause. Sie blickten sich einen Moment in die Augen.

»Ich verstehe das nicht. Warum hat sie mir nie etwas von dem Restaurant erzählt? Und wieso soll mir alles nur zu einem Drittel gehören?«

Walter antwortete nicht, sondern las weiter: »*Warum das, wirst du dich fragen. Nun, meinen damaligen besten Freundinnen aus Berlin, Maria Kirschbaum und Anni Graf, gehören jeweils ein Drittel des Restaurants und aller Einkünfte. Oder eben ihren Nachkommen, falls sie beide nicht mehr am Leben sind. Und da ich das Haus ebenfalls von den Einnahmen des Taste of Freedom bezahlt habe, steht ihnen auch davon jeweils ein Drittel zu. Meine besten Freundinnen haben mir 1936 je dreihundert Reichsmark überwiesen, um ein Restaurant in New York zu gründen. Ich habe für jede von ihnen ein Konto eröffnet, auf dem sich die Einnahmen der vergangenen Jahrzehnte summiert haben. Du musst also keine Sorge haben, dass Rückzahlungen auf dich zukommen. Eine Zeitlang habe ich versucht, herauszufinden, ob und wo Maria und Anni leben. Doch leider vergebens. Wie so viele Spuren sind die ihren verloren gegangen. Auch habe ich nicht mit all meiner Kraft nachgeforscht, aber es gab Gründe dafür, Gründe, für die ich mich heute zutiefst schäme. June, du bist eine talentierte Journalistin. Ich glaube an dich und bin sicher, dass du sehr gut recherchieren kannst. Bitte suche Maria und Anni beziehungsweise ihre Erben. Denn bei all der Ungerechtigkeit, die der Zweite Weltkrieg über die Welt gebracht hat, soll es am Ende wenigstens zwischen uns gerecht zugehen.«*

Walter ließ den Brief sinken. Er räusperte sich. Verwirrt

blickte June ihn an. Auch er schien von dieser Bitte nichts gewusst zu haben. Nach einer kurzen Pause erklärte sie: »Ich habe geahnt, dass sie eine außergewöhnliche Persönlichkeit war, aber das ... Wie soll ich die beiden finden, wenn meine Großmutter sie schon nicht gefunden hat? Wie soll ich das anstellen?«

Er nickte nachdenklich. »Wird nicht leicht werden. Aber Luise schreibt ja, dass sie die beiden nicht ernsthaft finden wollte. Und wir sind noch nicht am Ende des Briefes. Vielleicht hat sie Ihnen einen Hinweis hinterlassen«, sagte er und las weiter:

»Die Welt muss gerechter werden, und deshalb, mein Schatz, verfüge ich hiermit darüber, dass du dein Erbe nur antreten kannst, wenn du die anderen beiden Restaurant-Besitzer gefunden hast. Ich habe mich immer bemüht, dich zu einem gerechten Menschen zu erziehen, deswegen bin ich sicher, dass du das so siehst wie ich. Wenn du Maria und Anni oder ihre Erben gefunden hast, könnt ihr alles oder nur du deinen Teil verkaufen. Ich hoffe, dass beide es geschafft haben, zu überleben oder auszuwandern. Bitte sei mir nicht böse, dass ich dich mit der Suche beauftrage. Es soll nur ausdrücken, wie sehr ich an deine Kraft und an dich glaube. Und wie sehr ich mir eine Versöhnung mit meinen Freundinnen wünsche, auch post mortem. Ich hoffe nach wie vor, dass sie oder ihre Nachfahren mir verzeihen können.«

»Verzeihen?«, unterbrach June ihn aufgewühlt. »Sie hat sich also mit ihren besten Freundinnen überworfen?«

»Es klingt so. Was auch immer geschehen ist, dieses Zerwürfnis hat sie offenbar bis zu ihrem Tod schwer belastet.«

»Und sie hat mir nicht einen einzigen Anhaltspunkt für die Suche hinterlassen?«

»Moment, es geht noch weiter.« Er las: *»In der alten Schatulle in meinem Schlafzimmerschrank habe ich alte Briefe und Aufzeichnungen aufbewahrt. Ich konnte und wollte sie nicht wieder lesen, sie hätten mich zu sehr aufgewühlt. Ich hatte all das so gut in eine Schublade gepackt. Aber vielleicht ist darin ein Ansatz für dich, der dich auf eine Spur bringt. In tiefer Liebe, deine Großmutter.«*

June atmete durch. Die alte Schatulle. Als Kind hatte sie diese einmal heimlich geöffnet, doch für eine Sechsjährige waren Briefe und Papiere eher langweilig. June wurde bewusst, wie verkrampft sie die Handtasche auf ihrem Schoß hielt, und lockerte ihre Hände.

Walter sah sie mitleidig an. »Ich schätze, mein Vater hat davon gewusst und sie unterstützt. Wenn ich Ihnen irgendwie weiterhelfen kann ... Ich bin jederzeit für Sie da.«

Und das sagt ein wildfremder Mann, der mich nicht kennt, dachte June. Würde Anton das auch so selbstlos anbieten? Großmutter hatte Micha damals nicht gemocht, als June und er sie in New York besucht hatten. Luise hatte nichts gesagt, aber an ihren Blicken konnte June es ablesen. Und Anton hätte sie sicher auch nicht gemocht.

Sie stand auf. »Danke. Kann ich den Brief mitnehmen?«

»Sicher. Ich lasse nur kurz eine Kopie anfertigen.« Walter erhob sich ebenfalls, reichte ihr den Brief. Dabei berührten sich ihre Hände.

»Ich bitte meine Assistentin darum.« Er sah sie an. »Sie schaffen das«, fügte er aufmunternd hinzu.

»Sagen Sie das zu jeder Ihrer Klientinnen, die solche Briefe bekommt?«

»Nein. Nur zu den Besonderen, denen ich es zutraue. Und nur die Besonderen bekommen solche Briefe.« Seine bernsteinfarbenen Augen funkelten, ein sympathisches Lächeln umspielte seine Mundwinkel. »Die Küche des Taste of Freedom ist übrigens auch außergewöhnlich.«

June musste unwillkürlich lächeln, spürte die Wärme seiner Finger, ehe sie ihre wieder zurückzog und mit einem »Auf Wiedersehen« sein Büro verließ.

Nachdem seine Assistentin eine Kopie des Briefes angefertigt hatte, verabschiedete sich June von der jungen Frau und trat in den Aufzug. Die Tür schloss sich, und sie fuhr hinunter, lief durch die Lobby und verließ das Gebäude. Draußen atmete sie tief ein und beobachtete die vielen Menschen, die so zielstrebig irgendwohin zu eilen schienen. Plötzlich fühlte sie sich stark, viel stärker als die Jahre zuvor.

KAPITEL 5

Berlin, 1936

Nervös ging Luise die Prachtstraße Unter den Linden entlang, Passanten kamen ihr entgegen, und fast wäre Luise gegen eine Frau gerempelt, so in Gedanken war sie. Vor dem imposanten Gebäude der Staatsbibliothek blieb sie stehen. Sie war schon öfter hier gewesen, um etwas für ihr Studium zu recherchieren, doch heute war alles anders. Wenn herauskam, dass sie ausreisen wollte, würde man Fragen stellen, und dann wäre womöglich ihr Leben in Gefahr. Sie musste vorsichtig vorgehen.

Luise öffnete die schwere Holztür, drinnen im Flur des Gebäudes war es viel kühler und dunkler. Sie ging weiter zur Anmeldung, zeigte einer Angestellten ihren Bibliotheksausweis, trat in den großen Lesesaal. Der Geruch von alten Büchern, den sie so mochte, ummantelte sie, als sie an den Regalen entlangschritt. Zunächst versuchte sie, selbst nach dem Telefonbuch zu suchen, sah in der Kartei nach, konnte es aber nicht finden. Sie musste fragen, trat zu einer grauhaarigen Dame, die gerade zurückgegebene Bücher einsortierte. Sie trug eine Brille auf der Nasenspitze.

»Guten Tag. Haben Sie zufällig das Telefonbuch von New York hier?«, fragte Luise. »Ich kann es nicht finden.«

Die Bibliothekarin musterte sie streng durch ihre Brillengläser. »Was wollen Sie denn damit? Vorhin war schon mal jemand deshalb hier.«

Luise suchte fieberhaft nach einer Ausrede. »Meine Tante.

Sie wohnt in New York, und sie ist krank. Ich möchte ihr gerne einen Brief schreiben, aber ich habe ihre Adresse verloren.«

»Soso, die Tante. Ein Adressbuch von New York haben wir. Wohnt sie schon lange da?«

»Äh, ja.«

»Wir haben nur eines von 1925, nur von Manhattan und der Bronx. Wohnt sie zufällig dort?«

Luise zögerte eine Sekunde, lachte dann auf. »Das ist ja ein Zufall, sie wohnt in Manhattan.«

Plötzlich lächelte die Dame wissend. »Kommen Sie mit.« Sie ging durch den altehrwürdigen Lesesaal, ihre Schritte hallten im hohen Raum. Vor einem Regal blieb die Bibliothekarin stehen, zog ein dickes Adressbuch heraus und reichte es Luise. »Viel Glück«, sagte sie milde.

»Danke.« Luise nahm das Adressbuch, setzte sich damit an einen Tisch und las den Titel: »*General Directory of New York City embracing the Borrows of Manhattan and the Bronx.*« Sie blätterte zu dem Nachnamen »Jonas«. Ihrem Nachnamen. Es war viel verlangt von wildfremden Menschen, aber sie wollte wirklich kein Geld von ihnen. *Gut, dass ich das Startkapital für das kleine Restaurant habe*, dachte Luise. *Und wenn Richard kein Affidavit von George schickt, nehme ich meine Ausreise eben selbst in die Hand.*

Die Wochen vergingen, die Olympischen Spiele in Berlin waren längst vorbei, viele Hakenkreuz-Fahnen waren geblieben. Und die Übergriffe auf jüdische Bürger nahmen wieder mehr zu. Luise war auf dem Weg zu Jakobs Buchhandlung, bekam es erneut selbst mit. Musste mit ansehen, wie eine junge Frau von der Gestapo abgeführt und unsanft in einen Wagen gestoßen wurde. Luise wollte aufbegehren, aber eine ältere Frau, die entsetzt dazukam, hielt sie am Arm zurück. »Nicht«, flüsterte sie. »Sonst werden sie noch brutaler zu ihr. Oder die nehmen Sie auch noch mit. Die Frau Lewin hat nen Schutzhaftbefehl bekommen und ihn ignoriert, hat se mir erzählt. Vielleicht kommt se ja nur in ein Arbeitslager.«

»›Nur‹ ist gut«, entgegnete Luise aufgewühlt. »Ich habe mehrfach gehört, dass sie dort gequält werden, oft bis zum Tode.«

Sie fühlte sich so machtlos, hätte der jungen Frau so gerne geholfen. Ihren panischen Blick, ihre Augen, die sie stumm um Hilfe anflehten, würde sie nicht vergessen. Der Wagen fuhr ab, sie ging weiter. Durfte sie jetzt überhaupt gehen? Das Land verlassen und alle im Stich lassen? »Es nützt nichts, wenn wir auch sterben«, hatte Richard noch vor seiner Abreise gesagt. »Von New York aus können wir besser helfen.« Hoffentlich hatte er recht. Ihr Richard, der fast immer recht behielt. Dennoch hieß es warten und das, wo Luise so ungeduldig war. Sie hatte mit Jakobs Hilfe einen Brief auf Englisch an eine Familie Jonas in New York geschrieben und um ein Affidavit, nicht um Geld gebeten. Aber der Postbote hatte noch keine Antwort gebracht. Auch nicht von Richard, von ihm hatte sie seit seinem Telegramm, dass er gut angekommen sei, nichts mehr gehört. Keine Antwort auf ihren Brief, den sie danach so kunstvoll geschrieben hatte, um Richard zu beeindrucken. Er schien ihn nicht bekommen zu haben. Oder war er unter dieser Adresse nicht mehr zu erreichen? Luise machte sich Sorgen um ihn. Was, wenn er gar nicht mehr lebte? Sie hatte von Straßenbanden in New York gehört, was, wenn er überfallen worden war?

Luise fröstelte, dabei schien die Sonne. Als sie die Straße überquerte, hörte sie einen Mann hinter sich laute Befehle rufen. Dann: »Heil Hitler!« Sie schloss für einen Moment die Augen, öffnete sie wieder, drehte sich voll Abscheu zu ihm um. Hocherhobenen Hauptes stiefelte er in die andere Richtung davon. Sie musste weg von hier. Musste die Menschen aufrütteln, von Amerika aus. Hier wurde es lebensgefährlich für Denkende wie sie. Erst letzte Woche hatte sie gehört, dass einer aus ihrem Seminar, ein Widerständler, ins KZ gekommen war.

Aber sie musste auf das Affidavit warten. Erst dann könne sie das Visum beantragen, hatte ihr Richard gesagt. Es war zum Verrücktwerden.

Luise wusste nicht weiter. Als sie kurz darauf in der Buchhandlung ankam, um dort zu arbeiten, beriet sie sich mit Maria und Jakob. Es war gerade kein Kunde im Laden, sodass sie offen sprechen konnten. Maria hatte Informationen eingeholt, wusste von einer Beratungsstelle für Ausreisewillige in Berlin. »In der Martin-Luther-Straße 91, ein Hilfsverein. Davon gibt es jetzt mehrere zu den Auswanderungsberatungsstellen. Eigentlich für Juden, aber das ist sicher egal.«

Schon am nächsten Tag machte Luise sich auf zu der Adresse. Es handelte sich um ein unscheinbares graues Gebäude. In dem kühlen Eingangsbereich warteten die Leute bereits. Die Schlange war mehrere Meter lang, führte die Treppe hoch bis in den ersten Stock. Luise reihte sich am Schluss ein, beruhigte ihre angespannten Nerven, während der Geruch der vielen Menschen ihr in die Nase stieg. Angst und Hoffnung lagen greifbar in der Luft.

Endlich kam sie im ersten Stock an, durfte kurz darauf ein Büro betreten. Hinter dem Schreibtisch saß eine freundliche ältere Dame, sah sie durch ihre Brille ungeduldig an. Luise wurde bewusst, dass sie wenig Zeit haben würde. Sie schilderte rasch ihr Anliegen und wurde sehr nett, aber knapp beraten. Es gab sogar die Möglichkeit, einen Zuschuss für ihre Bahn- und Schiffskarte zu erhalten, ein Glück. Dazu eine Anleitung geeigneter »Übersee-Ausrüstung«.

»Durch die wirtschaftliche Depression der letzten Jahre herrscht fast überall hohe Arbeitslosigkeit auf der Welt. Deshalb sind die Einreisebestimmungen überall so restriktiv«, erklärte die Dame. »Falls Sie sich für ein anderes Land als die USA entscheiden, habe ich hier ein Informationsblatt mit aktuellen Notizen zur Einwanderungslage.« Sie reichte Luise ein Blatt, aber diese wehrte ab.

»Nein, nein, mein Verlobter wartet auf mich in Amerika. In New York.«

»Verstehe.« Die Frau sah sie mitleidig an. »Nehmen Sie die Übersicht trotzdem mit. Vielleicht klappt es ja nicht, Kanada ist gerade für Akademiker völlig gesperrt, steht da.«

Sie deutete auf das Blatt. Luise überflog es, las leise: »Dänemark: Ausländer, die nicht genug Unterhaltsmittel besitzen, werden mithilfe der Polizei des Landes verwiesen. Persien: Vor der Zuwanderung deutscher Arbeitskräfte muss gewarnt werden.«

Luise schluckte. Sie würde nicht willkommen sein, nirgendwo, das wurde ihr klar.

»Hätten Sie denn mit unserem Zuschuss das Geld für ein Visum für Amerika?«

Luise nickte. »Das habe ich.«

»Gut. Dann müssen Sie mindestens drei Tage vor Abfahrt des Schiffes in Hamburg sein, mit allen Papieren und Dokumenten. Sie müssen dort persönlich vorstellig werden, mit Lichtbildern. Beim Konsulat bekommen Sie das Visum, wenn das Affidavit und alles da ist. Vergessen Sie nicht die Dokumente.«

»Welche Dokumente meinen Sie?«

»Die zum Affidavit, die bescheinigen, dass Ihre Verwandten dort finanziell leistungsfähig sind. Eine eidesstattliche Versicherung Ihrer Verwandten, dazu Bescheinigungen der Arbeitgeber, Banken, Versicherungen, sodass man die Richtigkeit der Angaben überprüfen kann. Die Bescheinigung des Arbeitgebers muss Angaben enthalten, ob der Angestellte ganz oder nur einen Teil des Tages arbeitet. Ob das Gehalt für eine Ganz- oder Halbtagsarbeit gezahlt wird. Alle diese Dokumente sollen nicht ans zuständige Konsulat des Einwanderers, sondern an den Antragsteller selbst geschickt werden. Der, also Sie, müssen damit persönlich zum Konsulat. Haben Sie das alles verstanden?«

Luise wurde ganz schwummrig, aber sie nickte.

»Gut, dann viel Erfolg. Schicken Sie bitte den Nächsten rein.«

Mit wackeligen Knien stand Luise auf. Sie hatte das alles nicht in ihr Affidavit-Gesuch an die Familie Jonas in New York geschrieben. War jetzt alles umsonst gewesen? Sollte sie ihnen erneut schreiben? Sie verabschiedete sich leise und ging zur Tür.

»Ach, und lernen Sie die Sprache. Wir bieten Kurse in allen möglichen Sprachen an, auch für Englisch. Wenn Sie die Sprache nicht sprechen, gibt es für Sie kein Vorwärtskommen, glauben Sie mir.«

Erschrocken sah Luise die Dame an. »Ich möchte einen Sprachkurs machen, bitte.«

Die Dame nickte und hielt ihr ein weiteres Informationsblatt hin. Luise nahm es und steckte es ein, bevor sie das Büro verließ.

New York, 2023

June hatte das Gästebett in ihrem ehemaligen Zimmer bezogen. Es war immer ihr Besuchszimmer gewesen, wenn sie im Haus ihrer Großmutter übernachtet hatte. Die letzten Jahre hatte Bill es offenbar als Büro genutzt, wie sie anhand der Papiere, Stifte und Ordner mit Versicherungsunterlagen auf ihrem alten Schreibtisch vermutete. Der einfache Holzstuhl war einem rückenschonenden Schreibtischsessel gewichen, den man hoch- und runterfahren konnte. Das Einzige, was Bill verändert hatte, soweit June bisher gesehen hatte.

Sie trug bereits ihren Pyjama, nippte an einem Glas Rotwein und telefonierte mit Anton, der auch gerade hörbar einen

Schluck nahm. »Meiner ist erdig im Abgang. Ich bin gespannt auf den Weinkeller deiner Großmutter. Darin befinden sich bestimmt einige Schätze.«

June schüttelte fassungslos den Kopf. »*Das* ist dir wichtig?«

»Du natürlich viel mehr. Gehst du morgen zum Notar?«

»Der Termin war heute«, erwiderte sie.

»Oh. Und? Was stand in dem Brief deiner Großmutter?«

»Ich erbe das Haus nur zu einem Drittel. Und nur unter bestimmten Auflagen.«

»Nur ein Drittel vom Haus? Wirklich? Und was für Auflagen?« Anton klang enttäuscht.

Hat er so sehr auf das Erbe gehofft? Ist er deshalb noch bei mir?, fragte sich June.

»Erkläre ich dir genauer ein andermal. Ja, wenn, dann nur ein Drittel. Reicht also nicht für eine Villa in Potsdam.« Denn davon träumte er schon länger. Dabei würde ihr ein kleines Haus im Grünen im Speckgürtel von Berlin durchaus reichen. Wobei diese auch sehr teuer geworden waren. »Ist eine lange Geschichte«, wehrte sie ab. »Der Weinkeller ist nicht in meinem Drittel«, fügte sie provozierend hinzu.

Anton räusperte sich. »Das denkst du von mir?«

»Ich weiß nicht mehr, was ich denken soll«, entgegnete sie müde. »Ich möchte schlafen gehen. Ist zwar noch früh, aber ich habe Jetlag.« Sie nahm erneut einen Schluck Wein, verabschiedete sich und legte auf. Dann stellte sie das Glas auf Bills Schreibtisch und ging in Großmutters Bad. Ihr Parfum stand noch da, Cremes nicht mehr.

Wann hatte sie angefangen, Anton nicht mehr zu vertrauen? Schon vor seinem Seitensprung? Sie schminkte sich mit einem Wattepad ab und betrachtete dabei ihr Spiegelbild. Feine Fältchen hatten sich um ihre Augen eingegraben. Waren die seit Anton mehr geworden?

Sie erinnerte sich an ihre erste Begegnung, im *Sowohl als*

auch, einem Café im Prenzlauer Berg. June war frustriert von einem Interview-Termin mit einem C-Promi gekommen, hatte kurz Zeit für einen Espresso und den letzten freien Tisch ergattert. Plötzlich stand er da, in Chino-Hose, die blonden Haare ordentlich kurz geschnitten, unter dem Arm eine Laptoptasche, in der Hand seine Kaffeetasse, und fragte, ob er sich dazusetzen könne. June stimmte zu, und sie kamen ins Gespräch. Er war nicht sofort ihr Typ gewesen. Zu sehr Banker, zu selbstbewusst. Aber er hatte sie zum Lachen gebracht, war viel sympathischer als seine Ausstrahlung gewesen. Aus sehr einfachen Verhältnissen hatte er sich hochgearbeitet, und das bewunderte June. Tatsächlich hatten sie lange eine wirklich gute Beziehung geführt, waren zusammen in eine Dachgeschosswohnung am Kollwitzplatz gezogen.

Das war nun vier Jahre her. Dann im letzten November der Schock. Die Erkenntnis, wieder betrogen worden zu sein. Wie in ihrer Ehe mit Micha. Billig, mit einer Assistentin, billig, diese ewigen Sätze: »Es hat mir nichts bedeutet, ich liebe sie nicht. Bitte verzeih mir.«

June hatte ihn rausgeschmissen, viele Tränen vergossen und festgestellt, dass sie sich ohne ihn in dieser Stadt, in der sie viele lockere Bekannte hatte, einsam fühlte. Ihre beste Freundin Susanna war ein Jahr zuvor nach Köln gezogen. Seitdem telefonierten sie zwar, aber sie fehlte ihr. June hatte sich dafür verachtet, aber sie hatte Antons Werben wieder nachgegeben, hatte geglaubt, ihn immer noch zu lieben. Aber mittlerweile? Was fühlte sie für ihn? Und er für sie? Liebte er vor allem die Aussicht auf das Haus in Washington Heights und das damit verbundene Geld? Von dem Restaurant hatte sie ihm nichts erzählt. Warum auch?

Sie erinnerte sich an einen Abend kurz nach Bills Tod, der etwas in ihr ausgelöst hatte. Anton war länger im Büro geblieben, dann zu ihr ins Bett gekommen, er hatte nach Alkohol gerochen und angefangen, ihre Brust zu streicheln. June verkrampfte, hielt seine Hand fest. »Nicht, bitte.«

»Wieso, was ist los?«

»Anton, ich weiß nicht, wie ich es sagen soll, aber ich fühle mich seit Tagen so leer.«

»Leer? Wieso?«

»Vielleicht wegen Bills Tod?«

»Den kanntest du doch kaum.«

»Ich weiß, ich kann es auch nicht weiter beschreiben. Mir geht es nicht gut, meine Hände zittern immer wieder. Aber es hat, glaube ich, auch mit uns zu tun.« Sie biss sich auf die Unterlippe.

Anton setzte sich auf. »Mit uns? Was genau meinst du?«

»Ich merke einfach, dass ich immer wieder an dich und diese Melanie denke. Ich hatte gehofft, ich vergesse es, aber es geht nicht.«

Er sah sie angespannt an. »Du hast aber doch gesagt, dass du mich liebst und uns eine neue Chance gibst. June, bitte glaube mir, ich werde so einen Fehler nie wieder begehen.«

Sie nickte nachdenklich.

»Was ist denn los mit dir? In letzter Zeit habe ich das Gefühl, als ob ich dich gar nicht mehr kenne«, entfuhr es ihm.

»Ich kenne mich auch nicht mehr. Und genau das will ich ändern, ich brauche Zeit, Zeit für mich, verstehst du?« Sie sah ihn entschlossen an. »Ich fliege nach New York.«

»Zu diesem Anwalt? Der kann dir ihren geheimnisvollen Brief sicher auch per Post schicken.«

June schüttelte den Kopf, stand auf, nahm ihre Bettdecke und ging damit ins Wohnzimmer. Sie legte sich auf die Couch. Ein Streit ohne viele Worte, ohne Tränen. Höchste Zeit, dass sie den Mut gefunden hatte, es auszusprechen. Sie musste wieder zu sich finden und dann vielleicht zu ihm.

June schob die Erinnerung an diesen Abend beiseite, rieb ihr

Gesicht mit Nachtcreme ein, beschloss, die Schatulle mit den Briefen jetzt schon zu öffnen, nicht erst am nächsten Morgen. Ihre Neugierde ließ ihr keine Ruhe. Sie wollte mehr erfahren über Luises Vergangenheit, über ihr eigenes Leben, das ihrer Familie. Sie ging ins Schlafzimmer ihrer Großmutter, knipste das Licht an und zog die Schatulle aus dem Kleiderschrank hervor. In ihrem Pyjama setzte sie sich im Schneidersitz vor das Holzkästchen auf den Teppich und öffnete es. Mehrere Briefe lagen darin, ein paar Papiere, sogar ein Notizbuch. Ehrfürchtig sah June auf den Inhalt der Schatulle, dann zum Fenster hinaus, durch das man von hier unten den Himmel sah.

~

Berlin, September 1936

Mit jedem Tag, der verging, ohne dass ein Affidavit von Richard oder der Familie Jonas kam, wurde Luise nervöser. Sie hatte mit Jakobs Hilfe erneut ein Schreiben an Familie Jonas aufgesetzt, darin alles aufgelistet, was sie benötigte. Zum Schluss hatte sie wieder versichert, dass sie ihr nichts bezahlen mussten. Dass ihr Verlobter für sie sorgen würde.

Sie überlegte, vor ihrer Ausreise noch einmal in den Keller zu gehen, in dem sie die Flugblätter gedruckt hatten. Auch wenn Richard ihr verboten hatte, dort noch einmal hinzugehen. Sie war sich nicht mehr ganz sicher, ob nicht doch dieser Umschlag mit ihrem Namen und ihrer Adresse dort lag. Offenbar hatten die Nazis ihn nicht gefunden. Aber sie wollte nachschauen, sicherheitshalber. Oder war es viel zu gefährlich?

Das Gefühl, allein und auf sich gestellt zu sein, machte sich in ihr breit, genau wie nach dem Tod ihrer Mutter. Jetzt hatte Richard sie verlassen. Luise, die sonst so Zuversichtliche, fühlte sich immer elender, wurde krank, bekam Fieber.

Ihre Freundinnen Maria und Anni kümmerten sich rührend um sie, brachten ihr Streuselkuchen in ihr Pensionszimmer, dazu Berliner Kartoffelsuppe. Wie herrlich beides duftete. Sie liebte diese Gerüche über alles. »Wir sind immer für dich da«, sagte Anni. »Ich glaube nicht, dass Richard dich nicht mehr liebt. Ihr seid so ein schönes Paar.«

Maria hatte Luise eine Zeitschrift gegen die Langeweile mitgebracht. Sie riet Luise, von ihren Ausreiseplänen abzusehen, da sich Richard immer noch nicht gemeldet hatte. »Wir bleiben doch auch hier. Wenn du nicht weiter Flugblätter schreibst, kannst du auch bleiben, Luise. Vielleicht kommt Richard ja irgendwann zurück.«

»Das ist doch viel zu gefährlich für ihn! Er stand kurz vor der Festnahme! Und ich ja auch. Nein, ich kann sowieso nicht aufhören. Ich meine, ich habe viel zu lange nichts getan. Seit Richard weg ist. Aber ich will wieder etwas tun. Ich muss!«, stieß sie hervor. Ihre Stirn fühlte sich heiß an, Maria tupfte die Schweißperlen sanft mit einem Taschentuch ab. Sie und Anni warfen sich einen besorgten Blick zu.

»Luise, wieso musst du so rebellisch sein?«, fragte Anni. »Das tut dir gar nicht gut. Wir wechseln uns ab und kommen alle paar Stunden, um nach dir zu sehen, oder, Maria?«

»Das machen wir.«

»Danke, aber das müsst ihr nicht. Nebenan wohnt eine nette Frau, die mir sicher etwas zu essen bringen kann. Zur Not die Pensionswirtin, auch wenn ich sie nicht so mag.«

»Wir kommen«, sagte Maria fest.

»Ihr seid die besten Freundinnen auf der ganzen Welt«, flüsterte Luise schwach. »Bitte versprecht, dass ihr auch ganz bald nach New York kommt. Sonst mache ich mir nur Sorgen um euch!«

»Jetzt denke du erst mal an dich und werde gesund«, erklärte Maria.

Kurz darauf, nachdem die Freundinnen gegangen waren, fühlte sich Luise immer noch schwach und elend, aber sie zwang sich aufzustehen. Sie fieberte, wollte jetzt aber in diesen Keller, die letzten Spuren beseitigen. Oder traf sich ihre Gruppe inzwischen wieder dort? Ohne sie? Keiner aus der Gruppe hatte sich bei ihr gemeldet, seit sie aufgeflogen waren. Nicht einmal Emil, obwohl er doch wusste, wo sie wohnte. Dabei hatten sie sich immer so gut verstanden.

Enttäuscht dachte sie an den sympathischen Kerl mit den dunklen Augen. Sollte sie bei ihm vorbeigehen? Er wohnte ganz nah an der Mommsenstraße, in der das Haus mit ihrem Geheimkeller stand. Aber Richard hatte ihr noch vor seiner Abfahrt geraten, sie solle jetzt erst mal keinen Kontakt zur Gruppe aufnehmen, um sich und die anderen nicht zu gefährden. Dennoch, dieser Brief mit ihrer Adresse, den sie im Keller vergessen hatte, der könnte sie selbst gefährden. Entschlossen zog sie ihren Sommermantel an, nahm ihre Handtasche und verließ das Zimmer.

Die Sonne blendete Luise, als sie auf die Pariser Straße trat, in der sich die Damenpension befand. Es war bereits September, sie fröstelte, was eher an ihrem Fieber lag, denn die Luft war mild. Sie knöpfte den Mantelkragen zu, ging in Richtung Ku'damm. Gut, dass der Keller nur zwanzig Gehminuten entfernt lag. Luise eilte weiter, schlängelte sich durch die Menschen, die ihr am Ku'damm begegneten. Ihr wurde schwindelig. Jetzt nur nicht umkippen. Sie riss sich zusammen, aber der Schwindel wurde immer stärker. Rasch hielt sie sich an einer Straßenlaterne fest, Schweiß stand ihr auf der Stirn. Ein Mann fragte, ob er helfen könne, aber sie lehnte dankend ab, sammelte sich und ging dann langsam weiter.

Als sie das Haus in der Mommsenstraße erreichte, sah sie sich aufmerksam um, ob jemand sie beobachtete. Dann erst öffnete sie die Haustür und ging durch den Hausflur zur Treppe, die hinunter in den Keller führte. Ein Freund von Richard, ein Richter, dessen Namen sie sicherheitshalber nicht kannte, hatte diesen Kellerraum angeboten. Er selbst wagte nicht viel, wollte aber helfen, sie unterstützen.

Der Kellerflur war nur spärlich beleuchtet, und nach dem strahlenden Sonnenschein draußen mussten sich ihre Augen erst an das Dunkel gewöhnen. Sie fand den Lichtschalter, aber auch die Deckenlampe erhellte den Korridor nur schwach. Eilig ging sie zu dem Kellerabteil, in dem die Druckerpresse gestanden hatte. Sie lauschte. Kein Laut war von drinnen zu hören. Dann schloss sie die Tür mit dem Schlüssel auf, den sie mitgebracht hatte. Abgestandene Luft schlug ihr entgegen, der Geruch erinnerte sie an all ihre Treffen hier unten. Sie war ein Geruchsmensch, konnte sich noch Jahre später an Gerüche erinnern.

Luise knipste auch hier das Licht an und sah sich in dem heillosen Durcheinander um. Ihre Flugblätter lagen im ganzen Raum verstreut herum, keiner aus der Gruppe schien seitdem hier gewesen zu sein. Und wenn, dann nur kurz, zumindest hatte keiner aufgeräumt. Die Nazis hatten die Druckerpresse konfisziert und eine Glasflasche umgestoßen. Es wirkte eher wie nach einem Einbruch als wie nach einer Razzia.

Plötzlich hörte sie Schritte. Luise zuckte zusammen und horchte. Jemand hatte den Keller betreten und kam auf ihr Abteil zu. Luise sah sich schnell um. Das Fenster war vergittert, aber es gab einen alten Holzschrank, um sich zu verstecken. Rasch schlüpfte sie hinein und zog die Tür hinter sich zu. Hier drin roch es nach altem Holz und Terpentin.

Die Tür zum Kellerabteil ging knarzend auf. Luise hielt den Atem an. Die Schritte kamen näher. Ein Räuspern, die Schranktür wurde aufgerissen, sie starrte in das Gesicht eines älteren, korpulenten Mannes.

»Ha!«, rief er voller Genugtuung. »Hab ich doch noch eine Ratte erwischt.« Er schlug die Schranktür wieder vor ihrer Nase zu. Luise hörte den Schlüssel im Schloss des Schrankes, hämmerte dagegen, doch er hatte den Schrank abgeschlossen.

»Das werde ich melden«, hörte sie seine Stimme dumpf durch die Tür, dann seine Schritte, davoneilend.

Luise, der durch ihr Fieber sowieso schon warm war, brach jetzt der Schweiß aus. Der Blockwart, ganz sicher. Er würde sie der Gestapo melden. Das bedeutete Gefängnis oder Abtransport in ein Lager. So einiges hatte sie schon darüber gehört. Politische Widerständler kamen dorthin und nie wieder zurück. Sie wartete, bis seine Schritte leiser wurden, und versuchte dann mit aller Kraft, sich gegen die Schranktür zu stemmen. Aber nichts tat sich. Der alte Schrank war für die Ewigkeit gebaut.

Luise gab nicht auf, wackelte hin und her, sodass der Schrank gefährlich ins Wanken geriet. Sie musste hier raus, raus aus Deutschland, nach Amerika, zu Richard. Tränen der Verzweiflung liefen ihr die Wangen hinunter. Sie bekam kaum noch Luft zum Atmen. Da hörte sie erneut Schritte, leiser. Diesmal vor dem Kellerfenster. Das Pingen eines Balls. Sollte sie um Hilfe rufen oder sich ruhig verhalten? Sie entschied sich für Ersteres, denn der Ball klang nach einem Kind. »Haaallo, hört mich jemand? Ich bin hier im Keller im Schrank eingeschlossen! Kannst du mich bitte rauslassen?«, rief sie.

Stille. Sie lauschte. Dann rannte jemand leichtfüßig weg.

Einige Zeit verging. Endlich erklangen Schritte im Kellerflur, dann ging eine Tür. Ein Glück hatte der Blockwart offenbar vergessen, den Kellerraum abzuschließen. Sie rief erneut, kurz darauf wurde der Schlüssel im Schloss des Schrankes herumgedreht, die Tür öffnete sich, und sie blickte in das Gesicht eines kleinen Jungen mit Schiebermütze. In der Hand hielt er einen Lederball. Er mochte um die zehn Jahre alt sein und sah sie mit großen Augen an. »Was machst du da im Schrank?«, wollte er mit heller Stimme wissen.

»Verstecken spielen. Aber dann ging die Tür nicht mehr auf.

Danke, dass du mir geholfen hast«, entfuhr es Luise. »Schnell weg hier, komm.« Sie rannte zur Tür des Kellerraumes, der Junge ihr hinterher. Sie hielt kurz inne, lauschte, rannte weiter den Flur entlang, die Treppen hoch, zur Haustür hinaus, der kleine Junge ihr auf den Fersen. Auf dem Bürgersteig blieb Luise stehen, sah ihn unschlüssig an.

»Das hast du gut gemacht. Sehr gut sogar«, sagte sie. »Weiter so, bleib mutig.« Dann ließ sie den verblüfften Jungen stehen und hastete die Mommsenstraße entlang in Richtung Leibnizstraße, um im Gewusel der Menschen, die hier entlanggingen, unterzutauchen.

Luise rannte den ganzen Weg nach Hause und kam außer Atem in ihrem Zimmer an. Das Fieber war gestiegen, erschöpft ließ sie sich ins Bett sinken. Sie hatte den Briefumschlag mit ihrer Adresse nicht suchen können. Die ganze Aktion war völlig umsonst gewesen und hätte sie beinahe die Freiheit gekostet. Sie schämte sich. Am liebsten wäre sie sofort abgereist nach Amerika, nur weg hier.

Nach ein paar Tagen, die Freundinnen kümmerten sich rührend um Luise, und diese hatte ihr Fieber überwunden, kam endlich ein Brief, adressiert an sie. Von einer Familie Jonas aus New York. Luise drückte den Brief hoffnungsvoll an ihr Herz. Hoffentlich hatten sie rechtzeitig ihren zweiten Brief erhalten. Sie öffnete ihn aufgeregt, verstand aber nicht alles. Sie hatte zwar ihren Englischkurs bereits begonnen, aber dennoch konnte sie nur herauslesen, dass die Antwort der Familie Jonas nicht positiv klang. Sie steckte den Brief in ihre Tasche, ging sofort zu Jakob in die Buchhandlung, um ihn übersetzen zu lassen.

»Dieser Familie tut es unendlich leid«, sagte er, während er die Zeilen las, »aber sie sind selbst arm, können sich für dich nicht verbürgen, vor allem nicht all das, was du brauchst, schicken. Sie wünschen dir viel Glück.«

Maria, die neben Jakob stand, strich ihr über den Arm. »Es war einen Versuch wert. Hast du denn von Richard immer noch nichts gehört?«

Luise presste die Lippen zusammen, schüttelte den Kopf. Ihre Sorge um ihn wurde täglich größer. Sie hatte ihm sogar einmal telegrafiert, ob es ihm gut gehe, aber es kam keine Antwort. Aber dann, Ende September, erreichte sie endlich ein Brief von ihm.

Liebe Luise,
entschuldige, dass du so lange nichts von mir gehört hast. Ich bin umgezogen, auf dem Umschlag siehst du die Adresse. George hatte mir die Affidavits und alle anderen Dokumente für dich in einem frankierten Kuvert mitgegeben. Ich wollte noch einen persönlichen Brief dazulegen und dann alles in den Postkasten werfen. Das habe ich auch getan. Doch jetzt habe ich festgestellt, dass es kein Postkasten war, sondern ein amerikanischer Mülleimer. Und so mussten wir alles neu besorgen. Luise, du glaubst nicht, wie anders hier alles ist ...

Luise saß in ihrem Pensionszimmer auf dem Bett, schlug sich die Hand vor den Mund und lachte auf. Er hatte die Post in den Mülleimer geworfen? Erleichterung machte sich in ihr breit. Er hatte ihr geschrieben, er war umgezogen, er liebte sie, alles war gut! Rasch sah sie sich das Affidavit und die Bürgschaft für die Einreise von George an. Er hatte auch all die Nachweise seines Arbeitgebers, einer Kanzlei, dazugelegt. »Dieser gute fremde Mann«, flüsterte sie.

Es musste jetzt schnell gehen. Sie schrieb Richard einen letzten Brief von Deutschland aus. Darin teilte sie ihm mit, dass sie, sobald sie ihr Zimmer und seine Wohnung aufgelöst hatte, ein Schiff nach New York nehmen würde, sie würde ihm an die neue Adresse telegrafieren, sobald sie wisse, wann es ankommen würde. Das hatte sie auf jeden Fall vor, auch falls ihn dieser Brief nicht rechtzeitig erreichte.

Die nächsten Tage schrieb Luise Kündigungsschreiben für ihr Pensionszimmer und Richards Wohnung und steckte sie in die Post. Bisher hatte sie beides nicht getan, um keine Aufmerksamkeit auf sich zu ziehen. Dies hatte ihr Richard vor seiner Abfahrt nahegelegt. Wenn die Kündigungen jetzt zugestellt wurden, war sie schon auf dem Weg nach Amerika.

Sie notierte ihre schwirrenden Gedanken in ihrem Notizbuch, auch, was sie für die Ausreise alles brauchte. Dann sortierte sie ihre letzten privaten Dinge aus. Es fiel ihr schwer, sich von vielem zu trennen, doch Maria half ihr. Jakob und sie hatten ihr angeboten, ein paar ihrer Habseligkeiten und kleinere Möbel von Richard in ihren Keller zu stellen. Es durfte nicht auffallen, viel sollte es nicht sein. Die Frauen, Jakob und ein Freund von Jakob trugen die Sachen am nächsten Abend in den Keller.

Es waren anstrengende, aufreibende Tage, auch die letzte Zeit zuvor. Denn sie hatte sich so viele Informationen zu ihrer Ausreise selbst zusammensuchen müssen, durfte ja nicht mit vielen Leuten darüber reden. Nur Maria konnte ihr ein paar Tipps geben, die sie über jüdische Bekannte erfahren hatte. Luise hatte beim Hilfsverein erfahren, dass es eine Reichsstelle für das Auswanderungswesen gab, die praktische Hilfe für Auswanderer anbot, außerdem hatte sie Informationsblätter des Hilfsvereins, in dem es viele Tipps zu Auswanderungen gab, bekommen. Luise hatte sich genau notiert, welche Dokumente sie brauchte. Auch ein amtsärztliches Attest ließ sie sich ausstellen. Darin wurde unter anderem bescheinigt, dass sie nicht an einer Augenkrankheit namens Trachom litt. Sie musste drei Lichtbilder anfertigen lassen und mit allen Dokumenten, auch mit dem Affidavit von George, drei Tage vor Abfahrt des Schiffes zum Konsulat in Berlin, zur Visierung der Papiere. Wie sehr hatte sie gezittert, als sie dem älteren, redseligen Herrn im Konsulat gegenübersaß. Zum Glück hatte er nicht angezweifelt, dass sie mit George »entfernt verwandt« war, oder er hatte ein Auge zugedrückt. Jetzt durfte nichts mehr schiefgehen, hoffentlich.

Von ihm hatte Luise auch den guten Rat erhalten, sich ein Pensionszimmer in Hamburg zu nehmen, um die Nacht vor der Überfahrt dort zu schlafen, denn das Schiff würde ja früh am Morgen ablegen. Er empfahl ihr das Reisebüro in der Friedrichstraße 100, am Bahnhof, das alles Weitere für sie buchen würde. Dort konnte sie auch die Zug- und Schiffskarte kaufen. Sie hatte wirklich Glück, dass die Vorbereitungen bisher so reibungslos verliefen, und war stolz, dass sie alles selbständig geschafft hatte, ohne Richards Hilfe.

Am Vorabend von Luises Abreise, Luise schlief diese Nacht bei Maria, kam Anni zu Besuch, und die drei Frauen saßen zusammen am Küchentisch. Die Kinder waren schon im Bett, Jakob noch in der Buchhandlung. »Ihr werdet ganz sicher glücklich«, sagte Anni sanft. Anni hatte Luise Proviant für die Reise mitgebracht. Streuselkuchen für jetzt, dann noch Brot, Käse und drei Äpfel. Luise nickte freudig.

Sie nahmen alle ihre Hände, drückten sie. Maria fiel noch etwas ein. Sie löste sich, stand auf, holte ein Buch und einen Stadtplan, überreichte beides Luise. »Von Jakob und mir.« Es war ein Reiseführer und ein Stadtplan von New York. »Die sind beide praktisch.« Sie lächelte Luise an. Diese dankte ihr überwältigt, betrachtete das Bild der Skyline von New York auf dem Reiseführer.

»Jakob meinte, wenn ihr dort nicht Fuß fasst, kommt ihr wieder. Weil du dein Zimmer ja gekündigt hast und Richards Wohnung auch, wohnt ihr dann erst mal bei uns. Auch wenn es eng wird mit den Kindern, aber Tabea und Noah mögen dich so, die werden sich freuen. Die beiden können solange in einem Bett schlafen, das machen sie eh gerne.«

»Wir werden dort Fuß fassen, da bin ich mir sicher.«

Maria griff nach Luises Hand. »Keiner weiß, was kommt. Jedenfalls halten wir zusammen.«

»Danke, das ist lieb und gut zu wissen. Ich habe mich bei euch auch immer so wohl gefühlt. Ihr seid meine kleine Ersatzfamilie.« Maria und Luise lächelten sich an.

»Das ist wahr«, stimmte Anni zu. »Ihr seid eine perfekte Familie, Maria. So wünsche ich es mir auch mit Siegfried. Ein Mädel und einen Buben.« Sie lächelte verträumt.

Maria und Luise warfen sich kurz einen Blick zu, denn sie mochten Siegfried ja, aber nicht seine Gesinnung, und hofften deshalb, dass Anni irgendwann einen anderen heiraten würde.

»Aber ich komme nicht zurück, solange die politische Lage hier so ist, wie sie ist, sowieso nicht«, setzte Luise ernst an. »Und leider wird das ganz sicher noch länger anhalten, bestimmt Jahre. Wie es aussieht, wird es schlimmer werden.«

»Unsinn«, entgegnete Anni tonlos.

»Ach ja? Und wozu haben sie erst vor einem Jahr diese Nürnberger Gesetze erlassen? Allein ein Gesetz ›zum Schutz des deutschen Blutes und der deutschen Ehre‹, unfassbar. Und seit diesem Jahr dürfen jüdische Familien nicht einmal mehr ›deutschblütige‹ Dienstmädchen beschäftigen«, regte sich Luise auf. »Es wird immer schlimmer.«

Maria starrte die ganze Zeit zu Boden, knetete ihre Hände. Anni hatte die Lippen zusammengepresst, öffnete sie jetzt. »Luise. Ich finde das auch nicht gut. Aber ich bin mir trotzdem sicher, es wird uns allen bald besser gehen. Die Leute haben wieder mehr Arbeit, dann beruhigen sich alle auch wieder.« Sie nahm ein Stück Streuselkuchen und biss hinein.

»Ich bin mir da nicht sicher. Auch die Tatsache, dass ich als Andersdenkende verfolgt werde, dass mein Leben auf dem Spiel steht ... Ich muss gehen. Um weitermachen zu können. Richard und ich werden es in New York schon schaffen, und ich werde unser Restaurant in Manhattan aufmachen. Ich hoffe, das Geld reicht. Zur Not arbeite ich erst noch etwas. Von der Philosophie kann ich nicht leben. Ich lasse mich nicht unterkriegen. Solange es in Deutschland so zugeht, kann ich hier nicht bleiben und nicht glücklich werden.«

Maria streichelte ihr über den Arm. »Jakob hat mir immerhin erlaubt, dir das Geld zu geben. Wir überweisen es dir.«

Anni schluckte den letzten Bissen herunter, nickte. »Luise schafft alles, was sie will. Ich überweise dir auch meinen Anteil. Ich sehe es als Investition.«

Luise sah die beiden dankbar an. »Ich danke euch. Vor allem für euer Vertrauen.«

»Wenn du das nicht schaffst, dann keine.« Anni lächelte. »Ich würde mich das niemals trauen. Alleine nach New York, ohne meinen Siegfried.«

»Doch, Anni, das würdest du zur Not schon«, sagte Maria leise. »Hoffen wir, dass es nicht so weit kommt.«

Luise nickte.

»Und kommst du dann in Amerika einfach an das Geld?«, hakte Maria nach.

»Einfach nicht. Bankguthaben werden auf Sperrkonten übertragen, hat mir Richard erklärt. Für das Geld, das wir ins Ausland transferieren, müssen wir Abschläge zahlen.«

»Dann ist mein Geld dort ja schon weniger wert«, entfuhr es Anni wenig begeistert.

»Ja, das haben sie sich schön ausgedacht«, bestätigte Maria. »Aber immerhin müsst ihr keine Reichsfluchtsteuer zahlen, du und Richard, nicht wahr?«

Anni sah sie fragend an, schien sich da nicht so gut auszukennen wie Maria.

Luise nickte. »Weil wir kein Vermögen von 50 000 Reichsmark haben.«

»Und weil ihr keine Juden seid«, fügte Maria hinzu.

Die Freundinnen sahen sich einen Moment betreten an. »Also, wie besprochen«, fuhr Luise fort. »Entweder ihr kommt bald nach und wir führen unser Restaurant gemeinsam, oder ich werde euch je ein Drittel von allem, was ich erwirtschafte, irgendwann zurückzahlen. Anni, du verlierst nichts, das Restaurant macht bestimmt bald Gewinn, dann hast du sogar mehr, als du eingesetzt hast.«

Anni wirkte immer noch nachdenklich. »Was macht dich da so sicher?«

»Mein Vertrauen in mich«, erwiderte Luise. »Und jetzt heißt es Abschied nehmen.«

Maria standen plötzlich Tränen in den Augen. Luise erschrak, denn sie hatte die stets gefasste Maria noch nie weinen sehen.

»Komm her, Luise, lass dich drücken. Wer weiß, wann wir uns wiedersehen.« Maria stand auf, ging zu Luise, die jetzt auch aufgestanden war. Mit schwerem Herzen umarmte diese ihre Freundin, um die sie sich am meisten sorgte.

Nun war auch Anni aufgestanden, kam zu den beiden und umschlang sie mit den Armen. Wie gut sie duftete, wie immer nach ihrer geliebten Lavendelseife. Wie sehr würde sie ihre besten Freundinnen in Amerika vermissen, dachte Luise, und so hielten sich die Frauen einen Moment fest umarmt. Dann löste sich Luise und sagte: »Auf *Wiedersehen!* Wir drei bald dort, ich freue mich. Es wird aufregend in New York, glaubt mir.«

KAPITEL 6

Die Landschaft ratterte an ihr vorbei. Die Zugfahrt am nächsten Tag nach Hamburg, von wo aus das Schiff nach New York ablegen sollte, kam Luise endlos vor. Wie sollte sie dann die Überfahrt nach New York erst aushalten? Sie freute sich so sehr, Richard bald wiederzusehen, hoffte, dass es ihm gut ging, dass alles zu einem glücklichen Ende kommen würde. Happy End, wie die Amerikaner sagten.

Stunden später, es war schon früher Abend, fuhr der Zug im Hamburger Hauptbahnhof ein. Hamburg, zum ersten Mal in dieser fremden Stadt! Beeindruckt sah Luise sich am Bahnhof um, an dem reges Treiben herrschte. Viele Menschen stiegen mit Gepäck aus, mussten sich zurechtfinden, wie sie.

Luise nahm die beiden Koffer, ging den Bahnsteig entlang, eine Treppe hoch zum Empfangsgebäude, das wie eine Brücke über den Gleisanlagen gebaut worden war. Der penetrante Geruch der ein- und ausfahrenden Züge mischte sich mit den Parfums der passierenden Menschen, dem Schweiß der Hastenden. Es war ein sehr großer Bahnhof mit einer eindrucksvollen Glaskuppel. In der Eingangshalle gab es Fahrkartenschalter, Wartesäle, eine Post, eine Geldwechselstube und eine Gepäckausgabe. Luise lief zum verglasten Eingangsportal, trat an die frische Luft, die herrlich roch, sah, dass das Portal umrahmt war von zwei verschiedenen Türmen. Sie zog den Zettel heraus, auf den sie den Namen der Pension und die Adresse geschrieben hatte, ging zu einem Stadtplan, der am Bahnhofsgebäude ausgehängt war. Gut, dass sich die Pension in der Nähe befand. Sie entdeckte die Straße auf dem Plan, machte sich Notizen. Zum Glück besaß sie einen recht guten Orientierungssinn.

Müde von der Reise und den vielen neuen Eindrücken der Stadt kam sie in der kleinen Pension an. Der Putz des Gebäudes blätterte ab, der Eingangsbereich roch, als wäre hier nicht oft gelüftet worden. Die Pensionswirtin, eine korpulente Frau, stand hinter einem Tresen aus dunklem Holz und sah Luise mit ihren kleinen Augen aufmerksam an.

»Guten Tag, ich habe über das Reisebüro ein Zimmer bei Ihnen gebucht. Mein Name ist Luise Jonas«, stellte sich Luise vor.

»Guten Tag, Frau Jonas.« Sie schlug in ihrem Reservierungsbuch nach, sah wieder auf. »Ich habe noch eine Frau bei Ihnen einquartieren müssen«, erklärte sie. »Es werden doch immer mehr Juden, die ausreisen wollen. Sie hat mir leidgetan. Ist das in Ordnung?«

»Aber ja, das ist gar kein Problem.«

»Wollen Sie hier zu Abend essen?«

»Nein danke, ich habe eine Stulle dabei.«

Luise wurde das Zimmer im Erdgeschoss gezeigt, in dem zwei einzelne Betten rechts und links an der Wand standen. Dazu ein einfacher Holzschrank, eine weiße Holzkommode und ein Waschbecken. Sie wusch sich die Hände, trocknete sie an einem Handtuch ab und legte sich auf die Matratze des rechten Bettes. Sie freute sich so, ganz bald würde sie Richard wiedersehen. Mit einem Lächeln zog sie das Foto von Richard und George aus ihrer Tasche hervor, betrachtete es und strich mit dem Daumen liebevoll über den Rand. Wie gut er aussah, ihr Verlobter. George aber auch. Die beiden waren wahrlich zwei stattliche junge Männer.

In dem Moment klopfte es, und Luise setzte sich auf. »Herein.«

Eine junge Frau in ihrem Alter öffnete die Tür, in der Hand eine Reisetasche. Sie hatte dunkle lange Haare, ein schmales

Gesicht und große, traurige Augen. Sie sah Luise unwohl und schüchtern an. »Entschuldigung, ich möchte nicht stören, aber die Wirtin hat mir dieses Zimmer genannt.«

»Sie stören nicht. Kommen Sie doch herein.« Luise lächelte sie an, und die Frau lächelte zaghaft zurück, trat ein, zog ihren Mantel aus, hängte ihn in den Schrank und setzte sich unsicher auf das andere Bett. Als ihr Blick auf das Waschbecken fiel, stand sie auf, wusch sich die Hände, erfrischte ihr Gesicht. Dann setzte sie sich wieder hin.

Luise hatte Hunger. Aber sie konnte ja jetzt nicht allein essen. »Wollen Sie vielleicht eine Stulle? Ich habe noch eine übrig.«

Die Frau sah sie verständnislos an. »Eine was?«

»Ein Brot. Mit Honig darauf«, erklärte Luise lächelnd. »Und eines mit Marmelade. Ich bin übrigens Luise Jonas.«

»Und ich Elisabeth Hirsch.« Die Frau lächelte.

»Also, möchten Sie eine Stulle?«

»Gerne. Wenn Sie sie wirklich nicht selbst essen wollen?«

»Nein, nein. Und welche?«

»Wie Sie mögen.«

»Ich mag beides. Honig?«

Elisabeth nickte.

Luise holte ihre zwei letzten Stullen heraus, gab ihr eine.

»Vielen Dank.« Elisabeth schien sehr schüchtern zu sein. Während sie auf ihren Betten saßen und erst still ihre Brote aßen, erzählte Luise schließlich, dass sie morgen ein Schiff nach Amerika nehmen würde.

»Wirklich? Ich auch«, erwiderte Elisabeth. Sie stellten fest, dass sie jede ein Ticket für denselben Dampfer hatten.

»Das ist ja schön«, sagte Luise. »Ich bin ziemlich nervös, allein auf so eine Reise zu gehen. Sind Sie auch schon so gespannt auf Amerika?«

»Ja.« Elisabeth nickte, wirkte aber plötzlich nachdenklich,

bedrückt. Sie schluckte den letzten Bissen herunter und starrte still vor sich hin.

Luise sah sie mitfühlend an. »Sie sind bestimmt auch so müde wie ich, habe ich recht?«

Wieder nickte Elisabeth, und sie beschlossen, schlafen zu gehen.

Mitten in der Nacht wachte Luise auf, weil sie ein leises Schluchzen hörte. Sie zögerte. Sollte sie Elisabeth darauf ansprechen? Sie wartete einen kurzen Moment, dann fragte sie vorsichtig: »Kann ich Ihnen irgendwie helfen?«

»Nein danke.« Elisabeth schniefte, wurde still, dann brach es aus ihr heraus: »Oder vielleicht doch.«

Luise schob die Decke ein Stück zurück, setzte sich auf und sah sie erwartungsvoll an. »Gern, wie denn?«

Auch Elisabeth richtete sich auf, räusperte sich. Das Licht einer Straßenlaterne beleuchtete den Raum etwas. Im Halbdunkel des Zimmers erkannte Luise, wie sich Elisabeth eine tränenbenetzte Haarsträhne aus dem Gesicht strich. »Ich habe Angst, dass sie mich nicht einreisen lassen, weil der Arzt vermutet hat, dass ... dass ich depressiv bin«, flüsterte diese.

»Was, nur weil ein Arzt das vermutet hat?«, empörte sich Luise sofort.

»Ja, sie wollen keine psychisch Kranken in Amerika«, erklärte Elisabeth traurig.

Davon hatte Luise schon bei der Ausreisebehörde gehört. »Als ob es dort keine gäbe«, erwiderte sie. »Es kann Ihnen doch keiner beweisen, dass Sie depressiv sind.«

»Aber man wird gründlich untersucht und tagelang beobachtet. Was, wenn ein Arzt attestiert, dass ich oft niedergeschlagen bin?«

Luise dachte einen Moment nach. »Und wenn ich bezeugen würde, dass ich Sie kenne und Sie nicht depressiv sind?«

»Das würden Sie für mich tun?«

»Natürlich, das mache ich gern.«

Elisabeth lächelte sie überwältigt an. »Aber was ist, wenn Sie dann auch nicht einreisen dürfen?«

Luise schüttelte den Kopf. »Dann kriegen die es mit mir zu tun. Das sage ich, auf jeden Fall.«

»Danke«, flüsterte Elisabeth.

»Wollen wir uns nicht vielleicht duzen?«, schlug Luise lächelnd vor. »Sollten wir sowieso, wo wir uns doch kennen. Und bald eine Woche zusammen auf dem Schiff verbringen.«

Elisabeth lächelte zurück. »Hoffentlich. Sie ... ich meine, du bist wirklich mutig.«

»Du doch auch, sonst wärst du nicht hier«, entgegnete Luise.

»Nein, bei mir ist es eher Verzweiflung. Meine Eltern sind in ein Konzentrationslager gekommen. Sie sind Kommunisten. Und Juden. Sie haben es geahnt, haben mich zuvor so sehr angefleht, dass ich das Land verlasse.«

»Verstehe. Das tut mir sehr leid.«

»Danke. Wenn das stimmt, was man so hört ... ich möchte es mir gar nicht ausmalen. Es könnte sein, dass ich sie nie wiedersehen werde.«

Luise wusste nicht, was sie dazu sagen sollte. Auch sie hatte von solchen Berichten gehört. Schon vor einem Jahr aus dem Konzentrationslager Columbia in Berlin, da gab es Berichte von Folterungen, Menschen kamen nicht mehr zurück. Und in diesem Sommer war das KZ Sachsenhausen nördlich von Berlin errichtet worden. Bei dem Gedanken daran machte sie sich noch größere Sorgen um ihre Freundin Maria, Jakob und die Kinder. Hoffentlich würden sie bald nachkommen. Hoffentlich ...

Nachdem sich Elisabeth wieder beruhigt hatte und Luise die düsteren Befürchtungen verdrängt hatte, versuchten sie zu schlafen.

Am nächsten Morgen ging es endlich los. Luise und Elisabeth standen in der Menge der wartenden Passagiere mit ihrem Gepäck am Hafen. Von Hamburg ging es zunächst auf kleineren Booten, den sogenannten Tendern, die für bis zu dreihundert Personen ausgelegt waren, nach Cuxhaven zum großen Dampfschiff. Wegen ihres Tiefgangs konnten die Überseedampfer die Elbe nicht weiter flussaufwärts passieren.

Die *New York* der Hamburg-Amerika-Linie war groß und stattlich. Ihr schwarzer Rumpf ragte meterhoch in die Höhe, sodass Luise kaum die weiß gestrichenen Decks erkennen konnte, als sie sich auf einem der Tender näherten. Über den zwei roten Schornsteinen wehte wie über allen anderen Dampfern der Reederei die Hakenkreuzflagge. Knapp eintausend Passagiere sollten Platz haben auf dem Ozeanriesen.

Der Anblick, wie all die Menschen mit ihren Koffern in das Innere des Schiffs drängten, erinnerte Luise an einen Wal, der riesige Mengen Krill in seinen Schlund sog. Die Emigrierenden drängelten sich am Steg, nachdem sie dort von den kleineren Booten abgeladen worden waren. Jeder hier wollte nur noch weg aus Deutschland.

Als Elisabeth und sie kontrolliert wurden, klopfte Luises Herz schneller. Was, wenn dieser Mann doch noch andere Papiere sehen wollte? Sie hatte davon gehört, dass manchmal recht subjektiv entschieden wurde, wer ausreisen durfte und wer nicht. Es war alles so kompliziert.

Der Mann, der eine mürrische Miene aufgesetzt hatte, ging die Papiere skeptisch durch, kniff plötzlich ein Auge zusammen und sah sie an. Luise lächelte bemüht. Und jetzt lächelte auch er. Ihr fiel ein Stein vom Herzen. Dann nahm er die Papiere von Elisabeth entgegen. Luise wartete mit ihr, warf ihr einen aufmunternden Blick zu. Wieder die schier endlosen Sekunden des Bangens, bis er Elisabeth ins Gesicht sah, nickte und ihr die Papiere zurückgab.

Rasch betraten sie den langen, schmalen Steg, der auf den riesigen Dampfer führte. Elisabeth hielt sich sofort an Luises Arm fest. »Oh Gott, ich bin so froh, dass es geklappt hat. Und Hilfe, geht's da runter, ich habe Höhenangst.«

»Nicht nach unten sehen, nur geradeaus, immer auf dein Ziel schauen«, erwiderte Luise in beruhigendem Ton. »Das sagt mein Verlobter immer.«

»Scheint ein kluger Mann zu sein.«

»Das ist er. Sehr sogar.«

»Du hast es gut, weil jemand auf dich in New York wartet«, sagte Elisabeth leise, und wieder standen ihr Tränen in den Augen. Wie schwer musste es sein, in ein fremdes Land zu reisen, ohne dass dort jemand auf einen wartete? Wie glücklich konnte sich Luise schätzen! Richard hatte sich bestimmt schon etwas eingelebt und alles für sie in New York organisiert. Vielleicht ja sogar schon die Hochzeit. Er hatte sich vor seiner Ausreise Sorgen gemacht, dass sie doch nicht unverheiratet zusammenwohnen konnten. Aber sie hatte ihn beruhigt. Sie wollten ja heiraten, sie konnten es ganz bald tun. Die Amerikaner würden das sicher nicht so streng sehen wie die überkorrekten Deutschen.

In kleinen Schritten gingen sie weiter, das plätschernde Wasser unter ihnen sah dunkel und tief aus. Endlich hatten sie den wackeligen Steg überquert, Elisabeth lockerte ihren Griff. Sie hatte sich so fest an Luises Oberarm gekrallt, dass der ein wenig schmerzte. Aber das war jetzt egal. Sie befanden sich auf dem Schiff. Luise spürte das leichte Schwanken, fühlte ein freudiges, jubilierendes Gefühl in ihrer Brust. Sie hatte es geschafft. Zumindest die erste Hürde war genommen. Sie war auf dem Schiff. Jetzt hielt sie keiner mehr auf. *Amerika, ich komme!*, dachte sie.

Die Passagiere wurden von Angestellten in ihre Klassen geschickt. Luise und Elisabeth hatten die dritte Klasse gebucht.

Mehr hatten sie sich beide nicht leisten können. Luise sah den feinen Damen nach, die mit ihren Gatten in die erste Klasse nach oben geleitet wurden. Sie selbst mussten eine Treppe hinuntergehen. Der Flur sah eng, aber ordentlich aus.

»Heißt dritte Klasse eigentlich, dass wir nicht nach oben an Deck dürfen?«, überlegte Elisabeth laut.

Luise schauderte. Sie erinnerte sich an Geschichten von den großen Auswanderungswellen im letzten Jahrhundert, bei denen die Menschen auf den Zwischendecks unter unwürdigen Bedingungen hausen mussten. Und an einen Bericht über die 1912 gesunkene *Titanic*, bei der so viele Passagiere des Zwischendecks starben und nur wenige der ersten Klasse. Sie bekam plötzlich Angst, wollte das vor Elisabeth aber nicht zeigen.

»Kann ich mir nicht vorstellen.«

Sie standen in dem langen Flur und warteten, weil ein Mann sein großes Gepäckstück umständlich in die Kabine wuchtete und den Durchgang versperrte. Die nachrückenden Leute hinter ihnen forderten sie auf weiterzugehen, es wurde immer enger.

»Wir können selbst nicht weiter«, erklärte Luise. Jeder wollte in seine Kabine, ihr ging es ja auch so. Hinter ihr kam es zum Gedränge, weil eine Frau keine Geduld mehr hatte. Luise wurde stark an zwei Frauen vor ihr gedrückt. Sie entschuldigte sich, aber wurde nur noch fester an die beiden gepresst. Die Luft wurde stickig, ihr wurde schrecklich heiß. Das Gedränge schien sich partout nicht aufzulösen. Ihre Fantasie ging mit ihr durch, und sie sah sich eingepfercht mit all diesen Leuten in einer engen Kabine. Schnappte das Maul des Wals gleich zu? Würde sie die Schifffahrt vielleicht gar nicht überleben, die Neue Welt und vor allem Richard niemals wiedersehen?

»Luise, du siehst so blass aus, alles gut?«, fragte Elisabeth. Glücklicherweise hatte der Mann endlich den Weg freigegeben, und sie wurden weiter den engen Gang entlanggeschoben.

»Was? Ja, alles gut.«

»Und wenn nicht?«, brach es aus Elisabeth heraus. »Wenn nicht alles gut wird? Ich werde meine Eltern nie wiedersehen, erst recht nicht, wenn ich so weit weg von ihnen bin.«

Luise versuchte, sie zu beruhigen. Sie musste stark bleiben, für Elisabeth. Die sah jetzt richtig verzweifelt aus, eine Träne rann ihr über die Wange.

»Du musst optimistisch bleiben, das ist wichtig. Wir schaffen das in Amerika, Elisabeth, da bin ich mir ganz sicher. Und vielleicht schaffen es deine Eltern auch, dann kommen sie dorthin. Du darfst die Hoffnung einfach nicht aufgeben.«

Aber Elisabeth ließ sich nicht beruhigen, die Tränen liefen ihr jetzt in Strömen über die Wangen, sie wischte sie rasch mit ihrem Ärmel weg.

Hoffentlich bemerkt bei der Einreise niemand, dass sie so traurig ist, durchfuhr es Luise. Sie strich beruhigend über ihren Arm. Luise wusste ja: Alle Ankommenden mussten in New York auf einer Insel, Ellis Island, einen Gesundheitscheck über sich ergehen lassen. Nur wer nicht krank und wirtschaftlich selbständig war, durfte einreisen. Die anderen wurden mit dem nächsten Schiff in ihre Heimat zurückgeschickt. Luise hatte bei der Ausreisebehörde nicht nur erfahren, dass einige mit der Begründung »geisteskrank« zurückgewiesen worden waren, Menschen, die nur geweint hatten, aus Angst oder Heimweh, sondern, dass sie von der Reederei sogar zurückgebracht worden waren und in Hamburg in die sogenannte »Irrenanstalt Friedrichsberg« eingewiesen wurden. Aber das erzählte sie Elisabeth lieber nicht. Sie durfte die Hoffnung nicht verlieren, die Hoffnung auf ein bisschen Glück.

Die Menschen vor ihnen blieben stehen, sie mussten erneut warten, bis ein Paar sein voluminöses Handgepäck in die Kabine gewuchtet hatte. Endlich ging es weiter, und Luise und Elisabeth wurde von einem Angestellten ihre Kabine gezeigt. Sie hatten es gleich nach Ankunft auf dem Schiff geschafft, einen Steward zu überreden, sie derselben Kabine zuzuteilen. Was nicht leicht gewesen war, aber Luise hatte ihren Charme eingesetzt.

Als sie eintrat, sah sie sich überrascht um. Sie schnupperte. Es roch nach Reinigungsmittel und Zitrone. Mit so einer angenehmen Kabine hatte sie gar nicht gerechnet. Die Kabine war zwar nicht groß, aber sauber, und es befand sich alles darin, was man so brauchte. Auf der linken Seite zwei Betten übereinander, geradeaus ein Waschbecken, darüber ein Spiegel, rechts davon ein Kleiderschrank, außerdem ein Stuhl. Die Kabinen waren zweckmäßig, aber behaglich eingerichtet.

»Es gibt sogar fließendes Wasser«, stellte sie fest, als sie das kleine Waschbecken inspizierte. »Und Handtücher, frische weiße Bettwäsche, sogar einen Teppich.«

»Und eine Nachtbeleuchtung«, sagte Elisabeth und deutete auf ein kleines Lämpchen, ehe sie sich erschöpft auf das untere Bett setzte. »Aber es schwankt alles.«

»Findest du? Wir sind ja noch nicht einmal losgefahren.«

»Ich fürchte, ich bin sehr sensibel.«

»Das ist ja nichts Schlimmes.« Luise fing an, ein paar Habseligkeiten auszupacken. Immerhin würden sie hier eine Woche an Bord verbringen.

»Ist es in Ordnung, wenn ich mich erst einmal hinlege?«, fragte Elisabeth.

»Natürlich. Mach das. Ich werde mich so lange hier umsehen.«

Elisabeth nickte, zog ihre Schuhe aus, kletterte auf das obere Bett und legte sich im Mantel hin. Sie schien keine Energie mehr zu haben. Ganz sicher würde ihr die Zeit auf dem Schiff wieder Kraft geben.

Luise ordnete kurz ihr Haar, verabschiedete sich und verließ die Kabine. Sie wollte die Abfahrt des Schiffes nicht verpassen. Die letzten Minuten in Deutschland. Offenbar war sie nicht die Einzige mit diesem Gedanken. Viele Leute kamen aus ihren

Kabinen, strömten den Gang entlang in Richtung Deck. Jetzt würde sich zeigen, ob die Passagiere der dritten Klasse auch auf das oberste Deck durften.

Luise ging rasch weiter, einem Mann im Anzug und Hut hinterher, der nach oben strebte. Tatsächlich wurden sie nicht aufgehalten – also konnten sie sich auf dem Schiff wohl frei bewegen. Was für ein Glück.

An der Reling drängten sich die Leute bereits und blickten zum Hafen, wo sich eine große Menschenmasse versammelt hatte. Auch wenn es weder Verwandte noch Freunde waren, die ihnen vom Kai aus zuwinkten, fühlte es sich doch so an. Dort unten standen Menschen, die ihnen Glück wünschten in der neuen Heimat.

Heimat, dachte Luise traurig. Sie verließ ihre Heimat, und dabei wollte sie das doch im Grunde ihres Herzens überhaupt nicht. Die Umstände hatten sie gezwungen. Die Propaganda, die Schandtaten, dieser Hitler, seine Gefolgschaft, das alles. Ihre Heimat fühlte sich nicht mehr sicher und vertraut an. Sondern flatterhaft, beschämend, fremd. Luise hoffte, dass die Verirrten bald zur Besinnung kommen würden. Dass es mehr Menschen im politischen Widerstand in Deutschland geben würde und dies Früchte trug, sich ausbreitete wie eine Lawine. Dass die Verblendeten aufwachten und alles endlich wieder aufhörte. Diese Hetze gegen alles Nichtdeutsche, diese Brutalität, die auf offener Straße ausgetragen wurde.

Von Amerika aus würden sie den Menschen die Augen öffnen. Richard und sie. Er mit seinen wundervollen Worten, seinem Scharfsinn, seiner Klugheit. Und sie würde noch mehr von ihm lernen, es ihm gleichtun als moderne Frau. Hier in Deutschland hatte sie in seinem Schatten gestanden, auch weil er ihr Dozent gewesen war, aber das sollte sich in ihrem neuen Leben ändern.

Luise beobachtete zwei Kinder, die an Deck Fangen spielten.

Wie unbekümmert sie sein konnten. Wie beneidenswert. Und wie schön, dass es ihnen gestattet wurde, sich hier auszutoben. Nur zu gerne wäre sie mitgerannt. Wie früher. Aber früher war vorbei. Jetzt hieß es, nicht weiter über die Vergangenheit nachzudenken, sondern nur noch über die Zukunft.

Neben ihr stand ein älteres Ehepaar an der Reling und blickte traurig auf den Hafen. Der Mann hielt seinen Hut vor seiner Brust, drehte ihn nervös. Seine weißen Haare standen ihm etwas vom Kopf ab. Seine Frau trug ein dunkles Kostüm, schnäuzte sich in ein Stofftaschentuch, tupfte sich die Augenwinkel. Irgendwann konnte die Dame ihre Gefühle nicht mehr unterdrücken und brach in Tränen aus.

Ihr Mann versuchte sofort, sie zu trösten. »Haviva, du wirst sie alle wiedersehen.«

»Aber meine Enkel, ich möchte sie aufwachsen sehen. Unser Schwiegersohn ist so ein Sturkopf!«, schluchzte sie.

Luise fing den Blick des Mannes auf und sah ihm seinen Schmerz an. Er ahnte, dass sie ihre Enkel vermutlich nie wiedersehen würden. Es schnürte Luise den Magen zu. So viel Elend, so viel Leid.

Sie löste sich von der Reling und ging an den spielenden Kindern vorbei übers Deck. Der Dampfer war riesig. Ein Schiffshorn ertönte, die *New York* löste sich vom Kai, und der Kapitän nahm Kurs aufs offene Meer. Endlich. Ein sanfter Wind wehte um ihre Nase. Ein fremder Wind würde es werden. Luise wollte jetzt alles erkunden, war viel zu neugierig und aufgeregt, um sich in ihrer Kabine auszuruhen.

Matrosen lächelten ihr im Vorbeigehen zu, Luise lächelte zurück. Sie lief die Treppen hinunter unter Deck, weiter den Gang entlang, blieb an einem Raum stehen, der aussah wie ein edler Speisesaal. Die Tische darin waren mit weißen Tischdecken und edlem Porzellan und Gläsern eingedeckt. Neugierig sah sie hinein. Ein Ober kam zu ihr, fragte freundlich nach ihrem Ticket.

Sie zeigte es ihm, und er erklärte bedauernd, dass dieser Raum den Passagieren der ersten Klasse vorbehalten sei, wies ihr aber den Weg zum Speisesaal für die dritte Klasse.

Luise bedankte sich, ging dorthin und staunte nicht schlecht. Auch dieser Speisesaal sah nobel aus. Es roch nach Braten, nach Kräutern und Kartoffelsuppe. Auch hier gab es weiße Tischtücher, die Tische waren eingedeckt, ein paar Gäste hatten sich schon eingefunden, löffelten ihre Suppe. Die köstlichen Gerüche erinnerten Luise daran, wie lange sie schon nichts mehr in den Magen bekommen hatte. Diese Kartoffelsuppe roch milder, als sie es kannte, aber auch sehr köstlich. Hierher wollte sie nachher gemeinsam mit Elisabeth gehen.

Sie drehte sich um, verließ den Speisesaal und schlenderte weiter durch den schmalen Gang. Eine junge Frau trat vor ihr aus einer anderen Tür und ließ diese offen stehen. Neugierig warf Luise einen Blick hinein. Etwas weiter, an einer anderen Tür, aus der gerade eine Frau herauskam und sie offen ließ, blieb Luise stehen. *Raucherzimmer* verkündete ein Schild über dem Türrahmen. Der strenge Geruch von Tabak schlug ihr entgegen, obwohl sie nicht einmal eingetreten war. An einer Bar aus edlem Holz saßen drei Männer auf fest installierten Barhockern. Weiter hinten im Raum entdeckte sie runde Holztische mit Caféhausstühlen. Ein modern gekleidetes Paar um die fünfzig hatte es sich an einem davon gemütlich gemacht und paffte Wölkchen in die Luft. Vor ihnen standen Gläser mit Bier.

Luise mochte keinen Rauch, also ging sie weiter, bis sie über einer Tür *Damenzimmer* las. Dieser Raum war hell, wirkte behaglich und geschmackvoll. Es standen vier Tische darin, mit weißen Tischdecken und frischen Blumen, um die jeweils zwei, drei Sessel gruppiert waren. Vorhänge schmückten die Fenster, und es roch nicht nach Tabak, was Luise freute. Die Reederei schien Wert darauf zu legen, jedem die Überfahrt so angenehm wie möglich zu gestalten. Das musste ein gutes Omen sein.

Sie brannte darauf, Elisabeth alles zu zeigen. Es würde sie von ihren traurigen Gedanken ablenken.

Voller Zuversicht machte sie sich auf den Weg zurück zu ihrer Kabine, verirrte sich aber auf dem riesigen Dampfer. Sie fragte einen netten Seemann, der nach Aftershave roch und ein Matrosenoberteil und eine weiße Kappe mit schwarzer Bordüre trug, nach dem Weg in die dritte Klasse. Kurz darauf kam sie endlich vor ihrer Kabine an. Behutsam drückte sie die Klinke herunter. Elisabeth lag immer noch im Mantel auf ihrem Bett und schlief. Sie musste völlig erschöpft gewesen sein.

Bemüht leise schlich sich Luise zu ihr, stellte sich neben das Bett und betrachtete Elisabeth. Sollte sie alleine essen gehen?

In dem Moment blinzelte Elisabeth und schlug die Augen auf. »Was ist passiert?«, fragte sie alarmiert und stützte sich auf ihre Ellenbogen.

»Nichts, alles gut«, beschwichtigte Luise und lächelte sie an. »Dieses Schiff ist ein Traum. Und es gibt einen wundervollen Speisesaal, und die Kartoffelsuppe riecht soo herrlich. Kommst du mit?«

»Kartoffelsuppe? Da fragst du noch?« Elisabeth krabbelte aus ihrem Hochbett, ließ sich hinuntergleiten, sah Luise jetzt zögerlich an. »Gibt es die Suppe auch für Juden?«

»Davon gehe ich aus, es sind ja sicher einige jüdische Passagiere an Bord.«

Elisabeth lächelte. »Das ist gut. Ich fühle mich nämlich wie ein Bär nach einem langen Winterschlaf.« Sie schloss für einen Moment die Augen. »Wie ein schwankender Bär.«

Luise lachte. »Na komm schon, du schwankender, hungriger Bär. Los geht's. Wir erkunden unser neues Zuhause. Denn das ist dieser Dampfer ja jetzt für eine ganze Woche.«

Elisabeths Augen strahlten, als der Ober einen Teller duftende Suppe vor ihr auf den Tisch stellte.

»Bitte schön, die Damen, zweimal Kartoffelsuppe. Alles koscher.« Er hatte sie zuvor gefragt, ob sie koscher essen wollten. Elisabeth hatte dankend zugestimmt, und Luise hatte einfach auch genickt.

Luise und Elisabeth sahen sich kurz an und lächelten. »Und möchten Sie nach der Kartoffelsuppe Hammelkotelett vom Rost mit süßem Mais und Röstkartoffeln, dazu Tomatensalat? Danach einen Apple Pie und Kaffee?«, fragte der Ober und zwinkerte.

Die Frauen sahen sich begeistert an, nickten und Luise bedankte sich. »Sehr gerne. Das ist ja wunderbar hier«.

»Das ist unser Motto, meine Damen«, antwortete er fröhlich. »Wenn die Wolkenkratzer von New York auftauchen, soll jeder Passagier sagen können: Es reist sich gut mit den Schiffen der Hamburg-Amerika-Linie.« Er zwinkerte ihnen erneut zu und ging zu den nächsten Gästen.

Luise nahm Elisabeths Hand. »Glaubst du mir jetzt, dass alles gut wird?«

Elisabeth lächelte zaghaft. »Ich habe gelernt, nicht zu positiv zu denken. Meine Familie und ich, wir sind zu oft enttäuscht worden. Ich hätte nie gedacht, dass sie meine Eltern abholen. Sie selbst auch nicht. Doch sie haben es getan.«

Luise nickte betreten. »Aber jetzt sind wir nicht mehr in Deutschland. In Amerika haben die Leute sicher nichts gegen Juden.«

»Täuschen Sie sich da mal nicht«, mischte sich eine ältere Dame vom Nebentisch ein. Und ihr Mann legte seinen Löffel beiseite und gab ihr recht.

Luise warf der Dame einen betroffenen Blick zu, bemühte sich aber rasch, eine zuversichtliche Miene für Elisabeth aufzusetzen.

Nach dem köstlichen Essen machten sie sich auf, das Schiff weiter zu erkunden. Luise zeigte Elisabeth, was sie schon alles gesehen hatte, aber es gab noch so viel mehr zu entdecken. Sie fanden sogar eine Kapelle an Bord. Hier roch es nach Kerzenwachs. Staunend, dass es so etwas auf einem Schiff gab, standen die beiden Frauen an der Tür zu dem holzgetäfelten Raum. Mehrere Holzstühle, die Sitzflächen mit feinem gemusterten Stoff bespannt, reihten sich vor dem Altar aneinander, der mit einer weißen Spitzendecke und Kerzen geschmückt war. Eine aufgeschlagene Bibel lag darauf, rechts und links daneben standen Vasen mit frischen Blumen, dahinter hing ein Marienbild.

Sie verließen die Kapelle und gingen weiter, kamen zu einer Lounge mit einer Tanzfläche. Die Decke war mit einem grün-weiß gestreiften Stoff abgehängt, auf dem Parkett tanzte ein jüngeres Paar zu Musik von einer Schallplatte. Es war noch nicht spät, vermutlich würden sich dort am Abend mehrere Leute zum Tanz einfinden. Reste von Parfum hingen noch in der Luft.

Weiter ging es zu einem Raum, in dem es auch gedeckte Tische gab, an der Wand einen großen Spiegel. Es war der Essbereich in der dritten Klasse eigens für Kinder. Auch für ihr Wohl wurde bestens gesorgt, am Eingang lag eine Menükarte mit zahlreichen Gerichten, die Kindern schmeckten. Vor allem Milchspeisen zu allen Mahlzeiten.

»Das ist ja ein richtiges Schlaraffenland«, fand Elisabeth und lächelte.

Neben den Kleineren saßen die Mütter, einige etwas ältere Kinder waren aber alleine im Speisesaal und aßen mit gutem Appetit. Die Stewards hier schienen ein Herz für Kinder zu haben, so nett, wie sie mit ihnen umgingen.

Luise und Elisabeth durchstreiften das Schiff vom obersten Deck bis in den letzten Winkel, erhielten von einer Angestellten der Reederei ein Bordmagazin, das die Borddruckerei täglich herausgab, wie ihnen die Frau erklärte. Luise klemmte es sich unter den Arm, um es später in Ruhe zu lesen.

Sie kamen zur Kommandobrücke, wurden von einem Matrosen freundlich weggeschickt, aber ein Offizier winkte sie zu sich, zeigte ihnen die mathematischen und astronomischen Apparate, die ihren Kurs bestimmten. Beeindruckt hörten Luise und Elisabeth zu.

»Wenn die Damen das Technische interessiert, können Sie auch noch die Maschinen und Kessel ansehen, wenn Sie mögen.«

»Sehr gerne! Oder, Elisabeth?«, stieß Luise begeistert aus. Elisabeth nickte.

Sie wurden von einem Seemann in den Maschinenraum geführt, bekamen dort vom Chefingenieur eine praktische Demonstration. *Faszinierend, wie dieses Schiff funktioniert*, dachte Luise. Die Maschinen und Kessel versorgten das Schiff mit kaltem und warmem Wasser und mit kühler Luft. Mit großen Augen bestaunten sie die Turbinen, die die 24 000 Tonnen vorantrieben.

Sobald sie wieder an Deck standen, sagte Elisabeth: »Kneif mich mal. Ich kann nicht glauben, dass hier alle so nett sind ...«

»Das ist nur ein Vorgeschmack«, erwiderte Luise übermütig.

»Bestimmt nicht. Du hast die Frau im Speisesaal doch gehört: In Amerika gibt es auch Vorbehalte gegen Juden.«

»Elisabeth, bitte.« Luise hatte sie an beiden Händen genommen. »Was bringt es denn, immer alles düster zu sehen? Es kommt, wie es kommt. Aber ich bin der festen Überzeugung, dass aus guten Gedanken gute Dinge erwachsen. Und umgekehrt.«

Elisabeth atmete durch. »Luise, wenn ich dich nicht hätte ... Aber weißt du, was, in Amerika, nein, besser ab jetzt, nennst du mich Elly. Das klingt irgendwie amerikanisch, oder?«

»Elly? Sehr gerne.« Luise lächelte.

Die nächsten Tage genossen die beiden Frauen die Überfahrt, das sonnige Wetter, entspannten oft an Deck in den Liegestühlen und unterhielten sich über Luises Plan, ein Restaurant in New York zu eröffnen.

»Möchtest du dort mitarbeiten?«, fragte sie Elly irgendwann. Sie hatte das Gefühl, ein Ziel, ein Plan, täte ihrer neuen Freundin gut. Elly hatte ein sanftes Wesen, konnte gut servieren, wie sie erzählt hatte, denn das hatte sie einmal während einer Anstellung in einem Haushalt getan. Außerdem mochten die beiden sich immer mehr. Auch wenn sie recht unterschiedlich waren. Die gemeinsame Zeit an Bord schweißte zusammen.

»Ist das dein Ernst?«, fragte Elly mit großen Augen.

»Natürlich, sonst würde ich nicht fragen. Nur wird es am Anfang nicht einfach werden. Vermutlich kann ich dir nur wenig zahlen.«

»Luise, wie gerne ich das würde. Ich habe nur kein Geld mehr. Ich bräuchte dann noch einen anderen Job.«

»Ich ja bestimmt auch am Anfang. Wir schaffen das schon.«

Sie wusste, dass Elly ein Affidavit von einem jüdischen Filmproduzenten erhalten hatte, der US-Bürger war, denselben Nachnamen trug und ihre Eltern um ein paar Ecken kannte. Aber er hatte sofort klargestellt, dass er für mehrere jüdische Auswanderer bürgte, die ebenfalls seinen Namen trugen. Natürlich konnte er nicht jeden finanziell unterstützen. Für Elly bedeutete es, ganz auf sich allein gestellt zu sein in einem fremden Land. Dennoch, es war großartig von diesem Mann, denn so rettete er mehrere Menschenleben.

Am vierten Tag ihrer Reise änderte sich das bisher ruhige und sonnige Wetter, und Wolken zogen auf. Der Wind frischte auf, das Meer kräuselte sich unruhig, fast gräulich, die Wellen türmten sich immer weiter auf. Bald schon erreichten sie Höhen, die Luise zuvor nicht gesehen hatte. Der große Dampfer schwankte stärker als jemals zuvor, und vielen Passagieren wurde übel. Luise, die bisher nicht seekrank gewesen war, wurde jetzt auch flau im Magen, und schon bald hing sie wie Elly und einige andere über der Reling und übergab sich. Dazu nieselte es auch noch.

»Oh Gott, ich sterbe«, jammerte Elly, deren Mageninhalt sich schon seit Stunden immer wieder entleerte.

»Wir füttern die Fische, heißt das«, verbesserte Luise sie. »Wir tun etwas Gutes.« Obwohl sie sich elend fühlte und den Geruch des Erbrochenen nicht mehr ertragen konnte, wollte sie Elly aufmuntern.

»Du bist unverbesserlich, Luise«, flüsterte die schwach.

»Ich weiß, das sagt Richard auch immer.« Wieder drehte sich ihr der Magen um, und die noch vor ihr liegenden Stunden an Bord kamen ihr endlos vor. Immerhin hörte der Nieselregen irgendwann wieder auf, aber die Haare hingen ihr jetzt nass und strähnig ins Gesicht, und auch ihre Kleidung fühlte sich feucht und klamm an.

Ein Matrose verteilte gut duftende Ingwerbonbons an die Leidenden. »Viel mehr kann man leider nicht tun«, sagte er. »Aber dieser Seegang haut manch einen starken Seemann um, falls die Damen das beruhigt.«

»Danke, gut zu wissen«, erwiderte Luise zerknirscht. Sie war froh, Elly in ihrer Not bei sich zu haben. Sie vermisste Richard, der sie in die Arme hätte nehmen können. Und auch Maria und Anni. Würde Elly je eine so gute Freundin wie die beiden werden?

Sie spürte, wie Elly die Hand auf ihren Arm legte. »Ich halte dich, Luise.« Sie seufzte. »Ich habe nichts mehr im Magen. Das schöne Essen.«

Wie wohl es tat, nicht allein zu sein. Die Wärme von Ellys Hand gab ihr Kraft.

Das Wetter blieb in den nächsten Tagen weiterhin unbeständig, doch Luises Magen schien sich an die Wellenbewegungen zu gewöhnen. Wie mochte das erst bei einem kleineren Schiff sein? Auf diesem riesigen Dampfer spürte man ja meist kaum, dass man sich auf hoher See befand.

Bald verging die Seekrankheit, und Luise und Elly genossen wieder das herrliche Essen und die Vergnügungen, die der Dampfer bot. Sie gingen manchmal abends in der Lounge tanzen, wobei sie meist zusammen tanzten, da es zu wenig Männer an Bord gab. An anderen Abenden trafen sie sich mit einigen Frauen im Damenzimmer der dritten Klasse auf einen Drink und tauschten sich über ihre Sorgen und Hoffnungen aus. Die Menschen hier auf dem Schiff hatten viel zurückgelassen, vor allem, und das schmerzte am meisten, ihre Lieben. Einige der Damen hofften, dass sich die Lage in Deutschland bald wieder ändern würde, dass das Ausland einschreiten und Hitler Einhalt gebieten würde. Andere fanden das naiv.

»Es ist ja nicht nur Hitler«, sagte eine Frau um die fünfzig und nippte an ihrer Tasse. »Es denken so viele wie er und sind gegen uns.«

»Weil sie aufgestachelt und belogen wurden, alles Propaganda«, entgegnete eine Jüngere mit roten Haaren. »Sie wachen bestimmt bald auf.«

»Aber nicht von alleine. Sonst wäre es ja schon geschehen. Wir müssen etwas tun«, erklärte Luise entschlossen. »Jede von uns kann etwas tun. Auch oder erst recht von Amerika aus.«

Die meisten pflichteten ihr bei.

»Habt ihr das in der *Pariser Tageszeitung* gelesen?«, erkundigte sich die Rothaarige. »Über die Demonstration auf so einem Schiff wie unserem?«

»Was? Nein, was war denn?« Luise sah sie fragend an.

»Ein Riesendampfer der Hapag war auf dem Weg von Manhattan nach Deutschland, wie alle unter Hakenkreuzflagge. Bevor er auslaufen konnte, wurde er aber von Nazi-Gegnern aufgehalten. Es waren wohl um die hundertfünfzig Personen, die

sich in ihren Abendkleidern an Bord im Restaurant befanden. Sie saßen im Speisesaal und aßen, haben dann auf ein Kommando unter ihren Kleidern Plakate hervorgeholt. Mit Parolen gegen Nazis. Diese haben sie auf dem Schiff herumgetragen und geschrien: ›Nieder mit Nazideutschland!‹, ›Nieder mit Hitler!‹«
»Großartig!«, entfuhr es Luise. »Das gibt doch Hoffnung. Jede Aktion hilft.«
Die jüdische Dame blickte zögerlich. »Wir werden sehen.« »Erst mal müssen wir uns da ein neues Leben aufbauen. Zum Glück ist mein Mann schon dort und erledigt alles«, erklärte eine andere.

Luise bemerkte Ellys traurigen Blick. Sie selbst war so froh, dass Richard das alles für sie übernahm. Sie würde sich auf jeden Fall in New York um Elly kümmern. Durch ihre wiederkehrenden melancholischen Phasen und ganz alleine in einer so großen Stadt hatte es Elly schließlich doppelt schwer. Die hoffentlich baldige Eröffnung ihres Restaurants würde ihnen beiden sicher viel Auftrieb geben. Luise freute sich darauf. Aber ein Schritt nach dem anderen.

KAPITEL 7

New York, Washington Heights, 2023

SONNENSTRAHLEN KITZELTEN June im Gesicht. Sie lag im Gästebett im Haus ihrer Großmutter und blinzelte. Die halbe Nacht hatte sie einige von den Briefen gelesen, die Luise von ihren Freundinnen Maria und Anni 1936 nach ihrer Abreise erhalten hatte, in denen die Frauen von ihren Lieben und der Lage in Berlin berichteten, in denen sie sich nach Luises Wohlergehen erkundigten und auf ihre Antwortbriefe eingingen.

June nahm das Foto zur Hand, das sie in der Schatulle gefunden hatte und das nun auf dem Nachttisch lag. Drei fröhliche junge Frauen, eine mit dunklen Haaren, eine mit blonden langen, beide eingehakt bei der jungen Luise, ihrer Großmutter. Maria und Anni schienen wirklich herzlich zu sein und besorgt um ihre Freundin. In den Briefen gingen sie sehr oft auf das ein, was Luise ihnen berichtet hatte. Wie June an den Stempeln auf den Umschlägen gesehen hatte, endeten die Briefe von Maria und Anni im Jahr 1939. Die Adressen von 1939 gaben keine Hinweise auf die Freundinnen, das hatte sie im Internet sofort gecheckt. June seufzte, sie hatte es bisher nur geschafft, die Briefe und Aufzeichnungen von 1936 zu lesen. Die drei Freundinnen hatten sich in diesem Jahr oft geschrieben. *1939*, dachte June. *Wieso enden die Briefe in diesem Jahr bei beiden?*

Sie würde bald weiterlesen, wollte einen Hinweis finden, der sie zu dem Geheimnis ihrer Großmutter führte. Luise, als Studentin der Philosophie, schien gerne und viel geschrieben zu haben. Sie hatte tagebuchähnliche Aufzeichnungen in dem Notizbuch geführt, das ebenfalls in der Schatulle gelegen hatte. Diese hatte June auch zu lesen begonnen. Sie fingen an, als sie mit Richard in einem Keller von der Gestapo entdeckt worden war, gaben Einblick in ihre Gedanken, waren Notizen an sich, wider das Vergessen. Viel hatte Luise über ihre Sehnsucht nach Richard geschrieben, viel über die aufregende Reise mit dem Dampfer.

June setzte sich im Bett auf. *Es wäre ja auch zu einfach gewesen*, dachte sie seufzend, *wenn ich jetzt schon etwas gefunden hätte.* Hoffentlich würde sie in den übrigen Briefen und Aufzeichnungen auf etwas Entscheidendes stoßen. Natürlich hatte sie intensiv nach den beiden Frauen im Internet gesucht, aber es hatte keinen Treffer gegeben. Dafür hatte sie das Taste of Freedom im Netz gesehen, ein Haus aus rotem Backstein, an dem sich die für New York typischen Feuerleitern befanden. Unten befand sich das Restaurant, auf einer schwarzen Markise stand in weißen Buchstaben *Taste of Freedom*. Die herausragenden Rezensionen lobten alle den Chefkoch in den höchsten Tönen. Sie wollte auf jeden Fall bald dort hingehen.

Immer noch müde fuhr sie sich mit der Hand übers Gesicht und sah sich um. In diesem Zimmer hatte sie als kleines Mädchen mit ihren Puppen gespielt. Vom Fenster aus blickte man in den wunderschönen Garten, der so angelegt war, dass immer etwas blühte. Es gab viele Rosen, rote, roséfarbene und weiße, die jetzt im Sommer blühten. Großmutter hatte Rosen geliebt. Aber auch verschiedene Sommerblumen gab es, vor allem verschiedene Sonnenhut-Arten. Gelbe, aber auch purpurfarbene, den »Vintage wine«. June erinnerte sich an diese Bezeichnung, die ihre Großmutter ihr beigebracht hatte.

Wie sehr hatte June diesen Garten geliebt. Den Duft der Blumen, aber auch der Kräuter. Denn ihre Großmutter hatte Salbei, Pfefferminze, Rosmarin und Oregano angepflanzt, zum Kochen oder um einen Tee zuzubereiten. Dieser Garten war Junes Oase, ihr Rückzugsort gewesen, wenn die Trauer über den Tod ihrer Eltern sie übermannt hatte. Mittlerweile mochte sie die Natur so sehr, dass sie lieber in einem Haus mit Garten wohnen würde als mitten in der Großstadt. Berlin war nicht so hektisch wie New York, da gab es in fast jedem Kiez immer noch ein paar grüne Oasen, aber dort konnte sie sich nichts mit Garten leisten. *Bisher nicht*, dachte sie, und wieder kamen ihr Antons Worte in den Sinn. Hatte er wirklich mit ihrem Erbe gerechnet? Er als Banker hatte bestimmt daran gedacht.

June wollte jetzt nicht weiter darüber nachgrübeln. Sie wollte sich auf den Tag konzentrieren.

Sie brauchte dringend einen Kaffee. Und einen Plan, wie sie die Nachfahren von Großmutters Freundinnen finden konnte.

Noch im Pyjama ging sie in die Wohnküche, die so gemütlich aussah wie eh und je. Ein Küchenbuffet aus Eichenholz, dunkle Holzregale mit weißem Porzellan, ein antik aussehender dunkelbrauner Tisch in der Mitte, auf dem ein weiß bestickter Tischläufer lag. Über dem alten Gasherd hingen Lavendelsträußchen und Schöpflöffel. June beschloss, falls sie jemals eine neue Küche einrichten sollte, sie genau wie diese auszustatten. Die alten Möbel ihrer Großmutter gefielen ihr so gut. Vielleicht konnte sie ja ein paar davon als Erinnerung mitnehmen? Alles natürlich in Absprache mit den anderen Erben.

June bereitete sich einen Kaffee an dem neumodischen Vollautomaten zu. Ein chromblitzendes Teil, so groß, als hätte Großmutter oder Bill es aus einem Café entwendet. Ihre Großmutter hatte immer großen Wert auf guten Kaffee, gutes Essen und eine schöne Einrichtung gelegt. Das alles hatte June von ihr. Sie hasste es, schlechten Kaffee zu trinken, den es leider viel zu oft gab. Außer in Italien, dort hatte sie das nie erlebt.

Da sie noch nicht eingekauft hatte, musste sie den Kaffee ohne Milch trinken. Sie atmete das Aroma ein, öffnete die Terrassentür und trat in den Garten hinaus. Die frische Luft tat gut. Sie nippte nachdenklich an ihrem Kaffee. Was hatte ihre Großmutter alles durchgemacht? Wieso hatte sie nie von ihrer Emigration erzählt? Davon, dass sie im Widerstand gewesen war. Was für eine mutige, starke Frau. Irgendetwas musste geschehen sein, weil Luise nie darüber hatte reden wollen. Junes Neugierde wuchs. Wo sollte sie anfangen? Weiter in den Briefen und Aufzeichnungen lesen?

Aber sie brauchte eine Pause. Also fing sie an, am Smartphone über Ellis Island zu recherchieren, denn sie hatte eine Idee. Da die Einwanderer damals alle registriert wurden, gab es vielleicht noch alte Listen, die sie einsehen konnte. Tatsächlich wurde sie fündig. Es gab ein Archiv auf Ellis Island, das heute ein Museum war. Dort wollte sie hinfahren und die Namen der Freundinnen recherchieren. Online konnte man es zwar auch versuchen, aber ins Archiv zu gehen schien ihr erfolgversprechender, denn dort konnte sie die Archivare auch direkt fragen. Außerdem wollte sie den Ort sehen, an dem ihre Großmutter zum ersten Mal amerikanischen Boden betreten hatte.

Wie elektrisiert stand sie auf. An dem Ort, an dem für Luise alles in Amerika begonnen hatte, würde sie am besten in das Leben ihrer Großmutter eintauchen können. Sie wollte die Stimmung aufsaugen, versuchen zu fühlen, was ihre Großmutter damals gefühlt hatte. Und danach wollte sie zu dem Restaurant gehen. Dem Restaurant, das Luise ihr zeitlebens verschwiegen hatte.

June trank den letzten Schluck Kaffee aus, überlegte, Anton zu schreiben, was sie heute vorhatte. Nach ihrem Besuch auf Ellis Island wollte sie in Großmutters Restaurant. Sie sah auf ihr Handy, zögerte. Er hatte seit ihrem Telefonat keine Nachricht mehr geschrieben, auch keinen Gutenachtgruß. Und sie selbst hatte es gestern auch vergessen. Schon länger schickte er keine liebevollen Nachrichten mehr, so, wie er es am Anfang getan hatte. Nachdenklich ging sie zurück ins Haus und machte sich eilig im Bad fertig.

Bevor sie das Haus verließ, packte sie ihre Handtasche. Die Adresse des Restaurants hatte ihr der Anwalt gegeben. June ging nicht gerne allein in Restaurants, hielt einen Moment inne. Sollte sie Walter Brown fragen, ob er sie begleiten wollte? Immerhin hatte er die Küche des Taste of Freedom noch in den Himmel gelobt, als er sie verabschiedete. Und er und sein Vater hatten ihre Großmutter gekannt, sie konnten auf jeden Fall über sie sprechen, vielleicht konnte June im Gespräch etwas Neues erfahren. Denn dass es einiges gab, was Luise ihr nie erzählt hatte, war offensichtlich.

Sie zögerte einen Moment, überwand sich dann und rief seine Nummer an. Eine Assistentin meldete sich, und June bat, Mr. Brown zu sprechen. Die Assistentin erklärte, dass sie Glück habe, seine Besprechung sei gerade vorbei. Augenblicke später hörte sie seine angenehme Stimme. »Mrs. Zeiler.«

»Guten Morgen, Mr. Brown. Ich habe eine Frage. Ich möchte heute Abend ins Taste of Freedom, da kam mir der Gedanke, ob Sie vielleicht Zeit und Lust haben, mich zu begleiten?«

Stille am anderen Ende der Leitung. Sie biss sich auf die Unterlippe. War es doch zu aufdringlich von ihr?

»Entschuldigung, ich –«, fing sie schnell an, wurde aber von Walter Brown unterbrochen.

»Sehr gerne.«

»Wirklich?«

»Wirklich. Ich esse gerne gut und wurde heute eh von einem Kollegen versetzt«, fügte er hinzu.

»Oh. Schön. Ich meine, das ist natürlich nicht schön, ich meine ...« Was stammelte sie da herum?

»Wann passt es Ihnen?«, fragte er. »Und nennen Sie mich bitte Walter.«

Jetzt zögerte sie.

»In den Staaten ist man schneller beim Vornamen als in Deutschland, wie Sie wissen«, meinte er amüsiert. Sie lachte auf. »Natürlich, also dann ... Walter. Um 19 Uhr?«
»Perfekt.«
»Wenn Sie noch mal in die Akten sehen könnten, vielleicht gibt es da ja doch einen Hinweis«, bat sie noch und wusste selbst, dass es so klang, als habe sie ihn wirklich nur deshalb gebeten, mit ihr essen zu gehen.
»Natürlich, kann ich gerne machen.«
»Ich freue mich auf heute Abend«, rutschte ihr heraus. Oder war das jetzt zu privat? Irgendwie schien sie in letzter Zeit immer das Falsche zu sagen. Er war ein sympathischer Kerl, hoffentlich hatte er Verständnis.

June verließ das Haus, schloss die alte Tür ab, ging die wenigen Stufen auf die Straße und weiter durch das belebte Washington Heights zum Bahnhof 168th Street. Sie mochte dieses Stadtviertel, das rege Treiben auf den Straßen. Hier lebten viele Einwanderer. Irische, kubanische, dominikanische, jüdische, afrikanische. Es gab die George Washington Bridge, den Fort Tryon Park. Lange war June nicht mehr dort gewesen. Aber jetzt wollte sie nach Ellis Island. Sie kaufte sich in einer Bakery einen mit Käse belegten Bagel, aß ihn in der Sonne und stieg dann die Treppe hinunter zur U-Bahn. Sie fuhr mit der Subway zum Battery Park, von wo aus die Fähren nach Ellis Island ablegten.

Auch hier am Fährhafen war einiges los. Eine Möwe kreiste über ihrem Kopf, Touristen standen Schlange vor den Booten. June kaufte sich ein Ticket und reihte sich ein.

Die Sonne stach, das Warten zwischen den Menschen strengte an. Sie freute sich schon auf ein gutes Essen am Abend. Sie war jetzt sehr froh, dass Walter Brown sie ins Taste of Freedom begleitete. Sie hasste es wirklich sehr, in Restaurants alleine am Tisch zu sitzen. Die Blicke der Kellner, der anderen

Gäste. Vermutlich bildete sie sich das nur ein, aber sie fühlte sich dann jedes Mal, als dächten alle, sie sei einsam und habe keine Freunde. Und tatsächlich kam sie sich genau so vor. Sie war in New York aufgewachsen, hatte aber keinen Kontakt mehr zu ihren Bekannten von früher. Die meisten waren weggezogen, wie sie aus den sozialen Medien wusste. *Nur Alison lebt noch hier*, fiel ihr ein. Sie waren einmal gut befreundet gewesen, und June beschloss, sie anzurufen und zu fragen, ob sie die Tage mal Zeit habe. Alison hatte ihre Großmutter auch gekannt, vielleicht brachte sie June auf eine neue Spur. Ihre Nummer hatte sie noch, zumindest, wenn Alison die inzwischen nicht geändert hatte. June suchte ihren Name in der Kontaktliste ihres Handys heraus und drückte auf Anrufen.

»June?«, meldete sich Alison sofort. »Wow, das ist ja wirklich eine Überraschung.« Sie klang erfreut, aber auch hektisch. »Was gibt es, bist du im Lande?«

»Ja, genau. Ich wollte fragen, ob du Zeit für einen Kaffee hast.«

»Oh, wie schade, ich bin in Texas bei meiner Mom. Ab nächsten Montag bin ich wieder in New York, dann sehr gerne. Ich bin immer noch Hausfrau, kann also auch tagsüber spontan.«

»Super, ich melde mich. Genieß die Zeit in Texas und grüß deine Mom von mir.«

»Mach ich. Bye!«

June legte wieder auf. Alison war ein absoluter Familienmensch, sie hatte damals nicht verstanden, warum June für ihr Studium nach Deutschland gegangen war.

Die Schlange bewegte sich langsam vorwärts, und endlich durfte auch June die Fähre betreten. Sie suchte sich einen Platz an der Reling, es ging los. Das Wasser glitzerte in der Sonne. Ein leichter Sommerwind wehte durch ihr Haar. Diese Insel im New Yorker Hafengebiet am Hudson River war seit den Sechzigerjahren zusammen mit der Freiheitsstatue ein Teil des Statue of Liberty National Monument, wie sie recherchiert hatte. Eine Gedenkstätte, ein Museum zur Geschichte der Einwanderung in die Vereinigten Staaten. Immer wieder drängte sich June die Frage auf, warum ihre Großmutter ihr nur verschwiegen hatte, dass sie als junge Frau aus Deutschland hierhergekommen war. Sie hatte auch nie Deutsch mit ihr gesprochen, das hatte sich June im Studium und in Berlin selbst beigebracht. Woher ihr Faible für Deutschland kam, konnte sie gar nicht mehr richtig sagen. Vermutlich hatte sie als Kind doch etwas von ihrer Großmutter aufgeschnappt, woran sie sich jetzt nicht mehr erinnern konnte.

Auf der Insel angekommen, entschied sie sich für eine Führung mit einem Audio-Guide, lief durch das Museum und erfuhr, dass zwischen 1892 und 1954 ungefähr zwölf Millionen Einwanderer die Insel passiert hatten. So viele Schicksale, so viele Hoffnungen, so viele Tränen.

New York, Ellis Island, 1936

Am nächsten Tag sollte das Schiff schon vor New York ankommen. Zunächst würde man sie nach Ellis Island bringen – die Insel diente als Immigrantensammelstelle, dort befand sich die Einreisebehörde für den Staat und die Stadt New York. Dort entschied sich, wer einreisen durfte und wer nicht, wer die geforderten Papiere dabeihatte, wer die Gesundheitsprüfung überstand. Nach einer zweiminütigen Befragung und einer medizinischen Untersuchung war bereits so manches Schicksal besiegelt. Für eine endgültige Einwanderungsgenehmigung mussten aber auch dann noch die Papiere stimmen. Oft dauerte es mehrere Tage, bis die Entscheidung gefällt wurde.

Nur die Passagiere der ersten und zweiten Klasse mussten

nicht nach Ellis Island, sie wurden auf dem Schiff abgefertigt, konnten direkt an Land gehen.

Sowohl Luise als auch Elly hatten schon einiges über die sogenannte Insel der Tränen gehört. Umso nervöser wurden sie, je näher sie Ellis Island kamen.

»Am besten, du atmest noch mal tief durch, wenn du dran bist, und denkst an etwas Schönes«, ermunterte Luise ihre Freundin. »Zum Beispiel an das Restaurant und daran, dass wir bald da zusammenarbeiten werden.«

»Ja, das ist eine gute Idee. Das will ich versuchen. Danke dir.« Elly lächelte, aber ihre dunklen Augen lächelten nicht mit.

Luise machte sich Sorgen. Denn je näher sie Amerika kamen, umso trauriger war Elly wieder geworden, umso mehr hatte sie Sehnsucht nach ihren Eltern.

Luise zog die Decke höher und versuchte zu schlafen. Aber sie musste unwillkürlich daran danken, was wohl auf sie selbst zukommen würde. Sie freute sich so auf Richard, aber was, wenn man sie aus irgendeinem Grund nicht einreisen ließ? Jetzt wurde auch sie nervös.

Aber so durfte sie nicht denken. Sie würde ein neues Leben beginnen. *Ein neues Leben*, wiederholte sie in Gedanken. Wie aufregend das klang. Doch ging das überhaupt? Konnte man das alte Leben einfach abstreifen wie eine kratzige Wolljacke und komplett neu beginnen? Hoffentlich konnte man das!

Am nächsten Morgen standen Luise und Elly mit ihrem Gepäck inmitten der anderen wartenden Passagiere auf dem obersten Deck. Der Himmel war grau und wolkenverhangen, es nieselte. Ihre Nervosität wuchs, als die Hochhäuser von Manhattan näher rückten. Und dann die Freiheitsstatue. Was für ein Anblick. Luise hatte schon viele Bilder von New York und auch von der Statue gesehen, aber jetzt wirklich hier zu stehen war etwas ganz anderes. Vor Manhattan lag eine Insel, auf der mehrere Gebäude standen. Eines, ein großes rot-weißes mit vier

Zwiebeltürmchen, war der Einwanderungskomplex, wie ein Mann neben Luise zu seiner Frau sagte.

»Ich habe Angst«, flüsterte Elly.

»Das habe ich auch«, gab Luise zu. »Aber die geht vorbei.«

»Hoffentlich.«

Mit einem Ruck legte der Dampfer am Pier von Ellis Island an. Nachdem das Schiff vertäut und die Gangways heruntergelassen waren, ging es endlich los. Luise atmete die kühle Luft ein, nahm ihre beiden Koffer und folgte dem Menschenstrom auf die Insel. Der Koffer von Richard war schwer, aber sie schaffte es. Es herrschte allgemeine Unruhe unter den Leuten, ein paar drängelten, doch dadurch kamen sie auch nicht schneller vorwärts.

Auf dem Pier angekommen, mussten die Einreisenden ein paar Meter weiter zu dem Backsteingebäude mit den Zwiebeltürmchen gehen. Dort stellten sie sich entlang der eisernen Leitstangen in Reihen an, immer noch beladen mit dem Gepäck. Es ging nur Schritt für Schritt voran. Denn Ärzte, die Uniformen trugen und damit fast wie Polizisten aussahen, beobachteten die Menschen schon hier ganz genau, führten immer wieder Tests durch. Zum Beispiel zogen sie die Augenlider mit einem kleinen Haken zurück, um sie auf diese Augenkrankheit zu untersuchen. Luise zuckte zusammen, als ihr das Augenlid zurückgeschoben wurde, aber zum Glück durfte sie weitergehen, hatte kein Trachom. Elly kam auch durch, folgte ihr. Nun ging es zu einer steilen Treppe, die in den Registrierraum führen sollte. Luise zählte fünfzig Stufen, bemühte sich, nicht außer Puste zu kommen. Denn sie wusste, dass die Neuankömmlinge auch auf der Treppe wieder von Ärzten beobachtet wurden. Sie roch den Angstschweiß der anderen. Elly und sie versuchten beide, möglichst nicht zu schwer zu atmen. »Das könnte auf ein Herzleiden hindeuten, dann wirst du intensiver untersucht«, hatte sie Elly vorher erzählt. Das hatte sie von einer Frau auf dem Schiff gehört.

In dem großen Saal, dem *Registry Room*, wie ein Schild besagte, mussten sie sich auf lange dunkle Holzbänke setzen und warten. Luise blickte beeindruckt nach oben, bewunderte die hohen gewölbten Decken und runden Fenster. Unten in der Halle war es hingegen eng und stickig. Angespannt beobachtete sie die Angestellten der Einreisebehörde, die an einer Seite des Raumes nebeneinander an hohen Holztischen saßen und dort nach und nach jeden befragten.

Nach mehreren Stunden kamen endlich auch Elly und sie an die Reihe. Die Mitarbeiter der Einreisebehörde wollten wissen, woher sie kämen, wohin sie wollten und etliches mehr. Luise beantwortete alle Fragen souverän, Elly geriet jedoch immer wieder ins Stocken. Aber zum Glück verlief alles glimpflich.

Anschließend ging es weiter in einen anderen Raum, in dem alle Passagiere auf Infektionskrankheiten untersucht wurden. Dazu mussten sie sich freimachen, und es wurden Gesicht, Haare und Hände angesehen. Dabei bemerkte Luise, dass manchen Menschen mit Kreide verschiedene Zeichen auf die rechte Schulter gemalt wurden. »Wissen Sie, was das bedeutet?«, fragte sie eine Frau vor sich.

»Ein S steht für Senilität, ein CT für irgendeine Augenkrankheit, vor der sich alle fürchten, und ein X für psychische Erkrankungen«, flüsterte die Dame leise zurück.

Erschrocken warfen sich Luise und Elly einen Blick zu. Hoffentlich bekam Elly kein Kreide-X aufgemalt. Sie bemühte sich fast schon übertrieben, fröhlich zu wirken.

»Alles gut?«, fragte ihr untersuchender Arzt sofort auf Englisch, als Luise und Elly endlich an der Reihe waren. Elly nickte schnell und lächelte. Mit Luise hielt der Doktor sich nicht lange auf, aber Elly musterte er streng und untersuchte sie länger als Luise. Elly tat sicherlich ihr Bestes, aber sie reagierte beinahe hysterisch auf seine Fragen, die er in einfachem Englisch stellte, das zum Glück sowohl Elly als auch Luise verstanden. Wortlos nahm er schließlich seine Kreide zur Hand, und Luises Puls raste. Doch er legte sie nur beiseite, weil sie auf einem Formular gelegen hatte.

Elly lachte sichtlich erleichtert auf und ging weiter, aber dann rief er sie noch einmal zurück. Sie drehte sich zu ihm um, der Arzt nahm die Kreide und malte ihr ein X auf die rechte Schulter, notierte zudem etwas auf ein Papier.

Verzweifelt sah sie Luise an. Die setzte sich sofort für sie ein, bestätigte, so gut es in ihrem gebrochenen Englisch eben ging, dass ihre Freundin völlig gesund sei.

»Das werden wir noch sehen«, antwortete der Arzt und wies sie an, weiter in einen nächsten Raum zu gehen. So wurden sie weitergeschleust und mussten sich dort wieder setzen und warten.

»Ich bin immer falsch, egal, wo«, sagte Elly unter Tränen, als sie wieder auf einer Holzbank Platz genommen hatten.

»Ach was, du hast es einfach besonders gut machen wollen«, versuchte Luise sie zu beruhigen. »Sie werden schon merken, dass du ganz normal bist.«

»Bin ich das?«

»Wer ist das schon?«, entgegnete Luise, lachte bemüht.

Jetzt musste auch Elly lächeln. »Ach, Luise, du bist die Beste.«

Der Prozess der offiziellen Einwanderung zog sich tatsächlich über mehrere Tage. Wie alle anderen mussten auch Luise und Elly jederzeit mit einer Aussortierung rechnen. Entsprechend angespannt war die Stimmung unter den Einwanderern. Auf dem komfortablen Schiff auf See hatte man das alles etwas verdrängen können. Aber jetzt wurde allen wieder klar, dass sich das weitere Leben hier entscheiden würde. Zurück nach Deutschland, wo einigen von ihnen Verfolgung, Gefängnis oder KZ drohten, oder hier die Chance auf Glück in einem anderen Land.

»Falls es klappt: Wie nehmen uns die Amerikaner wohl auf?«, fragte Elly ängstlich, als sie am Abend nebeneinander in ihren Betten in einem der Frauenschlafsäle lagen.

Luise versuchte, sie zu beruhigen. »Es liegt auch an uns, wie wir uns geben. Und da wir beide freundlich und offen sind, werden sie uns auch so begegnen.«

Zwei Tage später waren sie immer noch auf Ellis Island, ohne eine Entscheidung. Das Warten zermürbte sie immer mehr. Irgendwie ging es nicht voran. Kein Wunder, bei so vielen Immigranten. Jedes Dokument, jeder Ausweis wurde genau unter die Lupe genommen. Dabei hatten das die Deutschen doch schon getan.

Wieder einmal saßen sie in einem Warteraum, mitsamt ihrem Gepäck. Denn es konnte ja jederzeit weitergehen. Oder auch nicht. Ein nervöses Kribbeln lief über Luises Rücken. Sie hoffte so sehr, dass ihr Affidavit, ihr Visum und ihre ganzen Papiere der amerikanischen Einwanderungsbehörde standhielten. Sie alle hofften es.

Ein Beamter betrat den Raum und ging zu einer jüdischen Familie, die neben Elly und Luise saß. »Sie müssen zurück nach Deutschland,« sagte er auf Englisch.

Der Familienvater drehte nervös seinen Hut in der Hand und starrte den Beamten fassungslos an. Die Frau schluchzte sofort los. »Zurück? Wir können nicht zurück, dann bringen sie uns um, wir sind Juden!«, rief sie. Die beiden Kinder fingen an zu weinen, drückten sich an ihre Mutter und klammerten sich an ihr fest.

Aber der Beamte schüttelte nur den Kopf. »Geht nicht«, sagte er. »Sorry, wir können Ihren Bürgen nicht akzeptieren. Er hat nicht genug Geld und kann Sie nicht unterstützen.«

Der Familienvater übersetzte für seine aufgewühlte Frau, die nicht alles verstanden hatte. Sie warf Luise einen hilfesuchenden Blick zu, brach in Tränen aus. Luise konnte nicht anders, wandte sich in ihrem einfachen Englisch an den Beamten.»Bitte nicht. Es ist wirklich gefährlich für Juden in Deutschland.« Der Beamte sah auf und kniff die Augen zusammen.»Geht nicht. Sorry. Wir können nicht alle aufnehmen. Die Papiere müssen stimmen.« Luise verstand nicht ganz, wieder übersetzte der Familienvater mit zittriger Stimme. Er presste seinen Hut jetzt fest an sich. »Haben Sie denn kein Herz?«, versuchte es Luise erneut, schlug mit ihrer Hand auf ihr Herz, damit er sie verstand. Aber jetzt wurde der Beamte wütend.»Seien Sie still, Miss, sonst schicke ich Sie auch zurück. So eine Unverschämtheit«, schimpfte er.

Sie spürte, wie sich Elly zitternd an ihren Arm klammerte, sie zurückhalten wollte. Ihre Freundin hatte recht. Luise kochte vor Wut, aber sie wusste, der Beamte würde Ernst machen.

»Es tut mir so leid«, sagte sie stattdessen zu der Familie, als diese mit gesenkten Köpfen an ihr vorbei zum Ausgang ging.

Der Mann wischte sich verschämt eine Träne beiseite. »Danke.« Und auch die Frau dankte Luise schluchzend.

Der Beamte sah Luise noch einmal finster an, ehe er den Raum verließ. Ein Schauer durchfuhr sie. Was, wenn sie schuld daran war, falls man Elly nicht einreisen ließ? Weil sie den Mund so weit aufgerissen hatte? Was, wenn sie selbst zurückgeschickt wurde? Würde sie Richard dann je wiedersehen?

Kurz darauf wurde Elly erneut zu einer ärztlichen Untersuchung abgeholt. Luise sah ihr mit mulmigem Gefühl nach, wartete stundenlang, schrieb solange in ihr Notizbuch, was sie hier zusammen mit ihrer neuen Freundin erlebte, ihre Sorgen, ihre Gedanken.

Dann kam Elly endlich wieder, erzählte, dass es okay gewesen sei, zumindest hoffe sie das sehr. Nach weiteren zwei Stunden Warten wurde sie noch einmal zu einem Arzt gebracht. Das Warten zermürbte Luise, sie knetete ihre Hände, stand ab und zu auf, weil ihr der Hintern vom langen Sitzen wehtat, und freute sich, als Elly zurückkam und berichtete, dass sie diesmal ruhig und freundlich gewirkt hatte. Man konnte nur warten und bangen.

Endlich trat derselbe Beamte zu ihnen, der die jüdische Familie abgewiesen hatte, reichte ihnen ihre Papiere und sagte: »Weitergehen, Miss, Sie beide, da durch.« Er deutete auf eine Tür. Auf ihr stand: *Push to New York.* »*Good luck.*«

Zutiefst erleichtert sahen sich Luise und Elly an, fielen einander in die Arme, lösten sich aber schnell wieder, damit der Mann es sich nicht noch anders überlegen konnte. Mit klopfendem Herzen nahmen sie rasch ihre Gepäckstücke zur Hand. Luise dankte dem Mann auf Englisch und ging auch schon weiter durch diese himmlisch anmutende Tür.

New York, wir kommen! Ihr Herz raste. Die Sonne schien jetzt, der Himmel strahlte türkisblau.

Sie mussten zu einem Anleger gehen, von dem aus Fähren all die Glückseligen, die einreisen durften, an Land bringen würden. Auf dem Boot war es eng, vor allem mit dem ganzen Gepäck und den anderen Leuten, aber das störte sie jetzt nicht mehr. Es ging los, das Wasser plätscherte gegen den Bootsrumpf, und die Freiheitsstatue schien ihnen von Weitem zuzunicken. Frei, sie waren frei, ein unbeschreibliches Gefühl. Auch Elly strahlte bis über beide Ohren.

Ob Richard ihren Brief wenigstens bekommen hatte? Luise bezweifelte es. Vermutlich war der Postsack auf demselben Schiff mitgefahren wie sie. Sie hatte ihm ja noch telegrafieren wollen, aber von Ellis Island aus war das nicht möglich gewesen, sie hatte ein paar Angestellte gefragt. Insofern konnte Richard nicht am Hafen stehen und sie abholen. Jetzt würde es ihr wie Elly gehen. Ankommen in einem fremden Land, ganz alleine, ohne dass jemand sie freudig in Empfang nahm.

Luise wurde immer nervöser. Es wurde kaum gesprochen auf

dem Boot. Alle hingen ihren Gedanken nach, sahen ehrfürchtig auf Manhattan, das immer näher kam und riesig aussah. Groß und fremd. So hohe, neumodische Häuser hatte sie noch nie gesehen. Mehrere Türme ragten in den Himmel empor, manche davon liefen oben etwas spitzer zu. *Einer der riesigen Türme muss das Empire State Building sein*, erinnerte sie sich. Dann gab es noch das ähnlich hohe Chrysler-Gebäude. Sie wollte das alles kennenlernen, war neugierig auf diese Stadt, die so anders aussah als ihr geliebtes Berlin. Tränen schossen ihr in die Augen. Würde sie sich in dieser Fremde jemals richtig zu Hause fühlen können?

KAPITEL 8

New York, 2023

JUNE SPÜRTE, wie sich Tränen in ihre Augen drängten. Sie befand sich in der großen Wartehalle im Immigration Museum von Ellis Island, stellte sich ihre Großmutter in jungen Jahren hier vor, ihre Angst, ihre Sorge vor der Zukunft. Sie dachte an Luises tagebuchartige Notizen über die Zeit auf dieser Insel. Diese und die Erzählung im Audio-Guide über die Schicksale so vieler Menschen hatten etwas in ihr berührt.

Obwohl June in New York aufgewachsen war, hatten Luise und sie nie einen Ausflug hierher gemacht. Im Nachhinein kein Wunder. Ihre Großmutter hatte es vermieden hierherzugehen, und später, als June älter war, kam sie selbst auch nie auf die Idee. Viel zu touristisch erschien es ihr immer, viel zu durchgetaktet war ihr Leben damals gewesen. New York eben, eine Stadt, die niemals schlief. Aber heute nahm sie sich endlich die Zeit.

June schritt ergriffen durch die altehrwürdigen Gebäude, die Stimme des Audio-Guides versetzte sie in die frühere Zeit. Sie betrat einen Raum, in dem medizinische Untersuchungen durchgeführt worden waren, auch die Schlafsäle konnte man besichtigen. Anschließend suchte sie das elektronische Archiv auf, in dem alle auf der Insel abgefertigten Einwanderer verzeichnet waren. Ihre Aufregung wuchs. Sie gab den Namen ihrer Großmutter ein, der auch erschien. Aber die Namen ihrer Freundinnen ergaben keine Treffer. June seufzte. Das hieß jetzt also, dass Maria und Anni nie nach Amerika eingewandert waren?

Sie wandte sich an eine Angestellte des Archivs, eine kleine, korpulente Dame, um sicherzugehen. Auch mit ihrer Hilfe fand sie nichts. »Kennen Sie die American Immigrant Wall of Honor?«, fragte die Angestellte. »Hier findet man die Namen von Einwanderern, aber nur wenn die Nachfahren eine Spende von mindestens 225 Dollar getätigt haben. Es ist die weltgrößte mit Namen beschriftete Mauer. Über 750 000 Namen sind es bis jetzt.«

Angetan hörte June ihr zu, ließ sich den Weg dorthin zeigen. Kurz darauf stand sie beeindruckt im Freien vor einer Mauer aus Metall, in die die Namen der Einwanderer eingraviert worden waren. Vermutlich hatte für Luises Namen keiner jemals gespendet, ihn würde sie hier nicht finden. Aber sie wollte das Geld bald spenden, damit auch ihre Großmutter hier verewigt werden würde. Um ihrer mutigen Großmutter, die es gewagt hatte, ein neues Leben zu beginnen, ein Denkmal zu setzen.

Nach diesem aufwühlenden Besuch auf Ellis Island nahm June wieder die Fähre zurück nach Manhattan. Viele Touristen fuhren weiter nach Liberty Island, zur Freiheitsstatue, aber es war schon früher Abend. Gern wäre June vor dem Restaurantbesuch noch einmal nach Washington Heights gefahren, um sich frisch zu machen, aber dann würde sie womöglich zu spät kommen. Sie wollte Walter auf keinen Fall warten lassen.

Ein wenig Zeit hatte sie noch. June beschloss, durch die Straßen Manhattans zu bummeln, denn sie musste die ganzen Eindrücke von Ellis Island verarbeiten. Überall auf der Welt gab es immer noch so viele Menschen, die ihre Heimat verlassen mussten, um sich vor Krieg und Terror in Sicherheit zu bringen. So lange hatte man gedacht, dass man in Europa nach dem Zweiten Weltkrieg keinen Krieg mehr erleben würde, dass die Menschen gelernt hatten aus der Geschichte. Aber es gab leider immer wieder einen Aggressor, ein paar Fanatiker, Machtbesessene.

Als es Zeit war, sich auf den Weg zum Restaurant zu begeben, tippte June ihr Ziel in ihr Handynavi ein und folgte den Anweisungen.

Sie kam in der Lower East Side in Manhattan an. Das Viertel war offensichtlich einmal die größte jüdische Gemeinde der Welt gewesen, hatte sie gelesen. Sie bog in die Orchard Street ein, ging an Designerläden vorbei und passierte eine stylische Bar ganz nach ihrem Geschmack. Eine spannende Gegend, in der sie, als sie noch hier gelebt hatte, dennoch eher selten unterwegs gewesen war. Es gab so viel zu entdecken in New York, ihre Bekannten und Freunde damals gingen meist in anderen Stadtteilen aus, insofern hatte sich June angepasst. Mit den Jahren hatte sie das immer seltener getan, wurde ihr bewusst. Vielleicht war es das, was Anton oft störte, dass sie immer weniger bereit war, sich anzupassen.

June wollte jetzt nicht wieder an ihn denken, spürte, wie aufgeregt sie wurde, je näher sie dem Restaurant ihrer Großmutter kam. Nur noch wenige Meter, dann würde sie es endlich in echt sehen. Luise hatte es geschafft. Sie war geflüchtet, hatte sich hier ein neues Leben aufgebaut und ihren Traum verwirklicht. Was für eine Frau. Mit einem Mal wurde June bewusst, wie klein ihre eigenen Probleme eigentlich waren. Ja, sie hatte ein paar Beziehungsprobleme, wie so viele. Und einen Job, der sie nicht erfüllte. Aber sie musste nicht um ihr Leben fürchten, hatte keine Geldsorgen, bald, wenn die Erben gefunden und das Restaurant und das Haus verkauft waren, sowieso nicht mehr.

»Sie haben Ihr Ziel erreicht«, verkündete die Stimme des Navis. Fasziniert betrachtete June das Haus, das wie im Internet aussah, roter Backstein, Feuerleitern, unten das Restaurant mit seiner schwarzen Markise, die leicht im Wind flatterte. Taste of Freedom. Das Haus existierte sicher schon viele Jahrzehnte, aber die Markise sah von Nahem wie neu aus, und auch der Rest schien vor wenigen Jahren renoviert worden zu sein, wie sie jetzt sah.

Vor dem Eingang standen hohe Blumentöpfe mit Grünpflanzen darin. Als sie näher kam und durchs Fenster blicken konnte, sah sie, dass alles im Industrial Design gehalten war. Es passte perfekt in diesen Stadtteil zu all den Designerläden und aufregenden Bars. *Wow*, dachte June. Mit so einem tollen Interieur hatte sie nicht gerechnet. Sie hatte nicht alle Bilder im Netz angesehen, nur ein paar, und live wirkte alles noch toller. Der Laden schien auch gut zu laufen, denn es stand eine Gruppe Hipster in der Tür und wartete darauf, einen Tisch zugewiesen zu bekommen. Mist, sie hatte gar nicht reserviert. Schnell stellte sie sich hinter die Gruppe und wartete.

Tatsächlich waren die meisten Tische schon belegt, wie sie jetzt erkannte. Bei der Raumgestaltung musste ein Innenarchitekt beste Arbeit geleistet haben. Es gab eine lange Bar mit einer schwarzen Theke, auf der verschiedene Blumenarrangements standen. Dahinter erstreckte sich eine Spiegelwand, links und rechts im Restaurant eine Backsteinwand. Viel war in Schwarz gehalten, aber die Tische waren weiß eingedeckt. *Irgendjemand scheint hier Geschmack zu haben*, dachte June, zumindest ihren. Wie unangenehm vor Walter, dass sie vergessen hatte, einen Tisch zu reservieren. Ein junger Kellner wies der Gruppe den Weg zu ihrem reservierten Tisch, dann fragte er June nach ihrem Namen.

»Zeiler«, antwortete sie. »Aber ich fürchte, ich habe nicht reserviert. Ich bräuchte einen Tisch für zwei.«

»Oh, sorry, wir sind leider ausgebucht.« Er sah noch mal in seine Liste und murmelte: »Ein kleiner Tisch wäre frei, aber den hat sich unser Chefkoch reserviert.«

»Ihr Chefkoch?«

»Ja, für besondere Gäste. Sorry.«

June zögerte einen Moment. »Ich bin eine der Besitzerinnen des Restaurants«, platzte sie heraus und ärgerte sich im nächsten Moment über sich selbst. Wieso hatte sie das gesagt?

»Was?« Er lachte. »Guter Witz.«

»Das war kein Witz. Ich meine, es klingt etwas verrückt, aber meine Großmutter hat dieses Lokal vor vielen Jahren gegründet und mir vererbt. Zu einem Teil«, fügte sie hinzu.

Er machte ein betroffenes Gesicht. »Wirklich? Das tut mir leid. Herzliches Beileid.«

»Sie ist schon vor fünf Jahren gestorben, aber ... Ach, wie auch immer, könnten Sie den Chefkoch fragen, ob ich diesen Tisch haben kann?«

Der Kellner nickte freundlich und bat sie zu warten. Er verschwand in der Küche und kam kurz darauf mit einem großen blonden Mann heraus, der eine schwarze Schürze trug. »Ich bin Hendrik, Hendrik Jensen. Schön, Sie kennenzulernen.«

»Danke, gleichfalls. Ich bin June Zeiler, die Enkelin von Luise Jonas«, erwiderte sie.

Der Mann lächelte. »Herzlich willkommen! Natürlich steht Ihnen der Tisch zur Verfügung. Kommen Sie mit.«

Verblüfft folgte sie ihm, lächelte dem Kellner dankbar zu.

Am Tisch angekommen, meinte er: »Ich habe Ihre Großmutter gekannt. Sie war eine wundervolle Frau und hat viel von Ihnen erzählt.« Ehe June antworten konnte, fügte er hinzu: »Ich muss leider in die Küche zurück. Aber ich empfehle Ihnen die Meerbrasse.«

Er lächelte, winkte dem Kellner, die Speisekarte zu bringen, und verschwand in der Küche. June setzte sich langsam. Er hatte ihre Großmutter gekannt, das hieß, dass sie bis zuletzt in diesem Restaurant nach dem Rechten gesehen oder es zumindest besucht hatte. Sie schätzte Hendrik auf Anfang vierzig, und er hatte einen skandinavischen Akzent. Er konnte nicht schon ewig hier arbeiten.

Der Kellner brachte ihr die Karte, und June erklärte ihm, mit der Essensbestellung noch warten zu wollen, bis ihre Begleitung eintreffe. Sie orderte sich aber schon etwas zu trinken.

Angetan sah sie sich im Restaurant um. Jetzt fiel ihr auf, dass auf den Tischen kleine Vasen standen, in denen Margeriten steckten. Alles wirkte sehr geschmackvoll und elegant. Auch die Gäste. Vermutlich waren ein paar Kreative unter ihnen, zumindest kleideten sich einige sehr extravagant. Viele trugen Schwarz, manche Frauen Statementketten oder Ohrringe. Mit hoher Wahrscheinlichkeit kauften sie bei teuren Designern.

Sie studierte die Speisekarte. Deutsche Gerichte, die edel klangen, wohl ein wenig aufgepeppt. *Kartoffelsuppe mit Lachs und Kaviar* oder *Königsberger Klopse mit Schnittlauchöl und frittierten Kapern*. Ganz sicher hatte es das nicht in der Form gegeben, als Luise das Restaurant eröffnet hatte. Auch das, was die anderen Gäste auf den Tellern hatten, sah aus wie aus einem Sternerestaurant. Kleine Portionen, kreativ dekoriert. Der Chefkoch schien wirklich gut zu sein. June vertiefte sich in die Karte, um schon einmal etwas für sich auszuwählen.

Dann bemerkte sie auf einmal Walter neben sich. Lächelnd, im legeren Outfit. *So ohne Anzug und Krawatte sieht er besser aus*, schoss es ihr durch den Kopf. Sie mochte keine Anzugtypen, noch nie.

Sie stand auf, und Walter reichte ihr zur Begrüßung die Hand. »Danke, dass Sie mich vor einer Pizza gerettet haben«, sagte er. »Nicht, dass ich etwas gegen Pizza hätte, aber zu Hause allein schmeckt sie eher nicht.« Er setzte sich, und der Ober brachte ihm eine Karte.

Walter bedankte sich.

»Waren Sie hier schon oft essen?«, erkundigte sich June.

»Oft würde ich nicht sagen, aber mit meinem Vater hin und wieder. Und der auch mal mit Ihrer Großmutter, soweit ich mich erinnere. Es ist nicht bei mir um die Ecke, deshalb war ich seitdem nicht mehr hier, aber der Koch ist wie gesagt ein Künstler. Ich sollte öfter herkommen. Ich hatte es einfach nicht auf dem Schirm.«

June lächelte. »Dann bin ich gespannt auf das Essen. Das Ambiente gefällt mir sehr gut.«

»Mir auch.« Walter nahm seine Speisekarte zur Hand, wählte aus, und sie bestellten.

Schließlich konnte June sich nicht mehr zurückhalten. »Und? Haben Sie etwas herausgefunden?«, erkundigte sie sich neugierig.

»Ich habe noch mal alle Akten durchgesehen, aber leider nein. Ich konnte nichts entdecken, was Sie weiterbringt. Aber ich bin mir sicher, es gibt etwas, und Sie finden es heraus. Sie sind Journalistin, und Ihre Großmutter hat es Ihnen zugetraut.«

»Danke für Ihre Mühe – und Ihr Vertrauen.« June seufzte. »Bis jetzt habe ich viele lose Fäden, die irgendwohin führen könnten. Oder auch nicht. Gefühlt ist es im Moment eher ein Wollknäuel in meinem Kopf. Ich muss alles erst mal sortieren und auch weiter in ihren Aufzeichnungen und Briefen lesen. Es gestaltet sich nicht gerade einfach.«

»Wenn es einfach wäre, hätte Luise vermutlich Kontakt zu ihren Freundinnen gehabt. Obwohl sie es irgendwie ja auch nicht wollte.«

»Es ist alles etwas seltsam. Die Briefe ihrer Freundinnen enden 1939, soweit ich das überblicken konnte. Damit habe ich nur die Adressen von damals, wo sie seit 1939 nicht mehr wohnen, das habe ich herausgefunden. Irgendetwas muss in dem Jahr geschehen sein. Ich möchte das alles verstehen. Vor allem meine Großmutter. Deshalb bin ich heute nach Ellis Island gefahren. Es war überwältigend, dort zu stehen, wo sie damals tagelang bangen musste, ob sie nach Amerika durfte. Ich habe das Gefühl, ich bin ihr noch etwas nähergekommen.«

»Das ist ein ganz besonderer Ort. Sehr ergreifend. Ich muss zugeben, ich war nur vor einigen Jahren einmal dort«, erklärte Walter. »Als mich ein Freund aus Frankreich besucht hat. Aber ich war auch sehr beeindruckt. Es muss zermürbend gewesen sein, diese Ungewissheit, die ärztlichen Untersuchungen, die Angst, vielleicht zurückgeschickt zu werden in ein Land, in dem einem Verfolgung und vielleicht sogar der Tod drohten.«

»Darf ich fragen, ob Ihre Familie auch fliehen musste?«, hakte June vorsichtig nach.

Walter schüttelte den Kopf. »Sie kamen schon im 19. Jahrhundert.«

Der Kellner brachte den ersten Gang. Eine köstlich aussehende Berliner Kartoffelsuppe mit Lachs und Kaviar. Die Suppe schmeckte genau wie die, die June als Kind immer bei ihrer Großmutter gegessen hatte. Nur gab es hier noch den Lachs und Kaviar dazu. Ergriffen aß sie einen Löffel Suppe nach dem anderen.

Walter hatte sich Buletten mit Roter Bete und Perlhuhncreme als Hauptgericht bestellt. June die Meerbrasse. Sie begannen den nächsten Gang. Es schmeckte köstlich. June hatte vergessen, ihre Großmutter vor deren Tod nach ein paar Rezepten zu fragen. Die Rezepte ihrer Kindheit. Ganz offensichtlich gab es diese noch, überliefert in diesem Restaurant. Sie musste unbedingt den Chefkoch danach fragen. Denn Luises gutes Essen hatte June immer als etwas Tröstliches empfunden. Wie eine liebevolle Umarmung.

Der Abend mit Walter war nett. Er erzählte, dass er immer im Central Park joggen ging und die Natur dort liebte. Sie unterhielten sich über Berlin, über die vielen Seen und den hohen Freizeitwert der Stadt. Aber seit June wusste, dass Luise einmal dort gelebt hatte, hatte Berlin eine andere Bedeutung für sie bekommen. Immer wieder schweiften ihre Gedanken zu ihrer Großmutter ab.

»Ich fürchte, ich bin müde, der Jetlag. Ich muss ins Bett«, sagte sie irgendwann. Walter ließ es sich nicht nehmen, die Rechnung zu begleichen und ihr in den Mantel zu helfen. Beim Hinausgehen blieb sie an der langen schwarzen Theke stehen und bat den Kellner, den Chefkoch noch einmal sprechen zu können.

»Natürlich, ich frage, ob Hendrik kann«, erwiderte der und verschwand im Küchenbereich.

Kurz darauf kam Hendrik heraus. »Hat es Ihnen nicht geschmeckt?«, scherzte er.

June lachte. »Ganz im Gegenteil, es war köstlich.« Im nächsten Moment fiel ihr auf, dass Walter neben ihr stand, als wäre er ihr Partner. Auch er bestätigte, wie fantastisch alles geschmeckt habe.

»Das freut mich, danke.« Hendrik sah June abwartend an, während sie nach den richtigen Worten suchte. »Was kann ich noch für Sie tun?«, erkundigte er sich schließlich.

»Ich wollte Sie fragen, ob Sie mir das Rezept für die Kartoffelsuppe geben könnten. Das Rezept meiner Großmutter. Und wenn Sie noch andere von ihr haben, gerne diese auch.«

»Natürlich. Ich hüte sie wie einen Schatz, aber an Luises Enkelin gebe ich sie natürlich gerne weiter. Ich habe nur gerade ziemlich viel zu tun. Wollen Sie morgen vielleicht zum Lunch kommen? Um 12 Uhr habe ich frei und ein wenig Zeit.«

»Das wäre fantastisch. Aber möchten Sie Ihre freie Zeit wirklich damit verbringen, mir Rezepte zu zeigen?«

Hendrik lächelte. »Oh ja. Luise würde das sehr gefallen.«

June sah ihn überrascht an. Hatte er ihre Großmutter so gut gekannt? Und wieso würde ihr das gefallen?

Sie sagte zu, ging mit Walter hinaus, und er brachte sie zu einem Taxi. Wieder gab er ihr die Hand, wirkte plötzlich fast so steif wie im Büro.

»Gute Nacht, June. Kommen Sie gut nach Hause und viel Glück bei Ihrer Suche. Wenn ich irgendetwas tun kann ...«

»Sage ich gerne Bescheid. Danke für den schönen Abend.«

»Ich habe zu danken.«

Sie winkte einem Taxi und setzte sich hinein.

Jetzt erst spürte sie, wie müde sie wirklich war. Sie hatte Mühe, die Augen offen zu halten. Es war ein langer Tag gewesen, ein berührender Ausflug nach Ellis Island, ein netter Abend mit Walter, und jetzt freute sie sich auf den Brunch mit Hendrik. Einem Mann, der so wunderbar kochen konnte. Seine Frau konnte sich glücklich schätzen. *Oder ist er Single?*, dachte sie im nächsten Moment. Er hatte sie sofort fasziniert, aber vor allem hoffte sie, von ihm mehr über das Leben ihrer Großmutter zu erfahren, vielleicht hatte Luise ja ihm ein wenig über ihr Leben im Exil hier in New York erzählt?

KAPITEL 9

New York, 1936

ENDLICH AMERIKA. Die Fähre von Ellis Island legte am Festland an. Ein frischer Herbstwind wehte, es duftete nach Laub, nach Blättern, die im Wind tanzten, nach Freiheit, Luise konnte diesen neuen Geruch nicht anders beschreiben. Sie fühlte sich übermütig. Mit ihrem Gepäck liefen sie über den Steg und betraten zum ersten Mal den Boden von New York. Was für ein Gefühl. Erleichterung, Anspannung, Neugierde auf alles, was jetzt kommen würde.

Luise und Elly blickten staunend nach oben, in den Himmel, in den die hohen Häuser ragten. Luise wurde angerempelt, eine Frau entschuldigte sich, eilte freudig zu einem Mann und schloss ihn in ihre Arme.

Erst jetzt ließ Luise ihren Blick über die Menschen schweifen. Und plötzlich entdeckte sie Richard. Das konnte doch nicht sein! Woher wusste er, dass sie heute ankamen? Neben ihm stand ein großer blonder Mann – George. Beide sahen sich suchend in der Menschenmenge der Ankommenden um.

»Richard!«, schrie sie aufgeregt, winkte, hüpfte hoch, um auf sich aufmerksam zu machen. »Elly, da ist Richard! Ich glaub es nicht, woher weiß er denn, dass wir jetzt ankommen?«

»Welcher ist es? Der große Attraktive?«

»Nein, der andere.«

»Ah, sieht auch sehr gut aus«, beeilte sich Elly zu sagen.

Luise nahm ihre Koffer hoch, eilte, so gut es damit und in

dieser Menschenmenge ging, auf Richard zu, stellte die beiden Koffer ab und fiel ihm, ehe er sie erblickte, um den Hals.

»Luise!«, rief er freudig aus, drückte sie an sich, und sie roch seinen vertrauten Duft.

Zu Hause, durchfuhr es sie. Am liebsten hätte sie ihn gar nicht mehr losgelassen. Und er sie offenbar auch nicht. Aber dann besann er sich, löste sich von ihr und lächelte sie an. »Gut, dass ich auf George gehört habe.«

Sie sah ihn fragend an. Ihr Blick wanderte zu seinem Freund. Der lächelte warm und sympathisch.

»Hallo, ich bin George.« Er sprach Deutsch mit einem angenehmen amerikanischen Akzent.

»Ich bin Luise.«

»Dachte ich mir irgendwie.« Sie lachte. Elly trat neben sie. »Und das ist Elly. Wir haben uns vor der Ausreise in Hamburg kennengelernt und uns angefreundet.«

»Hallo, Elly«, sagte George und lächelte auch sie an.

Richard räusperte sich. »Von wem wirst du abgeholt, Elly?« Luise biss sich auf die Unterlippe. Wie unsensibel von ihm.

»Von niemandem«, antwortete Elly traurig.

»Wollen wir vielleicht erst mal alle zusammen einen Kaffee trinken gehen?«, schlug George in die darauffolgende Stille hinein vor.

Elly sah Luise fragend an, und die nickte sofort. »Das ist eine großartige Idee. Aber woher wusstet ihr, dass wir heute ankommen? Hat mein Brief dich noch erreicht, Richard? Ich konnte dir leider nicht telegrafieren.«

»Ja, gestern habe ich den Brief erhalten. So ganz genau wusste ich natürlich nicht, wann ihr ankommt. Wir dachten uns, dass es länger dauert auf Ellis Island. George meinte, die Fähren legen jeden Tag um diese Uhrzeit an, ich soll einfach immer herkommen. Und heute hatte er auch Zeit.«

Luise lächelte George dankend an.

»Wie war es in Berlin? Hast du alles auflösen können?«, erkundigte sich Richard. »Das Leben in New York ist teurer, als ich dachte. Hat das mit der Vollmacht mit meiner Bank geklappt?«

Luise sah ihn überrumpelt an. Sollte sie ihm hier am Pier alles über sein Bankkonto erzählen?

George schien ihre Gedanken zu erraten. »Lass die Damen doch erst mal ankommen. Es war sicher eine anstrengende und aufregende Reise.«

»Das war es«, bestätigte sie.

Richard zuckte mit den Schultern. »Ja, gut«, lenkte er ein, aber er wirkte etwas verschnupft.

George erzählte ihnen von einem guten Café, das ganz in der Nähe lag. »Der Kaffee in Deutschland oder Italien schmeckt besser, aber die Amerikaner werden es schon noch lernen mit der Zeit.«

»Hoffentlich, ich liebe guten Kaffee«, erwiderte Luise lächelnd.

»Ich auch«, pflichtete George ihr bei, und einen Moment lang sahen sie sich in die Augen.

»Komm, Luise«, hörte sie Richards Stimme.

»Gebt uns euer Gepäck.« George nahm Luises beide Koffer, ehe sie ablehnen konnte. Dabei berührten sich kurz ihre Hände. Da er jetzt ihr Gepäck trug, auch den Koffer von Richard, nahm Richard die Reisetasche von Elly.

Die Frauen folgten den Männern, besser gesagt, auch Richard folgte George. Der schien zu wissen, wo es langging, führte sie zielsicher durch die für Luise so fremden Straßen.

Das Café befand sich in einem alten Gebäude, ein leuchtendes Schild besagte, *Manhattans Café and Restaurant*. Durch eine dunkle Holztür mit Scheibenglas traten sie ein, es roch nach Frittierfett und Ketchup. Kaum hatten sie sich an einen der kleinen Holztische gesetzt, brachte ihnen eine kaugummikauende Bedienung mit Schürze die Karte und fragte etwas in unverständlichem Englisch.

»Was hat sie gesagt?«, wollte Luise von Richard wissen.

Aber der zuckte nur mit den Schultern. »Sie reden hier so schnodderig, als ob sie gar nicht wollten, dass man sie versteht.«

»Unsinn«, widersprach George. »Das ist der amerikanische Akzent. Britisches Englisch ist etwas ganz anderes, aber das wusstet ihr ja sicherlich.«

Luise nickte schnell. Der Englischkurs, den sie vor ihrer Abreise besucht hatte, würde ihr hier offenbar nur bedingt weiterhelfen. Ihre Lehrerin war aus London gewesen.

»Ihr werdet euch schnell daran gewöhnen«, meinte George. »Wenn ihr es wollt.«

»Natürlich wollen wir das«, erwiderte Luise. »Nicht wahr, Elly?«

Ihre Freundin war die ganze Zeit sehr still gewesen. Sie nickte rasch. »Es ist alles so anders als zu Hause«, murmelte sie.

»Sei froh.« Luise stupste sie aufmunternd an.

»Wo wirst du eigentlich wohnen, Elly?«, erkundigte Richard sich plötzlich.

»Ich habe eine Adresse von einer jüdischen Gemeinde. Ich hoffe, dass man mir dort weiterhelfen kann«.

»Wenn nicht, versuche ich etwas zu arrangieren«, bot George an.

»Wirklich?«, entfuhr es Luise. »Das wäre so nett von dir.«

»Das ist ja wohl selbstverständlich.«

»Sonst kann Elly ja auch erst mal bei uns wohnen, nicht wahr, Richard?«, schlug sie vor. »Oder ist das in deinen Augen erst recht unschicklich?«

Er zögerte. »Ich habe jetzt eine kleine Wohnung für uns beide. Sie ist auf keinen Fall für drei geeignet. Ich habe sie selbst organisiert. Ohne Georges Hilfe«, setzte er stolz hinzu. »Ein ehemaliger Professor von mir hat sie mir vermittelt. Sie ist gerade so bezahlbar.«

»Wundervoll.« Luise lächelte ihn an. »Aber, Elly, wenn das bei der jüdischen Gemeinde nicht klappt und George nichts findet, kommst du zu uns, einverstanden? Auch wenn die Wohnung klein ist, ein Sofa gibt es bestimmt.«

»Gerne.« Elly lächelte dankbar.

»Wie wäre es, wenn wir jetzt Hamburger für alle bestellen?«, fragte George. »Ein echtes amerikanisches Willkommensessen. Ich lade euch ein.«

»Hamburger«, wiederholte Luise und lachte, »ein deutsches Wort. Und das an meinem ersten Tag in Amerika.«

»*Yes!*« Er grinste.

Und so aßen Luise und Elly ihren ersten echten American Burger, der nach Zwiebeln, Ketchup und Fleisch roch, und erzählten von der Überfahrt, von der aufregenden Zeit auf Ellis Island. Von der jüdischen Familie, die zurückgeschickt wurde.

»Und dann habe ich den Angestellten gefragt, ob er denn kein Herz hat«, erzählte Luise, »und hab da drauf gepocht.« Sie legte ihre Hand aufs Herz.

»Wow.« George sah sie gespannt an. »Hat es geholfen?«

»Leider nicht. Er hat mich dann ›unverschämt‹ genannt und mir gesagt, ich solle ruhig sein. Um ein Haar hätte er mich auch zurückgeschickt.«

Richard nahm unter dem Tisch ihre Hand und drückte sie sanft.

»Du bist wirklich was Besonderes«, stellte George beeindruckt fest.

»Sonst wäre ich nicht hier.«

»Das gefällt mir«, sagte er und blickte ihr in die Augen.

»George, musst du nicht zur Arbeit?«, mischte sich Richard ein.

»*Oh yes*, schon so spät.« Er setzte sich als Anwalt für benachteiligte Menschen ein, wie Luise erfahren hatte. Aus seiner Hemdtasche zog er eine Visitenkarte hervor und reichte sie Elly. Dann verabschiedete er sich von Richard und Luise. »Glückwunsch zu deiner Braut, mein Freund. Pass gut auf sie auf«, sagte er und klopfte Richard auf den Rücken.

»Danke. Mach ich.«

»Du findest den Weg von hier zu eurer Wohnung?«

Richard zögerte einen Moment. »Zur Canal Street, sicher, kein Problem«, antwortete er dann.

George nickte zufrieden, legte beim Aufstehen seine Hand auf Luises Rücken. »Bis bald, Luise. Ich freue mich, dass ihr jetzt hier seid. In Sicherheit.«

Sie dankte ihm, spürte, nachdem er gegangen war, immer noch die Wärme seiner Hand auf ihrem Rücken und ein wohliges Gefühl im Bauch.

~⚹~

Richard fand den Weg nicht. Er stellte zwar immer wieder seinen Koffer ab und sah auf einen Stadtplan, führte Luise aber ständig in die falsche Richtung. Die Geräusche der Stadt surrten in ihren Ohren. Was für ein Lärm! Autohupen, Verkehr, schreiende Händler. Hier schienen alle in Eile zu sein. Nur sie standen den Leuten immer wieder im Weg. Luise blickte staunend die Hochhäuser empor. So groß hatte sie sich diese nicht vorgestellt. Und es schien kompliziert zu sein, sich in dieser Stadt zurechtzufinden. Sie hatten Elly als Erstes zur Subway, der New Yorker U-Bahn, gebracht. Sie wollte ihnen keine weiteren Umstände machen und bestand darauf, alleine zur jüdischen Gemeinde zu fahren. »Ich komme bald bei euch vorbei, Luise. Versprochen. Danke noch mal für die Adresse und alles Gute.«

»Danke, dir auch. Und wehe, du kommst nicht.« Richard besaß keinen Telefonanschluss. Das war zu teuer. Sich zu treffen war die einzige Möglichkeit, Kontakt zu halten.

Jetzt gingen Richard und Luise mit ihren Koffern an einem Hot-Dog-Stand vorbei. Ein dicker, glatzköpfiger Mann holte mit einer Zange ein labberiges Würstchen aus einem silbernen Warmhaltebehälter. Der Geruch von Würstchenwasser stieg Luise in die Nase.

»Wir sind wieder in die falsche Richtung gelaufen«, hörte sie Richard neben sich. Er klang gestresst, stellte den Koffer ein weiteres Mal ab, sah auf den Plan und drehte ihn.

»Gib mal her.« Sie nahm ihm den Stadtplan aus der Hand und studierte aufmerksam die Karte. »Das ist wie ein Gittersystem.«

»Ein Gittersystem?«

»Ja, alle Straßen, also die Streets, verlaufen waagerecht von Ost nach West und alle Avenues senkrecht vom Norden in den Süden.«

»Wie hast du das denn so schnell gesehen?«, wunderte er sich. »Aber es kann stimmen. George hatte so etwas erwähnt ...«

»Ist ja kein Problem. Zeig mir doch mal, wo die Wohnung liegt.« Sie hielt ihm die Karte hin. Er deutete auf einen Punkt darauf, und Luise übernahm es, den Weg dorthin zu finden. Richard trug jetzt nicht nur seinen, sondern auch ihren Koffer und folgte ihr wortlos. Es ging durch mehrere Straßen, zweimal kamen sie an Obdachlosen vorbei. Der eine sah recht jung aus, hatte aber eine Wunde am Bein, und seine Kleidung war zerschlissen. Luise tat er sofort leid. Auch hier gab es Elend, natürlich.

Endlich kamen sie an dem Haus an, in dem Richard eine Wohnung angemietet hatte. Neugierig schaute sie nach oben. Es war zwar nicht so hoch wie viele andere Gebäude, sah aber ähnlich aus. Ein grauer mehrstöckiger Bau, mit Feuerleitern und kleinen Fenstern. Insgesamt wirkte es eher nüchtern und kühl.

Bevor sie jedoch durch die Eingangstür traten, zögerte Richard. »Luise, wenn dich jemand fragt, bist du meine Schwester, in Ordnung? Wir sind noch nicht verheiratet, das ist auch in Amerika ein Problem.«

»Probleme sind dafür da, gelöst zu werden. Dann heiraten wir eben morgen«, schlug sie übermütig vor.

»Wenn immer alles so einfach wäre. Hier ist nichts einfach.« »Dann sagen wir eben, ich bin deine Frau, wenn einer im Hausflur fragen sollte. Es ist keine wirkliche Lüge, denn im Geiste bin ich das doch, oder nicht?«

Er blickte unwohl drein, nickte kaum merklich, stellte die Koffer kurz ab und schloss die Tür auf. Dann nahm er das Gepäck wieder und ging durch den dunklen Eingangsbereich und das steile Treppenhaus nach oben. An der Wand befanden sich einige Macken, vermutlich von Umzügen anderer Mieter.

Richard atmete schwer.

»Soll ich meinen Koffer wieder tragen?«, erkundigte sich Luise.

»Nein, nein, es geht schon.« Er hielt kurz inne, um zu verschnaufen. »Die Wohnung ist nicht riesig, aber du kannst dir nicht vorstellen, was eine Wohnung in Manhattan kostet«, erklärte er. »Die davor war noch teurer.«

»Wir brauchen ja nicht viel Platz«, beruhigte sie ihn.

»Genau, so viele Bücher wie zu Hause besitze ich ja noch nicht. Aber immerhin haben wir einen Kühlschrank, wie viele Amerikaner. Das ist hier so üblich.«

»Oh, das ist ja fortschrittlich.« Er ging weiter vor.

Sie kamen im dritten Stock an, in dem sich drei Wohnungstüren befanden. Richard ging zu der rechten Tür, die einen beigefarbenen Anstrich besaß, stellte die Koffer wieder ab und schloss auf. Sie traten in einen kleinen, dunklen Flur. Sofort schlug Luise ein muffiger Geruch entgegen, als hätte Richard seit Tagen nicht gelüftet. Er parkte das Gepäck im Flur, führte Luise herum.

Die Wohnung war wirklich nicht groß. Sie bestand aus einem winzigen Schlafzimmer, in dem nur eine Matratze mit einer zerwühlten Bettdecke auf dem Boden lag. Durch das Schlafzimmerfenster entdeckte Luise eine Leuchtreklame am Gebäude gegenüber. Weiter ging es zu einem Wohnraum, in dem sich eine Kochecke befand. Richard hatte überall Papiere und Bücher verteilt, gebrauchte Kaffeetassen standen auf einigen seiner Manuskripte, in der Spüle der Kochecke stapelten sich Geschirr und ein Topf. Sie verkniff sich, etwas zu sagen.

»Ich muss mal, wo ist denn das Bad?«, fragte sie stattdessen.

»Das Bad ist direkt neben der Wohnungstür.«

Sie musste es übersehen haben. Gespannt ging sie zurück in den Flur, öffnete die kleine, unscheinbare Tür und starrte entsetzt auf das verdreckte WC, das offenbar schon von den Vormietern nie richtig gereinigt worden war. Hier sollte sie wohnen? Sie kämpfte dagegen an, in Tränen auszubrechen. Das waren bestimmt nur die Nerven nach der langen Reise. Sie bemühte sich, möglichst wenig anzufassen, erleichterte sich und ging zurück in den Wohnraum.

»Schatz, ich muss noch arbeiten. Du kannst ja schon mal etwas sauber machen, damit du dich wohlfühlst«, meinte Richard leichthin, als sie eintrat.

Fassungslos sah sie ihn an. »Hast du etwa auf mich gewartet, damit ich das alles putze und aufräume?«

Richard zuckte entschuldigend mit den Schultern. »Na ja, du bist doch eh bald meine Frau, und ich bin sehr beschäftigt.«

»Was?« Sie schluckte. Ein Kloß saß ihr im Hals. *Dass er Arbeit hat, klingt ja schon mal gut*, versuchte sie sich selbst zurückzuhalten. »Trotzdem. Ein bisschen schöner hättest du es ja machen können zu meinem Empfang.«

»Mein Gott, Luise, du bist doch keine Prinzessin, oder?«

»Nein. Ich bin mir nicht zu schade, mir die Hände schmutzig zu machen. Aber nicht einmal ein Blümchen ... Du weißt doch, wie sehr ich Blumen liebe. Eine einzige hätte mir gereicht. Freust du dich überhaupt, dass ich da bin?«

Er sah sie wütend an. »So langsam nicht mehr«, entfuhr es ihm. »Kaum bist du hier, machst du alles madig. Wie schwer es war, diese Wohnung zu bekommen, honorierst du überhaupt nicht.«

»Doch. Aber du hast selbst gesagt, dass du sie ganz einfach über Kontakte bekommen hast. Du musst doch selber sehen, dass wir hier nicht lange bleiben können. Denk an deine schöne große, sonnige Wohnung mit den Stuckdecken in Berlin.«

»Ich denke jeden Tag daran«, erwiderte er bitter.

»Was für eine Arbeit hast du denn eigentlich? Ist sie gut bezahlt?« Noch immer riss sie sich sehr zusammen, wollte die Stimmung nicht verderben. Dabei war sie so wütend auf ihn, dass es in ihrem Magen zog.

»Bezahlt? Nein. Wie denn auch? Ich bin ja noch nicht lange hier und spreche kein Amerikanisch.«

Irritiert sah Luise ihn an. »Du bist seit Wochen hier. Und Englisch hast du doch zu Hause gelernt.«

»Luise! Bist du hergekommen, um mir Vorwürfe zu machen? Du hast ja keine Ahnung, wie es ist in dieser Fremde. Wenn Worte plötzlich nichts mehr sind. Deutsche Worte. Wenn dir die Ohren sausen bei einer fremden Sprache. Und das einem Wortliebhaber wie mir. Dieses amerikanische Englisch verstehe ich nicht, und deshalb kann ich es auch nicht lernen.«

»Das musst du aber. Sonst wirst du hier nie ankommen. Das haben sie mir vor meiner Ausreise gesagt. Und so schwer kann es ja nicht sein. Du bist so ein kluger Kopf. Wenn man etwas will, dann schafft man es auch.«

»Mir reicht es langsam. Ich will mich in Ruhe meinen Studien und Manuskripten widmen. Und dem politischen Widerstand gegen Hitler von der Fremde aus. Das hat für mich jetzt Priorität!«

»Das sollst du ja auch. Ich will das doch genauso. Aber wie werden wir die Miete bezahlen und unseren Lebensunterhalt bestreiten?«

»Erst mal von unserem Ersparten. Du hast doch Geld für das Restaurant, das können wir nehmen. Das mit dem eigenen Restaurant ist doch nur ein lächerlicher Traum.«

Luise wurde schwarz vor Augen. »Ein lächerlicher Traum?«, japste sie. »So siehst du das also. Hättest du mir das nicht vor meiner Abreise sagen können?« Ihre Stimme überschlug sich.

Jetzt merkte Richard offenbar, dass er es übertrieben hatte. Er trat zu ihr und schlang seine Arme um ihre Hüften. Luise wehrte ihn ab, aber sein Griff war kraftvoller, als seine schmächtige Gestalt vermuten ließ.

»Luise, jetzt beruhige dich bitte. Du bist entzückend, wie ein aufgescheuchtes Fohlen. Ich habe es nicht so gemeint.«

Immer noch zappelte sie in seinen Armen. »Ach ja, wie hast du es denn dann gemeint?«

»Wir müssen jetzt erst mal leben, überleben in diesem Land. Hast du die Obdachlosen gesehen? Das geht hier ganz schnell. Es schaffen nicht alle Emigranten. Und dann, irgendwann, wenn wir angekommen sind, dann können wir anfangen zu träumen. Verstehst du? Bitte, sei wieder lieb, ich habe mich doch so sehr nach dir gesehnt. Du riechst so gut.« Er beugte sich zu ihr, sie roch seinen vertrauten Atem, sein herbes Aftershave, spürte seine Lippen auf ihren. Ihr Unmut schwand. Wie sehr hatte sie Richard vermisst! Sie gab sich seinem Kuss, seinen Berührungen hin.

Wie so oft, wenn sie sich gestritten hatten, rissen sie sich die Kleider vom Leib, schliefen miteinander. Voller Leidenschaft, voller Ekstase, mehr noch als sonst. Und weil sie sich schon so lange nicht mehr gespürt hatten, schafften sie es nicht ins Schlafzimmer, liebten sich auf dem Boden, auf einem alten Teppich, der schon bessere Tage gesehen hatte, aber jetzt in ihrer

Lust war Luise das egal. Richard drang in sie ein, und Liebe und Sehnsucht durchströmten sie. Er war ihr erster Mann gewesen, aber sie konnte sich nicht vorstellen, dass es mit einem anderen besser sein könnte. Und als sie das dachte, als er sich stöhnend über ihr bewegte und ihre Lust immer größer wurde, musste sie plötzlich an George denken, an seine blonden Haare, sein Gesicht, seine großen, warmen Hände auf ihrem Rücken.

⁓୫

Am nächsten Morgen stand sie angezogen am Fenster und sah auf die hohen Gebäude gegenüber. Wolkenkratzer. Ein lustiges Wort. Sie kratzten tatsächlich an den Wolken. So richtig hatte sie nicht daran geglaubt, aber die Wirklichkeit hatte sie eines Besseren belehrt. Alle Häuser ihrer Straße waren so hoch, dass man nur ein kleines Stück Himmel von ihrer Wohnung aus sehen konnte. Einen grauen wolkigen Himmel. Es war Herbst, aber sie entdeckte weit und breit keinen Baum, keine Blätter, die auf dem Boden lagen. Sie wirbelte heruntergefallene Blätter mit den Füßen so gerne auf beim Gehen. Luise blickte nach unten auf die Straße. Dort wuselten hektisch zahllose Passanten umher, eilten geschäftig aneinander vorbei.

Richard schlief noch. Dabei war es schon später Vormittag. Sie war früh neben ihm aufgewacht, hatte ihn im Schlaf beobachtet, diesen Mann, den sie so sehr bewunderte seit ihrem ersten Tag an der Uni. Zunächst als seine Studentin, dann, was sie sich nie hätte erträumen können, so bald schon als seine Geliebte, Partnerin, Verlobte. Seine Wortkunst, sein philosophisches Wissen beeindruckten sie. Dass er ohne sie nach New York gereist war und sie mit all der Organisation in Berlin zurückgelassen hatte, wollte sie ihm verzeihen. Schließlich war sein Leben in Gefahr gewesen, mehr noch als ihres.

Luise holte einen Putzlappen und einen Eimer mit Wasser,

wischte das dreckige Fenster, ein Schiebefenster. So vieles war anders. Der Herd, der das Bedienteil hinten und nicht vorne an der Front hatte, das Wasser aus dem Wasserhahn roch streng nach Chlor. Sie war schon den ganzen Morgen dabei, alles aufzuräumen, sauber zu machen. Sie hielt inne und dachte an den seltsamen Tag gestern. Ihr Wiedersehen hatte sie sich so anders vorgestellt. Aber immerhin hatte er sie vom Pier abgeholt. *Dank George*, dachte sie sofort. Richard selbst wäre nicht darauf gekommen, herauszufinden, wann die Fähre von Ellis Island täglich anlegte.

George. Er wirkte so viel offener und tatkräftiger als Richard. Luise atmete tief durch. Sie wollte jetzt nicht an George denken. Er war der Freund ihres zukünftigen Ehemannes, mehr nicht. Entschlossen warf sie den Putzlappen in den kleinen Eimer. Wasser spritzte auf. Sie sah erneut auf die Uhr. Schon kurz nach elf. Vorhin hatte sie versucht, Richard zu wecken, aber er hatte sie nur angebrummt, ihn schlafen zu lassen, schließlich habe er bis tief in die Nacht wichtige philosophische Artikel studiert.

Sie ging zur kleinen Kochecke, die sie bereits aufgeräumt und gesäubert hatte, und stellte einen Kessel Wasser auf den Herd, um sich einen Tee zu brühen.

Mit der Tasse in der Hand setzte sie sich anschließend auf einen Küchenstuhl und wartete, blies Luft in den heißen Tee und lauschte dem Ticken der Uhr. Sie selbst war gestern nach ihrem Liebesakt rasch ins Bett gegangen und hatte gar nicht mitbekommen, dass Richard noch bis tief in die Nacht fleißig gewesen war. Sie nahm einen kleinen Schluck. Jetzt war sie also in ihrem neuen Leben angekommen. Was erwartete sie? Was konnte sie von hier aus für ihre Landsleute tun? Richard hatte bestimmt schon Kontakte zu Gesinnungsgenossen im Exil geknüpft. Sie wollte ihn unterstützen, auf jeden Fall. Dass er noch keine Arbeit gefunden hatte, bereitete ihr allerdings Sorgen. Ihr Geld würde nicht lange reichen. Die Ausreise hatte viel gekostet, die Wohnung war teuer, so einfach schien es also nicht zu werden. Die Lösung lag auf der Hand: Sie musste sich selbst nach Arbeit umsehen. Sie wollte unabhängig sein, ihren Teil zu ihrem gemeinsamen Leben beitragen. Und möglichst schnell ihr kleines Restaurant eröffnen. Auch wenn Richard nicht daran glaubte, sie tat es nach wie vor.

Verstrubbelt und müde betrat Richard schließlich um Viertel vor zwölf den Wohnraum. »Guten Morgen«, sagte er.

»Guten Morgen«, erwiderte sie lächelnd. »Möchtest du einen Tee mit mir trinken und frühstücken?«

»Nein, nein.« Er ging zur Spüle, nahm sich ein Glas, füllte es mit Wasser und trank. Dann stellte er es ab, fuhr sich mit der Hand durchs Gesicht. »Ich habe keinen Hunger.«

»Viel ist auch nicht da. Aber wenn du mir sagst, wo ich einkaufen kann, gehe ich gerne los.«

Wieder schüttelte er den Kopf. »Brauchst du nicht. Ich habe wie gesagt keinen Hunger.«

»Aber ich«, entfuhr es ihr.

Er sah auf, nickte dann. »Ach ja.«

Ohne ein weiteres Wort ging er ins Schlafzimmer zurück. Was war nur mit ihm los? In Berlin hatte er nicht so geistesabwesend gewirkt. Luise stand auf und folgte ihm.

»Ist irgendwas, Richard?«, erkundigte sie sich.

»Nein, wieso?«

»Nur so«, lenkte sie ein. »Wo finde ich denn die nächste Einkaufsmöglichkeit?«

»Ein Bäcker. Ist nicht weit.«

Er beschrieb ihr den Weg, und sie gab sich Mühe, sich alles genau zu merken. Dann ging sie in den Flur und zog ihren Mantel an, trat dann erneut ins Schlafzimmer. Er hatte sich wieder auf die Matratze gelegt und starrte an die Decke.

»Was hast du heute noch vor?«, wollte sie wissen.

Richard drehte seinen Kopf zu ihr. »Ich bin immer noch so müde. Ich habe so viel gearbeitet heute Nacht.«

»Was hast du denn gelesen?«, fragte sie nach.

»Nichts, was für dich von Belang ist.«

»Es ist nicht für unsere Sache von Belang?«, wiederholte sie ungläubig.

Er schüttelte den Kopf. »So einfach ist es nicht, von hier aus etwas zu tun.«

Enttäuscht sah sie ihn an. »Das heißt, du hast noch keine Gleichgesinnten getroffen?«

»Nein, habe ich nicht.« Mit diesen Worten drehte er ihr den Rücken zu.

So melancholisch hatte sie ihn noch nie gesehen. Fehlte ihm die Heimat so sehr? Gut, dass sie jetzt da war und sich um ihn kümmern konnte. Ein herzhaftes Frühstück, Kaffee, und die Welt würde schon besser aussehen.

Entschlossen nahm sie den Schlüssel von einem kleinen Haken im Flur, verließ die Wohnung und lief das dunkle Treppenhaus hinunter. Als sie auf den Gehweg trat, schlugen ihr sofort Gehupe und der Lärm der Großstadt entgegen. Passanten kreuzten ihren Weg, und Luise musste sich erst einmal orientieren. Zu ihrer Linken musste die Bakery sein, so hatte Richard es beschrieben. Sie ging die Straße hinunter. Falls er sich geirrt hatte, würde sie sich zur Not eben durchfragen.

Die Abgase drangen in ihre Nase. Die Luft in Berlin war deutlich besser gewesen, zumindest in ihrem Kiez. Hier sah alles so anders aus. Keine Gründerzeitbauten, keine Bäume, keine breiten Fußwege. Stattdessen nüchterne Gebäude, kein einziger Strauch, schmale Wege und breite Straßen. *Anders muss nicht schlechter sein*, sagte sie sich und ging weiter den beschriebenen Weg entlang. Neugierig sah sie sich dabei um und entdeckte an einer Reinigung und einem Friseurladen weitere Leuchtreklamen.

Nach wenigen Minuten fand sie die Bakery, trat ein und stellte fest, dass es weder Streuselkuchen noch typisch deutsches Brot gab, sondern ausschließlich Weißbrot und verschiedenes Gebäck mit Zuckerguss darauf.

Sie versuchte, sich in ihrem einfachen Englisch verständlich zu machen. Die korpulente schwarze Verkäuferin lachte freundlich. Luise lachte mit.

Mit Händen und Füßen schaffte sie es, der Verkäuferin mitzuteilen, dass sie nur das halbe Weißbrot wolle. Sie hatte die Preise gesehen, und solange sie keine Jobs hatten, mussten sie sparen.

»Thank you«, verabschiedete sie sich und ging gut gelaunt zur Tür.

»See you, Miss«, sagte die Verkäuferin fröhlich.

Stolz trat Luise den Rückweg an.

In der Wohnung angekommen, stellte sie fest, dass Richard schon wieder schlief. Sie bereitete ein Frühstück zu, etwas Käse und Butter waren noch im Kühlschrank. Sie brühte Kaffee auf und ging dann zu Richard, um ihn wach zu küssen. »Mein Schatz, ich habe dir Frühstück gemacht.«

Er blinzelte, schlug die Augen auf und sah sie irritiert an. »Ich habe doch keinen Hunger.«

»Immer noch nicht? Es ist schon weit nach Mittag.«

Seufzend rappelte er sich hoch. »Du gibst ja eh keine Ruhe.«

»Ich kümmere mich nur um dich.«

»Das ist gut«, erwiderte er, umschlang sie und hielt sie fest wie ein Ertrinkender.

»Schsch, was hast du denn?«, flüsterte sie.

Er lockerte seine Umarmung und stand auf. Sein kleiner Gefühlsausbruch schien ihm unangenehm zu sein. »Nichts, ich habe dich eben vermisst.«

»Jetzt bin ich ja da, jetzt wird alles gut.«

KAPITEL 10

New York, Dezember, 1936

DIE WOCHEN VERGINGEN, der kalte Ostwind wurde immer eisiger. In den Läden stand Weihnachtsdekoration, die Stadt sah geschmückt wunderschön aus, überall funkelten weihnachtliche Lichter.

Richard saß nach wie vor abends bis tief in die Nacht über seinen Papieren, wollte Luise aber nicht daran teilhaben lassen, schlief morgens immer lange und verließ kaum die Wohnung. Auf ihre wiederholte Nachfrage, wo er sich beworben habe, hier gebe es doch auch Universitäten, wurde er jedes Mal unwirsch.

»Wie soll ich mich denn da bewerben, wenn ich dieses amerikanische Englisch nicht richtig verstehe und nicht gut genug spreche?«

»Aber genau deshalb musst du doch unter Menschen. Wie willst du denn sonst die Sprache lernen?«

Ihr selbst taten die regelmäßigen Ausflüge zur Bakery oder in den Supermarket sehr gut. Jedes Mal lernte sie ein neues Wort. Lieber wäre sie mit Richard hinausgegangen, um die Stadt kennenzulernen, aber der war entweder zu müde oder erklärte, etwas Wichtiges lesen zu müssen. Er müsse auf dem neuesten Stand der Wissenschaften bleiben und die politischen Geschehnisse in Deutschland verfolgen.

Auch Luise tat das. Sie brachte aus der Bakery immer eine amerikanische Zeitung vom Vortag mit. Die freundliche Verkäuferin schenkte sie ihr. Außerdem hatte sie ein englisches

Buch in einem Antiquariat erworben. Von Jane Austen, »Pride and Prejudice«. Es war sehr günstig gewesen. Sie las immer wieder darin, um die Sprache besser zu lernen, aber auch, weil es sie faszinierte. Das Lesen gestaltete sich sehr mühsam, aber die letzten zwei Monate hatte sie schon Fortschritte gemacht. Dennoch wurde ihr immer klarer, dass sie ihr gemeinsames Leben in die Hand nehmen musste, um hier nicht unterzugehen. Dass sie sich schleunigst einen Job suchen musste, um die Miete und ihre Lebensmittel zu bezahlen. Lange würden ihre Ersparnisse nicht mehr reichen. Und an das Geld für das Restaurant würde sie auf keinen Fall gehen. Niemals.

Von Elly hatte sie noch nichts gehört. So oft dachte sie an ihre Freundin, hoffte so sehr, dass sie sich in dieser Fremde allein zurechtfand.

Eines Tages hatte Luise Schal und Mantel angezogen und sich zu einer jüdischen Gemeinde in Manhattan durchgefragt. Von einer netten Frau dort hatte sie erfahren, dass seit der großen Auswandererwelle im Jahr 1880 inzwischen um die 1,5 Millionen Juden nach New York gekommen seien. »So viele?«, hatte Luise verblüfft erwidert.

Die Frau kannte keine Elly. Es wäre ja auch großer Zufall gewesen. Aber sie beruhigte Luise und bekräftigte, dass Elly doch sicher von sich hören lassen werde, wenn sie ihre Adresse habe. Traurig war Luise zurückgegangen. Hatte sie diese Freundin jetzt auch noch verloren? Ihr blieb nur zu hoffen, dass Elly sich endlich bei ihr meldete. Der kalte Wind zog ihr ins Genick.

Umso glücklicher war sie, als Elly eine Woche vor Weihnachten völlig unerwartet vor ihrer Tür stand. Sie sah blass aus, trug einen dicken Schal und eine Wollmütze, sie zitterte vor Kälte.

»Luise! Endlich!« Sie fielen einander in die Arme.

»Elly! Wie schön, dich endlich zu sehen! Wie geht es dir?« Erst jetzt bemerkte sie, dass George hinter Elly stand. Ihr Magen kribbelte sofort.

»Gut geht es mir«, flüsterte Elly an ihrer Schulter. Aber es klang nicht ganz aufrichtig. Luise löste sich von ihrer Freundin, sah sie kurz besorgt an, doch jetzt war keine Zeit, nachzufragen. Sie begrüßte George mit einer spontanen Umarmung. Wie gut er roch. Nach Leder und Vanille. »Wie schön, dass ihr beide da seid! Kommt doch rein.«

»Gerne«, antwortete er lächelnd, musterte sie neugierig. »Du siehst gut aus. New York scheint dir zu bekommen.«

»Danke. Dafür bekommt es Richard aber nicht«, rutschte ihr heraus.

Sie standen jetzt im Flur. Richard schlief noch wie jeden Tag um diese Uhrzeit.

»Wirklich?«, fragte George besorgt und fügte leiser hinzu: »Ist er immer noch so in sich zurückgezogen? In Berlin war er ganz anders. Ich dachte, das gibt sich, wenn du da bist.«

»Leider nicht. Ja, in Berlin war er anders. Hier schläft er immer bis mittags«, gab Luise zu. »Ich wecke ihn gleich. Kommt doch schon mal mit ins Wohnzimmer.« Sie führte die beiden in ihre bescheidene Stube. »Wollt ihr einen Kaffee oder Tee?«

Elly sah sich schüchtern um. »Gerne einen Kaffee, wenn du hast.«

»Für mich nichts.« George nahm auf dem Sofa Platz, nachdem Luise ihn darum gebeten hatte.

Sie setzte rasch Wasser auf und ging dann zu Richard ins Schlafzimmer. »Richard, wach auf, wir haben Besuch«, sagte sie sanft. »Elly und George sind da.«

»George?«

»Und Elly.«

Er fuhr sich mit der Hand übers Gesicht. »Mein Gott, hättest du ihnen nicht sagen können, sie sollen später wiederkommen? Oder noch besser in einem Café warten?«

»Es ist schon spät«, erwiderte sie ungehalten. »Stehst du auf?« Es klang nicht wie eine Frage. Eher wie ein mütterlicher

Befehl, das merkte sie selbst. Dann ging sie wieder hinaus zu den anderen.

»Und wie ist es dir ergangen, Elly?«, erkundigte sie sich.

»Wirklich gut!« Ihre Freundin lächelte. »Die Gemeinde kümmert sich ganz wundervoll um mich. Ich bin bei einer sehr freundlichen jüdischen Familie untergebracht, wo ich mich wohlfühle.«

»Wie schön.« Luise wurde das Gefühl nicht los, dass es Elly nicht ganz so gut ging, wie sie behauptete.

»Ich wollte dich schon längst besuchen, Luise, aber ich hatte den Zettel mit der Adresse verloren und war schon ganz verzweifelt. Dann ist mir aber zum Glück eingefallen, dass ich ja Georges Telefonnummer habe, und er hat mich hierhergeführt. Vielen Dank noch mal«, sagte sie zu ihm.

»Kein Problem.« George wandte sich an Luise, die dabei war, den Kaffee aufzugießen. »Was ist mit Richard?«

»Nichts. Ich meine, ich weiß es nicht. Ich glaube, er vermisst die Heimat. Aber tun wir das nicht alle?«

In diesem Augenblick kam Richard herein. Müde, abgeschlagen.

»Guten Tag«, gab er sich bemüht charmant, reichte Elly die Hand, klopfte George kurz auf die Schulter.

»Ich habe gerade viel zu tun«, erklärte er. »Habe heute Nacht lange über Ideen gebrütet, was man gegen die Nazis schreiben kann. Sodass es wirklich etwas bewirkt.«

»Sehr gut«, fand George. »Heißt das, ich kann dich heute überreden, mit mir zu lunchen?«

»Nein«, erwiderte Richard sofort. »Ich muss erst meine Gedanken abschließen.«

»Mhmh. Und wo planst du, deine Schriften zu veröffentlichen?«, erkundigte sich George.

Richard zögerte, runzelte die Stirn, überlegte, setzte sich auf einen freien Küchenstuhl. »Das weiß ich doch nicht«, entfuhr es ihm sichtlich genervt. »Ich kenne mich ja hier nicht aus. Verstehe so gut wie nichts, wie soll man sich denn da entfalten können?«

Luise und George warfen sich einen kurzen Blick zu. Elly starrte auf die Tischoberfläche. Auch sie sah plötzlich bedrückt aus. Eine unangenehme Stille lag im Raum.

Luise nahm die Kanne, goss Elly, Richard und sich Kaffee ein. »Du möchtest wirklich keinen?«, erkundigte sie sich bei George.

»Doch, einen echten deutschen Kaffee darf ich mir nicht entgehen lassen. Danke, Luise.«

»Ich vermisse meine Heimat auch«, brach es aus Elly heraus.

»Das kann ich mir gut vorstellen«, entgegnete George.

»Das heißt nicht, dass ich nicht froh bin, in Sicherheit zu sein. Ich bin dankbar.«

»Ich weiß.« Luise legte die Hand auf ihre. »Es ist für uns alle nicht leicht.« Sie setzte sich zu der Runde, und alle tranken schweigend ihren Kaffee. Durch die Fenster drang dumpf der Lärm der Großstadt. »Aber wir kriegen das hin«, erklärte Luise nach einer Pause fest. »New York ist eine spannende Stadt. Unser Viertel kenne ich schon ganz gut. Vor dem Einkaufen erkunde ich oft neue Straßen, aber ich gehe nie zu weit weg von der Wohnung.«

»Wieso nicht?«, fragte George.

»Richard hat mir eingeschärft, dass ich das alleine als Frau nicht tun soll, das sei zu gefährlich.«

»Ist es ja auch«, bestätigte Richard. »Überall lungern diese dunklen Gestalten herum. Ich habe gehört, wenn man in eine falsche Straße abbiegt, kann man sofort gelyncht werden.«

»Sofort gelyncht nun auch wieder nicht, aber es gibt Straßen, die man meiden sollte«, verbesserte George. »Wie überall auf der Welt.«

»In Berlin war das früher nicht so«, entgegnete Richard.

»Jedenfalls bin ich sehr dankbar, hier sein zu dürfen«, beeilte sich Luise zu sagen. »Und in Berlin ist es jetzt ja leider auch überhaupt nicht mehr sicher. Was meint ihr, wie lange sich Hitler noch an der Macht hält?«

Sie sah, wie sich George und Richard jetzt anblickten. Sie glaubten nicht daran, dass es bald vorbei sei. Luise, wenn sie ehrlich war, auch nicht. Was musste geschehen, um diesen Irren aufzuhalten? Zu viele hatte er schon mit seiner Propaganda indoktriniert. Gut, dass Richard weitere Schriften plante. Sich nicht aufhalten ließ. Sie würde sich auch nicht aufhalten lassen. Bisher hatte er sie nicht an seinen Gedanken teilhaben lassen, ganz anders als in Berlin. Wahrscheinlich musste sie ihm einfach Zeit geben. Sie hatte bereits angefangen, hin und wieder vor dem Schlafengehen nicht nur ihre Gedanken und Erlebnisse in ihr Notizbuch zu schreiben, sondern auch selbst Texte für Flugblätter zu verfassen. Aber bisher hatte Richard keinen ihrer Texte lesen wollen. Und sie wusste auch nicht, wie sie ihre Flugblätter nach Deutschland bringen sollte.

George nahm einen letzten Schluck Kaffee und räusperte sich. »Richard, sobald du Texte fertig hast, melde dich, dann finde ich Wege, sie zu verbreiten. Ich hatte die letzten Monate sehr viel zu tun, sonst hätte ich mich schon gemeldet.«

Richard nickte. »Ich muss noch an den Texten feilen. Die Worte, sie fließen im Moment noch nicht.«

»Das tun sie bald wieder«, sagte Luise sofort. Sie ertrug es nicht, ihren sonst so vor Inspiration sprudelnden Richard hier mit hängenden Schultern und blassen Wangen sitzen zu sehen. Ähnlich saß Elly jetzt da. Ihre Freude vorhin war offenbar wirklich nur gespielt gewesen.

George warf Luise einen aufmunternden Blick zu. »Was macht ihr Weihnachten und Silvester?«

Sie sah Richard an, der schüttelte schnell den Kopf. Sie hatten schon darüber gesprochen, er wollte mit ihr allein zu Hause feiern. Auf keinen Fall unter Menschen gehen. Sie hatten sich deswegen gestritten.

»Nichts«, sagte Richard jetzt rasch. »Wir zwei wollen alleine sein. Weihnachten und Silvester.«

Luise biss sich auf die Unterlippe. So gerne hätte sie mit George und Elly gefeiert. Sie setzte an, etwas zu sagen, aber da erwiderte George schon: »Na dann, ich feiere mit meiner Großmutter.«

Luise wandte sich an Elly. »Hast du an Weihnachten etwas geplant?« Sie hoffte, sie würde verneinen, dann würde sie ihre Freundin einfach einladen.

Doch Elly nickte. »Chanukka fällt genau auf Weihnachten dieses Jahr. Wir feiern in der jüdischen Gemeinde.«

»Wie schön.« Luise freute sich für sie, aber die Aussicht, nur zu zweit zu feiern, gefiel ihr nach wie vor gar nicht.

»Ich passe immer auf den Hund meiner Gastfamilie auf«, fuhr Elly fort. »Es ist ein Schoßhund, ein Zwergpudel, er ist sehr niedlich.«

»Ach, das ist ja nett.« Luise lächelte sie aufmunternd an.

»Ich bekomme sogar ein kleines Taschengeld«, erklärte ihre Freundin zufrieden.

Sie unterhielten sich noch eine Weile weiter, bis George und Elly sich bald darauf verabschiedeten, und George versprach, im neuen Jahr wieder vorbeizukommen. Elly gab ihr die Adresse der jüdischen Familie, und sie versprachen einander, sich bald wiederzusehen.

Luise begleitete die beiden zur Tür, verabschiedete Elly mit einer Umarmung, umarmte auch George. Wie groß und stattlich er sich anfühlte.

Nachdem sie die Tür geschlossen hatte, lehnte sie sich einen Moment dagegen. Früher war Richard geselliger gewesen, so wie sie. Traurig sah sie vor sich hin. Der dunkle, enge Flur gab ihr erst recht das Gefühl, jemand schnüre ihr die Kehle zu. Sie fühlte sich einsam, und das erste Mal in ihrem Leben freute sie sich nicht auf Weihnachten und Silvester.

KAPITEL 11

New York, Washington Heights, 2023

June wurde von der sanften klassischen Melodie ihres Handyweckers geweckt. Mozart, »Eine kleine Nachtmusik«. Sie liebte Mozart. Tief und fest hatte sie geschlafen und sehr lange. Es war bereits elf Uhr, aber sie hatte den Schlaf dringend gebraucht.

June räkelte sich, sah sich im Gästezimmer ihrer Großmutter um. Dieses Haus verströmte ein wohliges Gefühl, gab Geborgenheit, ließ sie besser schlafen als in Berlin die letzten Wochen vor ihrem Abflug. So viele schlaflose Nächte, diese Unruhe, die vielen Gedanken über ihren Job, Anton, ihr Leben. Sie setzte sich auf. Sie wollte mehr wissen über ihre Großmutter, nicht nur wegen des Erbes.

Das Treffen mit Hendrik war in eineinhalb Stunden. Vielleicht konnte er ihr mehr erzählen. Dieser sympathisch wirkende Kerl. Er war genau ihr Typ. Groß, blond, sportlich und dieses nette Lächeln. Wie idiotisch. Er hatte ganz sicher kein Interesse an ihr als Frau. Sie dachte daran, dass sie sich vom Aussehen so George vorstellte. Er war auch blond, sportlich und sehr sympathisch, zumindest laut den Notizbucheinträgen ihrer Großmutter.

Sie ging lächelnd ins Bad, zog ihr Schlaf-T-Shirt aus. In New York gab es perfektere Frauen, die Hendrik sicher haben konnte, falls er noch Single war. Oder war er schwul?

Wie auch immer, sie war in festen Händen.

Sie stieg unter die Dusche, atmete den Duft der Mandel-Duschlotion ein. Nachdem sie sich abgetrocknet hatte, ging sie nackt ins Gästezimmer. Sie sah auf ihr Handy, ob eine Nachricht von Anton gekommen war, aber er hatte sich nicht gemeldet. Sollte sie ihn anrufen? Diese Stille zwischen ihnen gefiel ihr nicht. Und später würde sie keine Zeit zum Telefonieren haben. Nicht in Hendriks Anwesenheit.

Rasch zog sie sich an, entschied sich für ein rotes sommerliches Kleid, dazu gelbe Sandalen. Eine Kombination, die Anton nicht gefiel, ihr selbst aber, und darauf kam es an. Sie nahm ihr Handy, suchte Antons Nummer aus den Kontakten und drückte auf Anrufen. Es läutete ein paarmal, und endlich ging er ran.

»Hey, Schatz. Wie geht es dir?«, fragte er. Doch es klang wie eine Floskel, abgelenkt.

»Hey, Anton. Gut, und dir?«

»Alles gut. Hast du die anderen Erben gefunden?«

»Wie stellst du dir das vor? Das kann dauern. Erst mal konzentriere ich mich auf Großmutters Freundin Maria. Weißt du, wie schwierig es ist, etwas über den Verbleib einer jüdischen Familie im Zweiten Weltkrieg herauszufinden? Diese Anni zu finden wird, glaube ich, noch schwieriger. Sie war mit einem aus der Gestapo zusammen. Ich habe zwar ihren Nachnamen von den Briefumschlägen, aber das hat mir bisher auch nicht weitergeholfen.«

Er seufzte. »Klingt schwierig. Du kannst aber nicht ewig in New York bleiben«, entgegnete er.

»Ich weiß. Ich finde sie schon.« Sie sah hinaus in den blühenden Garten, während Anton schwieg. Im Hintergrund hörte sie das Durchlaufen der Kaffeemaschine, wartete einen Moment.

»Also, was hast du vor, um diese jüdische Familie zu finden?«, hakte er nach.

»Ich weiß von Maria, dass sie mit ihrem Ehemann, Jakob

Kirschbaum, eine Buchhandlung in Berlin hatte. Ich habe gestern Nacht noch zum Buchhandel im Zweiten Weltkrieg recherchiert. Hochinteressant. Denn 1938 wurde es jüdischen Buchhändlern untersagt, ihren Laden weiterzuführen. Die Repressalien fingen natürlich schon viel früher an, aber es gab noch ein paar, die bis dahin weitermachen konnten.«

»Aha«, erwiderte er nur geistesabwesend. »Klingt gut. Dann gib Gas, um sie zu finden.« Sie hörte den Kühlschrank zuklappen. »Und dann verkauft ihr das Haus in Washington Heights, und wir haben eine gute Anzahlung für unseres.« Er hustete.

June hielt den Hörer etwas vom Ohr weg. »Hast du dich erkältet?«

»Nein, nein.«

»Kannst du mir einen Gefallen tun? Es gibt ein jüdisches Adressbuch von 1931. Das habe ich mir heruntergeladen und Jakob Kirschbaum und seine Adresse gefunden. Könntest du mal dort vorbeigehen und die Nachbarn fragen, ob sie etwas über den Verbleib der Familie wissen?«

»June, ich habe viel zu tun. Und etwas erkältet habe ich mich schon.«

»Verstehe.« Sie war auf sich allein gestellt. Ihre Suche interessierte ihn nicht.

»Was soll denn das auch bringen? Da wohnt doch kein Nachbar mehr von damals.«

»Natürlich nicht, aber vielleicht Nachfahren, die etwas darüber gehört haben.« Sie wusste selbst, dass es sehr unwahrscheinlich war.

»Kannst du nicht online recherchieren?«, fragte er nach.

»Zur Not geh ich hin, aber nur, wenn du dir wirklich etwas davon versprichst.«

»Nein, nein.« Sie hatte eine Idee. Erinnerte sich an die Stolpersteine in Berlin, diese kleinen quadratischen Steine, die vor Wohnhäusern in die Gehwege eingelassen worden waren, um an Menschen zu erinnern, die dort zuletzt gelebt hatten und zwischen 1933 und 1945 von den Nationalsozialisten verfolgt worden waren. Meist standen Namen, Daten und ihr Schicksal auf einer Messingplatte eingraviert. June hatten diese Steine berührt. Es war ein Projekt eines Künstlers, um die Erinnerung wachzuhalten.

»Anton? Ich muss los. Bis dann«, sagte sie, hörte ihn »Tschüss« nuscheln, dann legte sie auf. Wann waren sie wie Bruder und Schwester geworden?

Einen Moment überlegte sie, ihn noch mal anzurufen und darauf zu bestehen, dass er an der alten Adresse der Kirschbaums nach einem Stolperstein suchte. Aber zuerst wollte sie sehen, ob sie dies nicht im Internet recherchieren konnte. So viel Zeit hatte sie noch.

Sie nahm ihren Laptop von der Kommode, ging damit in die Wohnküche und legte ihn auf den Küchentisch. Dann bereitete sie sich einen Kaffee zu, ehe sie sich aufgeregt mit der Tasse an den Tisch setzte. Der Kaffeeduft erfüllte den Raum, und sie schlürfte geistesabwesend den ersten Schluck, während sie das Internet durchforstete.

Tatsächlich entdeckte sie eine tolle Homepage. *Stolpersteine-berlin.de*. Dort konnte man online auf einer Karte alle Stolpersteine finden, auch deren Beschriftung und zusätzliche Informationen, sofern es welche gab. Außerdem konnte man gezielt nach Namen, Straßen und den Ortsteilen suchen. Sie gab den Namen Kirschbaum ein und die Straße, die sie durch das Adressverzeichnis herausgefunden hatte. Aber es existierte kein Stolperstein für Maria und Jakob Kirschbaum.

June nippte wieder an ihrem Kaffee, fand einen Rechercheleitfaden auf der Homepage. Bei den FAQs stand sogar: *Ich möchte nach verfolgten jüdischen Menschen in Berlin suchen, wie gehe ich vor?* Volltreffer.

Sie las, dass die Suche nach jüdischen Verfolgten noch die

einfachste sei, da detaillierte Recherchemöglichkeiten bestünden. Die Suche nach Anni würde also wirklich schwieriger werden. Sie galt nicht als Jüdin, zumindest nicht nach den Nürnberger Rassegesetzen von 1935, soviel June recherchiert hatte, denn dann hätte sie mindestens drei jüdische Großeltern haben müssen.

Es war alles so kompliziert. June wollte sich jetzt erst mal auf Marias Verbleib konzentrieren. Das jüdische Adressbuch wurde auch hier als Referenz genannt. Sie freute sich, dass sie mit dieser Idee auf dem richtigen Weg gewesen war. Mehrere weitere Online-Recherchemöglichkeiten wurden aufgelistet. Das Landesarchiv Berlin, Archiv der Stiftung Neue Synagoge Berlin, ein Arolsen Archiv, zig andere Archive. Es gab sehr viel zu tun. Und einige Hoffnungsschimmer. Nur würde das sehr viel Zeit kosten. Erst einmal musste sie los zu ihrer Verabredung mit Hendrik.

Sie fuhr den Computer herunter, trank den restlichen Kaffee aus, dann stellte sie die Tasse in die Spülmaschine und brachte den Laptop zurück ins Gästezimmer. Kurz hielt sie inne. Wie schade, dass sie das Haus bald verkaufen musste, um es mit den anderen Erben zu teilen. Aber so war es nun mal, auszahlen konnte sie diese auf keinen Fall.

Natürlich wollte sie den letzten Willen ihrer Großmutter respektieren und darüber hinaus herausfinden, warum sie nie mit ihr über ihre Vergangenheit geredet hatte. June musste zugeben, dass sie das verletzte. Luise war für sie wie eine Mutter gewesen. Sie hatten ein so herzliches, offenes Verhältnis gehabt. Zumindest hatte sie das angenommen, ehe sie erfuhr, dass ihre Großmutter eine Menge gut gehüteter Geheimnisse besaß.

Sie ging noch mal ins Bad, putzte sich die Zähne, legte Lippenstift auf und betrachtete sich im Spiegel. Ein wenig sah sie ihrer Großmutter ähnlich. Hatte sie auch ihren Mut geerbt?

Schon um die Mittagszeit war das Taste of Freedom gut besucht. June stellte sich in die kurze Warteschlange, roch das teure Parfum der Dame vor sich. Sie war merkwürdig aufgeregt.

Eine junge, attraktive Kellnerin mit tätowierten Armen begrüßte sie, und als June erklärte, ein Gast von Hendrik, dem Chefkoch, zu sein, nickte diese sofort und lächelte sie vielsagend an. Oder hatte sie sich getäuscht?

Sie wurde an den kleinen Tisch von gestern geführt, bedankte sich bei der Kellnerin und setzte sich. Hieß das, Hendrik lud öfter Frauen hierher ein? War er dieser Typ Mann? June wollte jetzt nicht weiter darüber nachdenken. Schließlich war sie mit Anton zusammen, auch wenn sie gerade ein Beziehungstief durchschritten. Sie sollte sich wohl besser jegliche Gedanken dieser Art sparen, um ihr Leben nicht noch komplizierter zu machen.

Der Duft von Vanille wehte ihr aus der Küche entgegen. Sie konzentrierte sich darauf und fragte sich, was sie wohl als Nachtisch erwartete. Die Bedienung brachte ihr das Tagesmenü, von Hand in schön geschwungener Schrift geschrieben. June las fasziniert:

Vorspeise: gesprossener Brokkoli, Freilandei & Kartoffelschaum
Hauptgang: dänischer Kabeljau, Spinat & würziger Mais
Nachspeise: Berliner Apfelkuchen mit Vanillesoße.

Und es gab Brunch nach Art des Hauses.

Als sie aufschaute, bemerkte sie, dass Hendrik neben ihr stand. Diesmal ohne Schürze, in Lederjacke. Er strahlte sie an, breitete einladend die Arme aus, als ob sie sich schon länger kannten. Verblüfft stand sie auf, umarmte ihn zur Begrüßung. Er duftete nach Leder, Basilikum und Aftershave. Sie löste sich von ihm, trat einen Schritt zurück und lächelte ihn an. Er war einen ganzen Kopf größer als sie. »Schön, dass es geklappt hat.«

»Finde ich auch.« Seine dunkle Stimme verursachte ein Kribbeln in ihrem Nacken. Was war nur los mit ihr? Sie erinnerte sich an die Erzählung aus Luises Notizbuch. Darin hatte ihre Großmutter beschrieben, wie sie George zum ersten Mal gesehen hatte. Auch er hatte sofort etwas in ihr ausgelöst. Eigentlich war June bisher immer der Überzeugung gewesen, dass es diese Art Gefühle auf den ersten Blick nicht gab. Zumindest kannte sie es nicht. Man musste einen Menschen doch wenigstens etwas kennenlernen, um mehr für ihn zu empfinden. Aber diese Erfahrung schien sich gerade in Luft aufzulösen. Ihr Herz flatterte, sie fühlte sich wie ein Teenager.

Hendrik schob den Stuhl für sie zurecht, dann setzte er sich ihr gegenüber. »Darf ich dich einladen? Brunch oder das Mittagsmenü?«

»Der dänische Kabeljau reizt mich. Auch wenn er nicht sehr deutsch klingt«, neckte June ihn.

Er hob grinsend die Hände. »Ein wenig muss ich mich auch einbringen.«

»Dann nehme ich direkt das Mittagsmenü. Wenn ich auch den Apfelkuchen mit Vanillesoße bekomme.«

»Unbedingt.« Er lächelte, gab der Bedienung Bescheid, orderte als Abschluss zwei Cappuccino und Erdbeereis.

»Cappuccino und Erdbeereis hat Luise immer bestellt«, erklärte er und lächelte. »Seitdem haben wir es als Special auf der Karte. Die Leute lieben es.« Er sah sie dabei fasziniert an. Seine Augen leuchteten so himmelblau, dass sie kurz davor war zu fragen, ob er blaue Kontaktlinsen trug.

Sie riss sich zusammen, suchte nach Worten, doch er kam ihr zuvor.

»Was möchtest du von deiner Großmutter wissen?«

Sie erzählte ihm von Luises letztem Willen, dass sie die anderen beiden Erben ausfindig machen sollte, dass sie nach Marias Verbleib suchte.

»Oh, wow. Tut mir leid, davon weiß ich nichts. Darüber hat sie nie mit mir gesprochen.«

»Aber ihr hattet engeren Kontakt?«, hakte June nach.

Hendrik zuckte mit den Schultern. »Offenbar nicht.« Auch er wirkte etwas enttäuscht. Was hatte Luise da nur angerichtet? »Sie kam eine Zeitlang jeden Dienstagnachmittag hierher«, fuhr er fort. »Am Anfang noch mit einer anderen älteren Dame, einer gewissen Elly, die auch mal hier gearbeitet haben soll. Dann ist diese verstorben, wie Luise mir erzählt hat. Sie mochte mein Essen so sehr, meinte, ich wäre der einzige Koch, seit sie die Küche abgegeben hat, der ihre Rezepte so kocht wie sie. Nur viel exquisiter.« Er lachte. Dann wurde er ernster. »Sie meinte, ich schenke ihr ein bisschen Heimat.«

Betrübt sah June ihn an. »Sie hat bis zum Schluss Berlin als ihre Heimat angesehen, ist aber nie wieder dorthin zurückgekehrt. Zumindest, soviel ich weiß. Wie traurig.«

»So ging es vielen«, sagte er nachdenklich.

Die Bedienung servierte den ersten Gang. Es duftete köstlich. Während sie aßen, fragte June nach und erfuhr, dass Hendrik von dänischen Emigranten abstammte. »Meine Familie ist jüdisch, meine Urgroßeltern wurden wie andere dänische Juden in ein Konzentrationslager deportiert.«

»Wie furchtbar. Aber sie haben überlebt? Sonst würde es dich ja nicht geben.«

»Leider nein, haben sie nicht. Aber meine Großmutter. Sie wurde als Säugling von Mitbürgern versteckt und dann 1943 von dänischen Fischern nach Schweden gebracht, dort war sie sicher.«

June hörte ihm beeindruckt zu. »Zum Glück gab es überall so großartige, mutige Menschen.«

»Ja, das stimmt.« Wieder sah er sie intensiv an. Seine Hände lagen vor ihm auf dem Tisch. Große, schöne Hände. Nachdenklich fuhr er fort: »Ich muss gestehen, ich weiß viel zu wenig über die Geschichte meiner Familie. Nur, dass meine Großmutter in Schweden meinen dänischen Großvater, der auch gerettet wurde, kennenlernte und sie dann in die USA ausgewandert sind, weil sie in Schweden keine Heimat gefunden haben. Sie haben auch mit meiner Mutter immer dänisch gesprochen und sie mit mir. In Amerika haben sie sich leider auch nie heimisch gefühlt, wie mir meine Großmutter einmal gesagt hat. Meiner Mutter ging es ähnlich. Meine Familie hat es hier nicht so weit gebracht wie Luise. Meine Großeltern haben lebenslang in einer Fabrik gearbeitet, meine Mutter als Bedienung in einem Diner. Nicht alle schaffen es, finanziell gut Fuß zu fassen in der Fremde. Sie haben sich alle zeitlebens immer als Ausländer gefühlt. Und mir auch dieses Gefühl vermittelt. Irgendwann, als ich ein Teenager war, habe ich beschlossen, nie wie sie in Selbstmitleid zu baden, sondern mein Leben in die Hand zu nehmen, auch ohne Startkapital. Ich habe eine Ausbildung als Koch begonnen, mich hochgearbeitet und mich irgendwann von den ganz Großen unterrichten lassen. *The American dream.*« Er lächelte.

»Ja, man kann nicht auf das Glück warten. Man sollte sein Schicksal selbst in die Hand nehmen. Das lehrt mich die Geschichte meiner Großmutter gerade.«

»Ganz genau.«

Sie sahen sich einen Moment lang in die Augen, und June fühlte ein angenehmes Ziehen in der Magengegend. Ihr Blick fiel auf seine Hände, die immer noch vor ihr lagen. So nah bei ihren. Er zog sie zurück, setzte sich auf. Sie waren inzwischen beim Berliner Apfelkuchen angekommen. »Das Essen war wirklich ein Traum.« Sie ließ den letzten Bissen in ihrem Mund zergehen.

»Freut mich. Was hast du denn vor, um diese Maria zu finden?«

»Ich werde mich in die Online-Archiv-Suche stürzen. Es gibt tolle Archive.«

»Wirklich? Interessant. Wenn du möchtest, helfe ich dir.«

»Du?« Verblüfft sah sie ihn an.

»Wie gesagt, mich interessiert die Geschichte meiner Familie schon lange, aber ich habe mir nie die Zeit dafür genommen. Ich habe jetzt ein paar Tage frei ... immer mal ein paar Stunden Zeit zumindest.« Er räusperte sich. »Wenn du einverstanden bist, würde ich mich gerne anschließen und mehr über meine Vorfahren herausfinden. Aber natürlich möchte ich dir auch helfen. Deine Großmutter ist mir ziemlich ans Herz gewachsen. Sie war eine Art Ersatzgroßmutter für mich. Und du bist Luises Enkelin. Sie würde es von mir erwarten.« Auf seinen Lippen lag wieder dieses schelmische, charismatische Lächeln.

Überwältigt sah June ihn an. »Wie schön. Und natürlich darfst du dich gerne anschließen. Sehr, sehr gerne, Hendrik, vielen lieben Dank. Vielleicht magst du dir mal das Arolsen Archiv ansehen? Es ist die größte Sammlung zu NS-Opfern. Dort findet man wohl Dokumente zu Konzentrationslagern, über Zwangsarbeit und ›Displaced Persons‹.«

»Mach ich gerne.«

Sie unterhielten sich noch eine Weile, aßen Erdbeereis, tranken Cappuccino dazu. Als sie schließlich aufbrachen, bot Hendrik an, sie ein Stück des Weges zu begleiten.

Die Sonne schien, und als June neben diesem großen Mann durch die Straßen New Yorks ging, dachte sie unvermittelt an Luise und George. War etwas aus den beiden geworden? War George ihr Großvater? Oder Richard? Oder gab es gar einen dritten Mann? Anhand des Nachnamens Blixton, des Namens ihres letzten Ehemannes Bill, den Luise zuletzt trug, konnte man es nicht sofort erkennen. June schämte sich, nicht einmal den Vornamen ihres lange verstorbenen Großvaters zu kennen. Aber sie hatte ihn nie kennengelernt.

Hendrik setzte seine Sonnenbrille auf, der Geruch seiner Lederjacke umwehte Junes Nase. Es machte Spaß, mit ihm durch die Straßen Manhattans zu ziehen. Die Sonne schien, ihre Strahlen spiegelten sich in den Glasscheiben der Wolkenkratzer. Hendrik erzählte, dass er schon vor ein paar Jahren versucht hatte, einen Stammbaum seiner Familie zu erstellen. »Dabei bin ich darauf gestoßen, dass meine Urgroßeltern nach Theresienstadt kamen. Meine Großmutter hat mit mir nie im Detail darüber geredet. Ich schätze, es war zu schmerzlich für sie. Die Vorstellung, was ihre Eltern in einem Konzentrationslager erleiden mussten und wie sie dort ums Leben kamen.«

»Schrecklich«, gab June ihm recht.

»Einmal sagte sie nur, sie würde sich schämen, selbst zu leben, in Sicherheit gewesen zu sein, aber ihre Eltern nicht. Dieses Schuldgefühl hat sie ihr Leben lang bedrückt.

»Ich kann mir gut vorstellen, dass man so denkt. Auch wenn man daran natürlich keinerlei Schuld trägt.«

»Ja, die Vorstellung, was in Theresienstadt mit ihren Lieben geschehen war, hat meine Großmutter sehr belastet. Vielleicht ist sie auch deshalb krank geworden.«

»Das tut mir leid.«

Er nickte. »Es wird Zeit, dass ich auch mehr über meine Vergangenheit herausfinde. Hast du Lust, einen Abstecher durch den Central Park zu machen? Deine Großmutter hat ihn geliebt.«

»Sehr gerne.« June lächelte ihn an.

KAPITEL 12

New York, Januar 1937

WAS HÄLTST DU DAVON, wenn ich dir ein bisschen von New York zeige? Richard, kommst du mit?«, fragte George, als er ihnen Anfang des neuen Jahres wieder einen Besuch abstattete. Er stand bereits im Türrahmen zum Flur und hielt seine Wollhandschuhe in den Händen.

Richard schüttelte den Kopf. Er schien nach wie vor in einer anderen Welt gefangen zu sein. »Ich habe zu tun.«

»Schade. Luise, magst du? Ich habe den nächsten Termin in zwei Stunden. Hast du Lust, in den Central Park zu gehen?«

»Sehr gerne.« Sie freute sich. Richard hatte sich nie dazu bewegen lassen, dorthin zu gehen. Und alleine hatte sie in den Straßen ihres Viertels eher die Augen nach einem Aushang wegen eines Hilfsjobs offen gehalten, bisher vergebens.

»Also, wollen wir?«, fragte George.

Luise nickte lächelnd, räumte rasch die Kaffeetassen in die Spüle, zog ihren Wintermantel, einen Schal und eine Mütze an und ging gemeinsam mit George hinunter. Er trug ebenfalls einen Wollmantel und schlüpfte nun in die Handschuhe.

Draußen war es eisig kalt, der Schnee der letzten Tage hatte sich auf den Straßen in Matsch verwandelt. Gerade schneite es wieder. Und es fühlte sich gut an, neben einem Mann durch die Straßen New Yorks zu gehen. Sicher, geborgen. George sprühte nur so voller Lebenslust. Erst jetzt merkte Luise, wie sehr Richards Melancholie sie mit hinuntergezogen hatte.

Die Schneeflocken wurden immer größer, sahen wunderschön aus vor den Wolkenkratzern Manhattans.
»Gleich sind wir da«, verkündete George vergnügt. »Viel Grün werden wir jetzt natürlich nicht entdecken, aber im Schnee ist der Park auch ein Traum.«
»Das glaube ich.«
Er hatte ihr auf dem Weg von seiner Arbeit erzählt, von seinem Einsatz als Anwalt benachteiligter Menschen. Er setzte sich vor allem für Ureinwohner und Schwarze ein. Aber ihm waren leider oft die Hände gebunden. Durch seine Zeit als Student in Berlin fühlte er sich jetzt auch den Deutschen verpflichtet. Er wollte jenen beistehen, die Hilfe benötigten, möglichst viele Deutsche bei der Ausreise unterstützen.

Luise erzählte ihm von ihren Sorgen um ihre Freundinnen zu Hause. »Maria ist Jüdin, sie und ihre Familie sind in größter Gefahr, wenn es so weitergeht. Aber ihr Mann will nicht auswandern. Und meine Freundin Anni ist so lieb und gutgläubig, sie kennt ihren Siegfried schon ewig und lässt nichts auf ihn kommen. Ich könnte nicht mit jemandem zusammen sein, der sich politisch in so eine Richtung entwickelt. Er ist Nazi.«

»Wenn sich der Partner, den man liebt, verändert, ist das schwer.«

Sie waren am Central Park angekommen. Eine neue Welt tat sich für Luise auf. Was für ein riesiger Park, und das mitten in dieser Stadt voller Hochhäuser. Die Luft roch winterlich frisch, hier lag noch überall Schnee, der in der Wintersonne glitzerte. Nicht dieser Schneematsch wie auf den Straßen. Beeindruckt schaute sie sich um. Man konnte von hier aus die Skyline sehen, stand aber mitten in der Natur. Lächelnd beobachtete sie einen kleinen Jungen, der freudig durch den Schnee lief, ihn mit den Händen immer wieder aufwirbelte und dabei lachte. Enten schwammen auf einem Teich, der an einigen Stellen zugefroren war. Frauen in warmen Mänteln und mit Mützen oder Hüten schoben ihre Kinderwagen die Wege entlang. Die Welt schien hier friedlich zu sein.

»Wie schön!«, rief sie begeistert. »Ein so großer Park so nah.«

»New York hat einiges zu bieten. Man muss manchmal auch hinter die Kulisse schauen.«

»Das sollte man sowieso.« Luise lächelte George an, und sie gingen weiter. Sie erzählte ihm von ihren Aktionen in Berlin, von den Flugblättern, die sie geschrieben und heimlich gedruckt hatten.

»Die meisten hat Richard geschrieben, aber einige waren auch von mir. Er fand sie gut, er meinte, ich habe immer noch mal ganz besondere Ideen. Aber jetzt will er nichts mehr davon hören.«

Nachdenklich hörte er ihr zu. »Unfassbar. Ich habe Richard dafür bewundert, dass er Flugblätter schreibt, aber er hat in seinen Briefen nie erwähnt, dass du da mitmachst.«

Etwas verschnupft sah sie ihn an. »Er braucht das Gefühl, der Bessere zu sein.«

George blickte sie ernst an. »Richard geht es wirklich nicht gut, habe ich recht? Er verkriecht sich in sein intellektuelles Schneckenhaus.«

Auch sie wurde jetzt ernst. »Ich fürchte, ja. Ich bekomme ihn da nicht heraus. Kannst du nicht mal mit ihm reden? Er verlässt die Wohnung so gut wie nie.«

»Ich habe es auch schon versucht, bevor du gekommen bist. Aber ich konnte ihn zu nichts bewegen. Gib ihn nicht auf, Luise.«

»Das werde ich nicht. Auch wenn ich an manchen Tagen das Gefühl habe, dass ich ihm eher lästig bin«, gab sie zu. »Zu anstrengend, zu fordernd. Dass er seine Ruhe will.«

»Das mag sein, aber lass dich davon nicht unterkriegen. Er darf sich nicht so hängen lassen. Er ist ein kluger Kopf, und die Welt braucht kluge Köpfe.«

»Das stimmt. Aber ich habe mir unsere Zeit hier so anders vorgestellt. Er wollte vorgehen, Kontakte knüpfen. So viele Intellektuelle und Künstler sind hierher ins Exil gegangen. Aber Richard kennt keinen von ihnen. Dabei sprechen diese Leute doch alle Deutsch.«

»Er hatte sicher vor, hier alles zu managen. Aber die Realität ist oft anders als gedacht und erschlägt einen manchmal. Ich kenne andere Paare aus Deutschland, die vor genau der gleichen Situation stehen wie ihr. Zu Hause denken alle, der Mann hat im Exil alles im Griff und sorgt für das Auskommen der Familie. In Wahrheit sind es sehr oft die Frauen, die das alles in die Hand nehmen, habe ich beobachtet.«

»Wirklich?«, fragte Luise überrascht.

»Du bist nicht alleine.« Er lächelte sie an.

»Was ist eigentlich mit dir?«, platzte sie heraus. »Hast du eine Frau?« Die Frage hatte ihr schon lange auf der Zunge gebrannt, aber bisher hatte sie nicht gewagt, sie zu stellen. »Die Frauen New Yorks müssen dir doch zu Füßen liegen.«

Er sah sie verblüfft an, war augenblicklich ernst geworden. Luise biss sich auf die Unterlippe. Eine Weile gingen sie schweigend durch den verschneiten Park, während er nach Worten zu suchen schien. Die Schneeflocken wurden immer dichter. An einem Ententeich blieben sie stehen und beobachteten ein Entenpaar, das einträchtig nebeneinander herschwamm.

»Entschuldige die Frage, es geht mich nichts an«, ruderte Luise schließlich zurück, als George immer noch nicht antwortete.

»Nein, nein, das ist schon in Ordnung«, erwiderte er. »Und die New Yorker Frauen tun es schon. Mir zu Füßen liegen.« Dann fügte er leise hinzu: »Aber es hat mich schon lange keine mehr so fasziniert wie du ... Ich meine, so dass ich am liebsten jeden Tag mit ihr verbringen würde.«

Überwältigt sah sie ihn an. »Und wieso kommst du dann so selten?«, brachte sie hervor.

In seinem Blick lagen Sehnsucht und Zerrissenheit. »Du bist mit Richard verlobt.«

Erschrocken wandte sie den Kopf ab. Was tat sie hier? Er hatte recht. Sie sah zu der Entendame, die nun alleine weiterschwamm. »Besonderen Menschen begegnet man nicht oft im Leben«, murmelte sie dann. Lange hatte sie gedacht, dass Richard der eine, Besondere für sie wäre. Aber seit ihrer Ankunft in New York war sie sich nicht mehr sicher. Ihr Respekt schwand täglich, musste sie sich eingestehen. Und vielleicht hatte das auch schon begonnen, als er sie in Berlin zurückgelassen hatte.

»Du und Richard, ihr seid ein gutes Paar«, hörte sie George jetzt sagen. Es klang nicht sicher, eher so, als müsste er sie oder sich selbst davon überzeugen. Dass er etwas in ihr bewegte, spürte sie deutlich.

»Danke. Finde ich auch.« Sie wussten beide, dass sie sich etwas vormachten.

»Habt ihr schon einen Termin für die Hochzeit?«, fragte er.

»Nein. Nein, nein. Ich habe Richard ein paarmal gefragt, ob wir nicht endlich einen Termin machen sollten. Aber er meinte, er hat keine Energie, es geht ihm einfach nicht gut, er muss erst mal wieder zu sich finden.«

»Ja, sicher.«

»In der Zwischenzeit habe ich mir überlegt, mir einen Job zu suchen. Nicht für immer, nur so lange, bis ich genug verdient habe, um ein deutsches Restaurant aufmachen zu können. Aber im Moment kommt mir das alles so schwierig vor. Ich habe mich schon umgesehen, aber in unserem Stadtviertel keinen Aushang entdeckt, der auf mich passt.« Sie erzählte ihm genauer von ihrem Traum, zusammen mit ihren Freundinnen Maria und Anni ein Restaurant in New York zu gründen. »Ich hoffe so sehr, dass sie bald nachkommen. Ich soll es schon mal eröffnen, sie haben mir dafür Geld gegeben, es ist für sie auch eine Investition. Aber ich habe gemerkt, dass man mit dem Betrag hier nicht sehr weit kommt.«

»Verstehe. Aber Schwierigkeiten sind dafür da, um sie zu überwinden«, meinte George. »Ich finde, ein deutsches Restaurant in New York ist eine großartige Idee.«

»Wirklich?«

»Sicher. Es gibt viele deutsche Auswanderer, die sich über so einen Ort freuen würden. Und Amerikaner lieben deutsches Essen.«

Luise musste lächeln. Er glaubte an sie und ihre Träume. Das gab ihr wieder Mut. Mut, den Richard ihr mit seinen skeptischen Aussagen genommen hatte.

»Ich weiß nicht, wie ich anfangen soll«, gestand sie. »Diese Stadt ist schwer zu durchschauen für mich. Ich lerne aber jeden Tag etwas dazu, lese ganz viel Jane Austen auf Englisch«, fügte sie lächelnd hinzu. »Kürzlich hat sich die Bäckersfrau darüber amüsiert, dass ich so altertümlich daherrede.«

Er lachte. »Weißt du, ich kenne eine Deutsche, die auch mit ihrem Mann hierhergekommen ist. Sie spricht sehr gut Englisch. Vielleicht trefft ihr euch einfach mal, und sie könnte dir ein paar Tipps für deine Jobsuche geben. Ich glaube, sie kennt auch noch andere Auswanderinnen.«

»Das wäre wundervoll!«

»Sie ist sehr hilfsbereit und muss nicht arbeiten. Ihr Mann verdient gutes Geld. Er ist Filmregisseur. Ich frage sie gerne.«

»Ich danke dir, George. Allein der Austausch mit einer anderen Frau wäre wunderbar. Mir fehlen meine Freundinnen sehr. Und Elly sehe ich auch viel zu selten. Es wäre sehr schön, noch ein paar Frauen in derselben Situation kennenzulernen.« Sie hatte Elly ein-, zweimal besucht, gemeinsam waren sie mit dem Hund spazieren gewesen. Aber immer nur kurz, weil Elly für die Gastfamilie etwas erledigen musste.

George lächelte sie an, hob langsam seine Hand, und für einen Moment dachte Luise, dass er ihre Wange streicheln wolle. Doch dann entfernte er nur sanft etwas Schnee von ihrer Mütze. Er pustete ihn zu Boden. Sie lächelten sich an.

»Gut, dann melde ich mich bei dir. Ich muss jetzt leider in die Kanzlei.«

»Natürlich. Danke, dass du dir die Zeit genommen hast.«

Sie machten sich auf den Rückweg, und George begleitete sie noch zu der Straßenecke, von der aus sie zurück nach Hause finden würde. Dann eilte er in die andere Richtung davon. Luise sah ihm nach, und sie spürte ihr Herz wie wild klopfen.

KAPITEL 13

New York, Februar 1937

NACH IHREM AUSFLUG mit George in den Central Park hatte sich Luises Laune verbessert. Sie musste aufpassen, dass Richard nichts merkte. Aber der befand sich so sehr in seiner eigenen Welt, dass ihm völlig entging, wenn Luise versonnen lächelnd am Esstisch saß. Doch irgendwann wurde ihr klar, dass sie aufhören musste, an George zu denken. Richard brauchte sie, brauchte ihren Elan, ihre Neugier, ihre Lebenslust. Sie hatte fast das Gefühl, dass er depressiv geworden war. Anders konnte sie sich die Lethargie, die geistige Abwesenheit nicht erklären. Er jedoch behauptete, sich ganz der Sache zu widmen. Dabei wurden die Nachrichten aus Deutschland immer trauriger. Maria und Anni schrieben häufig. Wie Maria in ihrem letzten Brief berichtet hatte, war ein befreundetes jüdisches Paar verschwunden, keiner wusste etwas über ihren Aufenthalt.

»Das zieht mich so herunter, Luise«, sagte Richard, als sie abends im Bett lagen und sie es ihm erzählt hatte. »Ich habe das Gefühl, an dieser Welt zu verzweifeln.«

Luise stützte sich auf und sah ihn an. »Das darfst du nicht. Sie brauchen dich«, versuchte sie ihn liebevoll aufzubauen.

»Wer?«, fragte er. »Sie sind so weit weg.«

»Das sind sie nicht. Es sind unsere Landsleute. Deshalb sind wir doch hierhergekommen, um weitermachen zu können. Vielleicht hilft es dir ja, deine Worte wiederzufinden, wenn du etwas von jemand anderem liest. Vielleicht helfen dir ja die Texte, die ich geschrieben habe. Möchtest du sie nicht doch mal lesen?«

»Wenn ich Zeit habe, dann mache ich das«, antwortete er, drehte sich auf die andere Seite und schwieg.

Frustriert legte sie sich wieder auf den Rücken und starrte an die Decke. Die Lichter der Leuchtreklamen erhellten den Raum ein wenig. *Zu Hause hat der Mond durchs Fenster geschienen*, dachte Luise traurig. Aber dieses Zuhause gab es nicht mehr. Und ihren früheren Richard offenbar auch nicht.

Endlich, ein paar Wochen später, stand George wieder vor der Tür. Lächelnd, überwältigend frisch und fröhlich. Luise hatte gerade den Abwasch erledigt, als sie ihm öffnete. Sie streifte ihre Hände an der Schürze ab, richtete sich das Haar, spürte ihr Herz schneller schlagen. »George, wie schön, dich zu sehen«, begrüßte sie ihn erfreut.

»Es tut mir leid, ich konnte leider nicht früher, und da ihr kein Telefon habt ...«

»Ich hätte so gerne eines, aber das können wir uns nicht leisten.«

Er trat ein, und sein angenehmer, vertrauter Geruch umhüllte sie. Mit leisen Schritten führte sie ihn am Schlafzimmer vorbei in den Wohnraum.

»Richard schläft noch?«, erkundigte sich George.

Luise nickte betreten. »Es wird nicht besser. Möchtest du etwas trinken?«

»Nein danke.«

Sie schloss die Tür zum Flur und redete leise, damit Richard sie nicht hörte. »Ich würde so gerne noch viel mehr von New York sehen, unter Menschen sein. Ich fühle mich irgendwie gefangen. Weil ich auf ihn aufpassen muss, weil er mich braucht. Und ich will auch für ihn da sein.«

Sie setzten sich an den Küchentisch.

»Das verstehe ich. Aber du musst auch an dich denken. Geh unter Menschen. Ich konnte zwischenzeitlich mit meiner Bekannten reden. Sie heißt Astrid Brand und möchte dich sehr gerne kennenlernen. Es gibt wohl einen kleinen Kreis von Frauen, die Deutschland verlassen mussten und die sich jeden Dienstagnachmittag treffen. Sie können dir sicher auch Tipps geben, wie du einen Job bekommen kannst.«

»Wundervoll. Wir brauchen dringend Geld. Unser Erspartes ist dahingeschmolzen wie Erdbeereis.«

George sah sie besorgt an. »Braucht ihr etwas?«

»Nein, nein. Noch geht es einigermaßen. Ich möchte kein Geld von dir. Gestern habe ich in einem Laden einfach so gefragt, aber sie brauchten niemanden. Erst recht niemanden mit so schlechten Sprachkenntnissen. Oder jemanden, der redet wie Jane Austen.«

Sie lachten.

»Möchtest du mit mir im Central Park ein Eis essen gehen? Vielleicht gibt es ja Erdbeereis.«

»Ein Eis im Winter?«

»Ein Eis im Winter. In New York ist alles möglich.«

Luise lächelte überwältigt, zögerte aber.

»Richard schläft sicher noch eine Weile. Lassen wir ihn ausruhen«, meinte George.

»Ja, er braucht das wohl.«

»Und du musst wie gesagt unter Menschen. Komm, dann zeige ich dir auf dem Weg auch gleich das Restaurant, in dem sich die Frauen morgen treffen.«

Das Erdbeereis schmeckte köstlich. *Strawberry*, hatte Luise gelernt. Sie leckte genussvoll daran, bemerkte, wie George sie beobachtete. Rasch lenkte sie ab, erzählte ihm von ihren Texten.

»Richard hat keine Zeit, sie zu lesen, aber wir können nicht länger warten, wir müssen etwas tun.«

»Das stimmt. Wenn du magst, lese ich sie und überlege, wo man sie veröffentlichen kann.«

»Das würdest du für mich tun?«

»Natürlich.«

»Lass mich noch einmal über meine Texte gehen, und das nächste Mal, wenn du uns besuchst, gebe ich sie dir mit.«

»Einverstanden. Jetzt zeige ich dir Jack Dempsey's Restaurant, damit du die Frauen morgen findest. Es gehört dem bekannten Boxweltmeister Jack Dempsey, und dort gibt es den besten Käsekuchen überhaupt.«

»Besseren als deutschen Käsekuchen?«

Er zuckte grinsend mit den Schultern.

»Danke, George. Du bist der Beste.« Sie biss sich auf die Unterlippe. Was hatte sie da gesagt?

Er lächelte, ging los, dabei sagte er leise: »Und ich mag es, wie du auf deiner Lippe kaust.«

Hatte sie sich verhört? Luise grinste in sich hinein, beeilte sich, mit ihm Schritt zu halten.

Am nächsten Mittag betrat sie aufgeregt das Jack Dempsey's in der Eighth Avenue und 50th Street, direkt gegenüber dem Madison Square Garden. Es duftete nach Eiern und Speck, ihre feine Nase roch aber auch Kuchen. Sie hatte sich schön zurechtgemacht, trug unter ihrem Wintermantel ihr bestes Kleid. So viele Anlässe gab es sonst ja nicht dafür. Jetzt war sie gespannt auf die Frauen und ihre Geschichten.

George hatte gesagt, sie solle den Ober einfach nach Astrid Brand fragen. Er kenne sie und würde sie zu ihr an den Tisch führen. Also tat Luise wie geheißen, und der hagere Ober nickte sofort wissend. Er bat sie, ihm zu folgen, und führte sie durch das Restaurant.

An einem Tisch in der Ecke saßen drei Frauen und unterhielten sich angeregt auf Deutsch. Ihre Muttersprache zu hören ließ Luises Herz sofort höherschlagen. Obwohl sie jeden Tag mit Richard und ab und zu mit George Deutsch sprach, so war es doch etwas anderes, in dieser riesigen fremden Stadt diese vertrauten Klänge zu hören.

Sie blieb vor ihrem Tisch stehen, und die Frauen sahen freundlich auf. »Guten Tag, ich bin Luise Jonas. Ich bin ausgewandert, und George Clay hat mir gesagt, dass ich hier Astrid Brand treffen kann«, erklärte sie.

Eine der Frauen, die sie auf etwa fünfzig schätzte, nickte sofort herzlich. »Das bin ich. Willkommen, Luise, wir duzen uns hier alle, wäre das in Ordnung? Im Englischen ist es ja eh einerlei.« Astrid Brand sprach Deutsch mit einem leichten Akzent, den Luise nicht zuordnen konnte.

»Natürlich, sehr gerne. Und danke.«

»Setz dich doch zu uns.«

Sie nickte, ließ sich vom Ober aus dem Mantel helfen und nahm auf dem vierten Stuhl am Tisch Platz.

»Möchten Sie etwas trinken? Oder essen?«, erkundigte sich der Ober auf Englisch, und Luise bestellte einen Kaffee. Sie dachte an den Käsekuchen, konnte sich aber keinen leisten.

Er bedankte sich und ging mit ihrem Mantel in Richtung Garderobe davon.

Die Damen in der Runde lächelten sie alle offen an.

»Ich bin Rahel, willkommen«, stellte sich eine der anderen vor. Sie musste in Luises Alter sein, hatte ein schmales, freundliches Gesicht und trug ihre braunen Locken kinnlang.

In dem Moment brachte der Ober bereits ihren Kaffee.

»Und ich bin Ester. Schön, dich kennenzulernen, Luise«, begrüßte nun die Dritte im Bunde sie. Luise schätzte Ester auf um die dreißig. Sie war sehr dünn, ihre Augen hatten einen melancholischen, aber freundlichen Ausdruck.

Luise lächelte in die Runde. »Ihr glaubt gar nicht, wie froh ich bin, euch zu treffen. Man fühlt sich ja schon sehr verloren in dieser großen Stadt.«

»Das kann ich gut verstehen«, pflichtete Rahel ihr bei. »Ich bin seit einem Jahr hier, kann die Sprache schon ganz passabel und mich mit jedem oberflächlich unterhalten. Aber es ist etwas anderes, alles sagen zu können, ohne nach Wörtern suchen zu müssen, und nicht nur über das Wetter zu reden.«

»Das Gefühl kenne ich auch«, bestätigte Astrid. »Ich bin in St. Petersburg geboren, habe lange in Schweden gelebt, dann in Deutschland. Anfangs ging es mir mit Deutsch so, dass ich nicht alles ausdrücken konnte, was ich wollte. Das war eine schwere Zeit. Englisch habe ich in Schweden gelernt, das konnte ich besser.«

»Du sprichst jetzt aber sehr gut Deutsch«, sagte Luise.

Ehe Astrid antworten konnte, platzte Ester heraus: »Astrid hat sich im Ersten Weltkrieg für deutsche und österreichische Kriegsgefangene in den russischen Gefangenenlagern eingesetzt. Man nennt sie auch ›Den Engel von Sibirien‹. Sie ist eine richtige Berühmtheit.«

Astrid winkte bescheiden ab. »Ach was. Darum ging es nie. Außerdem ist das alles schon lange her.«

»Deshalb ist es nicht weniger großartig«, sagte Luise beeindruckt.

»Weshalb bist du aus Deutschland ausgereist, Luise?«, wechselte Astrid das Thema.

»Ich habe zusammen mit meinem Verlobten und anderen Flugblätter gedruckt und verteilt. Aber dann haben die Nazis den Keller gefunden, und Richard und ich waren gerade da, wir konnten aber gerade noch wegrennen.«

Astrid, Ester und Rahel sahen sie bewundernd an.

»Richard, mein Verlobter, musste dann ganz schnell fliehen und erst mal allein nach Amerika auswandern.«

»Wieso hat er dich denn nicht gleich mitgenommen? Du warst doch auch in Gefahr«, hakte Rahel nach.

Luise schluckte, tat dann aber so, als hätte es ihr nichts ausgemacht, zurückgelassen zu werden. »Er meinte, mich als Frau haben sie nicht im Visier, ihn als Wissenschaftler und Anführer der Gruppe schon. Ich musste ja auch noch alles Mögliche erledigen und organisieren, auch für ihn.«

Astrids Blick verriet, dass sie ihr die Leichtigkeit nicht abnahm. Luise fragte rasch die anderen, warum sie Deutschland verlassen hatten.

Rahel und Ester waren Jüdinnen und berichteten von den Schikanen und der Hetze, die sie am eigenen Leib erfahren mussten. Rahels Mann hatte ein Juweliergeschäft in Berlin geführt, und es hatte Schmierereien an seinen Schaufenstern gegeben. »Dann wurde er von einem Nazi-Trupp zusammengeschlagen. Uns wurde klar, dass unser Leben in Gefahr ist.«

»Ja, uns auch. Mein Mann war Lehrer«, pflichtete Ester ihr bei. »Vor drei Jahren haben sie ja das Gesetz zur Wiederherstellung des Berufsbeamtentums erlassen, mit dem sie jüdische Lehrer einfach entlassen können. Ihn hat es auch getroffen.« Traurig fügte sie hinzu: »Meine Eltern haben sie in ein Arbeitslager gebracht. Und man hört ja oft, dass man von dort nicht zurückkommt.«

»Ich hoffe so sehr, dass deine Eltern es schaffen. Dass sie wieder zurückkehren«, erklärte Luise erschüttert.

»Danke.«

Einen Moment lang waren sie still, dann wandte sich Luise an Astrid. »Und seit wann bist du hier?«

»Ich bin auch vor drei Jahren ausgewandert. Zusammen mit meinem Mann, unsere Tochter kam mit dem Kindermädchen nach. Mein Mann ist Regisseur, er wollte aber auf keinen Fall Propagandafilme drehen, wie die Nazis es ihm vorschrieben. Hier kann er sich wieder den Filmen widmen, die ihm wichtig sind.«

Luise nickte verständnisvoll. »Habt ihr euch denn schnell in New York eingelebt?«, erkundigte sie sich weiter und sah die Frauen erwartungsvoll an.

»Ich muss zugeben, dass ich mir alles ganz anders vorgestellt habe«, erzählte Rahel.

»Inwiefern?«, hakte Luise nach.

»Ich habe gedacht, es wird leichter, einen Job zu finden für meinen Mann. Er konnte schon ganz gut Englisch, aber er hat anfangs trotzdem keine Anstellung als Uhrmacher gefunden. Und als Aushilfe wollte er nicht arbeiten. Er ist ein sehr stolzer Mann. Ich habe mir dann etwas gesucht, viel Geld konnten wir ja nicht retten. Aber es ist natürlich auch schwierig für ihn, nicht mehr der Ernährer zu sein.«

»Das ist es auch für meinen Verlobten«, pflichtete Luise ihr bei. »Dein Mann hat also immer noch nichts gefunden?«

»Na ja, er arbeitet ab und zu selbständig als Uhrmacher, bekommt mal hier und da einen Auftrag. Viel bringt das nicht ein, aber es tut ihm gut. Und mit meinem Gehalt ... Wenn man es will, dann schafft man es irgendwie, über die Runden zu kommen.

»Und womit beschäftigt er sich sonst?«, erkundigte sich Luise.

Rahel zuckte mit den Schultern. »Im Grunde liest er viel, und alles andere bleibt an mir hängen.«

»Ich muss auch mitarbeiten«, erklärte Ester. »Mein Mann hat zwar nach ein paar Wochen eine Anstellung als Assistent in einem Büro gefunden, denn er war Englischlehrer, konnte die Sprache ganz gut. Aber er wird dort ziemlich ausgebeutet, arbeitet viel und verdient sehr wenig. Er leidet sehr darunter, nicht mehr als Lehrer arbeiten zu können und nicht mehr in der Heimat zu sein. Alle Gänge zu Ämtern und solche Dinge erledige ich. Und wir haben Kinder, sie unterzubringen ist auch nicht leicht, wenn man arbeiten muss. Netterweise helfen immer mal

Nachbarinnen oder befreundete Emigrantinnen aus bei der Kinderbetreuung.«

Rahel nickte, fügte hinzu: »In Deutschland denken alle, die Männer sind die Helden im Exil. Dabei sind es oft genug wir Frauen, die um unser aller Überleben kämpfen.«

Luise fühlte sich zum ersten Mal verstanden. Es ging also nicht nur ihr so. Sie erzählte von Richards Melancholie, dass er Texte gegen das Regime in Deutschland schreiben wollte, aber oft nicht die Worte fand. »Er setzt sich selbst unter Druck, schafft es aber nicht, sich kurzzufassen, pointiert etwas aufzuschreiben.«

»Vielleicht sollte er längere Texte schreiben«, schlug Astrid vor. »Einfach alles fließen lassen. Ich kenne das selbst. Wenn etwas kurz und prägnant sein muss, verkrampfe ich auch. Ich habe angefangen, ein Buch zu schreiben über meine Erfahrungen mit den verwundeten Soldaten im Ersten Weltkrieg. Das hat mir gutgetan.«

»Oh, das würde ich gerne mal lesen, wenn es fertig ist.«

Astrid lächelte, nickte bescheiden. »Vielleicht hilft es deinem Verlobten ebenfalls, ein Buch zu schreiben? Es kann ja durchaus politisch sein.«

Luise nickte nachdenklich. »Das ist eine gute Idee. Schreiben ist sein Leben. Vielleicht gibt ihm das wieder Kraft. Er war in Berlin Dozent für Philosophie. So habe ich ihn kennengelernt, ich war seine Studentin.«

»Dann passt das ja wunderbar«, fand Rahel.

»Ich schlage es ihm vor.« Luise nickte und lächelte. »Aber dringender ist eigentlich, dass einer von uns Arbeit findet. Wisst ihr, wo ich mich vielleicht um eine Stelle bewerben kann? Wo man kein perfektes Englisch sprechen muss?«

»Als Bedienung brauchst du keine perfekten Englisch-Kenntnisse, kannst aber gut üben«, erklärte Astrid. »Manchmal hängen Zettel in den Fenstern von Cafés oder Restaurants, die Aushilfen suchen.«

»Ja, ich habe schon die Augen offen gehalten, aber in der Gegend, wo wir wohnen, nichts gesehen.«

Rahel erinnerte sich, kürzlich einen Aushang in einem Café in Midtown Manhattan entdeckt zu haben. Sie nannte ihr die Straße. »Versuch es dort doch mal.«

»Das werde ich, danke dir.«

»Und gib nicht auf«, fügte Ester noch hinzu.

»Nein, keine Sorge«, erwiderte Luise zuversichtlich. Dann mussten sie alle wieder los.

»Komm doch nächsten Dienstag wieder zu unserem Treffen«, schlug Astrid beim Abschied vor. »Es sind manchmal auch andere Emigrantinnen da, je nachdem, wer Zeit hat. Wir können gerne mehr Englisch sprechen, wenn du da bist, so lernst du auch die Sprache noch besser.«

»Oh, das wäre großartig.« Sie freute sich über dieses Angebot – wie sie es sich gewünscht hatte, würde sie sich nun offenbar häufiger mit den sympathischen Frauen austauschen können, endlich Anschluss finden.

»Was machst du denn, um besser Englisch zu lernen?«, hakte Astrid nach.

Luise erzählte, dass sie letztens zweimal in denselben Kinofilm gegangen war. »Und immer, wenn sie sich geküsst haben und er ›*I love you*‹ gemurmelt hat, wusste ich, dass er ›Ich liebe dich‹ gesagt hat«, scherzte sie.

Alle lachten.

»Und ich lese viel Zeitung und auch Bücher. Das ersetzt natürlich nicht das Umgangssprachliche.«

»Das stimmt, du musst hartnäckig bleiben«, meinte Astrid. »Selbstdisziplin und viel Geduld gehören dazu, um eine Sprache zu lernen.«

»Das habe ich gemerkt.«

Sie verabschiedeten sich draußen vor dem Restaurant. Das Treffen mit den anderen Frauen hatte so gut getan. Generell sollten sich Frauen viel öfter zusammentun und gegenseitig unterstützen. Beschwingt und voller Elan ging Luise durch die verschneiten Straßen zu ihrem Appartement und zu Richard zurück. Mit einem Mal machte ihr seine gedrückte Stimmung viel weniger aus.

KAPITEL 14

New York, Februar 1937

F RUSTRIERT VERLIESS LUISE das fünfte Café in Midtown Manhattan, in dem sie nach einem Job gefragt hatte. Wie Rahel gesagt hatte, gab es hier tatsächlich mehr Jobaushänge in den Ladenfenstern als in Lower Manhattan, wo Luise lebte, denn es gab auch deutlich mehr Cafés. Aber auch dieser Chef hatte ihr sofort klargemacht, dass sie mit ihrem Englisch keine Chance hatte, im Service zu arbeiten. Zumindest hatte Luise das so verstanden. Sie musste zugeben, dass sie die Sprache wirklich noch nicht ausreichend beherrschte, wenn einer schnell und schnodderig sprach, wie es die meisten Amerikaner taten. Dabei hatten alle Cafés, in denen sie nachgefragt hatte, nach einer Aushilfe als Bedienung gesucht.

Sie fröstelte, zog ihren Schal enger, die Mütze tiefer über die Ohren. Im vorletzten Café war ihr sogar mitgeteilt worden, sie nähmen keine Emigranten. Die hagere Chefin hatte ihr direkt den Weg zur Tür gezeigt. »Keine Jobs. Nicht mal für unsere Leute. Nicht für Flüchtlinge.« Luise hatte genug verstanden, um zu kapieren, was die Chefin ihr sagen wollte.

Betreten stand sie nun auf der Straße. Passanten in Mänteln eilten an ihr vorüber, der Autolärm am Broadway dröhnte ihr in den Ohren, die Auspuffgase stanken, vorbeifahrende Autos spritzten den Schneematsch auf ihre Schuhe. Sie wich zurück, ging am Ambassador Theater vorbei. Eine ältere Frau saß neben dem Eingang auf der Straße und hatte ein Schild vor sich aufgestellt, auf dem sie um Geld oder Nahrung bat. Luise kramte ein paar Münzen hervor, gab sie der Frau und ging weiter. Sie hatte nicht gedacht, als »Flüchtling« abgewiesen zu werden. Damit war ihr neugewonnener Optimismus erschüttert worden. Sie seufzte leise. *Weitermachen.* Morgen war ein neuer Tag, vielleicht hatte sie dann ja Glück.

Sie ging in Richtung Subway, in die 6th Avenue, als ihr ein Zettel im Fenster eines schäbig wirkenden kleinen Cafés auffiel. Die Farbe blätterte von der rosarot gestrichenen Außenfassade, das Schild mit der Aufschrift *Bob's Café* hing etwas herunter. Sie zögerte. Sollte sie es für heute ein letztes Mal versuchen?

Sie musste. Schließlich ging ihr Geld bald wirklich zur Neige, und Richard wurde von Tag zu Tag lethargischer. Ihren Vorschlag, ein politisches Buch zu schreiben, hatte er sich angehört und nur genickt. Ob er damit angefangen hatte, wusste sie nicht.

Aus Deutschland erreichten sie immer düsterere Nachrichten. Maria hatte ihr geschrieben, dass ein Angestellter aus der Buchhandlung ihres Mannes abgeholt worden war. Weil er homosexuell war. Dass sie alle schockiert waren. Ihre Kinder würden in der Schule gehänselt, weil sie jüdisch seien. Sie habe Jakob wieder gebeten, endlich auszuwandern. *Aber weißt du, was er gesagt hat, Luise? Durch die Reichsfluchtsteuer, die ja noch verschärft wurde, würden wir viel zu viel Geld verlieren. Für Jakob kommt es deshalb jetzt gar nicht mehr infrage, er meint, er muss ja für uns sorgen können. Wir sitzen das aus.*

Luise hatte Maria aufgewühlt geschrieben, dass ihrer aller Leben doch mehr wert sei als Geld. Und dass es hier zwar schwierig sei, aber es doch tausendmal besser sei, sich durchzukämpfen, als aufzugeben und womöglich zu sterben. *Aber was soll ich tun, Luise? Ich müsste ihn mit den Kindern verlassen, aber das kann ich nicht. Zumal er ja auch recht damit hat, dass man im*

Ausland mit wenig Geld nur sehr schwer zurechtkommt. Du schreibst es ja selbst.

Luise hatte ihr von ihren Sprachproblemen berichtet, die die Jobsuche erschwerten. Dass sie leider erst mal Geld verdienen müsse, ehe sie ihr Restaurant eröffnen könne.

Ich verstehe das sehr gut, Luise, schrieb Maria zurück. *Wer hätte gedacht, dass sich Richard so entwickelt? Anni ist ein wenig enttäuscht, dass du noch kein Restaurant eröffnet hast. Sie denkt an ihr Geld, aber ich habe ihr gesagt, die Luise, die zahlt es uns irgendwann zurück, dafür lege ich meine Hand ins Feuer.*

Luise hatte den Brief immer wieder gelesen und ein schlechtes Gewissen verspürt, noch mehr Druck. Sie wollte ihre Freundinnen nicht enttäuschen. Das durfte sie nicht, auf keinen Fall.

Ein Mann im Anzug rempelte sie aus Versehen an und riss sie aus ihren Gedanken. »*Sorry, Miss.*« Und schon eilte er weiter.

Luise atmete durch und ging auf die Eingangstür des heruntergekommenen Cafés zu. Sie nahm noch einmal allen Mut zusammen.

Als sie eintrat, klingelte die Türglocke. Der Geruch von altem Fett schlug ihr entgegen. Eine rundliche Frau mit schief sitzender Haube auf dem Kopf stand hinter einer langen Theke und schenkte Cola ein, ohne aufzusehen.

Auf einer mit Kreide geschriebenen Tafel las Luise, dass es Burger, Pommes und Hot Dogs gab. Der Raum war schmal und länglich, es gab vier einfach gezimmerte Sitznischen an der Fensterfront. Zwei der Sitzpolster waren zerschlissen. Die Bedienung, eine füllige Frau mit grauen, strähnigen Haaren, hatte fertig eingeschenkt, sah jetzt auf, fummelte mit dem Finger in ihrem Mund herum. Am liebsten wäre Luise sofort wieder gegangen, aber sie hatte keine Wahl.

»*Hello, my name is Luise*«, begann sie wie immer. Und wie immer sah sie der Frau an, dass diese sie sofort anhand ihrer deutschen Aussprache als Immigrantin identifizierte. Entsprechend abweisend blickte sie Luise an.

»Hi! Ich bin Dolly«, erwiderte sie auf Englisch.

Tapfer fragte Luise weiter, ob der Job noch zu haben sei.

Gerade als die Frau antworten wollte, kam ein ebenso korpulenter Mann von hinten aus dem Küchenbereich. Er hatte offenbar mitgehört und fragte: »Bist du jüdisch?«

Luise schüttelte den Kopf. Was sollte diese Frage? Dann nickte er. »Okay. Ich bin Bob.«

»Was okay?«, entfuhr es Luise wütend. »Ich meine, *what?*«

»Ich nehm dich«, sagte er auf Englisch. »In der Küche.«

»Nicht im Service?«, fragte sie in gebrochenem Englisch nach.

Der Mann und die Frau schüttelten unisono den Kopf.

Luise dachte nach. In der Küche, nun gut. Sie kochte gerne, und Burger waren ja nicht schwierig zuzubereiten. Hot Dogs erst recht nicht. Und sie konnte hier ihr Englisch verbessern. *Learning by doing*, hieß das. »*Okay, thank you.*«

Aber als sie hörte, wie niedrig ihr Lohn sein würde, hätte sie am liebsten wieder abgesagt. Noch dazu verkündete Bob: »*Dishwasher.*« Was nicht nach kochen klang. Aber ihr blieb nichts anderes übrig. Sie verabredeten, dass Luise am nächsten Morgen anfangen würde, erst mal auf Probe. Einen Arbeitsvertrag gab es nicht.

Richard sah sie am Abend fassungslos an. »Du willst als Tellerwäscherin arbeiten?«

»Ich will nicht, ich muss. Richard, wir brauchen das Geld.«

Er machte einen leidenden Gesichtsausdruck. »Ich bin der Mann, du musst das nicht tun. Ich verdiene bald Geld, das weißt du.«

»Ja, Richard, das weiß ich. Ich möchte aber selbständig sein, das wiederum weißt du.«

Luise hatte aufgegeben, daran zu glauben, dass er aus seinem mentalen Loch herausfinden würde. Sie hatte alles getan, wusste sich keinen Rat mehr. Und weil sie am eigenen Leib erfahren hatte, wie wichtig es war, Englisch gut zu sprechen und zu verstehen, um anständig bezahlte Arbeit zu finden, wusste sie, dass er die nächsten Monate nichts verdienen würde.

Sie waren jetzt schon sechs Monate hier, Richard sogar schon acht. Aber immer noch las er nur deutsche Worte und Texte, schrieb immer noch nicht an einem Buch oder Texte für andere Veröffentlichungen, lehnte die fremde Sprache sogar zunehmend ab. »Meine Gedanken sind frei, aber dieses fremde Sprachkorsett schnürt sie ein, Luise«, behauptete er jedes Mal.

Der Job als Tellerwäscherin war anstrengend und ermüdend. Ihre Hände wurden schon nach wenigen Tagen rau und wund. Das Spülwasser, die Chemikalien, mit denen sie die Küche schrubben musste, das alles tat ihrer Haut nicht gut. Am liebsten hätte sie alles nach drei Tagen hingeschmissen. Bob und seine Frau Dolly beobachteten sie ganz genau, und Luise biss die Zähne zusammen. Sah er ihr auf den Hintern, oder bildete sie sich das ein? Dolly wurde zumindest eifersüchtig und ließ es immer wieder an ihr aus, schickte sie herum, ließ sie den Müll leeren und den Küchenboden schrubben.

Abends im Bett weinte sich Luise manchmal in den Schlaf. Sie schaffte es auch nicht mehr, ihre Texte so zu überarbeiten, dass sie es gewagt hätte, sie George zu zeigen.

Richard, der um diese Uhrzeit immer noch am Küchentisch saß, schien ihren Gemütszustand nicht zu bemerken. Oder er verdrängte ihn wie so vieles, seit sie hier waren.

Als Luise eines Abends abgekämpft und mit wunden Händen nach Hause kam und überraschend George am Tisch neben Richard entdeckte, wäre sie ihm am liebsten weinend um den Hals gefallen. Sie riss sich zusammen und begrüßte ihn herzlich. »George, wie schön.«

»Luise. Ich war schon ein paarmal hier, aber du warst immer arbeiten.«

»Wirklich? Richard hat gar nicht erzählt, dass du hier warst.«

Ihr Verlobter zuckte nur kurz mit den Schultern. Hatte er absichtlich nichts gesagt? Spürte er bereits, wie sehr sie sich zu George hingezogen fühlte?

»Aber jetzt bist du ja da. Du siehst gut aus, aber erschöpft«, meinte George freundlich.

»Das bin ich.« Sie ließ sich auf einen freien Küchenstuhl sinken, hielt ihre roten rissigen Hände hoch.

»Oh nein!«, entfuhr es George. Er nahm sofort ihre Hände in seine, umschloss sie, wie um sie zu beschützen. Richards Miene verfinsterte sich.

Schnell entzog sie ihm ihre Hände. »Ich bin es einfach nicht gewohnt, aber Bob, mein Chef, meinte, ich stelle mich gut an.«

»Hast du denn eine Salbe?«, fragte George besorgt.

Sie schüttelte den Kopf. Zwar war sie in einem Drugstore gewesen, aber die Salben kamen ihr alle so teuer vor, und sie musste sparen.

»Ich besorge dir eine«, versprach George.

»Was gibt es heute zum Abendessen?«, schaltete sich Richard ein, den ihre Hände nicht sonderlich zu interessieren schienen. Seit sie im Café arbeitete, brachte sie immer ein paar Reste mit. Sie selbst konnte das Essen nicht mehr sehen, aber Richard schien diesbezüglich genügsam.

»Wie immer. Burger, Hot Dogs, lappige Pommes frites.« Sie wandte sich an George und scherzte: »Die Pommes frites kommen mir bald zu den Ohren raus.«

George runzelte die Stirn. »Klingt auch nicht sonderlich gesund, jeden Tag.«

»Ja, das stimmt. Ich vermisse einen guten deutschen Gemüseeintopf. Aber ich bin abends so müde, dass ich nicht auch noch ewig in der Küche stehen will. Und das Essen aus dem Café wird sonst weggeworfen.«

»Verstehe. Dann bist du sicher noch nicht zur Überarbeitung deiner Texte gekommen, richtig?«

Luise nickte betreten.

»Das ist doch kein Problem. Magst du sie mir so geben?«

»Nein, auf keinen Fall.«

»Okay. Dann gedulde ich mich.« Er zwinkerte ihr aufmunternd zu.

»Aber ich«, klinkte Richard sich überraschend ein. »Ich bin fast fertig mit einem Text. Na ja, ein wenig dauert es noch.«

George und Luise sahen einander an. Fast musste sie lachen. Sein Verständnis, auch ohne Worte, tat so gut.

»Alles klar, Richard, sag einfach Bescheid, wenn du so weit bist«, erwiderte George freundlich.

Richard nickte ernst, stand auf und ging ins Bad.

»Schön, dass du da bist, George«, sagte sie leise.

Ein Lächeln huschte über sein Gesicht. »Finde ich auch.«

»Möchtest du etwas trinken? Und einen Burger?«, fügte sie neckend hinzu.

»Danke, aber ich habe gerade gegessen«, entgegnete er amüsiert. »Und ich habe einen guten kalifornischen Wein mitgebracht, einen Rotwein aus dem Nappa Valley.« Er deutete auf die Anrichte. Luise erblickte die Flasche erst jetzt.

»Oh, ich danke dir.« Schon lange hatten sie sich keinen Wein mehr gegönnt. Sie stand auf und holte drei Gläser aus dem Küchenschrank. George erhob sich ebenfalls und trat neben sie an die Anrichte. Er nahm den Wein und den Korkenzieher aus Luises Hand, war ihr nun so nah, dass ihre Finger sich berührten. Wie gerne hätte sie sich einfach an ihn gelehnt. Aber da hörte sie ein Geräusch von der Tür und drehte sich rasch um. Richard stand auf der Schwelle und beobachtete sie. Sofort tat er ihr unendlich leid, sie schämte sich zutiefst.

»Richard, sieh nur, so einen guten Wein hatten wir ewig nicht mehr. Der wird dir sicher schmecken!«, rief sie betont fröhlich. Sie sah seinen Blick, erkannte nicht nur Eifersucht, sondern auch Angst darin. Nackte, pure Angst, sie zu verlieren. Und ihr wurde klar, dass sie ihm das nicht antun durfte, auf keinen Fall. Dass er sie hier brauchte, dass sie sich George aus dem Kopf schlagen musste, sofort. Oder konnte Glück entstehen, wenn auf der anderen Seite Unglück stand?

KAPITEL 15

New York, Washington Heights, 2023

Ein paar Tage nach ihrem Mittagessen mit Hendrik saß June an ihrem Laptop in Luises gemütlicher Wohnküche, einen duftenden Kaffee neben sich. Sosehr sie auch versuchte, sich zu konzentrieren, ihre Gedanken wanderten immer wieder zu dem Nachmittag mit Hendrik im Central Park. Er hatte plötzlich unglücklich ausgesehen. Hendrik hatte eine Nachricht auf sein Handy bekommen, und seine Gesichtszüge hatten sich versteift. »Ich muss gehen«, hatte er gesagt. Ein kleiner Vogel in einem Busch neben ihnen zwitscherte aufgeregt. June hatte es nicht gewagt nachzufragen. Es ging sie nichts an. Der Nachmittag im Central Park war wunderbar gewesen. Das, was er ihr von ihrer Großmutter erzählen konnte, brachte ihr diese wieder so nahe. So nahe, dass es wieder so wehtat, sie verloren zu haben, für immer. Aber die Erinnerung sollte bleiben.

June nahm erneut einen Schluck Kaffee, betrachtete die geöffnete Seite auf ihrem Laptopbildschirm. Der Rechercheleitfaden auf der Stolperstein-Homepage. Er hatte sich als wahrer Glücksfall entpuppt. Es gab eine ausführliche Liste, die benannte, wo man welche Informationen herausbekommen konnte. Sie hatte schon online recherchiert, aber es dauerte alles lange, und ihre Augen brannten.

Hendrik hatte bei der Verabschiedung im Central Park erneut angeboten, ihr bei der Suche zu helfen, hatte sie am nächsten Tag über Maria und Anni ausgefragt, und sie hatten die Recherche in den Archiven ein wenig aufgeteilt. Inzwischen hatte er beim Arolsen Archiv und beim Bundesarchiv einen schriftlichen Suchantrag gestellt, wie er ihr schrieb, sie füllte gerade das Formular des Landesarchivs Berlin aus, um Auskunft aus der Berliner Einwohnermeldekartei zu erhalten. Ab 1875 konnte man dort nach dem Namen der entsprechenden Personen suchen. Es würde dreißig Euro im Erfolgsfall kosten, zehn, wenn nichts gefunden wurde, sie hoffte auf dreißig. Zu Maria und Jakob müsste es ja wenigstens eine Heiratsurkunde geben. Und vielleicht auch eine Sterbeurkunde. Letzteres hoffte June natürlich nicht. Allerdings konnten Ehefrauen in der Regel nur über die Daten des Ehemannes gefunden werden, daher suchte sie nach Jakob. Das war wohl der damaligen Zeit geschuldet. Gut, dass sie in einer moderneren lebte.

Sie faltete das Antragsformular zusammen, das sie in Bills ehemaligem Büro, ihrem Zimmer, ausgedruckt hatte, steckte es in einen Briefumschlag, den sie im Schreibtisch gefunden hatte. Jetzt musste sie ihn nur noch zur Post bringen, und dann hieß es warten. Sie hatte ihre Adresse in Berlin angegeben und Anton vorhin schon gebeten, den Briefkasten regelmäßig zu leeren.

»Deshalb rufst du mich an?«, hatte er gefragt und gehustet.

»Ja, es ist wichtig für mich. Landesarchiv Berlin, sobald Post von dort kommt, ruf mich bitte sofort an.«

Er hatte erneut gehustet. »Na dann, mach ich. Aber dir ist schon klar, dass das Wochen dauern kann? Du kennst doch die Ämter in Berlin.«

»Ich weiß. Ich recherchiere ja solange weiter. Aber es könnte ein wichtiger Hinweis sein.«

»Du kommst aber nicht erst in ein paar Wochen wieder, oder?«, hatte er nachgefragt. »Du fehlst mir.«

Das wäre die Stelle gewesen, an der sie hätte antworten sollen: »Du mir auch.« Aber fehlte er ihr wirklich? Sie dachte an Hendrik, der ihr in seiner freien Zeit so viel half.

»Ich fehle dir vor allem, weil sich die Wäsche nicht alleine wäscht, oder?«, erwiderte sie.

Daraufhin hatte Anton ertappt gelacht, und sie hatte das Telefonat schnell beendet. Sie hatte Wichtigeres zu tun, wollte sich jetzt nicht mit ihm befassen. Die Recherche ließ sie nicht los. *Maria, was ist mit dir geschehen?*, dachte June.

Nach dem Telefonat mit Anton hatte sie in der Zeitschrift *aktuell* eine Suchanzeige nach Maria, Jakob und den Kindern aufgegeben, sie war bei ihrer Recherche darauf gestoßen, dass das in dieser Zeitschrift möglich war.

So viele schreckliche Schicksale, so viele Deportationen, so viel Grauen in Konzentrationslagern, Tod. Auf der Stolperstein-Seite hatte sie sogar eine Auflistung der Berliner Firmen, die Zwangsarbeiter beschäftigten, gefunden. So viele hatten mitgemacht, so viele waren ungeschoren davongekommen. June beschloss, wenn sie mehr über Maria und ihre Familie wusste, je einen Stolperstein in Berlin für sie setzen zu lassen. Denn auch für Überlebende konnte man Stolpersteine beauftragen, für jedes Familienmitglied.

Ihr Handy piepte, riss sie aus ihren Gedanken. Eine Nachricht von Hendrik.

Es gibt sogar Deportationslisten, alles genau dokumentiert. Opferdatenbanken. Die Nazis haben exakt Buch geführt. Meine Urgroßeltern kamen nach Theresienstadt sogar noch nach Auschwitz.

Erschüttert ließ June das Handy sinken. Viele Juden waren zunächst nach Theresienstadt und von dort in andere Vernichtungslager deportiert worden. Sie wäre jetzt gerne bei Hendrik, denn sie ahnte, wie er sich fühlte. Bei all ihrer Recherche war ihr das Herz schwer geworden. Wie hatten so viele bei diesem Wahnsinn mitmachen können? Wie konnten Menschen anderen Menschen Derartiges antun? Aber hätte June sich an ihrer Stelle damals gegen das System zur Wehr gesetzt? Auch wenn das ihren eigenen Tod hätte bedeuten können?

June vermochte es nicht mit Sicherheit zu beantworten. Sie recherchierte weiter, fand im Netz frei zugänglich eine Täterliste von Auschwitz. Würde sie dort vielleicht einen Hinweis auf Annis Mann Siegfried entdecken? Der war ja offenbar Nazi gewesen. Sie überflog die Liste. 9686 SS-Männer waren für das KZ Auschwitz verzeichnet. Da es viel Personalwechsel gab, waren wohl meist zwischen 3000 und 4000 SS-Leute im Einsatz. Sie las die Namen, Rudolf Höß, Lagerkommandant Auschwitz, Arthur Liebehenschel, Lagerkommandant KZ Auschwitz I, und so weiter.

Ein Schauer überlief sie. Was, wenn jemand dort einen Angehörigen fand? Als Enkel von Höß zum Beispiel? Wie ging man damit um? Sie war froh, dass ihre Großmutter aufbegehrt hatte. Aber irgendeine Schuld schien ja auch Luise auf sich geladen zu haben. Auf der Liste standen mehrere Siegfrieds, aber ohne den Nachnamen von Annis Freund, den sie noch nicht gefunden hatte, konnte sie nicht erkennen, ob er dabei war oder nicht. June beschloss, sich erst mal auf Maria zu konzentrieren, um sich nicht zu verzetteln. Sie fokussierte ihre Suche auf jüdische Buchhandlungen in dieser Zeit und fand heraus, dass Jakobs Buchhandlung 1938 noch eingetragen war. Nach den Novemberpogromen 1938 eröffnete der Jüdische Kulturbund Anfang Januar seine ersten Filialen aus umgewandelten, ehemals privaten jüdischen Buchhandlungen in Berlin. Jakob Kirschbaum und seine Buchhandlung waren dabei! Maria und er waren also nicht einmal nach den Novemberpogromen ausgewandert, aber wenigstens bis 1938 zum Glück auch nicht deportiert oder ermordet worden.

KAPITEL 16

New York, 10. November 1938

Luises Hände zitterten. Sie saß benommen mit einer Kaffeetasse in der Hand am Küchentisch und lauschte fassungslos dem Radio, das sie kürzlich gebraucht erstanden hatte. Englische Satzfetzen peitschten an ihr Ohr. »Brennende Synagogen in Deutschland«, hatte sie das richtig verstanden? Ihr wurde abwechselnd heiß und kalt. »Nacht des Horrors in Deutschland.« »Viele Läden von Juden sind zerstört worden.« Sie musste ins Café zur Arbeit, doch die Worte des Sprechers aus dem Radio lähmten sie. Starr vor Schock sah sie ihre Tasse an. Das konnte doch nicht sein. »Viele Brandstiftungen an jüdischen Einrichtungen am nächsten Morgen.« Ihr Mund fühlte sich taub an. Pelzig. Fast zwei Jahre waren sie nun schon hier, und die Situation in Deutschland wurde immer schrecklicher.

»Richard! Komm, schnell!«, krächzte sie. Richard schlief natürlich noch um diese Zeit. Sie stellte die Tasse ab, so schnell, dass der Kaffee überschwappte. Jetzt kam Leben in sie. Luise rannte durch den Flur ins Schlafzimmer, kniete sich vor Richard hin und rüttelte an ihm. Er grunzte, schlug die Augen auf, sein verschlafener Blick machte sie wütend.

»Wach auf! Wach endlich auf!«

»Was soll das? Wieso weckst du mich?«

»Zu Hause ist etwas Schreckliches passiert. Die Nazis haben im ganzen Land gewütet, jüdische Geschäfte zerstört, viele Juden ermordet. Komm, sie sagen es im Radio.«

Er rappelte sich verwirrt auf, sie zerrte an ihm, zog ihn mit sich in den Wohnraum. Dann setzten sie sich an den Küchentisch und lauschten, aber es kam nur noch ein abschließender, erschütternder Satz, der das Schreckliche zusammenfasste. »In ganz Deutschland wurden in dieser Nacht jüdische Gottes- und Gemeindehäuser in Brand gesetzt, wie unser Korrespondent erfahren hat, und es gibt anhaltende Gewalt und Mordkommandos gegen Juden und Jüdinnen.«

Dann Musik, als wäre nichts geschehen. Richard sah blass aus, zitterte jetzt auch. Er nahm ihre Hand, als müsste er sich festhalten, wie ein Kind, das seine Mutter brauchte.

»Das kann nicht sein«, flüsterte er. »Was machen die da in unserer Heimat?«

»Das hörst du doch!«, erwiderte sie aufgewühlt. »Maria und Jakob und die Kinder. Sie müssen da sofort raus!«

»Ja, das müssen sie. Und genau das scheint Hitler zu wollen, noch mehr Angst unter deutschen Juden verbreiten, sodass sie bald alle das Land verlassen.«

»Der ist verrückt, der ist total verrückt. Das müssen die in Deutschland doch jetzt alle begreifen.«

»Ich hoffe es«, sagte Richard. »Ich hoffe es, Luise.«

»Wir müssen mehr tun«, fuhr sie fort. »Nur Texte in amerikanischen Lokalzeitungen zu veröffentlichen reicht nicht, Richard.« Durch Astrid hatte sie den Kontakt einer Lokalredaktion erhalten, die nun regelmäßig ihre Texte abdruckte.

»Was können wir denn jetzt noch tun?«, fragte er wie gelähmt.

Entschlossen sah Luise ihn an. »Ich werde morgen früh zu George in die Kanzlei gehen. Vielleicht hat er Kontakt zu größeren Zeitungen. Ich schreibe einen Text zu den Pogromen. Zwar war ich nicht dabei, aber die Sicht einer Deutschen in Amerika ist vielleicht ein Aufhänger. Wenn du möchtest, kannst du auch etwas dazu schreiben?«

Er rappelte sich auf, nickte schwach. »Ich hoffe, ich bringe es fertig bis morgen früh.«

Luise schämte sich dafür, dass sie von Amerika aus noch nicht mehr getan hatte gegen das Naziregime. Aber die Arbeit im Café ließ sie müde und geschafft nach Hause kommen. Bis spät in die Nacht wusch sie dort die Teller, schrubbte den fettigen Herd, putzte den dreckigen Boden. Wenn sie dann erledigt nach Hause kam, wartete dort der Haushalt. Richard hielt sich nach wie vor bei diesen Tätigkeiten heraus. »Das ist Frauensache«, pflegte er zu sagen.

»Wo steht das?«, erwiderte sie dann wütend. Aber zu mehr Gegenwehr besaß sie keine Kraft. Sie wusste, wie sinnlos es war.

»Musst du nicht los?«, hörte sie Richard plötzlich neben sich sagen. Er deutete auf die Wanduhr.

»Herrgott, ja.« Rasch trank sie den letzten Schluck Kaffee, der inzwischen kalt war. Im Radio dudelte ein Song, als wäre nichts geschehen in der Welt. Die ganze Zeit dachte sie an die Juden in Deutschland. Wie traumatisierend musste das alles für sie sein. Hoffentlich schrieb ihr Maria bald wieder. Jetzt musste auch Jakob endlich einsehen, dass sie ausreisen mussten nach New York. Endlich.

Gleich morgen früh vor der Arbeit würde sie zu George in die Kanzlei gehen, ihm ihre Texte geben, vielleicht fiel ihm ja doch noch ein guter Kontakt ein. Bisher hatte er ihr nicht helfen können. Und dann wollte sie ihn um ein Affidavit für Maria, Jakob und die Kinder bitten. Er hätte es schon längst ausgestellt, aber bisher hatte Marias Mann ja an eine Besserung der Lage geglaubt. So viele hatten das. Bis gestern Nacht.

George saß über einer Akte, als Luise am nächsten Morgen von einer jungen hübschen Sekretärin in sein Büro geführt wurde.

Beeindruckt schaute sie sich um. Sein Büro wirkte edel, der Schreibtisch und die Möbel waren in dunklem Holz gehalten. Durch ein Fenster blickte man auf mehrere hohe Gebäude. Sein Büro roch nach Kastanie und Aftershave. Er trug einen Anzug, der ihm fantastisch stand. Als sie eintrat, sah er überrascht und erfreut auf. »Luise.« Dann wurde seine Miene ernster. »Ist etwas geschehen? Ist was mit Richard?« Er stand auf, dankte seiner Sekretärin, kam Luise entgegen und mit ihm sein unverkennbarer Duft.

»Nein, nein, ihm geht es gut. Ich bin wegen der schrecklichen Nachrichten aus Deutschland hier.«

Er nickte sofort. »Man kann es kaum glauben. So viele Tote.«

Sie reichte ihm die Mappe, in die sie ihren Text gelegt hatte. Richard war mit seinem nicht fertig geworden. »Hier ist ein Text von mir, zum neuesten Geschehen, aus Sicht einer Deutschen im Exil. Bitte, überlege noch mal, ob du nicht doch jemanden kennst, der bei einer größeren Zeitung arbeitet.«

Nachdenklich nahm er die Mappe entgegen, legte sie auf seinen Schreibtisch, drehte sich wieder zu ihr. »Spontan fällt mir leider niemand ein, aber vielleicht kann ich einen Kontakt über einen Klienten herstellen.«

»Das wäre wunderbar.« Aufgewühlt strich sie sich eine Haarsträhne zurück.

»Deine Finger zittern ja.« Er nahm ihre Hände in seine. Ein Schritt noch, und sie läge in seinen Armen.

»Ich mache mir jetzt noch mehr Sorgen um Maria und ihre Familie.«

Er nickte bedauernd. »Das verstehe ich.«

»Ich habe ihr gestern einen Brief geschrieben«, sprudelte sie los, die Wärme seiner Hände tat so gut. »Aber es dauert ja, bis der ankommt. Falls er ankommt. George, jetzt wollen sie sicher ausreisen. Kannst du ihnen bitte ein Affidavit ausstellen und für ihr Einkommen hier bürgen? Du als Amerikaner? Ich weiß, es ist sehr viel verlangt, aber ich verspreche, ich gebe etwas von meinem Verdienst dazu, wenn sie es nicht selbst schaffen, rasch auf die Beine zu kommen. Aber das werden sie, es sind fleißige, kluge Leute –«

»Luise«, unterbrach er sie sanft, hielt immer noch ihre Hände, strich mit dem Daumen über ihren Handrücken. »Natürlich helfe ich ihnen, das habe ich dir doch schon lange zugesagt.«

Erleichtert schluchzte sie auf. Er zog sie an seine Brust, versuchte, sie zu beruhigen. Ihr Kopf lag an seiner Schulter. Sein Geruch. Ihre Gedanken schwirrten. Wanderten zu Richard, und sofort sah sie sein Gesicht vor sich, die Angst in seinen Augen. Abrupt löste sie sich von George, trat einen Schritt zurück. »Ich danke dir, ich danke dir so sehr.« Wir dürfen das nicht, sagten ihre Augen, und er verstand.

Er nickte. »Ich werde das Affidavit sofort ausstellen und alles, was nötig ist. Dann schicken wir es ihnen. Die Adresse hast du mir ja bereits gegeben.«

»Ich danke dir, ich kann mich nur wiederholen.«

»Ich wünschte, ich könnte mehr tun«, erklärte er, dann deutete er auf ihre Mappe. »Ich werde versuchen, eine größere Zeitung zu finden, die sich dafür interessiert.«

Sie sah ihn dankbar an. »Hauptsache, sie schreiben darüber, es muss ja nicht mein Text sein. Ich habe Angst, dass das Thema hier bald wieder totgeschwiegen wird.«

»Das kann ich mir nicht vorstellen.«

»Wer weiß. Ich muss jetzt leider zur Arbeit. Tellerwaschen ist so sinnlos.«

»Es tut mir leid, dass du das tun musst.«

»Es ist nicht für immer, sage ich mir ständig. Meinen Traum vom eigenen Restaurant habe ich stets vor Augen.«

»Du bist einzigartig, Luise.«

Ihr stockte der Atem. »Ist das nicht jeder?«, brachte sie heraus. »Ich muss mich beeilen.« Sie drehte sich um und eilte aus seinem Büro.

⁓✥

Bob's Café war gut besucht, die Leute schaufelten Eier, Speck und Burger in sich hinein, als gäbe es überall auf der Welt genug zu essen. In der Küche dampfte und stank es. Bob hatte gerade etwas angebraten, auf Teller geschoben und ging damit in den Gastraum. Luise konnte den Geruch von Speck und altem Fett nicht mehr ertragen. Die Teller in der Küche stapelten sich. Ihre ohnehin wunden Hände schmerzten, während sie abspülte.

Die Pogrome waren schon einige Tage her, und amerikanische Zeitungen berichteten glücklicherweise landesweit auf den Titelseiten. Endlich. Auch ohne ihr Zutun, denn George hatte keinen Kontakt auftreiben können. Aber die Aufmerksamkeit war groß wie nie zuvor. Luise hob jede Zeitung auf, die jemand achtlos weggeworfen hatte. Eine, die ein Gast vorhin hatte liegen lassen, hatte sie mit in die Küche genommen, sie lag neben der Spüle. Da sie nun endlich allein war, hielt sie in der Arbeit inne, trocknete sich rasch die Hände ab und schlug die Zeitung auf.

Die Nachricht vom Tod Ernst vom Raths in Paris war offenbar das Signal für diese Schreckensnacht gewesen, las sie. Die Zerstörung von jüdischen Geschäften hatte am 9. November in der Nacht begonnen. Brandstiftungen gab es am Morgen des nächsten Tages und anschließende Massenverhaftungen. Juden wurde befohlen, das Land zu verlassen, obwohl einige keine Pässe besaßen. Nur die, die ihre Ausreise schon geplant hatten, konnten Pässe vorlegen. Viele jüdische Läden waren zerstört worden. Synagogen waren in Brand gesetzt, zahlreiche Juden verhaftet oder ermordet worden. Es schien alles eine geplante Aktion gewesen zu sein.

Dolly, ihre Chefin, trat mit leeren, benutzten Tellern ein und beschwerte sich: »Was liest du Zeitung, statt zu arbeiten? Los, wofür bezahlen wir dich?«

Luise legte die Zeitung weg, drehte sich zu ihr. »Hast du überhaupt mitbekommen, was in Deutschland geschieht?«, fragte sie aufgebracht.

Aber Dolly zuckte nur mit den Schultern, stellte die Teller neben ihr ab. »Geht mich nichts an. Jeder so, wie er es verdient.«

Wütend sah sie Dolly an. »Niemand hat es verdient, misshandelt, verfolgt und getötet zu werden.«

»Ja, ja. Jetzt los, arbeite«, erwiderte die nur und ging zurück in den Gastraum.

Luise starrte ihr entsetzt nach.

Während sie weiter Teller spülte, fiel ihr Blick auf ein Beilageblatt, das aus der Lokalzeitung herausgerutscht war. Darauf stand ein Aufruf zu einer Anti-Nazi-Demonstration.

Luise war sofort hellwach. Sie wollte mit den Emigrantinnen, die sie hier kennengelernt hatte, auf die Straße gehen. Mit Elly, Astrid und den anderen. Zwar hatte sie Elly nur sehr selten gesehen, und auch zum Treffen der Exilfrauen hatte Luise es aufgrund ihres Jobs im Café nur unregelmäßig geschafft, aber jede Woche nahm sie sich vor, ihre Schicht so zu legen, dass sie die Frauen treffen konnte. Es tat ihr gut, die gemeinsamen Erfahrungen hier in der Fremde verbanden.

»Bob, ich muss heute früher los«, sagte sie am nächsten Dienstag zu ihrem Chef, der gerade die Pommes in heißes Fett tauchte.

»Geht nicht, ich brauch dich hier.«

»Ich muss aber«, entfuhr es ihr.

»*What the hell?!* Dienstags ist hier immer die Hölle los, das weißt du genau.«

»Hier ist immer die Hölle«, konterte sie. »Ich muss weg, ich habe einen wichtigen Termin.« Mit diesen Worten band sie die

Schürze ab, wusch sich die schmerzenden Hände, schnappte sich ihre Handtasche und stürmte an ihm vorbei aus der Küche des Cafés.

»Hey, komm zurück!«, rief er ihr hinterher. »Sonst ...«

»Sonst was?« Luise stand schon im Gastraum, neben Dolly, die sie ansah. Dann drehte sie sich einfach um, denn Bob schien nichts einzufallen, und ging weiter aus dem Café hinaus.

Auf der Straße atmete sie tief ein. Selbst die Autoabgase in den Straßen Manhattans rochen besser als dieser Gestank im Café. Entschlossen setzte sie ihren Weg fort.

Im Jack Dempsey's angekommen, setzte sich Luise zu den Frauen, begrüßte sie aufgewühlt und zeigte ihnen kurz darauf die Beilage der Zeitung. »Es gibt eine Anti-Nazi-Demo am Times Square. New Yorker gehen gemeinsam auf die Straße. Und wir gehen mit«, erklärte sie.

Die anderen Auswanderinnen waren sofort Feuer und Flamme. Die Geschehnisse in Deutschland hatten alle zutiefst schockiert. Elly, die auch dabei war, sah blass und traurig aus. »Das machen wir«, bestätigte sie.

»Wir sind ja handwerklich geschickt, da kriegen wir ein paar Pappschilder an Holzstangen schon hin«, erklärte Ester.

Sie überlegten, was sie alles brauchten, wer welche Materialien zu Hause hatte oder besorgen könnte. Rahel fiel ein: »Bei uns im Hof liegt beim Müll immer Pappe herum, da kann ich was mitnehmen.«

»Wunderbar. Nur Holzstangen werden schwierig. Ach, es geht ja auch ein Besenstiel«, fand Luise.

Astrid, die bereits von der angekündigten Demonstration gelesen hatte, wusste von amerikanischen Freunden, die auch auf die Straße gehen wollten.

»Ich hätte das nicht gedacht, so viel Unterstützung in der Fremde«, sagte Rahel gerührt.

»Der Großteil der Bevölkerung von New York hat ein sehr großes Herz, davon bin ich überzeugt«, erwiderte Astrid. »Hier leben viele kluge, empathische Menschen.«

Luise gab ihr recht, dachte dabei an George. Er kannte so viele, die auf ihrer Seite waren, aber es gab auch die Amerikaner, die den Nationalsozialismus unterstützten.

Am übernächsten Tag hatten die Frauen die Schilder beschriftet und zusammengebastelt. »*Stop Hitler, bloody pogroms, Jews & catholic*«, stand auf einem, auf einem anderen: »*Gentile & Jew, unite against facist menace*«.

Luise schlängelte sich mit ihrem Schild zwischen den anderen Demonstranten am Times Square hindurch, bis sie das Café erreichte, vor dem sich die Frauen verabredet hatten. Astrid und die anderen warteten schon, als sie dazukam. Alle hatten ihre Schilder dabei. Rahel und Ester wirkten sichtlich überwältigt, dass so viele gekommen waren. Es mussten um die hundert sein, schwer zu schätzen. Auch andere hatten Schilder dabei, hielten sie hoch und riefen verschiedene Parolen.

Luise hatte es nicht geschafft, zu George in die Kanzlei zu gehen, um zu fragen, ob er mitlaufen wolle. Gestern und vorhin musste sie arbeiten, dazwischen hatte sie das Schild gebastelt und beschriftet.

Ihre kleine Gruppe setzte sich in Bewegung und schloss sich dem Marsch an, während sie ihre Schilder in die Luft reckten. Da spürte Luise plötzlich, wie jemand ihren Arm ergriff. Es war Elly, die außer Atem zu ihnen gestoßen war. Auch sie hatte sich ein Schild gemalt. »Zum Glück habe ich euch noch gefunden, ich musste den Hund ausführen.«

»Jetzt bist du ja da.«

Elly deutete auf ihr Schild. »Es ist nur klein, aber ich hoffe, es bewirkt Großes.«

»Das hoffen wir alle«, antwortete Luise ernst. Sie gingen

weiter, die 7th Avenue entlang, und zum ersten Mal fühlte sich Luise ein wenig zugehörig. Diese Menschen fühlten mit den deutschen Juden mit, sie waren nicht nur hier, weil auch ein paar amerikanische Juden betroffen gewesen waren. Sie setzten sich gegen dieses Unrecht ein.

»Ist Richard auch hier?«, erkundigte sich Elly.

Luise schüttelte den Kopf. »Er mag keine Menschenansammlungen. Dabei ist das in Berlin nie ein Problem für ihn gewesen. Ich habe manchmal das Gefühl, dass er hier ein anderer Mensch geworden ist.«

»Irgendwann wird es sicher besser«, erwiderte ihre Freundin schnell. Sie hakte sich bei Luise unter, und gemeinsam gingen sie mit den anderen weiter, riefen »*Stop Hitler!*« oder »*Unite against fascism!*« – gemeinsam gegen Faschismus.

Während sie so dahinschritten, dachte Luise kurz, etwas weiter vorne George zu sehen. Sofort schlug ihr Herz schneller. Aber dann bemerkte sie, dass es ein anderer blonder Mann war. Sie versuchte, nicht mehr an George zu denken, sondern stimmte wieder in die Rufe der Gruppe mit ein.

Irgendwann stieß auch die Presse dazu, es wurden Fotos gemacht, und sie alle hofften sehr, mit ihrer Aktion etwas bewirken zu können. Spätestens jetzt musste die Welt etwas gegen Hitler tun. Und spätestens jetzt musste Maria mit ihrer Familie fliehen und die gutgläubige Anni merken, dass ihr Siegfried sich nicht auf die Seite der Guten gestellt hatte. Hoffentlich meldeten sich die beiden bald bei ihr. Sie machte sich Sorgen. Anni konnte man so leicht verführen, aber die größte Sorge galt Maria, ihrem Mann und den Kindern.

⁓𝄞

In der Zeit nach der Demo schlief Luise schlecht. Immer wieder lag sie wach, dachte an das Geschehen in Deutschland. So viele

Synagogen hatten gebrannt, so viele Geschäfte waren zerstört, so viele Menschen geschlagen oder ermordet worden. Hoffentlich lebte Maria noch! Wieso schrieb sie nicht endlich? Aber Luise wusste, dass die Post nach Amerika mitunter lange dauern konnte.

Neben ihr schnarchte Richard. Auch das hatte er in Berlin nicht getan. Mit offenem Mund lag er da, und sie roch seinen säuerlichen Atem. Was war nur mit diesem Mann los? Was machte der Verlust der Heimat mit ihm?

Sie setzte sich auf, ging in den Wohnbereich und bereitete sich einen Tee zu. In was für einem schrecklichen Konflikt musste Anni gerade stecken? Sie liebte ihren Siegfried schon so lange, aber nun konnte sie doch unmöglich weiter mit ihm zusammenbleiben. Denn Luise ging davon aus, dass Siegfried Hitler die Treue hielt.

Gedankenverloren schlürfte sie ihren Tee. Ihre Hände schmerzten wie immer. George hatte ihr zwar eine gute Salbe gebracht, aber selbst die half nicht. Sie hatte mehrere offene Stellen, die nicht heilen wollten. Und Richard hatte zwar vor ein paar Tagen versprochen, wenigstens den Abwasch zu Hause zu erledigen, aber offenbar hatte er das jedes Mal wieder vergessen, wenn sie sich das Spülbecken so ansah. Benutzte Tassen, Gläser und Teller stapelten sich auch heute darin.

Luise seufzte, stellte ihre Tasse zu den anderen ungewaschenen Tassen ins Spülbecken, sah einen Moment hinaus in den nächtlichen Himmel. Durch die vielen Leuchtreklamen sah man kein Sternenlicht. Traurig ging sie wieder zurück ins Bett.

Am nächsten Morgen, als sie schon auf dem Weg zur Arbeit war, begegnete sie dem Postboten. Er hatte einen Brief aus Deutschland für sie. Aufgeregt nahm sie ihn entgegen. Von Anni! Sie rannte damit schnell wieder nach oben, wollte ihn in Ruhe lesen. Zurück in der Wohnung, setzte sie sich im Mantel an den Küchentisch, riss den Brief auf und las fieberhaft.

Liebe Luise,
Ich hoffe, es geht dir gut. Hast du Nachricht von Maria? Ich habe nichts von ihr gehört, bin aber auch in der Uckermark bei meiner Tante. Siegfried passt so gut auf mich auf. Er meinte, ich soll eine Weile dort bleiben, das täte mir gut. Die Luft ist hier besser, das ist gut für mein Asthma. Es ist auch wirklich schön hier. Meine Tante hat Hühner, Kaninchen, Obstbäume, sogar ein Pferd. Ich habe angefangen zu reiten – stell dir das vor. Und ich helfe ihr, die Kaninchen zu schlachten. Das hättest du mir sicher nicht zugetraut, was? Ich mir auch nicht, aber manchmal wächst man über sich hinaus. Es ist zwar nicht schön und sehr blutig, aber wir brauchen ja das Fleisch.

Luise hielt angewidert inne. Niemals könnte sie ein niedliches Kaninchen schlachten. Sie wunderte sich, dass Anni da so abgebrüht geworden war. Früher hatte sie nicht einmal eine Fliege zerquetschen können.

Ich vermisse Siegfried sehr. Aber er hat viel zu tun und hätte in Berlin eh keine Zeit für mich, sagt er. Insofern genieße ich das Landleben, helfe meiner Tante zu kochen und zu backen. Ich hoffe, du hast das Restaurant in New York noch nicht gegründet, hier in der Uckermark oder in Berlin wäre es mir wirklich lieber. Das wollte ich dir sagen. Ich glaube ja fest daran, dass bald alles wieder gut wird. Was da alles passiert ist, ist schrecklich, die Menschen werden sich wieder besinnen. Ich glaube an das Gute, das weißt du ja. Es gibt also keinen Grund für mich, nach New York zu gehen. Und dann kommst du ja auch hoffentlich bald wieder zurück.
Es grüßt dich von Herzen
Deine Anni

Nachdenklich ließ Luise den Brief sinken und legte ihn auf den Küchentisch. Wie konnte Anni nur so gutgläubig sein? Schön wäre es. Aber nach den Pogromen konnte man doch sowieso nicht mehr auf ein gutes Ende hoffen und alles verdrängen.

Und Anni wusste auch nicht, wie es Maria ging. Ein Knoten bildete sich in Luises Magen. Maria wusste ganz sicher, dass sich ihre Freundinnen um sie sorgten. Die Post nach Amerika dauerte lange, und Maria hatte sicher nicht die Adresse von Annis Tante in der Uckermark, wusste bestimmt nicht, dass Anni dort war. Hoffentlich kam bald ein Lebenszeichen von Maria. *Oder schreibt sie nicht, weil es ihr nicht gut geht?*, fragte sich Luise schockiert. Die Vorstellung, dass ihrer Freundin und deren Familie etwas zugestoßen sein könnte, während sie hier mit Richard in Sicherheit war und sich über sein Schnarchen aufregte, schnürte ihr die Kehle zu.

Am nächsten Dienstag verließ Luise wieder nach einem Streit mit Bob das Café, eilte durch die Straßen Manhattans zu Jack Dempsey's Restaurant in die 8th Avenue. Kalter Novemberregen prasselte auf sie ein, und sie wischte sich das Wasser aus dem Gesicht. Sie musste die anderen Frauen sehen, die genauso Angst um ihre Liebsten zu Hause hatten wie sie. Sie musste sich austauschen, reden, zuhören, all das, was sie mit Richard nicht konnte. Natürlich hatten ihn die Pogrome zutiefst schockiert. Aber statt ihn wachzurütteln, ließ es ihn sogar noch mehr verzweifeln. »Es hat doch alles keinen Sinn, dagegen kommen wir nicht mehr an«, hatte er gesagt. Aber bei Luise hatte es genau das Gegenteil bewirkt. Sie musste noch viel mehr tun.

Astrid, Rahel und zwei andere Frauen saßen in ihrem Stammcafé bei einem Tee und unterhielten sich über ihre Bekannten und Familienangehörigen in Deutschland, als Luise dazukam.

»Ich habe von meiner Freundin Maria und ihrer Familie auch nichts gehört«, verkündete sie und setzte sich. Die anderen Frauen hörten ihr aufmerksam zu, während sie über ihre Sorgen sprach. Es tat so gut, ihre Angst kundtun zu können, verstanden zu werden.

»Vielleicht kann man ja über das Deutsche Rote Kreuz Informationen über unsere Verwandten bekommen?«, überlegte Astrid laut. Aber darauf wusste keine der Frauen eine Antwort.

»Würdest du dich dort mal erkundigen, Astrid?«, fragte Ester hoffnungsvoll. »Vielleicht bringt es nicht viel, und wir wissen hinterher immer noch so viel wie vorher, aber einen Versuch ist es wert.«

»Das mache ich gerne«, erwiderte Astrid. »Die Rechte und die Würde der Menschen wurden in der Pogromnacht mit Füßen getreten«, fuhr sie fort. »Ich habe gelesen, dass viele nur schweigend und gleichgültig hingenommen haben, was geschehen ist. Unter den Gaffern wurde sogar gejubelt und gejohlt.«

»Das habe ich auch gehört«, pflichtete Rahel ihr bei und fügte bitter an: »Wir Juden wurden in dieser Nacht im Stich gelassen und zur Ermordung freigegeben.«

KAPITEL 17

New York, Januar 1939

Die Tage waren grau und kalt. Weihnachten und Silvester hatte Luise nachmittags mit Astrid, Ester, Rahel und Elly bei Tee und Plätzchen verbracht, abends mit Richard alleine. Er hatte darauf bestanden, wie in den letzten beiden Jahren. Seit sie gegenüber einer neugierigen Nachbarin behauptet hatten, dass sie verheiratet seien und Luises Mädchenname nur noch am Briefkasten und an der Klingel stehe, weil manche Post sie sonst nicht erreichen würde, war das Thema Heiraten zum Glück nicht mehr so eilig. Luise war mittlerweile froh darüber, denn sie sehnte sich immer mehr nach George, seinem Lächeln, seiner positiven Art. Aber sie sah ihn nach wie vor selten.

So lange hoffte Luise jetzt schon auf Nachrichten von Maria oder Anni. Aber keine der beiden schrieb. Sicherheitshalber hatte sie sowohl einen Brief an die Adresse von Annis Tante als auch einen Brief an ihre Berliner Adresse geschickt, aber es kam keine Antwort zurück. Sie fühlte sich hilflos so in der Ferne. Einsam und verloren, um ehrlich zu sein. Die Arbeit in Bobs Küche wurde immer unangenehmer, denn ihre Hände sahen inzwischen feuerrot aus. Die Risse an ihren Innenflächen waren heute Morgen wieder aufgeplatzt, eine Stelle blutete. Sie biss die Zähne zusammen, ging zur Arbeit.

Als sie ihre Hände in das Spülwasser tauchte, hätte sie am liebsten aufgeschrien vor Schmerz. Das Seifenwasser brannte, verzweifelt sah sie auf das benutzte Frühstücksgeschirr.

Wenig später kam Bobs Frau Dolly in die Küche und rief nach ihr. »Hey, komm her!«

Luise schaute sie verwundert an, zog ihre brennenden Hände aus dem Spülwasser, das nach Ei und Seife roch, wischte sie an ihrer Schürze trocken und folgte Dolly ins Ladenlokal.

Dort stand George. Er sah ihr besorgt entgegen. George! Ihr Herz klopfte. Am liebsten wäre sie zu ihm gerannt, hätte sich in seine Arme geworfen und halten lassen. Aber sie wusste, dass das nicht ging. Sie wusste auch, dass er sich so rar gemacht hatte, weil sie nach wie vor die Verlobte seines Freundes Richard war. Und irgendwie war sie ihm einerseits dankbar dafür gewesen, sie nicht weiter in einen riesigen Konflikt zu bringen, andererseits sehnte sie sein Kommen so herbei, dass es oft in ihrem Magen zog.

»George, was machst du hier?«, fragte sie und trat zu ihm. Bob und Dolly beobachteten sie neugierig, wie sie aus den Augenwinkeln sah. Aber sie ignorierte die beiden, betrachtete Georges feines Gesicht.

»Ich mache mir Sorgen um dich, Luise. Ich war gerade bei euch zu Hause. Richard meinte, deine Hände werden einfach nicht besser. Hat meine Salbe nicht geholfen?«

»Leider nicht wirklich.«

»Wieso sagst du denn nichts? Ich bringe dich zu einem Arzt. Komm.« Er wandte sich auf Englisch an Bob. »Wir gehen.«

»Hey«, mischte sich Bobs Frau ein und verpasste ihrem Mann einen Seitenknuff, bedeutete ihm, er solle etwas sagen.

Bob räusperte sich. »Sie bleibt hier, sie muss arbeiten.«

George trat augenblicklich einen Schritt auf ihn zu und erwiderte ernst: »Luise hat nicht einmal einen Arbeitsvertrag, soviel ich weiß. Und wenn ich mich so umsehe, ist das hier bestimmt nicht das hygienischste Café. Ich bin Anwalt, also legen Sie es besser nicht drauf an.«

Bob sagte nichts mehr.

»Sie hält sich für was Besseres«, empörte sich Dolly. »Das hab ich sofort gemerkt.«

George und Luise ignorierten sie, er legte vorsichtig den Arm um Luise und führte sie in Richtung Tür.

»Warte, meine Tasche.« Sie band rasch die Schürze ab, eilte in die Küche, warf die Schürze neben die Spüle, holte ihre Tasche und folgte George dann hinaus ins Freie. Luft, sie atmete tief ein.

Ein LKW raste die 6th Avenue an ihnen vorbei, Wasser spritzte aus einer Pfütze auf ihre Schuhe. Aber das war ihr jetzt alles egal. George war hier, hatte sie aus diesem Laden herausgeholt, und mit einem Mal war Luise klar, dass sie nicht dorthin zurückkehren und weiter als Tellerwäscherin arbeiten konnte. Sie musste einen anderen Job finden.

»Ich möchte aber jetzt zu keinem Arzt. Wenn ich dort nicht mehr hinmuss, werden meine Hände schon heilen.«

Er seufzte. »Falls nicht, gehst du aber. Hast du denn jetzt Hunger? Auf etwas Gesundes? Ich nämlich schon.«

»Ich auch.«

»Komm.« Er legte erneut seinen Arm sanft um ihre Hüfte, führte sie ein paar Straßen weiter in ein besseres Café. Die ganze Zeit fühlte sie seine warme Hand an ihrer Taille, dachte: *Wir sehen jetzt aus wie ein Paar.* Der Gedanke gefiel ihr.

Sie redeten auf dem Weg nicht, betraten das Café, das sehr gemütlich aussah und nach Schokokuchen und Suppe roch. Es standen nur ein paar Holztische darin, auf jedem ein weißes Deckchen, darauf eine Blume in einer Vase. *Endlich wieder etwas Schönes*, dachte Luise und strich sanft über die Blüte. Hinter der Theke stand eine gepflegte Frau um die fünfzig und reichte einem Gast gerade einen Schokokuchen.

»Schokokuchen gibt's als Nachtisch«, sagte George, der Luises sehnsüchtigen Blick gesehen haben musste.

Sie lächelte ihn warm an. »Danke.«

Die Frau kam um die Theke, trat an ihren Tisch, und sie bestellten Suppe und Limonade. Als sie mit ihrer Bestellung wieder Richtung Theke verschwand, sah George Luise an, als hätte er ihr etwas zu sagen.

Schließlich räusperte er sich. »Ich bin auch zu dir ins Café gekommen, weil ich bei Richard war und er mir gezeigt hat, dass Post für dich eingetroffen ist. Ich dachte, du willst sicher sofort davon erfahren. Ein Brief von deiner Freundin Maria.«

»Maria?! Dann lebt sie!«, entfuhr es Luise. Sie schlug sich vor Erleichterung die Hände vor den Mund.

George zog einen Brief aus seiner Manteltasche und reichte ihn ihr.

Schnell griff sie danach, riss ihn auf und las:

Liebe Luise,
du machst dir sicher die schlimmsten Sorgen. Es ist auch alles so schrecklich, wir haben einen furchtbaren Fehler begangen. Wir hätten auf dich hören und mit dir auswandern sollen. Zum Glück leben wir noch. Die Kinder sind sehr verängstigt, haben zu viel gesehen auf den Straßen von Berlin. Unser Hab und Gut wurde beschlagnahmt, unser Geld mussten wir fast alles abgeben. Sie wollen, dass wir verschwinden, nehmen uns aber so viel weg. Wie sollen wir jetzt noch auswandern mit der ganzen Familie? Es hilft nichts, wir müssen fort von hier. Sonst bedeutet das unseren sicheren Tod. Davon ist jetzt auch Jakob überzeugt. Aber Luise, jetzt kommt noch eine schlechte Nachricht: Amerika nimmt keine Juden mehr auf. Es ist aussichtslos. Wir müssen ein anderes Land finden, das uns aufnimmt. Und wie schwer das ist, weil alle ihre Quoten für jüdische Einwanderer haben, bekomme ich von Freunden mit. Aber wir werden alles versuchen, denn hier können wir nicht bleiben, so viel ist sicher. Liebe Luise, ich hoffe, du konntest unser kleines Restaurant in New York schon eröffnen. Führe es bitte erst mal für mich mit, irgendwann, vielleicht auch erst in einigen Jah-

ren, kommen wir dann hoffentlich nach und können es gemeinsam weiterführen. Von Anni habe ich nichts gehört, sie scheint irgendwo auf dem Land zu sein, hat mir eine Nachbarin von ihr gesagt. Ich habe keine Adresse von ihr. Da wir selbst nicht mehr zu Hause wohnen, aus Sicherheitsgründen, bekomme ich auch keine Briefe. Du kannst mir also nicht schreiben. In unserem Haus haben sich SS-Offiziere breitgemacht, Jakob sagt, es wäre Wahnsinn, nur wegen der Post dorthin zu gehen. Du kannst dir nicht vorstellen, wie hasserfüllt viele sind. Als hätten wir ihnen etwas getan. Du kennst mich, uns, Luise, du weißt, es ist nicht so. Ich drücke dich ganz fest, bleib gesund und werde glücklich in Amerika. Und irgendwann sehen wir uns dann alle wieder, führen unser Restaurant, in dem es dann auch Berliner Streuselkuchen geben wird. Diese schöne Vorstellung gibt mir Kraft und Hoffnung.
Alles Liebe, herzliche Grüße auch an Richard – ich hoffe, eure Hochzeit war schön.
Deine Maria

Erschüttert ließ Luise den Brief sinken, sah George an, erzählte ihm aufgewühlt den Inhalt.

»Oh nein.« Er senkte betroffen den Blick, sah nachdenklich auf seinen Teller. Dann legte er unvermittelt seine Hand auf ihren Arm.

»Wie sollen sie das schaffen?«, flüsterte Luise verzweifelt. »Es wollen jetzt so viele raus.«

»Du darfst die Hoffnung nicht aufgeben. Niemals. Deine Freundin Maria ist ganz sicher genauso klug und mutig wie du. Sie wird einen Weg für ihre Familie finden.«

»Aber es gibt kaum noch Länder, die Juden aufnehmen, alle haben Quoten oder lassen gar keine mehr in ihr Land, das habe ich auch gehört.«

»Ich weiß. Aber ein paar gibt es noch.«

»Verdammt«, entfuhr es Luise. Sie hielt sich die Hand vor den Mund, entschuldigte sich.

»Nein, du hast ja recht. Es ist wie verhext. Aus Sicherheitsgründen hat sie keine Adresse genannt, an der sie Post empfangen kann. Aber genau das gefährdet jetzt ihre Sicherheit. Ich könnte sie sonst unterstützen.«

Luise nickte, fuhr nachdenklich fort: »Maria hofft, dass ich unser Restaurant schon eröffnen konnte, Anni hofft das nicht. Soll ich jetzt überhaupt weiter darauf sparen, oder muss ich Anni ihren Anteil zurückgeben? Ohne den schaffe ich es noch deutlich länger nicht.«

»Das würde ich sie fragen.«

»Du hast recht. Die Adresse ihrer Tante habe ich ja. Vielleicht ist sie bald wieder dort. Maria hofft so sehr auf unser Restaurant. Allein deshalb muss ich es endlich schaffen.«

Die Bedienung brachte die Suppe, die köstlich roch. Nach Zwiebeln, Karotten und Wurst.

»Danke schön, das duftet ja himmlisch«, sagte Luise.

Die Frau lächelte warm. »Danke, das freut mich. Guten Appetit.«

»Endlich wieder etwas Gesundes«, erklärte Luise und kostete den ersten Löffel.

George tat es ihr gleich. »Du kannst diesen Job in diesem heruntergekommenen Café mit deinen Händen unmöglich weitermachen.«

»Ich weiß.« Sie hielt inne, leckte sich über die Lippen und seufzte. »Aber ich nehme kein Geld von dir an, falls du das wieder vorschlägst.«

Er nickte lächelnd. »Ich weiß. Du willst es selbst schaffen. Und ich finde das gut.«

Sie aßen weiter, sahen einander dabei immer wieder in die Augen. Er hatte Richard und ihr schon häufig ein wenig finanzielle Unterstützung angeboten. Viel konnte er ihnen nicht leihen, da er seine pflegebedürftige Großmutter versorgte. Doch aus Stolz hatten sie jegliche Hilfe stets abgelehnt, und dabei würde es bleiben.

»Wie geht es deiner Großmutter?«, fragte sie.

»Es geht. Sie vergisst viel, würde lieber allein leben. Aber das ist zu gefährlich.«

»Ist sie schon lange in einem Heim?«

»Ja, leider. Ich habe erst versucht, sie selbst zu versorgen, aber ich muss ja arbeiten, es ging einfach nicht mehr. Zum Glück sind die Pflegerinnen wirklich sehr lieb.«

Luise nickte, sah ihn berührt an. Seine Eltern lebten nicht mehr, das hatte er ihr erzählt. Und er kümmerte sich rührend um seine Großmutter, besuchte sie oft in diesem Heim, hatte lange gesucht, bis er eines gefunden hatte, das ihm gut erschien. Was für ein wunderbarer Mensch.

Nachdem sie die köstliche Suppe bis zum letzten Löffel verspeist hatten, kam die Bedienung, um die Teller abzudecken, und George bestellte zwei Stücke Schokoladenkuchen.

»Sehr gerne. Die Leute lieben ihn, ein deutsches Rezept.«

»Ach ja?«, hakte Luise nach. »Woher haben Sie das?«

Die Frau lächelte. »Meine Urgroßmutter stammt aus Deutschland.« Natürlich, Amerika war ein Land der Einwanderer. Sie sah auf Luises Hände. »Gott, Mädchen, was haben Sie mit Ihren Händen gemacht?«

Luise winkte ab. »Zu viel Spülwasser.«

Die Frau verstand. »Armes Ding. Ringelblumensalbe hilft, probieren Sie die mal, die natürlichsten Heilmittel sind die besten.« Dann wandte sie sich an George. »Passen Sie auf sie auf.«

»Wenn das so einfach wäre, sie hat ihren eigenen Kopf«, entgegnete er.

»Sehr gut.« Die Frau zwinkerte ihr zu, dann drehte sie sich um und lief hinüber zur Theke, um den Kuchen zu holen.

Luise sah ihr lächelnd nach.

»Bitte«, sagte George, und sie richtete den Blick wieder auf ihn. »Lass mich dir wenigstens helfen, einen angenehmeren Job zu finden.« Er sah sie eindringlich an. »Einen, bei dem deine Hände heilen können.«

Sie betrachtete ihre wunden Hände und musste es einsehen. Jede Bewegung tat weh, riss neu gebildete Krusten auf. An manchen Stellen sah man das offene Fleisch. »In Ordnung.«

»Mir ist etwas eingefallen. Es ist nur übergangsweise, aber unsere Empfangsdame ist zwei Wochen krankgeschrieben. Du müsstest die Klienten begrüßen, ein bisschen telefonieren. Aber es ist nur für zwei Wochen. Mein Chef hat mich beauftragt, jemanden zu suchen.«

»Das wäre wunderbar. Bis dahin sind meine Hände bestimmt geheilt. Allerdings ...« Sie zögerte. »Macht das nichts, wenn meine Hände so schrecklich aussehen? Gerade am Empfang?«

»Nein, das ist egal.«

»Ich kann sie ja möglichst unterm Empfangstresen halten. Oder Baumwollhandschuhe tragen.«

Sein Blick bewegte etwas in ihr. Ihr Verstand sagte ihr: *Sieh weg, nimm diesen Job nicht an.* Aber seine Augen zogen sie magisch an, ihr blieb keine Wahl.

Für einen Moment hatte sie das Gefühl, dass es ihm ebenso ging. Dass er diese Anziehung zwischen ihnen spürte. Kurz davor war, etwas zu sagen. Doch dann bestellte er abrupt die Rechnung, als die Frau die Schokokuchenstücke brachte.

Nachdem sie den herrlich schmeckenden Kuchen gegessen hatten, bestand George darauf, Luise einzuladen. Schließlich sei es seine Idee gewesen, hierherzukommen. Sie verabschiedeten sich von der netten Bedienung, Luise lobte den Schokokuchen und bedankte sich für den Tipp mit der Ringelblumensalbe.

»Gerne. Gute Besserung!«

Sie verließen das Café, der kalte Wind schlug ihnen entgegen.

»Soll ich dich nach Hause bringen und Richard erklären, dass ich dir einen Job vermittelt habe?«, fragte George.

»Was? Nein, nein. Ich glaube, Richard würde das falsch verstehen.«

»Du hast recht. Aber bis vor die Haustür begleite ich dich.«

Sie fuhren mit der Subway, immer wieder trafen sich ihre Blicke. An der Canal Street Station stiegen sie aus, gingen langsam zu dem Haus, in dem Luise wohnte. Seite an Seite schlenderten sie über den Bürgersteig, so dicht nebeneinander, dass sie seinen Arm sanft an ihrem spürte. Sie mochte Georges Nähe, liebte es, sich mit ihm zu unterhalten und zu lachen. Das hatte sie in den letzten Monaten viel zu selten getan.

Er war charmant, aber nicht von der unangenehmen Sorte. Eher natürlich, offen, herzlich.

Vor der Haustür blieben sie stehen, blickten sich an. Autos fuhren vorüber, ein Taxi hupte, ein Mann drängte sich fluchend an ihnen vorbei.

»Wir tun dann in der Kanzlei aber vor deinen Kollegen so, als würden wir uns kaum kennen«, unterbrach sie die Stille.

Er schüttelte den Kopf, näherte sich, als wollte er seine Stirn an ihre legen. Dann hielt er inne, schluckte.

»Doch, das ist besser für dich«, erklärte sie.

»Unsinn. Du warst doch sogar schon da.«

»Daran erinnert sich sicher keiner. Bestimmt hat mich kaum einer gesehen.«

»Also gut. Nur nach Feierabend, ich meine, dann können wir uns ja hin und wieder sehen, oder?« Sein Blick ruhte warm und hoffnungsvoll auf ihr.

»Ja, doch, das können wir.« Sie drehte sich schnell um und ging eilig ins Haus. Im Hausflur hielt sie einen Moment inne, atmete durch. Sie spürte ihr Herz hastig schlagen. Was hatte sie getan? Sie konnte diesen Job in seiner Nähe unmöglich annehmen. Aber sie brauchten Geld, und zu Bob in die Küche wollte sie nicht mehr gehen. Sie dachte fieberhaft nach. Ganz sicher war es das Beste für Richard, wenn er nicht wusste, in welcher Kanzlei sie diese zwei Wochen arbeiten würde.

⚜

»Na, noch jemanden getroffen?«, hörte sie Richard aus dem Wohnbereich rufen, als sie die kleine Wohnung betrat. Er klang, als hätte er etwas getrunken. Auch das nahm zu.

Sie streifte die Schuhe ab, zog ihren Mantel aus, legte alles im Flur ab. »Wie kommst du darauf?«, rief sie zurück.

Vor dem Spiegel blieb sie stehen. Eine hübsche, lebenshungrige Frau blickte ihr entgegen. Sie strahlte innerlich, das sah sie selbst. Sie freute sich auf diesen neuen Job. Auch wenn er nur vorübergehend war. In Georges Nähe.

»Du hast mir meine Frage nicht beantwortet!«, polterte Richard. »Noch jemanden getroffen? Du bist spät dran.«

»Nein, niemanden. Ich bin einfach noch durch Manhattan gelaufen.« Sie betrat den Wohnraum.

Richard saß ungekämmt am Tisch, neben sich eine Flasche Rotwein, den günstigen. Er sah sie grimmig an. »Du lügst.«

»Was?« Schnell drehte sie sich weg von ihm. Lügen hatte sie noch nie gekonnt. Wollte sie nicht. Sie ging zur Spüle, starrte auf das ungewaschene Geschirr. »Kannst du bitte spülen, Richard? Meine Hände ...«

»Was fällt dir eigentlich ein!«, donnerte er los, stand auf, kam auf sie zu. In Rage, das sah sie ihm an. Unwillkürlich duckte sie sich ein wenig.

»Du hast George getroffen, halte mich nicht für verblödet.«

»Das tu ich nicht.« Hatte er sie gesehen? Woher wusste er es? Das Beste schien ihr, nichts weiter zu sagen.

»Ich habe euch gesehen«, brach es jetzt aus ihm heraus. Und sie konnte die Eifersucht hören. Sein Atem roch nach Alkohol.

»Hast du etwa das Haus verlassen?« Die Frage konnte sie sich nicht verkneifen. Von hier oben hatte er sie unmöglich sehen können.

»Ja, stell dir vor. Ich wollte noch eine Flasche Wein holen gehen. Aber dann bin ich wieder umgedreht. Wie du ihn ansiehst!«

»So ein Unsinn, das bildest du dir ein. Ich sehe ihn ganz normal an. Er ist ein Freund.«

»Mein Freund!«, schrie er jetzt. »Mein verfluchter Freund.«

Ihr schien es das Klügste, jetzt doch von dem Aushilfsjob in der Kanzlei zu erzählen. Sie hielt ihre Hände hoch. »Meine Hände bluten. Sie reißen auf. Ich kann nicht mehr spülen im Café. Sie müssen heilen. George hat mir angeboten, zwei Wochen die Empfangsdame in der Kanzlei, in der er arbeitet, zu vertreten. Damit meine Hände heilen können. Richard, wir brauchen das Geld.«

»Pah!«, stieß er aus. »Das stinkt doch zum Himmel. Er will dich mir ausspannen.«

»Richard, du hast getrunken. Das sind unsinnige Fantasien. Ich bin froh, nicht mehr in dieses stinkige Café zu müssen.«

Er starrte finster vor sich hin. »War ja klar, dass du dir einen anderen suchst. Weil es mir schlecht geht, lässt du mich sitzen.«

»Nein, das tue ich nicht!«, erwiderte sie fest.

»In guten wie in schlechten Zeiten. Wir wollen doch heiraten. Oder nicht?«, jammerte er. Was sollte sie darauf erwidern?

»Richard. Du bist angetrunken, leg dich hin und schlafe jetzt. Ich bin für dich da, versprochen.«

»Ich bin krank, Luise, weißt du das? Eine Depression. Sagt dir das etwas?«

»Ja, das weiß ich. Wie gesagt, ich bin für dich da. Versprochen.«

Sie schob ihn sanft in den Flur, Richtung Schlafzimmer, zum Bett, und er ließ es widerstandslos geschehen. Sie half ihm, sich hinzulegen, deckte ihn zu wie ein Kind. Setzte sich auf die Bettkante. Kurz war sie versucht, ihm einen Kuss auf die Stirn zu geben, aber es fühlte sich falsch an. Auch auf den Mund wollte sie ihn nicht küssen.

Er hatte die Augen geschlossen, riss sie wieder auf. »Luise, liebst du mich noch?«

»Natürlich«, sagte sie spontan. Doch sie wusste, dass es sich nicht mehr so anfühlte wie in Berlin. Dass da kein Ziehen im Bauch mehr war, wenn sie an ihn dachte oder ihn sah. Dass sich ihr Gefühl verändert hatte. Oder war das normal in einer langjährigen Beziehung? Ganz sicher. Aber dann wurde ihr klar, was sie für ihn empfand. Mitleid, vielleicht auch mehr. Vielleicht war es nur eine Krise. Sie schämte sich, nicht mehr fühlen zu können für ihn. Schließlich war er krank, konnte nichts dafür.

»Schlaf jetzt, Richard, morgen ist ein neuer Tag.« Sie stand auf, löschte das Licht, ließ die Tür wie gewünscht einen Spalt breit offen. Dann setzte sie sich im Wohnbereich an den Tisch, schenkte sich ein Glas Wein ein und probierte einen Schluck. Sie verzog das Gesicht. Er schmeckte sehr billig und bitter. Anders als der gute kalifornische aus dem Napa Valley, den George gern trank.

Im nüchternen Zustand hatte sie Richard am nächsten Morgen beruhigen können. Hatte ihm vorgerechnet, dass sie ohne dieses Geld nicht über die Runden kommen würden. Dass es, da der Job gut bezahlt war, ihr danach einen Puffer geben würde, sich einen neuen Job zu suchen. Er hatte fest versprochen, sich auch endlich um eine Anstellung zu bemühen, Englisch besser zu lernen, öfter aus dem Haus zu gehen. Luise hoffte es, fürchtete aber in ihrem tiefsten Inneren, dass allein das ihre Liebe zu ihm nicht wieder verstärken würde.

Während Richard am übernächsten Morgen in der Küche saß und las, machte sie sich fertig für ihren ersten Tag in der Kanzlei. Ihr Kleiderschrank hatte nicht viel hergegeben. Ein paar ordentliche Kleider hatte sie zum Glück aus Deutschland mitgebracht, aber modisch waren sie hier natürlich nicht. Sie stand im Schlafzimmer in Unterwäsche, schlüpfte in ihr orangefarbenes Kleid. Knielang, der Rock ein wenig ausgestellt, mit halblangen Armen. Sie hatte sich gestern einen roten Lippenstift besorgt, den sie jetzt sorgfältig auftrug, dann spitzte sie die Lippen und warf ihrem Spiegelbild einen Kussmund zu. Das musste reichen. Sie konnte sich keine neuen Kleider leisten. Also hoffte sie darauf, dass ihre roten Lippen von dem einfachen Kleid ablenken würden. Und von ihren Händen. George hatte ihr eine Ringelblumensalbe besorgt, sie tat gut, aber der Heilungsprozess würde dauern.

Sie fasste sich in ihr frisch frisiertes Haar, musste los in die Kanzlei, zu ihm.

⁓❦

George strahlte sie an. Wie verabredet wartete er vor dem hohen modernen Gebäude, in dem sich die Kanzlei befand. Kollegen im Anzug grüßten ihn, er grüßte zurück. In den blitzblanken Fensterscheiben spiegelte sich die Sonne. »Du siehst bezaubernd aus«, sagte er, während er ihr bedeutete vorzugehen und ihr folgte.

Luise drehte sich lächelnd zu ihm um, versteckte ihre Hände hinter ihrer Handtasche. »Du siehst auch gut aus.«

Sie durchquerten die Lobby und betraten den Aufzug, gemeinsam mit zwei seiner Kollegen. Keiner sprach. Georges Nähe in der engen Kabine ließ ihr Herz sofort schneller schlagen, und sie befürchtete fast, die anderen könnten es in der Stille hören.

Oben angekommen, ließ George den beiden Anwälten den

Vortritt in die Kanzlei. Einen kurzen Moment standen sie allein im Hausflur, sahen sich an. »Komm, ich zeige dir deinen Arbeitsplatz«, schlug er vor.

»Aber, Herr Anwalt. Sie werden mich ja wohl nicht persönlich hier einweisen, oder?«

Er schüttelte bedauernd den Kopf. »Ich habe gleich einen Termin. Ich mache dich mit Penny bekannt, sie wird das übernehmen.«

Sie traten ein. Am Empfang stand eine attraktive Brünette in einem figurbetonten Kostüm, ganz nach der aktuellen Mode, und lächelte George an.

»Da ist sie ja schon. Guten Morgen, Penny, das ist Luise, wie besprochen vertritt sie Maude die nächsten zwei Wochen.«

»Hi, Luise«, grüßte Penny übertrieben freundlich, dabei blickten ihre Augen erst abschätzend auf Luises Kleid, dann auf ihre wunden Hände. »Was hat sie denn an den Händen?«, fragte Penny entsetzt. »Ist das ansteckend?«

»Nein«, widersprach George sofort streng. »Das Ergebnis von ehrlicher Arbeit. Ich möchte, dass du ihr alles zeigst, in Ordnung?«

»Natürlich«, entgegnete Penny.

Luise wusste sofort, sie würde aufpassen müssen, was sie der Sekretärin gegenüber erwähnte. Und sie merkte bald an Pennys Blick, dass die ein Auge auf George geworfen hatte.

Penny arbeitete sie bemüht freundlich ein, überfrachtete sie mit Informationen, auch mit solchen, die eher als Tratsch zu bezeichnen waren. »Kannst du dir das merken?«, fragte sie irgendwann zweifelnd. Und Luise nickte, ärgerte sich aber, sich nichts notiert zu haben.

Du bist ein kluger Kopf, sagte sie sich selbst, *konzentriere dich*. Und zum Glück klappte es, sie machte keine größeren Fehler an ihrem ersten Tag.

Nach Feierabend kam George an den Tresen und steckte ihr unauffällig einen Zettel zu, sodass Penny es nicht sehen konnte. Luise ging damit zur Toilette, las ihn.

Treffen wir uns gleich im Kungsholm, 142 East 55th Street? Nettes Restaurant.

Luise wurde ganz heiß. Sollte sie hingehen? Konnte sie überhaupt *nicht* hingehen?
Nein.
Sie lief zurück zum Tresen, verabschiedete sich von Penny, die ihr misstrauisch nachsah.

»Wir können wirklich nicht lange bleiben, Richard wird sonst hellhörig«, erklärte Luise, als sie von einem Ober an einen Tisch geführt wurden und sich setzten.

Das Kungsholm war ein edel eingerichtetes Restaurant mit lederbezogenen Stühlen und einer Bar mit vielen Spirituosen. Es war gut gefüllt nach Feierabend, sodass sie nicht auffielen. Der Duft von angebratenem Steak und Whisky lag in der Luft.

»Du musstest heute eben gleich lange arbeiten. So ist das in einer Kanzlei. Oder wären dir Pommes und Burger lieber?«

Sie lachte. »Nein, auf keinen Fall.« Die gefüllten Teller der anderen Gäste sahen köstlich aus. Luise liebte gutes und gesundes Essen, dachte immer auch an ihr eigenes Restaurant, überlegte, was sie anbieten würde.

Sie sprach mit George darüber. Richard hatte dafür keinen Sinn. Immer wenn sie in letzter Zeit davon angefangen hatte, hatte er sie gescholten, dass sie diesen Traum sehr weit nach hinten verschieben müsse.

Mit George darüber zu fachsimpeln, was auf ihrer Speisekarte stehen könnte, machte Spaß. Und er legte ebenfalls Wert auf gesundes Essen.

Dann kamen sie auf ernstere Themen zu sprechen. Die Lage in Deutschland, ihre Freundin Maria, die Sorge, die Hoffnung, dass sie es schaffen würden, rechtzeitig zu fliehen.

George verstand, er tröstete sie, gab ihr Zuversicht, nach vorne zu schauen. Und wieder meinte Luise, deutlich zu spüren, dass er sich ebenso zu ihr hingezogen fühlte wie sie sich zu ihm. Aber es blieb bei vertraulichen Blicken, einem warmen, wissenden Lächeln. Sie wahrten die Grenze, näherten sich an, nahmen dann jedoch immer wieder Abstand.

Das änderte sich auch in den nächsten zwei Wochen nicht. In der Kanzlei hielt er sich an ihre Abmachung und behandelte sie wie eine entfernte Bekannte. Nach Feierabend gingen sie alle paar Tage gemeinsam essen, genossen ihre Gespräche, ihre Nähe. Zu mehr kam es nie.

Wenn Luise abends nach Hause zurückkehrte, sah Richard sie immer nur traurig an. Er litt sehr und damit auch sie.

Die Zeit in der Kanzlei verging wie im Flug. Luise gefiel es, sich jeden Morgen schön zu frisieren, Lippenstift aufzulegen, in der Kanzlei von den Anwälten und deren Klienten freundlich begrüßt zu werden. Penny beäugte sie zwar die ganze Zeit, hielt sich aber mit Kommentaren zurück. Luise bekam mit, wie einsam Penny sein musste. Freundinnen schien sie keine zu haben, lebte allein in einem kleinen Appartement in Brooklyn und hoffte auf eine gute Ehepartie.

Sie tat Luise leid. Wieso nur galt man als Frau bloß etwas, wenn man verheiratet war?

Luises Sorge, wo sie nach diesen zwei Wochen rasch einen Job finden sollte, wuchs. Und die Hoffnung, doch irgendwie in der Kanzlei bleiben zu können, ebenso.

An ihrem vorletzten Tag ging sie mit George nach Feierabend im Central Park spazieren. Die Sonne war bereits untergegangen, die Laternen im Park erhellten die Wege. Es war kalt, ein Liebespaar kam ihnen Arm in Arm entgegen, einige nutzten die

Stunde nach Feierabend, um frische Luft im Grünen zu schnappen.

»Wir finden etwas anderes für dich«, sagte George. »Ich habe das dumpfe Gefühl, Penny hat alles dafür getan, dass du nicht mehr bei uns arbeiten kannst.«

Luise seufzte. »Das habe ich befürchtet. Sie tut mir leid, sie ist einsam, und sie mag dich.«

George sah erstaunt auf.

»Hast du das denn nicht bemerkt?«

»Um ehrlich zu sein, nein. Oder ich wollte es nicht bemerken.«

»Ist sie nicht dein Typ?«

Er sah sie an. »Ich bin nicht auf der Suche nach einer Ehefrau.«

Ein kleiner Vogel raschelte im Gebüsch, ihr Magen krampfte sich zusammen. Was wollte er ihr damit sagen? Hatte sie sich alles nur eingebildet? Empfand er nichts für sie?

Sie schluckte, ihr Mund fühlte sich trocken an, als hätte sie seit Tagen nichts getrunken. Was machte dieser Mann mit ihr?

KAPITEL 18

New York, Manhattan, 2023

June ging die 23rd Street entlang, zu der Kanzlei, in der Walter arbeitete, zog ihren Schal enger, es war frisch. Heute Nacht, als sie weiter im Notizbuch ihrer Großmutter gelesen hatte, war ihr ein Gedanke gekommen. Ein unwahrscheinlicher Gedanke, aber sie wollte allem nachgehen. War es möglich, dass Walters Kanzlei in demselben Gebäude lag, in dem George damals gearbeitet hatte? Dem Haus, in dem Luise für eine kurze Zeit am Empfang gearbeitet hatte? War aus Luise und George ein Liebespaar geworden, und Walter war womöglich irgendwie mit ihr verwandt? June wusste selbst, dass es unwahrscheinlich war, aber vielleicht war es das, was ihre Großmutter ihr verschwiegen hatte?

Gleich heute Morgen hatte sie Walter eine Nachricht geschrieben und um ein spontanes Lunch-Date heute gebeten. Er hatte sofort zugesagt. Bei der Gelegenheit wollte sie ihn auch noch etwas anderes fragen.

June kam an dem Bürogebäude an, betrachtete es. Das Haus sah alt aus, als ob es Ende der Dreißigerjahre schon hier gestanden haben konnte.

Sie wollte Walter gleich darauf ansprechen, schrieb ihm wie verabredet eine Nachricht.

Bin unten, kommen Sie?

Offenbar wollte er vermeiden, dass alle in der Kanzlei mitbekamen, dass er mit seiner Mandantin erneut essen ging. Sie verstand das, dachte unwillkürlich an George und Luise damals und musste lächeln.

Während sie an der Hausecke wartete, eilten Leute in Anzug oder Kostüm an ihr vorbei, vermutlich alle auf dem Weg zum schnellen Businesslunch. Sie kannte das von ihrem Praktikum, das sie nach der Schule noch in New York gemacht hatte. Nicht einmal in der Mittagspause konnte man entspannen, musste mit den Chefs und Kollegen essen gehen und auf jedes Wort und jeden Kommentar achten. Sie hatte das als sehr anstrengend empfunden. In Deutschland war das zwar oft auch so, aber die Leute waren weniger gestresst, freundschaftlicher, kollegialer, zumindest die meisten.

Walter trat wenige Minuten später aus der Haustür des Bürogebäudes, entdeckte sie, kam auf sie zu. Er trug einen edlen Anzug, ein weißes Hemd und eine Krawatte. »Hallo, schön, Sie zu sehen.«

»Hallo. Finde ich auch.« Sie lächelten sich an.

»Viel Zeit habe ich leider nicht so spontan«, entschuldigte er sich. »Das Restaurant Ihrer Großmutter wäre jetzt ehrlich gesagt zu weit.«

»Kein Problem, wir können gern etwas in der Nähe nehmen. Vielen Dank, dass Sie so spontan zugesagt haben. Haben Sie einen Vorschlag?«

Walter kannte ein kleines Lokal, unweit des Broadways.

Es war ein gemütlicher Laden mit einer Brokattapete im Gastraum, dunkelbraunen Tischen und Stühlen, auf dem Tresen stand eine alte Kasse. Nichts Modernes, Hippes. Vier der sechs Tische waren besetzt.

»Mein Vater ist hier gerne hingegangen, und ich mag es auch. Vor allem das Essen. Einfach, aber gut. Die Kollegen sind zum Glück nicht so oft hier.« Er lächelte. Eine nette ältere Bedienung kam herüber, führte sie zu einem der freien Tische und nahm ihre Bestellung auf. Walter empfahl Fischsuppe, dazu Baguette. Sie entschieden sich beide dafür, auch für eine Flasche Wasser.

Nachdem die Bedienung gegangen war, stützte Walter seine Ellenbogen auf den Tisch, faltete seine Hände ineinander, sah June an. »Wie kann ich Ihnen helfen? Wie weit sind Sie mit Ihren Recherchen zu Maria gekommen?«

»Zunächst einmal kam mir ein Gedanke. Hat Ihre Kanzlei etwas mit der zu tun, in der George arbeitete? Sprich, sind Sie irgendwie verwandt mit George Clay?«

Walter schüttelte den Kopf. »Nicht, dass ich wüsste.«

»Okay, war nur so ein Gedanke.«

Sie erzählte ihm, in welchen Archiven sie bereits zu Marias Verbleib recherchiert hatte, was sie über die Buchhandlung der Kirschbaums und die Familie herausgefunden hatte. »Alles endet nach wie vor 1939. Danach sind sie wie vom Erdboden verschluckt. Nach Amerika konnten sie wohl nicht mehr. Aber zum Glück habe ich sie auch auf keinen Listen der Nazis gefunden, die Listen, die sie in den KZs geführt haben. Allerdings konnte ich in der kurzen Zeit natürlich nicht alles durchforsten, wer weiß.« June seufzte. Es schien eine Lebensaufgabe zu werden. Was hatte sich ihre Großmutter nur dabei gedacht?

Walter überlegte. »Haben Sie es schon mit den diversen Genealogie-Seiten im Internet versucht? Ich kenne einige Hobbyforscher, die da ihren virtuellen Stammbaum angelegt haben. Man findet sogar Fotos und oft Verwandte.«

»Ja, ich habe mich auf zwei Seiten bereits umgesehen, aber der Name Jakob Kirschbaum ist sehr häufig, und ich habe nur sein Geburtsdatum durch die Eintragung seiner Buchhandlung damals, nicht die Namen seiner Eltern oder Ähnliches. Es kam nicht heraus, was aus ihnen geworden ist. Mehr über ihre Vorfahren muss ich ja nicht wissen. Für meinen Fall bringt es, glaube ich, nicht viel. Und es ist teuer.«

»Das stimmt, es kostet natürlich einiges, und ich habe gehört, man verliert sich schnell im Dickicht – einige locken wohl mit Dokumenten bis ins Mittelalter, mit Bildern von Ritterrüstungen oder von Henkern.«

June musste lachen. »Ja, so ist es.« Seufzend fügte sie hinzu: »Wenigstens ein paar Angaben zu ihren Freundinnen hätte meine Großmutter für mich notieren können. Ich recherchiere weiter in seriösen Archiven. Aber das kann natürlich Jahre dauern.«

»Was machen wir denn da?«, überlegte Walter laut.

»Sie müssen nichts machen, für Sie ist es ein normaler Fall, aber für mich ändert sich gerade mein ganzes Leben, habe ich das Gefühl.« Es brach aus ihr heraus, entsprach aber der Wahrheit. Die Bedienung brachte die Getränke, das Baguette und eine Küchenhilfe die dampfende Suppe. Kleine Fisch- und Gemüsestücke schwammen darin. Es duftete köstlich.

Walter sah June intensiv an, als sie wieder allein waren, schüttelte den Kopf. »Nein, es ist kein normaler Fall.«

Wie meinte er das? Kein normaler Fall. Was sah er sie so eindringlich an? Mochte er sie?

»Was meinen Sie damit?«, fragte June geradeheraus.

»Es ist kein normaler Fall, weil sowohl Ihre Großmutter als auch Sie ganz besondere Menschen sind.«

Verdutzt sah sie ihn an, bedankte sich für seine Worte, löffelte verlegen ihre Suppe. Er mochte sie also wirklich. Sie wusste nicht, was sie sagen sollte.

Walter aß nun auch. Er war sehr sympathisch, aber er bewegte nichts in ihr, zumindest noch nicht. *Nicht so wie Hendrik*, dachte sie unwillkürlich. Bei ihm hatte ein Blick gereicht.

Hendrik schrieb ihr regelmäßig Nachrichten, auch heute Morgen, informierte sie, welches Archiv er durchforstet hatte. Bisher ohne Erfolg. Auch über seine Familie recherchierte er dort jeweils, über den Verbleib seiner jüdischen Vorfahren, hatte aber bisher nichts weiter über sie herausgefunden. Dass er sich so viel Zeit nahm, auch nach Maria zu suchen, war so unglaublich nett von ihm. Dennoch, sie kannte ihn kaum. Walter auch nicht.

Die betretene Stille zwischen ihnen dauerte immer länger an. Nur das Klappern der Suppenlöffel war zu hören, Stimmen der anderen Gäste im Hintergrund. Und was war mit Anton? Er kam in ihrem Leben gerade so gar nicht vor, hatte sich selbst in den Hintergrund katapultiert.

Sie hielt inne, sah Walter an. »Um ehrlich zu sein, habe ich Angst, Großmutters Bitte nicht gerecht zu werden. Ich meine, um das Vermögen wäre es natürlich schade, aber ich lebe auch gut ohne. Viel schlimmer wäre es, versagt zu haben.«

Er schüttelte den Kopf. »Das werden Sie nicht. Sie werden Marias und Annis Geschichte herausfinden. Und die Ihrer Großmutter. Ihre Großmutter hat es Ihnen zugetraut, und ich tue das auch, nachdem ich Sie ein wenig kennenlernen durfte.«

June lächelte. Er hatte recht. Angst lähmte nur, brachte sie nicht weiter. Sie musste an sich selbst glauben. Andere taten das.

Wieder sah er sie so nachdenklich an. »Wollen wir uns nicht duzen, wenn wir Deutsch sprechen?«, schlug er vor. Er konnte ein wenig Deutsch, hatte ein Jahr in München studiert.

»Gern.« Es stimmte also. Er mochte sie, mehr als nur eine Klientin. Sie beschloss, sich jetzt nicht weiter mit der Frage zu beschäftigen, welcher Mann sie mochte und wen sie selbst. Sie musste ihren Kopf frei machen für die Recherche.

New York, 18. Februar 1939

Luise wollte sich jetzt nur noch auf politische Aktionen konzentrieren, so hatte sie es gestern in ihr Notizbuch geschrieben. All ihre Sehnsucht nach George brachte sie nur um den Verstand und führte zu nichts außer zu Leid für alle Beteiligten. Er hatte sie mit seiner Aussage, keine Ehefrau zu suchen, verletzt. Die vergangenen Tage hatten sie sich nicht mehr gesehen. Aber vorhin hatte er unerwartet vor der Tür gestanden und saß jetzt an ihrem Küchentisch. Er hatte vorgegeben, Richard besuchen zu wollen. Der war aber bei einem Englischkurs, endlich.

Sie stand am Herd, goss frisch aufgebrühten Kaffee in zwei Tassen. Der Kaffeeduft erfüllte den Raum. Georges Anwesenheit verursachte dennoch ein Kribbeln in ihrem Nacken. Sie nahm die gefüllten Tassen, drehte sich damit um und stellte sie auf den Küchentisch. Dann setzte sie sich zu ihm. Sah seinen sehnsüchtigen Blick. Doch sie wich ihm aus, nahm ihre Tasse und trank vorsichtig. Der Kaffee war heiß. Ihr wurde heiß. Ihre Gedanken schwirrten.

George räusperte sich. »Ich bin auch hergekommen, weil ich mich nach einer Arbeit für dich umgehört habe, Luise. Oder hast du schon etwas gefunden?«

Sie schüttelte den Kopf. »Leider nein.«

»Die Nachfrage nach Hausangestellten ist wohl gestiegen, habe ich gehört. Viele Amerikaner, auch Schwarze, die bisher Housekeeper waren, arbeiten jetzt in der Rüstungsindustrie. Deshalb wurden in Haushalten Jobs frei. Ich weiß, es wäre auch wieder viel für deine Hände, aber besser, als in Bobs Café die Teller zu spülen, ist es allemal.«

Sie sah auf ihre Hände. Sie waren schon viel weniger rot und die Wunden weitestgehend geheilt.

»Würdest du das wollen? Dann kann ich dir eine Adresse nennen, wo du Aushänge findest.«

Luise nickte sofort. »Doch, natürlich. Ich danke dir.«

George erklärte ihr, wo es die Job-Ausschreibungen gab, in der Nähe des Broadway. Er wusste es von einer Bekannten.

Sie stellte ihre Tasse ab, sah ihn an. »Hast du von der geplanten Versammlung morgen im Madison Square Garden gehört? Astrid hat es mir erzählt, am Garden wird dafür geworben.«

Er nickte missmutig.

Das Café, in dem sich ihre Frauengruppe öfter traf, lag unweit der riesigen Veranstaltungshalle. Normalerweise fanden dort Sportveranstaltungen und Konzerte statt, das wusste Luise. Aufgewühlt fuhr sie fort: »Amerikanische Nazis treffen sich da, George! Mehrere tausend werden erwartet.«

»Ja, leider. Das geht vom deutsch-amerikanischen Bund aus, eine der erfolgreichsten Pro-Nazi-Organisationen in den Vereinigten Staaten. Es wird eine Massenkundgebung, sie meinen, sie stehen für den ›wahren Amerikanismus‹.«

»Wir müssen etwas dagegen tun«, erwiderte sie aufgebracht. Seit sie davon gehört hatte, musste sie immer wieder daran denken.

»Ich fürchte, es ist zu spät. Es wird wirklich eine Massenveranstaltung. In den Garden passen über 18 000 Zuschauer, und ich habe gelesen, es ist so gut wie ausverkauft.«

»Oh Gott, das darf alles nicht wahr sein. So viele Nazis in Amerika. Es ist nie zu spät. Lass uns hingehen. Wir könnten wenigstens ... demonstrieren, dass wir dagegen sind«, entgegnete sie aufgebracht.

Er nickte nachdenklich. »Das könnten wir.« Wieder dieser sehnsüchtige Blick.

»Vielleicht kommt Richard ja auch mit«, sagte sie schnell.

»Auf keinen Fall! So viele Nazis auf einem Haufen, das halte ich nicht aus.« Richard saß wenig später, nachdem George längst gegangen war, in der Küche auf einem Stuhl, rieb sich über die Schläfen. Sie hatten sich verpasst, aber dass George da gewesen war, ließ seine Eifersucht wieder aufflammen. Seine Nerven wurden zunehmend schlechter. Der Englischkurs strengte ihn zusätzlich an.

»Dann gehe ich alleine.« Sie griff nach der Kaffeetasse, aus der George getrunken hatte, stand auf, um sie zu spülen.

»Mit George?«, hakte er sofort nach.

Luise hielt inne. »Ja, oder willst du, dass ich als Frau alleine nachts zu all den Nazis gehe?«

Richard rang einen Moment mit sich. Schüttelte dann den Kopf. »Natürlich nicht. Ich möchte gar nicht, dass du da hingehst.«

»Aber *ich* möchte es.«

Sie schauten einander in die Augen. Richards Blick war müde, der Blick eines gebrochenen Mannes.

»Dann geh doch, Luise, es hat ja eh keinen Sinn, dir das auszureden.« Er stand auf, lief hinaus in den Flur.

Luise sah ihm nach, die Tasse von George immer noch in der Hand.

Am nächsten Abend hatte sich Luise zurechtgemacht und wartete, wie am Vortag verabredet, unten vor ihrer Haustür auf George.

Es vergingen keine zwei Minuten, da spürte sie eine Hand auf ihrem Rücken, atmete seinen Geruch ein, schloss für einen Moment, sodass er es nicht sehen konnte, die Augen. Sie drehte sich zu ihm. »Hallo, lass uns gehen.«

»Schön, dich zu sehen«, entgegnete er. »Richard kommt also nicht mit?«

»Nein.«

Sie schauten sich beide an, und in seinem Blick lag wieder diese Sehnsucht. Nein, sie bildete sich das nicht ein. Es konnte ein gefährlicher Abend werden.

Gemeinsam fuhren sie mit der Subway, gingen weiter zum Madison Square Garden, diesem riesigen Gebäude in der Eighth Avenue zwischen der 49th und 50th Street. Der »Garden«, wie ihn die New Yorker nannten, war wie eine große Arena gebaut, davor ein Bau mit Leuchtreklamen. Auf einem leuchtenden Schild stand über dem Eingang:

Madison SQ Garden:
To Night – Pro American Ralley
Hockey Tues Night – Rangers vs Detroit
Basketball Wed Night – Fordham vs Pittsburgh

Vor dem Garden war schon eine große Menschenmenge von bestimmt mehreren tausend Männern versammelt. Die meisten in naziähnlichen Uniformen, sodass es Luise zutiefst schauderte. Aber zum Glück waren auch Gegner der Veranstaltung gekommen, einige hundert mussten es sein, darunter auch Frauen. Ein paar riefen Parolen gegen Nazis. Luise und George stellten sich zu ihnen, dicht an dicht.

Es war bald 18 Uhr, und es fanden sich immer noch mehr Demonstranten ein, die gegen die Nazis skandierten. Auch Luise und George riefen mit: »Nazis raus, Freiheit für alle!«

Plötzlich entdeckte sie am Rand der Menschenmenge ein großes Polizeiaufgebot, die meisten zu Pferde. »Sieh mal, George.«

»Gut, dass sie da sind«, fand er.

Aber als die Polizisten sich mit den Demonstranten anlegten, wurde bitter klar: Die Polizisten waren hier, um das Recht der Nazis auf »freie Meinungsäußerung« zu verteidigen. Es kam sogar zu Handgreiflichkeiten.

»Ich fasse es nicht, dass sie für die Nazis sind«, entfuhr es Luise. Ein junger Mann warf eine Flasche in die Menge und sofort gab es einen lautstarken Tumult, die Polizei griff mit Knüppeln ein.

»Weg hier«, sagte George. »Lass uns aus der Schusslinie gehen, ich habe Karten, wir gehen schnell in den Garden.«

»Du hast Karten?«

Er antwortete nicht, nahm Luise am Unterarm und zog sie mit sich hinein. Sie wurde in dem Gedränge an ihn gepresst, registrierte, dass sie aber auch an Nazis in Uniformen gedrängt wurde. Sie strömten mit ihnen hinein, und Luise sah diesen Kerlen angewidert ins Gesicht. Am liebsten hätte sie die Typen angespuckt. Sie fühlte sich unwohl in dieser beklemmenden Situation, wäre am liebsten gegangen. Aber sie musste sehen, was hier geschah.

»Wusstest du, dass so viele Demonstranten kommen?«, fragte sie George außer Atem. Durch die sich vorwärtsschiebende Menge wurden sie jetzt noch dichter aneinandergedrängt. Sein Atem streifte ihr Gesicht.

Er schüttelte den Kopf. »Es gab am Morgen in den *New York Daily News* einen Aufruf der Socialist Workers Party, der amerikanischen Trotzkisten. Seltsamerweise hat sich sonst keine Gruppe gegen diese Versammlung gestellt, zumindest nicht öffentlich, soviel ich weiß.«

Als sie in die große Eingangshalle kamen, gingen sie an den Kartenkontrolleuren vorbei hinein, hier wurde es nicht mehr so eng. Luise sah sich staunend um – wie groß die Halle war und wie viele Menschen hier hineinpassten! Tatsächlich schien der Garden ausverkauft, es gab also fast 20 000 amerikanische Nazis, die hergekommen waren. Es waren fast nur Männer, aber dort sah sie auch eine Frau. Ein Schauer lief ihr über den Rücken. Was, wenn es bald überall auf der Welt Nazis geben würde? Was war nur mit der Menschheit los?

Sie fanden ihre Plätze, gleich an der rechten Seite der Bühne. Von hier aus hatte man keine gute Sicht auf das Podium, vermutlich hatte George die Karten deshalb noch bekommen. Aber man konnte die Geschehnisse auf den Publikumsrängen beobachten.

Zutiefst entsetzt blickte sich Luise um, es machte sie sprachlos. Die Halle war mit riesigen Fahnen geschmückt, auf denen Hakenkreuze prangten. Dazu Fahnen mit Sternen und Streifen.
Es ging los. Die Menschenmenge sang »The Star-Spangled Banner«, während alle den Hitlergruß zeigten.
»Das gibt es doch nicht«, entfuhr es Luise erschüttert. George schien genauso schockiert zu sein wie sie. Mit großen Augen hörten sie den Rednern zu, es wurde offenbar auch George Washingtons Geburtstag gefeiert, der Amerikanismus an sich. Transparente verkündeten »*Wake up, America!*«, sie erinnerten Luise stark an Hitlers »Deutschland, erwache!«. Hunderte uniformierte Truppen schützten die Kundgebung, die Reden bestanden aus Judenhetze und stumpfsinnigen Parolen.
Luises Fassungslosigkeit wandelte sich in Wut um.
Als erneut auf die Juden geschimpft wurde, konnte sie sich nicht mehr halten, etwas ging mit ihr durch. Ohne nachzudenken, verließ sie ihren Platz, rannte los, bahnte sich mit aller Kraft den Weg durch die Nazis, rempelte dabei Uniformierte an, wollte nur noch auf diese Bühne, um diese barbarischen Reden zu stoppen. Dabei dachte sie an Maria, Jakob und die Kinder, Tränen rannen ihr übers Gesicht, alles fühlte sich wie in einem schlechten Traum an. Ihre Füße trugen sie wie von alleine die paar Stufen hinauf auf die Bühne, zu diesem widerlichen Redner, der die Gehirne der Anwesenden vernebelte. Sie musste ihn stoppen! Unbedingt! Mehr konnte sie nicht denken. Doch plötzlich wurde sie an den Schultern gepackt, von Uniformierten unsanft auf den Boden gedrückt, beschimpft und an den Armen unter Gegröle von der Bühne heruntergeschleift. Es tat weh, sie spürte einen Schmerz an ihrem Bein und sah, dass sich ein Riss durch ihren Rock und ihre Strümpfe zog.
Suchend schaute sie sich nach George um. Erst fand sie ihn in der aufgebrachten Menge nicht, aber dann sah sie, dass er sich auch im Klammergriff der Nazis befand. Oh Gott, was hatte

sie getan? Die Pferde waren mit ihr durchgegangen, wie Richard sagen würde. Offenbar hatte George ihr helfen wollen, war aber ebenfalls festgehalten worden.

Doch er sah sie nur fasziniert an, lächelte ein klein wenig. Luise lächelte zurück. Auch wenn die Veranstaltung nur für einen kurzen Moment unterbrochen worden war, hatte sie es immerhin geschafft, die Rede zu stören und vielleicht ein paar anderen Mut zu machen. Ganz offensichtlich, denn ihrem Beispiel zu stören folgten noch ein paar andere, wie sie jetzt voller Genugtuung mitbekam.

Die Männer, die sie festhielten, drückten am Arm noch mehr zu, der Knebelgriff tat weh, sie beschwerte sich, aber es half nichts, es war so laut, dass sie sie vermutlich eh nicht hörten. Die Wachen schoben George und sie nach draußen ins Foyer. Was würde jetzt mit ihnen geschehen?

Wütend verlangten die Männer ihre Ausweispapiere, aber Luise hatte keine dabei. Da sah sie, dass sie am Bein blutete.

George regte sich sofort auf, erklärte den Wachen, dass er Anwalt sei und sie diese Dame verletzt hätten. Die Wachen widersprachen, verlangten eine ordentliche Geldstrafe, die sie sofort zu begleichen hätte. Vermutlich würden sie sich das Geld in die eigene Tasche stecken.

George schaffte es, dass Luise nur eine geringe Geldstrafe bekam, zahlte sofort. Zum Glück nahmen die Wachmänner die Scheine, steckten sie schnell ein, hatten offensichtlich keine Lust, sich weiter mit ihr zu beschäftigen. Sie verwiesen die beiden des Hauses, schoben sie hinaus auf die Straße.

Luise spürte Georges Hand in ihrer. Seine warme Hand tat gut, gab ihr Halt, denn draußen tobte die Menge. Es waren inzwischen noch mehr Demonstranten geworden, die sich mit den vielen Polizisten jetzt regelrechte Straßenschlachten lieferten. Einige rangelten neben ihnen, ein Polizist vor ihnen schlug gerade mit einem Knüppel auf einen ein.

»Oh Gott, wir müssen ihm helfen«, brach es aus Luise heraus. In dem Moment ließ der Polizist von ihm ab, weil sich der Mann auf den Boden duckte, die Hände über den Kopf riss.

»Komm, es ist hier viel zu gefährlich geworden.« George legte seinen Arm um ihre Hüfte und schob sie wortlos aus der Menge.

Schwer atmend standen sie sich einige Meter weiter unter einer Straßenlaterne gegenüber, am liebsten hätte sich Luise an ihn gelehnt und geweint. Der Anblick dieser vielen Nazis, ihre Reden, das alles hatte sie zutiefst aufgewühlt. Aber sie hielt sich zurück.

»Bringst du mich bitte zur Subway?«, fragte sie ihn.

»Ich bringe dich vor die Haustür«, erklärte George, und seine Stimme erlaubte keinen Widerspruch. Sie gingen los, noch ganz gefangen von diesen Bildern.

»Wenigstens gab es einige, die protestiert haben«, sagte er betreten, während sie am Empire State Building vorbeikamen. Luise betrachtete das höchste Gebäude der Welt.

»Zum Glück, sonst hätte ich in diesem Land nicht mehr leben mögen.« Im selben Moment wurde ihr bewusst, dass sie keine Wahl hatte, denn in ihre Heimat, nach Deutschland zurückzukehren, wo es noch viel mehr Nazis gab, war absolut keine Option. *Erst wenn die Menschen zu Hause wieder zur Vernunft gekommen sind,* schwor sie sich, *erst dann werde ich für immer zurückkehren.*

KAPITEL 19

New York, 1. September 1939

KRIEG! Auch wenn man es befürchtet hatte, hatte man nicht wirklich damit gerechnet. Die Nachricht, dass Hitler Polen angegriffen hatte und jetzt wirklich Krieg herrschte, erschütterte die Welt. Luises Sorge um Maria und ihre Familie wuchs ins Unermessliche. Seit Monaten hatte sie nichts mehr von Maria gehört. Richard schien nun gänzlich zu verzweifeln, kam erst recht nicht mehr aus dem Schlafzimmer heraus, ging auch nicht mehr zu seinem Englischkurs. Hatte er sich nun ganz aufgegeben?

Dabei musste man doch jetzt erst recht agieren! Luise brauchte Verstärkung, musste mit Gleichgesinnten reden. Sie arbeitete inzwischen als Haushaltshilfe bei einer alleinstehenden wohlhabenden, über neunzigjährigen New Yorkerin, Mrs. Miller, einer sehr netten Dame. Luise erbat sich am Dienstag ein paar Stunden freizunehmen.

»Haben Sie denn etwas Schönes vor, Kindchen?«, fragte Mrs. Miller nach.

»Ich treffe andere Emigrantinnen aus Deutschland.«

»Das ist gut«, befand die alte Dame. »Schrecklich, dass jetzt Krieg herrscht bei euch. Gut, dass ihr nicht mehr dort seid. Helft ihr euch gegenseitig?«

»Das tun wir.«

»Gut, wir Frauen sollten viel öfter füreinander da sein.«

»Das ist wahr.«

Die gute Mrs. Miller wünschte ihr einen schönen Tag, und Luise brach auf. Durch die Arbeit im Haushalt der Dame hatte sie es wieder viel zu selten geschafft, zu den Treffen zu gehen. Sie mochte diesen Job. Einkaufen, kochen, das große Haus sauber halten. Es war nicht sehr gut bezahlt, aber sie konnte Richard und sich finanzieren und jeden Monat eine kleine Summe beiseitelegen für ihr Restaurant.

Astrid, Rahel, Ester und Elly freuten sich sehr, Luise zu sehen. Natürlich drehte sich in ihren Gesprächen alles um ihre große Sorge, um ihre Lieben, um diesen wahnsinnigen Krieg.

Astrid, die ja Kriegsgefangenen im Ersten Weltkrieg geholfen hatte, wusste, was der Krieg mit den Menschen machte. »Ich habe die Gesichter der Soldaten, die an der Front waren, gesehen. Blasse, traumatisierte Gesichter. Zitternde Hände, dieser flackernde Blick.« Nachdenklich fügte sie hinzu: »Jetzt werden auch noch mehr Menschen flüchten müssen, ins Exil gehen, wie wir. Wenn sie überhaupt noch rauskommen. Aber auch das Exil macht einiges mit den Leuten, wie wir wissen. Die Soldaten in Kriegsgefangenschaft damals, die hatten wenigstens noch Hoffnung, bald wieder nach Hause zu können. Aber die meisten Menschen im Exil, erst recht jetzt, wo Krieg herrscht, haben keine Hoffnung mehr.«

Erschüttert dachte Luise über Astrids Worte nach. Kein Wunder, dass Richard es nicht aus seiner Melancholie herausschaffte. Er hatte keine Hoffnung mehr. Er, für den die deutsche Sprache so wichtig war. Seine Heimat, sein Hafen, sein Lebenselixier. Und nun, da es Krieg gab, da sie als politische Widerständler erst recht nicht mehr zurückkonnten, hatte er seinen letzten Funken Hoffnung verloren. Die nächste Zeit mit ihm würde noch schwerer werden. Luise dachte an George, an sein offenes, positives Wesen. Aber sie musste zu Richard stehen, weil es ihm immer schlechter ging. Was wäre sie sonst für eine Frau? Die Gespräche der anderen rauschten an ihrem Ohr.

Plötzlich war es ihr, als hörte sie die Worte ihrer verstorbenen Mutter. Denn schon, als sie noch ein kleines Kind gewesen war, hatte die ihr beigebracht: »Luise, lebe im Hier und Jetzt, dann bist du zufriedener.« So sehr vermisste sie ihre Mutter in diesem Moment. Ihre liebe Mutter, die viel zu früh gestorben war. Astrid erinnerte sie manchmal ein wenig an sie, denn auch Astrid war eine herzensgute Person.

»Luise, was sagst du dazu?«, hörte sie jetzt Rahels Stimme und wurde aus ihren Gedanken gerissen.

»Wozu?«

»Jetzt müssen wir länger hier in der Fremde bleiben als gedacht. Meinst du, für immer?«

»Wenn Hitler den Krieg gewinnt, dann ja«, erklärte Elly bedrückt, ehe Luise antworten konnte.

»Für immer? Was ist schon für immer?«, erwiderte Luise. »Aber eine Zeitlang noch fürchte ich schon. Hitler darf den Krieg nicht gewinnen. Wir dürfen nicht aufgeben, die Amerikaner müssen uns helfen.«

Die Frauen schauten sich betreten an. Auch Astrid sah skeptisch aus. »Amerika hält sich raus, das hat Roosevelt versprochen. Aber du hast recht, Luise, Aufgeben ist keine Option.«

»Ja, trotzdem, der Gedanke ist so schrecklich«, sagte Rahel. »Unsere Heimat ist jetzt auf unbestimmte Zeit verloren. Denkt nur an die vielen armen Menschen an der Front oder die in den Konzentrationslagern.«

Elly schluchzte los, hielt sich die Hände vors Gesicht.

»Entschuldige, das war unsensibel von mir.« Rahel legte den Arm um Elly und versuchte, sie zu trösten. Elly fing sich wieder, entschuldigte sich.

»Für deine Gefühle musst du dich nie entschuldigen«, erklärte Luise traurig. »Es ist einfach schrecklich und zum Heulen.«

Jetzt kamen auch Rahel die Tränen, und Luise musste schwer

schlucken. Sie dachte an die Gruppe Studenten, die mit Richard und ihr in diesem Keller Flugblätter gedruckt hatte. Die ganzen Jahre hatte sie nichts von ihnen persönlich gehört, sich selbst aber auch nicht bei Einzelnen gemeldet. Machten sie weiter? Ging es ihnen gut? An einen dachte sie besonders, an Emil, den vorlauten Kerl mit den braunen, funkelnden Augen, mit dem sie sich so gut verstanden und gerne diskutiert hatte. Mit ihm hatte sie vor Monaten einmal geschrieben, aber er hatte auch keinen Kontakt mehr zu der Gruppe. Seitdem hatte sie auch nichts mehr von ihm gehört. Sie beschloss, erneut Kontakt mit Emil aufzunehmen, ihm noch heute Abend einen Brief zu schreiben. Seine Adresse kannte sie ja. Luise hoffte, dass er noch lebte. Luise überlief ein Schauer. Sie saß hier in Sicherheit, und ihre Landsleute mussten um ihr Leben fürchten.

Die Frauen versuchten, sich gegenseitig Mut und Trost zu spenden, und es tat wieder so gut, unter Schicksalsgenossinnen zu sein. »Wenigstens sind wir hier, und unsere Männer müssen nicht an die Front«, sagte Ester. »Mein Vater hat im Großen Krieg gedient, obwohl er Jude war. Und jetzt wäre er in ein Lager gekommen, wenn er noch leben würde.«

Was für eine Welt, dachte Luise traurig.

Ein paar Tage später, als Luise am Morgen bei Mrs. Miller eintraf, waren die Vorhänge noch zugezogen. Sie betrat das Schlafzimmer, knipste das Licht an und fand die alte Dame leblos in ihrem Bett. Schockiert rannte sie zu ihr, fühlte den Puls, aber sie hatte es bei ihrem Anblick schon geahnt. Ein friedlicher Ausdruck lag auf Mrs. Millers Zügen, sie war gestorben. Der gerufene Arzt bestätigte ihr Ableben, und Mrs. Millers herbeigerufene Tochter erklärte Luise bedauernd, keine Verwendung im Haushalt für sie zu haben.

Luise musste sich also wieder auf Arbeitssuche begeben. Richard schrieb tatsächlich schon länger sein politisches Buch, aber Geld brachte das nicht ein. Sie stellte sich in einigen Haushalten vor, aber entweder die Leute wollten keine Juden in ihrem Haus und glaubten ihr nicht, keine Jüdin zu sein, oder sie wollten keine Deutschen. Alle Beteuerungen von Luise, dass sie doch nichts für diesen Hitler und den Krieg könne, halfen nichts. Auch die Anstellung in einem Café war aussichtslos, man wollte sie nicht einmal in der Küche beschäftigen. Der Krieg schien die Situation für Deutsche hier noch verschlechtert zu haben.

Frustriert bot Luise den anderen Emigrantinnen an, solange sie selbst auf Arbeitssuche war, ein paar Stunden am Tag auf ihre Kinder aufzupassen, natürlich unentgeltlich. Denn Mütter hatten im Exil ein großes Betreuungsproblem, wie sie von den anderen mitbekam. Selbst wenn der Mann viel zu Hause war, keine oder nur wenig Arbeit hatte, verharrte er oft in Traditionen, in der Fremde erst recht.

Die Männer ihrer Freundinnen halfen meist weder im Haushalt noch bei der Kinderbetreuung mit. Ester, die zwei Kinder hatte und einen Job in einer Fabrik, um die Familie durchzubringen, freute sich sehr über Luises Angebot. Ihr Mann hatte endlich eine Stelle als Lehrer bekommen und somit gar keine Zeit mehr, sich um die gemeinsamen Kinder, den zehnjährigen David und die achtjährige Chana, zu kümmern, wie er meinte. Bisher hatten sich die Mütter in ihrer Runde bei Betreuungsproblemen gegenseitig ausgeholfen, aber immer funktionierte das natürlich nicht.

David und Chana waren schüchtern und still, als Luise die beiden in Esters Wohnung kennenlernte, aber sobald sie vorschlug, mit ihnen in den Central Park zu gehen, tauten sie auf. Wie gut es tat, in der Natur all die Kriegssorgen zu vergessen, die Kinder glücklich und strahlend zu sehen.

Abends lieferte Luise die beiden wie besprochen im German

Jewish Club ab. Dieser Club hatte eine abendliche Kinderbetreuung für arbeitende Emigrantinnen gegründet. Eine Art »Nachbarschaftshilfe«, damit die Frauen abends einem Nebenjob nachgehen konnten und so einen günstigen Babysitter hatten. Denn die ortsübliche Bezahlung für Kinderbetreuung in New York konnte sich keine von ihnen leisten. Und über die Vermittlung des German Jewish Clubs kostete ein Abend Babysitting nur zwischen 50 und 75 Cent. Hier traf Luise auf Elly, die ab und zu in den Club kam, wie sie sagte. Denn der German Jewish Club beriet Neuankömmlinge in New York, veranstaltete Vortragsabende und Konzerte. Und als Elly von einer Zeitschrift, die dieser Club herausbrachte, erzählte, die *Aufbau* hieß, und dass der Herausgeber sehr nett sei, hatte Luise eine Idee. »Elly, meinst du, ich kann da einen Text veröffentlichen? Ich weiß, es lesen fast nur jüdische Emigranten, aber vielleicht bringt es ja doch etwas und erreicht ein paar Amerikaner.«

»Ich frage gerne nach.«

»Ich danke dir sehr.«

»Endlich kann ich mal etwas für dich tun, Luise.« Die Freundinnen nahmen sich in den Arm. Nach einem kurzen Moment löste sich Elly von ihr und hakte vorsichtig nach: »Wie geht es dir?«

»Dass ich nicht weiß, wie es Maria geht, macht mich wahnsinnig.«

»Das glaube ich. Und von Anni auch immer noch nichts?«

»Anni hat mir zuletzt Anfang des Jahres geschrieben. Dass sie Siegfried überredet hat, da er bei der Gestapo ist, von innen heraus etwas gegen das Regime zu tun, ein paar abenteuerliche Dinge, vermutlich hat sie jetzt doch ein schlechtes Gefühl. Ganz sicher, sie ist nämlich auch ein sehr guter Mensch. Aber seit diesem Brief habe ich auch von ihr nichts mehr gehört.«

Jeden Abend vor dem Schlafengehen schrieb Luise weiter ihre Gedanken und Sorgen in ihrem Notizbuch nieder, wie all die Jahre. Die Wochen vergingen.

George und sie hatten sich die letzten Monate selten gesehen, immer nur, wenn er Richard und sie ab und zu besuchen kam. Sicher spürte George, dass sie innerlich mit sich kämpfte. Und ihm ging es offenbar ebenso. Dennoch, Luise ertappte sich nach einem Nachmittag mit Esters Kindern bei dem Gedanken, wie George wohl als Vater wäre. Sie konnte sich immer weniger vorstellen, Richard zu heiraten, mit ihm eine Familie zu gründen. Er hätte gar keine Nerven für ein Baby. George dagegen hatte einmal gesagt, wie entzückt er von dem Baby seiner Cousine sei. Wie großartig es sein müsse, einem kleinen Menschen die Welt zu zeigen, einem Kind Werte zu vermitteln, zu versuchen, einen guten Menschen aus ihm zu machen. Diese Gedanken an George, diese tiefliegenden Sehnsüchte, gegen die sie nicht ankam, erschreckten Luise.

Sie schrieb weiter Texte für den *Aufbau*, hoffte, dass sie sich mit dieser Referenz ganz bald bei größeren amerikanischen Zeitungen vorstellen konnte, um dort etwas zu veröffentlichen. Sie wollte versuchen, die Amerikaner ein bisschen zu beeinflussen, denn sie hatte gelesen, dass ein Schiff mit vielen zumeist jüdischen Flüchtenden im Sommer dieses Jahres abgewiesen worden war und die Menschen nicht einreisen durften.

Ihr war wieder klar geworden, was für ein Glück sie hatte, hier in Freiheit und Frieden leben zu dürfen. Hoffentlich hatten es Maria und Jakob noch geschafft, irgendein Land zu finden, das sie aufnahm.

Seit ein paar Wochen verdiente Luise ein wenig durch Zeitungaustragen dazu, und durch den German Jewish Club bekam sie eine Putzstelle in einer Arztpraxis vermittelt, alle zwei Wochen.

Wenn ihr Heimweh zu groß wurde, backte sie Rezepte ihrer Mutter. Der ganze Wohnraum duftete nach Teig, der Berliner Streuselkuchen, den sie heute gebacken hatte, erinnerte sie wehmütig an die Treffen mit ihren Freundinnen in Berlin.

In der vergangenen Nacht hatte sie von Maria geträumt, wie sie auf einem Dampfschiff stand und um Hilfe gerufen hatte. Schweißgebadet war sie aufgewacht, hatte Richard neben sich angesehen und sich erneut darüber geärgert, dass er nicht dankbarer sein konnte, in Sicherheit zu sein. Luise stand auf, sah aus dem Fenster auf die glitzernde Großstadt. Sie wollte hier noch mehr ankommen, dachte an die Worte ihrer Mutter – sich auf ihr Leben im Hier und Jetzt einlassen, um zufriedener zu sein.

Zu ihrem nächsten Dienstagstreffen nahm Luise selbstgebackenen Berliner Streuselkuchen mit, verteilte ihn unter dem Tisch an die Frauen. Denn im Café vor den Augen der Kellner durften sie ihn natürlich nicht essen. Astrid freute sich riesig, biss heimlich hinein und schwärmte von Luises Backkunst. Auch Elly und die anderen waren begeistert.

»Es macht mir einfach Spaß«, erklärte Luise.

»Mir auch«, gab Rahel zu. »Ich backe auch viel, was wir in der Heimat immer gegessen haben.«

Astrid wirkte nachdenklich. »Luise, hast du inzwischen eine gut bezahlte Arbeit gefunden?«

Die Frauen hatten sie immer wieder unterstützt mit Tipps, aber mehr konnten sie leider auch nicht tun.

Luise schüttelte den Kopf. »Leider nichts weiter. Aber ich gebe nicht auf, frage in Cafés nach und sehe auf die Listen, wo Haushaltshilfen gesucht werden. Solange ich nichts weiter finde außer der Putzstelle und dem Zeitungaustragen, backe und nähe ich, wenige Wochen reicht unser Geld noch. Was dann ist, weiß ich noch nicht. An das Geld, das mir meine Freundinnen für unser Restaurant mitgegeben haben, gehe ich jedenfalls nicht ran.«

»Das würde ich auch nicht«, pflichtete Elly ihr bei. »Auch wenn dein Restaurant das ist, was mir immer Zuversicht gegeben hat. Dort mit dir zusammen zu arbeiten.«

Luise hatte plötzlich eine Idee. »Vielleicht könnte ich zu Hause Berliner Streuselkuchen backen und ihn in Manhattan verkaufen?«

Die Frauen sahen sie alle wie elektrisiert an. »Ja, wieso nicht«, sagte Astrid. »Das ist toll.«

Rahel, Elly und die anderen fanden das auch.

»Aber darf man das einfach? Und wie soll ich das machen? Mich mit meinem Kuchen auf die Straße stellen?«, überlegte Luise laut.

Astrid schüttelte den Kopf. »Nein, sicher ist das so nicht erlaubt. Aber wenn du einen Verein gründest, geht das, glaube ich ...«

Luise gab ihr begeistert recht. »Ja, mit einem Verein wäre es möglich, ein Verein, um Arbeit für Flüchtlinge zu schaffen, das wäre es doch. Der German Jewish Club ist ein guter Anfang, aber es gibt sicher mehr Möglichkeiten. Und es gibt ja auch viele Nichtjuden wie mich, die fliehen mussten, die sich im Jewish Club nicht zugehörig fühlen. Wir Emigrantinnen, wir alle besitzen so viele Talente. Wir können backen, nähen, stricken und vieles mehr. Wir sollten uns zusammentun, uns helfen.« Sie dachte an Mrs. Millers Worte.

Die anderen waren begeistert.

Rahel fiel aber ein: »Nur fehlen uns die Räumlichkeiten, die können wir uns nicht leisten.«

»Vielleicht fragen wir mal im German Jewish Club«, erwiderte Luise.

»Wir bräuchten einen Raum mit einem großen Schaufenster, so etwas haben sie da nicht.« Astrid runzelte nachdenklich die

Stirn. »Die Leute müssen im Vorbeigehen sehen, was wir alles herstellen.«

»Ja, sehr gut, einen Window-Shop«, sagte Luise lächelnd. Sie hatte das Wort für Schaufenster, shop window, erst kürzlich gelernt und drehte es einfach um.

Astrid lachte. »Der perfekte Name. Luise, deine Idee ist großartig. Und mir fällt gerade ein, dass ein Bekannter von meinem Mann von einem Ladenlokal gesprochen hat, das gerade leer steht. Er will es vermieten, hat aber noch keinen Mieter. Vielleicht lässt er uns ja solange hinein?«

»Wir haben doch alle kein Geld für so etwas«, erklärte Rahel.

»Ich weiß, aber er weiß, was es bedeutet, in einem fremden Land neu anzufangen. Er ist vor ein paar Jahren aus Deutschland geflohen. Außerdem ist er meinem Mann einen Gefallen schuldig.«

Ester freute sich. »Fragen kostet ja nichts.«

»Ganz genau.«

Luise hoffte so sehr, dass es klappen würde. Ein gemeinsamer Laden. Vielleicht war er ja der erste winzige Schritt in Richtung ihres kleinen Restaurants. Sich zusammenzuschließen in der Fremde war auf jeden Fall eine sehr gute Sache, und dann konnten sie sicher auch politisch zusammenarbeiten. Endlich gab es wieder Hoffnung, etwas tun zu können, Hoffnung auf Arbeit, die Spaß machte, denn allein mit all den Frauen zusammenzuarbeiten, die alle in einem Boot saßen, die ihre Sprache sprachen, erschien ihr wundervoll.

»Was haltet ihr davon, wenn ich Hüte herstelle? Mir ist aufgefallen, dass hier auch gerne Hut getragen wird«, sagte Ester.

»Großartig, wir müssen überlegen, was es hier noch nicht so oft gibt und was wir herstellen können«, bestätigte Rahel, die jetzt auch wieder ganz optimistisch gestimmt war. »Du musst dich natürlich an der aktuellen New Yorker Mode orientieren, aber dann werden deine Hüte bestimmt gut ankommen.«

Ester freute sich. »Endlich kann ich wieder kreativ arbeiten. Und dann kann ich auch besser nach David und Chana sehen. Sobald es finanziell geht, kündige ich meine stumpfsinnige Arbeit in der Fabrik.«

»Ich könnte malen, wenn ich freihabe«, schloss sich Elly an. »Das habe ich früher oft getan.« Doch sofort fiel ihr ein: »Ach nein, es sind ja so viele Künstler nach Amerika geflohen, die sicher viel besser sind als ich. Und die wenigsten können von ihrer Kunst leben, soviel man hört.«

»Du kannst es trotzdem versuchen und auch etwas backen«, schlug Luise vor.

»Das werde ich. Hauptsache, ich darf mitmachen.«

»Natürlich darfst du das«, erklärte Luise und schlug noch vor: »Wenn wir zusammen den Window-Shop haben, dann könnten wir alle auf eure Kinder achtgeben. Wir könnten eine Art Kinderzimmer einrichten, wenn es einen Raum hinten gibt. Oder eine Ecke. Mit Schulaufgabenbetreuung und ein paar Spielen.«

»Wundervoll, Luise.« Ester sah sie dankbar an. »Dass du sogar an unsere Kinder denkst.«

»Du weißt doch, ich mag Kinder sehr.« Sofort dachte sie wieder an Georges Worte. »Wenn ich einmal ein Kind habe, möchte ich einen guten Menschen aus ihm machen.«

Sie ließ sich ablenken von den vielen Ideen, die die Frauen versprühten. Rahel wollte nähen. »Warum nicht noch einmal etwas ganz Neues anfangen?« Sie arbeitete im Moment in einem Haushalt, wurde aber von dem Hausherrn belästigt und hätte sich eh eine andere Arbeit suchen müssen. »Jüdisches Flittchen« hatte er sie genannt. Auf Deutsch, er schien diesen Begriff irgendwo gehört zu haben.

Luise entschied sich dafür, erst einmal nur zu backen, zu Hause in ihrer Küche, so könnten sie typisch deutsche Backwaren anbieten. Außerdem wäre sie dabei in ihrer Wohnung und hätte wenigstens in der Zeit ein Auge auf Richard. Denn ihn allzu lange alleine lassen wollte sie inzwischen nicht mehr. Auch wenn er viel schlief, oft schien er danach völlig verwirrt. Letztens hatte er so nah am Fenster gestanden, dass sie Angst bekommen hatte. Aber offenbar hatte er sich noch im Halbschlaf befunden, ging, ohne ein Wort zu sagen, wieder ins Bett und schlief weiter. Irgendwie kam ihr Richard beinahe vor wie ein Kind, das man überwachen musste, das man besser nicht alleine ließ. Aber es war ja meist nicht anders möglich.

Im nächsten Moment machte sie sich bewusst, dass sie nun auch einmal an sich denken musste. Die Arbeit in diesem Window-Shop würde ihr Freude bereiten, sie würde ihre Freundinnen sehen, und gleichzeitig konnte sie so ein wenig Geld verdienen, auch für Richard.

Astrid schaffte es tatsächlich, das Ladenlokal für die Frauen zu bekommen. Erst mal ohne Miete zahlen zu müssen, irgendwann sollten sie ihrem Bekannten eine geringe Miete zurückerstatten. Er hatte es bereits geschafft, hier Fuß zu fassen, da er sehr früh und schon als bekannter Autor nach Amerika gekommen war. Aber er wusste von vielen anderen, denen dieses Glück nicht hold war.

Einige seiner Autorenkollegen lebten hier in Armut oder waren weggezogen aus New York, um auf dem Land zu leben. »›Allen kann ich leider nicht helfen. Aber den Laden, den ich für meine Frau gekauft hatte, kann ich euch eine Zeitlang überlassen‹, hat er gesagt«, erzählte Astrid. »Seine Frau hat ihn verlassen und kein Interesse an diesem Laden. Sie ist jetzt mit einem Unternehmer zusammen.«

»Oje, der arme Mann. Astrid, du bist wundervoll«, sagte Luise zu ihr.

Wenige Tage später trafen sich Astrid, Elly und Luise, um das Ladenlokal zu besichtigen. Elly war vor dem Entschluss, den Window-Shop zu gründen, sehr niedergeschlagen gewesen. Sosehr sie auch versucht hatte, es zu überspielen, es war Luise nicht verborgen geblieben. Sie hatte sich Sorgen um ihre Freundin gemacht. Ein paarmal schon hatte sie gehört, dass sich Emigranten ohne Familie das Leben genommen hatten. Auch aus Verzweiflung, hier nicht Fuß zu fassen, weil sie krank wurden vor Sehnsucht nach ihrer Heimat.

Aber seit Luises Idee mit dem Window-Shop schien es Elly besser zu gehen. Heute sah sie richtig fröhlich aus, voller Elan. Der Antrieb, der ihr die ganze Zeit gefehlt hatte, etwas anderes zu machen, außer den Hund der alten Frau Gassi zu führen und ein wenig im German Jewish Club mitzuwirken, schien plötzlich da zu sein. Luise freute sich. »Elly, du siehst gut aus«, sagte sie, als sie sich an der Subway trafen, um gemeinsam zu der Adresse des Ladens zu gehen.

»Ich fühle mich auch gut. Ich werde wieder malen. Und Topflappen nähen, habe ich mir überlegt. Etwas anderes kann ich leider nicht nähen.«

»Das lernst du noch. Rahel kann es dir sicher beibringen. Sie scheint ja sogar Kleider selbst schneidern zu können«, erklärte Luise.

»Wirklich? Das wäre wundervoll.«

Sie kamen bei dem Laden an. Das Schaufenster sah ein wenig dreckig aus, ein großes Papier hing von innen darin, auf dem *closed* stand. Astrid, die den Schlüssel dabeihatte, schloss auf, und sie traten ein. Mit großen Augen sahen sie sich um. Nur ein paar Regale standen an den Wänden, und es gab eine Theke. Es schien schon ein paar Wochen leer zu stehen. Ein paar Spinnweben hatten sich sogar zwischen den Regalen gebildet. Und an einer Lampe, die in der Mitte des Raumes hing. Elly quiekte erschrocken auf, als sie die Spinne sah, genau über ihrem Kopf.

Die Frauen lachten zusammen, das erste Mal seit Langem, wie Luise bewusst wurde.

Diejenigen aus ihrer Gruppe, die Zeit hatten, putzten den Laden die nächsten Tage, dekorierten ihn, füllten die Regale mit den bisher selbst hergestellten Handarbeiten. Jetzt am Anfang musste das neben ihrer anderen Arbeit in der Fabrik oder den Haushalten einhergehen, bis sie sich mit den Verkäufen im Laden finanzieren konnten. Luise, die viel Zeit hatte, packte am meisten mit an.

Und dann stand die Einweihung an. »Je früher, desto besser. Es muss ja nicht alles perfekt sein«, sagte Luise den anderen immer wieder. Sie musste raus zu Hause, fühlte sich gefangen in ihrer Verantwortung für Richard wie in einem Spinnennetz. Sie konnte einfach nicht mehr.

Heute früh hatte sie Berliner Krapfen gebacken, die ganze Wohnung hatte danach gerochen, und Richard hatte sich wegen des Fettgeruchs beschwert. Er roch nur das Fett. Sie den Duft der Krapfen. Sie machte ihm klar, dass sie jetzt für den Laden öfter hier backen würde, dass der Duft der Krapfen auch der ihrer Heimat war. »Ich habe ihn so oft gerochen, als ich mit meinen Freundinnen vor der Bäckerei stand. Die Krapfen dort haben wir hin und wieder gegessen, wenn uns einmal nicht nach Streuselkuchen war. Es erinnert mich so an Maria und Anni.«

Richard sah sie ernst an. »Es tut mir leid, Luise, dass du sie verloren hast.«

»Ich habe sie nicht verloren, ich finde heraus, was geschehen ist, irgendwann.«

Er seufzte nur und ging zurück ins Schlafzimmer. Traurig setzte sie sich an den Küchentisch. Ihre zahlreichen Briefe an Anni, die sie all die Monate immer wieder unermüdlich geschrieben hatte, denn von ihr hatte sie wenigstens zwei Adressen, waren alle unbeantwortet geblieben. Wieso nur antwortete

Anni nicht mehr? Sie hatte Emil angeschrieben, ihn eindringlich gebeten, Anni aufzusuchen, an ihrer Berliner Adresse oder in der Uckermark bei ihrer Tante. Sie hatte ihm erneut geschrieben, wie schon einmal in einem ihrer früheren Briefe, dass Anni auch eine mutige Frau sei, das wisse er doch.

Tatsächlich hatte Emil geantwortet und sich bereiterklärt, ihr diesen Gefallen zu tun, versprach, sich zu melden, sobald er an beiden Orten gewesen war. Sehnsüchtig hatte Luise auf diesen Brief gewartet, ihn schließlich enttäuscht gelesen, als er eingetroffen war. Emil schrieb, er habe weder an Annis Berliner Wohnung noch bei ihrer Tante etwas über ihren Verbleib herausfinden können. Das Haus der Tante stand leer, auch die Nachbarn wussten nichts.

Seufzend erhob sie sich vom Küchentisch, immer wieder erstarrte sie in diesen Gedanken. Jetzt wollte sie sich ganz auf die Eröffnung des Window-Shops konzentrieren. Im Hier und Jetzt leben.

Pünktlich zur geplanten Eröffnung hatte ihre Frauengruppe alle bürokratischen Hindernisse überwunden, den Laden mit ein paar Blumen geschmückt, und sie alle warteten aufgeregt auf Kundschaft. Doch es kam keine.

»Das muss sich erst herumsprechen«, meinte Astrid beschwichtigend. »Ich bin mir sicher, dass Emigrantinnen kommen werden, um uns zu unterstützen.«

Sie behielt recht. Am ersten Tag kamen dann doch noch zwei deutsche Frauen. »Ich kaufe doch lieber hier bei euch einen Hut als in einem überteuerten amerikanischen Warenhaus«, meinte die eine, setzte einen von Esters selbstgefertigten Hüten auf und drehte sich angetan vor dem Spiegel, den Astrid gebraucht besorgt hatte.

Luises Backwaren kamen bei beiden sehr gut an. »Man kann ein Stück essen, die Augen schließen und meint, man wäre zu

Hause«, sagte die eine deutsche Kundin, eine kleine, rundliche Dame.

Zu Hause, dachte Luise. Hier in New York fühlte sie sich noch nicht zu Hause. Ob dieses Gefühl wohl noch kommen würde?

KAPITEL 20

New York, Washington Heights, 2023

Hatte sich ihre Großmutter Luise je hier zu Hause gefühlt? June saß im Schlafzimmer ihrer Großmutter auf dem Bett, auf dem mehrere Briefe und das Notizbuch lagen. Wie ein Puzzle kam es ihr vor, das Puzzle ihres Lebens. Sie hatte die halbe Nacht durch gelesen, so viel auf einmal wie bisher nie.

Müde sah sie auf die Uhr, musste sich jetzt fertig machen, um Hendrik zu treffen. Sie wollte, nachdem sie in Luises Notizbuch darüber gelesen hatte, unbedingt zum ehemaligen Window-Shop, und Hendrik hatte sofort zugesagt, sie zu begleiten, nachdem sie ihm am Telefon davon erzählt hatte. Heute Abend oder morgen würde sie weitere Briefe und Einträge durchforsten, auch online in Archiven weiterrecherchieren. Es gab noch so viel zu tun, aber die Geschichte der Frauen im Exil faszinierte sie zutiefst. Diese starken, mutigen Frauen, viel zu wenig wusste man über sie.

June machte sich zurecht, bereitete sich rasch einen Espresso, trank ihn und verließ das Haus.

Gerade als sie die Haustür abschloss, klingelte ihr Handy.

Hoffentlich nicht Anton, dachte sie, sie hatte jetzt keine Zeit für ihn. Sie zog das Handy aus der Handtasche heraus und sah aufs Display. *Walter.*

Erfreut nahm sie ab, begrüßte ihn.

»June, wie geht es dir?«, erkundigte er sich nett.

»Gut, und wie geht es dir?«

»Danke, gut. Hast du schon etwas Neues über Maria herausgefunden?« Deshalb rief er sie an?
»Nein, leider nicht. Aber über meine Großmutter. Sie hatte mit anderen Emigrantinnen den Window-Shop gegründet. Erzähle ich dir mal in Ruhe, ich gehe jetzt dorthin. Vielleicht komme ich da weiter, ich bin etwas in Eile.«
»Oh wow. Ja, klar. Nur kurz: Gibt es den Laden denn noch?«
»Ich weiß es nicht. Laut Google befindet sich dort eine deutsche Bäckerei. Keine Ahnung, ob die noch etwas damit zu tun hat.«
»Du findest es ja gleich heraus«, sagte Walter und fügte dann schnell an: »Hast du heute Abend Zeit, zusammen essen zu gehen?«

June hielt inne. Sie wollte den Tag mit Hendrik verbringen, gerne auch den Abend. Aber sie wollte Walter nicht vor den Kopf stoßen.

»Ja, wieso nicht?« Sie merkte selbst, dass es nicht besonders begeistert klang. Deshalb setzte sie noch hinzu: »Sehr gerne. Hast du eine Idee, wo?«

»Ja. Ich hole dich um sieben in Washington Heights bei dir ab, passt dir das?«

»Perfekt. Danke. Hab einen schönen Tag.«

Er verabschiedete sich auch, und sie legten beide auf. Nachdenklich hielt June inne. Walter. Ihre Großmutter hatte ihn gekannt. Wollte sie June womöglich tatsächlich mit ihm zusammenbringen? Zuzutrauen wäre es Luise, dass sie so etwas im Sinn gehabt hätte.

June musste sich jetzt beeilen. Sie schnappte sich den Zettel, auf den sie die Adresse des Window-Shops geschrieben hatte. Sie hatte sie in ihrem Notizbuch gefunden und gleich in ihrem eigenen Notizbuch notiert. Wie sie es immer tat, wenn ihr beim Lesen der Briefe oder im Notizbuch von Luise etwas Wichtiges aufgefallen war. Dieses System hatte sich bei ihrer Arbeit als

Journalistin bewährt. Etwas in ihr Notizbuch zu schreiben, wie ihre Großmutter es getan hatte. Schon als Kind hatte June es geliebt, und auch Puzzles zu lösen. Aber dieses hier war schwerer, als sie gedacht hatte.

Sie nahm die Subway, beobachtete die Menschen. So viele waren irgendwann in dieses Land ausgewandert, zumindest ihre Vorfahren, das sollte man sich immer wieder bewusst machen.

June schloss für einen Moment die Augen. Sie freute sich auf Hendrik, seine Stimme vorhin am Telefon hatte etwas in ihr angestoßen. Sie mochte seinen dänischen Akzent, es berührte sie zutiefst, wie sehr er ihr half, in all den Archiven zu suchen. Auch wenn er natürlich auch wegen seiner eigenen Familiengeschichte recherchierte. Ein Gefühl der Verbundenheit, oder was auch immer es war, zog sie zu ihm hin. Gleichzeitig hatte sie Angst davor, vor diesen Gefühlen. Und er wie es wirkte ebenfalls. Denn auch er hörte sich immer wieder an, als würde er sich zu ihr hingezogen fühlen, schien sich dann aber zurückzuziehen. Zumindest bildete sie sich das ein.

An der Subway-Haltestelle East Broadway stieg sie aus, ging in den Seward Park und setzte sich dort wie verabredet auf eine Bank. Zwei Tauben flogen zu ihr und pickten vor ihren Füßen herum. Hatte er vielleicht wirklich Frau und Kinder und sie noch nicht erwähnt? Sie konnte es sich nicht vorstellen. Dann würde er doch nicht so viel Zeit mit ihr verbringen. Sie dachte an die junge Luise, die bei George auch gerätselt hatte.

»Hey, hey«, schreckte seine tiefe Stimme sie aus ihren Gedanken. Er trug Jeans und seine Lederjacke, kam zu ihr, setzte sich neben sie. Sein Duft wehte zu ihr, als er sie zur Begrüßung umarmte. Ihr Herz schlug schneller. Am liebsten hätte sie ihren Kopf nie wieder von seiner Schulter genommen. Aber sie tat es.

»Hey, freue mich, dich zu sehen«, sagte er. Seine Stimmlage drückte so viel Gefühl aus.

»Geht mir auch so«, erwiderte sie. Für einen Moment hörte sie die Tauben und Passanten nicht mehr, für einen Moment stand Junes Welt still.

Gerade als sie ansetzen wollte, ihn einfach direkt zu fragen, ob er eigentlich Familie habe, sagte er: »Dann lass uns losgehen zum ehemaligen Window-Shop. Ich bin schon sehr gespannt.«

»Ich auch«, erwiderte sie und biss sich auf die Lippe. Was hatte es für einen Sinn zu fragen? Selbst wenn. Er würde es vermutlich nicht erzählen. Ihr Vertrauen in Männer hatte einen tiefen Riss bekommen seit der Geschichte mit Anton. »Genieße den Augenblick«, hatte ihre Großmutter früher häufig gesagt. Jetzt wusste June ja, dass es von ihrer Urgroßmutter kam. Und sie nahm sich fest vor, das in Zukunft viel öfter zu tun.

Gemeinsam gingen sie die zehn Minuten zu Fuß in Richtung Henry Street, der ehemaligen Adresse des Window-Shops.

Hendrik erzählte, dass in der Gegend die Bekleidungsindustrie ins Leben gerufen worden war. »Heute kann man in manchen Textilgeschäften oder auf Straßenmärkten echte Schnäppchen ergattern.«

»Wirklich? Normalerweise gehe ich gerne shoppen, aber im Moment ist mir nicht danach.«

»Verstehe ich.« Er lächelte sie an. Sie bogen in die Henry Street ein, entdeckten das Gebäude, in dem sich der Window-Shop gemäß der Hausnummer befunden hatte. Schon von Weitem sah June, dass sich dort die Bäckerei befand. *Old German Bakery*, stand auf einem Schild mit Schnörkeln, wie auf dem Foto im Internet.

Angetan blieben sie vor der deutschen Bäckerei stehen. Durch die Schaufensterscheibe spähten sie in den Laden, der wie eine typische Bäckerei aussah, vermutlich war sie vor ein paar Jahren renoviert worden. Wie aus den Vierzigern sah sie nicht aus. Der Duft nach Brot und Kuchen wehte aus der Tür, die gerade von einer Kundin geöffnet worden war.

»So schade, dass es den Window-Shop wie damals nicht mehr gibt«, sagte June. »Ein Laden, in dem auch alle möglichen Handarbeiten angeboten werden. Ist ja eigentlich wieder voll im Trend. So etwas gibt es auch in Berlin.«

»Ach ja? Aber hey, jetzt ist es eine German Bakery«, sagte Hendrik. »Die Backwaren deiner Großmutter haben sich bestimmt durchgesetzt all die Jahre.«

»Wenn die Läden etwas miteinander zu tun haben. Aber das finden wir ja gleich heraus. Deshalb sind wir ja hier.« Sie hielt einen Moment inne.

»Was ist?«, hakte er nach.

»Ich weiß auch nicht. Es tut einfach immer wieder weh, dass ich nichts davon wusste.«

»Das verstehe ich gut«, erwiderte er. »Ich habe auch lange gebraucht, es meiner Mutter zu verzeihen, dass sie nie mit mir über unsere Familiengeschichte geredet hat. Und ich glaube, ein wenig brauche ich auch noch. Deshalb tut es mir gut, dich zu begleiten. Zu verstehen, dass es nichts mit einem selbst zu tun hat, zu verstehen, warum sie das getan haben. Um sich und uns zu schützen.«

Man kann so gut mit ihm reden, durchfuhr es June. »Nur, wovor wollte mich Großmutter schützen?«

»Das findest du noch heraus.«

»So langsam zweifele ich ehrlich gesagt daran.«

»Ich nicht«, sagte er ernst. »Es hat deine Großmutter sicher sehr belastet, ihre Vergangenheit vor dir zu verheimlichen.«

»Ganz bestimmt hat es das.«

»Du kannst stolz auf sie sein, darauf, was sie alles erreicht hat. Und das in einem fremden Land, das sie nicht mit offenen Armen aufgenommen hat.«

»Nein, hat es nicht, soviel ich bis jetzt in all den Briefen und Notizbucheinträgen herausgelesen habe.«

Hendrik hatte recht. Sie konnte in erster Linie stolz sein auf ihre Großmutter. So viel hatte sie in ihrem Leben in der Fremde erreicht. Trotz all der Schwierigkeiten und Hindernisse, die sie in den Dreißiger- und Vierzigerjahren überwinden musste, die Flucht, das Leben in der Fremde. June dachte an ihre eigenen Probleme, die ihr gerade wieder so klein vorkamen. Die Unzufriedenheit im Job, die Unstimmigkeiten mit Anton, die Frage, ob sie ihn überhaupt noch liebte, die sie schon seit Monaten umtrieb, wenn sie ehrlich war. Sie blickte Hendrik neben sich an, diesen großen, einfühlsamen Mann, der sich so viel Zeit für sie nahm, für eine Fremde. Zeit, die sich Anton nie genommen hatte. Nicht einmal als June vor einem halben Jahr gedacht hatte, schwanger zu sein. Sie verhüteten zwar, aber dennoch war ihre Regel ausgeblieben. Anton hatte erst panisch reagiert, es dann abgetan. »Du bildest dir das sicher ein.« Auf ihre Frage, ob er sie zum Frauenarzt begleiten könne, hatte er nur gesagt: »Du weißt doch noch gar nicht, ob es so ist. Ich mach mich doch nicht lächerlich und geh mit, und dann ist gar nichts.«

Neben ihr sog Hendrik genüsslich den Duft der Backwaren ein und holte June aus ihren Gedanken. »Also, ich weiß ja nicht, wie es dir geht, aber ich muss jetzt unbedingt da rein und einen deutschen Kuchen probieren.«

June lächelte. »Gerne. Ich empfehle Berliner Streuselkuchen, den Lieblingskuchen meiner Großmutter. Wenn es ihn gibt.«

Sie traten ein, und zu dem Duft nach Kuchen und Brot mischte sich noch der Geruch frisch gemahlener Kaffeebohnen. Zwei sympathisch wirkende junge Verkäuferinnen mit weißer Schürze standen hinter der Theke, vor der Auslage mit den Backwaren, und bedienten gerade je einen Kunden. Solange konnten sich Hendrik und June umsehen.

Tatsächlich entdeckte sie einen Streuselkuchen. Ob der nach dem Rezept ihrer Großmutter gebacken war?

Als der Kunde vor ihr gezahlt hatte, bestellte sie zwei Stück bei der Verkäuferin, die einen deutschen Akzent hatte. Sie kam wirklich aus Deutschland, wie June auf Nachfrage erfuhr, aus Niederbayern, und jobbte in New York, um sich eine Weltreise zu finanzieren.

»Wow, beeindruckend, ein toller Plan«, erwiderte June nun auch auf Deutsch. Die junge Frau lächelte, reichte ihr die eingepackten Kuchenstücke. June nahm sie entgegen und stellte sich als Journalistin vor, erklärte, dass sie über den damaligen Window-Shop der Emigrantinnen berichten wolle, der sich einmal hier befunden hatte. »Gibt es jemanden, der mir mehr dazu erzählen kann?«

Die Verkäuferin wusste nichts darüber, die andere, auch eine Deutsche, aus Köln, ebenso wenig, beide fanden das aber überaus spannend. June erkundigte sich nach der Telefonnummer der Besitzerin der German Bakery, aber die Frauen hatten die Anweisung, sie nicht herauszugeben.

»Wieso nicht?«

»Sie ist Jüdin, hat sie gesagt. Sie wurde in ihrem Leben so oft angefeindet, will inkognito bleiben. Wir hatten nur einmal kurz beim Einstellungsgespräch mit ihr zu tun. Ihre Mutter hat den Laden wohl mitgegründet. Sie wollte unbedingt deutsche Verkäuferinnen für ihre Bäckerei, kommt bei den Amis besser an, die stehen auf *good old Germany*.« Sie lachte, ein herzliches Lachen.

June musste ebenfalls lächeln. »Ja, versteh ich.« Sie ließ nicht locker, erklärte, dass sie auf der Suche nach dem Verbleib der Freundinnen ihrer Großmutter sei, weil diese etwas geerbt hätten. Dann verriet sie, dass ihre Großmutter eine der Emigrantinnen war, die den Window-Shop einst gegründet hatten.

»Oh, mhm, na dann.« Die junge Frau aus Niederbayern sah die andere an, die nickte. Sie gaben ihr die Nummer. »Vielleicht hilft's ja weiter. Hoffen wir mal, dass sie uns nicht den Kopf abreißt.«

»Ich nehme alles auf meine Kappe.« June zahlte, gab ein

großzügiges Trinkgeld, verabschiedete sich und verließ mit Hendrik, der sie hatte reden lassen, den Laden.

Beeindruckt sah er sie von der Seite an. »Du bist eine gute Journalistin.«

»Wie kommst du darauf?«

»Die Art, wie du gefragt hast, nett, eindringlich, ohne lockerzulassen. Professionell.«

»Danke. Aber um ehrlich zu sein, habe ich noch keine große Karriere hingelegt.« Wieso redete sie mit Hendrik darüber? Und mit kaum einem anderen? Weil er sich so seltsam vertraut anfühlte? Verständnisvoll wirkte?

Ihre Freundin Susanna hatte das Thema irgendwann nicht mehr hören können. »Dann ändere doch was in deinem Leben, June«, hatte sie immer gesagt. »Ich versteh Leute nicht, die ewig über ihren Chef oder Kollegen oder ihren langweiligen Job rumjammern. Das ist deine Lebenszeit, jeden Tag acht Stunden, die sollten doch wohl keine Qual sein. Und du hast weder Kinder noch ein Haus abzuzahlen, *so what?!*«

June hatte Susanna recht gegeben, aber den Mut, wirklich etwas zu ändern, hatte sie nicht gehabt. »Krieg deinen Hintern hoch, so wie ich«, hatte Susanna gesagt und verkündet, aus Berlin wegzuziehen. »Ich hab ein fantastisches Jobangebot und echt Lust auf ne andere Stadt. Dich werd ich so was von vermissen, aber wir werden uns besuchen und ganz viel videotelefonieren.«

Die erste Zeit hatte das gut geklappt, aber dann hatte Susanna immer seltener angerufen. Und wenn June es versuchte, hatte sie nicht immer zurückgerufen. »Sorry, der Job ist Hammer und mein Chef erst.« Nachdem sie ihr ausführlich vorgeschwärmt hatte, vor allem von den Sexvorlieben ihres Chefs, fragte sie noch: »Und wie läuft's bei dir so?«

Von diesem Zeitpunkt an hatte June angefangen, nicht nur sich, sondern auch ihren Freunden etwas vorzumachen. »Ziemlich gut. Ich hab ein tolles Thema bei der letzten Redaktionskonferenz bekommen, es wird besser. Auch mit Anton.«

Nachdem sie dann aufgelegt hatte, spürte sie einen schalen Geschmack im Mund. Sie war Ende dreißig und fühlte sich einsam. Sie hatte keine enge Freundin, weder ein Kind noch Karriere gemacht. Das, was alle von ihr erwarteten, oder nicht? In ihrem tiefsten Inneren fühlte sie sich als Totalversagerin, angeheizt durch Anton, der immer wieder sehr subtil dieses Gefühl verstärkte, den es störte, dass sie so angepasst war. Er, der in der Bank aufgestiegen war und sich dafür natürlich auch sehr anpassen musste. Das Kinderthema sparte er immer aus oder lenkte davon ab, denn er konnte sich ein Leben ohne Kinder sehr gut vorstellen. Sie redete sich tapfer ein, dass für sie auch keine Welt untergehen würde, wenn sie keine bekäme. Dass Kinder auch ganz schön anstrengend sein konnten, karrierehemmend, teuer, nervenaufreibend. Aber als sie dann vermutete, schwanger zu sein, war in ihr so ein unglaubliches Gefühl erwacht. Eine bis dahin nie gekannte Sehnsucht.

»June?«, hörte sie Hendriks Stimme und tauchte aus ihren Gedanken wieder auf. Er sah sie an, schüttelte lächelnd den Kopf. »Es muss nicht jeder eine große Karriere hinlegen. Ich meine, okay, ich bin Chefkoch, aber was heißt das schon? Viel wichtiger ist doch, dass man seinen Job gerne macht, dass er einen ernährt und ... man vor allem privat glücklich ist.« Bei Letzterem wurde seine Stimme trauriger. Glücklich sah er in dem Moment nicht aus. Aber sie beschloss, nicht nachzufragen. Er sollte von selbst erzählen, was ihm auf dem Herzen lag.

»Du hast vollkommen recht«, erwiderte sie. »Es ist nur so: Für mich war immer klar, dass ich, wenn ich schon keine Kinder bekomme, es zu etwas bringen muss.«

»Wer sagt das? Etwa deine Großmutter damals?«

»Nein, überhaupt nicht. Sie wollte auch immer nur, dass ich glücklich bin. Ich selbst habe mir eingebildet, das nur zu sein, wenn ich eine toughe Journalistin werde. Aber ich fürchte, ich bin zu sensibel für diesen Job.« Damit hatte sie ausgesprochen, was sie sich bisher selbst noch nicht einmal eingestanden hatte. Sie war nicht abgebrüht genug, um Leuten so penetrant auf die Pelle zu rücken, um eine »gute Story« zu bekommen, wie sie die meisten Magazine verlangten. Sie sah immer die Menschen dahinter, wollte nicht aufdringlich sein, keinem wehtun. Sie gingen durch die Lower East Side, setzten sich am East River Park auf eine Bank mit Blick auf das Wasser und aßen den vorhin erstandenen Kuchen. Hendrik schwärmte: »Er ist *basic*, aber extrem köstlich. Ich kenne das Rezept, sie hat es mir auch gegeben«, gestand er jetzt grinsend.

June musste lächeln, der Geschmack erinnerte sie an ihre Kindheit. Ihre Großmutter hatte den Kuchen oft für sie gebacken. »Trostkuchen« hatte sie ihn genannt. Immer, wenn etwas passiert war, wenn June zum Beispiel weinte, weil sie von einer Mauer gefallen war und sich verletzt hatte, dann gab es Trostkuchen, und alles wurde wieder gut. Berliner Trostkuchen. Er hatte ganz sicher vielen Emigranten ein Stück Heimat geschenkt. Und Trost.

Hendrik erzählte, dass der Chefkoch vor ihm den Kuchen wohl eigenmächtig von der Karte gestrichen hatte. Wie er einiges gegen Luises Willen geändert hatte. Deshalb hatte Luise ihm gekündigt und Hendrik eingestellt, auch weil seine Vorfahren auch Emigranten waren. Seitdem setzte er diesen Kuchen immer mal wieder auf die Karte. Er gab zu, dass das Rezept für ihn etwas trocken geklungen hatte. Dass der Kuchen aber dieses Geschmackserlebnis mit sich brachte und durch die Butter überhaupt nicht trocken war, hatte ihn überrascht. Er saß so nah neben June, dass sie seinen Atem spürte. Dann drehte er sich zu ihr, sah sie lange an und sagte: »Und du überraschst mich auch. Ich fühle mich dir so nah wie bisher nur einem Menschen. Es ist sehr verwirrend.«

Ein warmes Gefühl durchströmte sie. Genau so ging es ihr auch. Sie fühlte sich ihm so nah. Als hätten sich zwei Seelen gefunden. Als würde sie ihn schon länger kennen. Sie blickte aufs Wasser. So schön, so einfach konnte das Leben sein. Mit dem richtigen Menschen an seiner Seite. *Danke, Großmutter.*

Sie spürte Hendriks Arm, den er auf die Lehne der Bank gelegt hatte, aber damit auch um sie. Sein Arm lag da, als gehörte er genau dorthin. Doch dann zog er ihn abrupt zurück, setzte sich auf, fuhr sich mit der Hand übers Gesicht.

June sah ihn irritiert an. So ähnlich musste es ihrer Großmutter mit George gegangen sein. Mal waren sie sich sehr nahe, doch dann zog er sich wieder völlig zurück. War aus den beiden ein Paar geworden? Hatten sie vielleicht sogar geheiratet, und George war ihr Großvater? Vielleicht konnte ihr die Besitzerin der German Bakery dazu etwas sagen. Hoffentlich.

KAPITEL 21

New York, Ende November 1939

Luise stand im Window-Shop, pustete sich eine Haarsträhne aus dem Gesicht, betrachtete die erleichterten Gesichter der anderen Frauen, die nach Feierabend mit Limonade anstießen.

»Prost, Luise, auf uns.« Ester lachte sie an, deutete auf die Regale, die mittlerweile mit allerlei handgefertigten Hüten, Puppen, Topflappen, Backwaren, selbstgebasteltem Weihnachtsschmuck und vielem mehr bestückt waren.

»Prost. Wir sind wirklich fleißig gewesen«, erwiderte Luise. Der Window-Shop hatte sich innerhalb weniger Wochen als Anlaufstelle für Emigranten in Manhattan etabliert. Die Leute lechzten nach dem Geschmack der Heimat, liebten die Backwaren, wollten lieber ihresgleichen unterstützen, als etwas von irgendeinem amerikanischen Laden zu kaufen. Denn sie alle wussten, wie dringend die Frauen, die hier arbeiteten, das Geld benötigten. Für ihre Liebsten hier, aber auch für die zu Hause. Denn einige schickten einen Teil ihres Verdienstes nach Deutschland, in der Hoffnung, dass es ankam, in der Hoffnung, dass ihre Eltern überhaupt noch lebten. Erst kürzlich hatte eine der Frauen leider erfahren, dass ihre Eltern schon längst im Konzentrationslager umgekommen waren, dass sich die Umschläge mit dem Geld ein Nazi, der jetzt in ihrer Wohnung lebte, aus dem Briefkasten gefischt hatte.

Es war zwar nicht viel Geld für jede Einzelne in der Kasse,

aber manche, die andere Jobs hatten, konnten diese wenigstens reduzieren. Luise, die in den letzten Jahren immer auch ein wenig Geld für ihr Restaurant zur Seite legte, konnte ihre beiden Nebenjobs noch nicht aufgeben.

Es machte Spaß, mit den Frauen zusammen so viel auf die Beine zu stellen. Aber es frustrierte Luise nach wie vor, dass dabei keine Zeit blieb, sich gemeinsam mit diesen tollen Frauen politisch zu engagieren. Alle hatten zu wenig Zeit. Auch jetzt verabschiedeten sich die meisten schon wieder, denn sie mussten zu einem Nebenjob, ihre Kinder abholen oder ihren Mann bekochen.

Dabei veränderte der Krieg auch das Leben in Amerika. Es gab weiterhin antisemitische Tendenzen in gewissen Kreisen, denn es waren so viele jüdische Flüchtlinge in Amerika, das gefiel vielen nicht. Luise wusste auch, dass von Regierungsseite keine Unterstützung zu erwarten war.

Sie wandte sich an Rahel und Ester. »Sollen wir nicht endlich eine politische Gruppe gründen?«

Rahel, die den Boden wischte, hielt inne, fand das gut. »Theoretisch. Praktisch fehlt mir leider die Zeit. Ich muss gleich weg.«

»Mir geht es genauso«, gab Ester zu. »Ich habe genug damit zu tun, meine Familie in dieser teuren Stadt über Wasser zu halten, will mich um meine Kinder kümmern, sooft es geht.«

Luise verstand das. Die beiden verabschiedeten sich. »Bis morgen.«

Im Hinausgehen zwinkerte Ester ihr zu. »Frag doch George, vielleicht macht er ja mit.« Luise hatte ihr von ihren Gefühlen für George erzählt. Durch die Arbeit im Window-Shop waren Ester und sie sich noch nähergekommen.

Elly, die den Tresen wischte, auf dem ein Adventskranz lag, hatte das gehört. Auch sie wusste über Luises Zwiespalt, ihre Sorge um Richard, ihre Sehnsucht nach George. »Luise, frag wirklich George, ob er mitmacht.«

Luise, die neben ihr gedankenverloren ein paar Flaschen beiseitestellte, sah auf. »Du weißt doch, ich muss mich um Richard kümmern, er ist fast wie mein Kind. Dabei möchte ich mich unbedingt gegen diesen Krieg einsetzen.«

»Soll ich denn mal mit Richard Gassi gehen?«, fragte Elly.

Verblüfft sah Luise auf. »Gassi?«

»Ich meine, mit Richard und Johnyboy, dem Hund der alten Lady, du weißt schon.«

»Ach so. Ich denke zwar nicht, dass Richard Gassi gehen will, aber versuchen kannst du es.«

»Vielleicht verstehe ich ihn ganz gut, weil es mir doch auch psychisch so schlecht ging. Vielleicht kann ich ihm wieder Hoffnung geben, dass es besser werden kann. Wenn man sich nicht aufgibt. Tiere heilen. Und Freunde. Auch durch dich habe ich es aus diesem Loch geschafft, Luise. Deshalb möchte ich dir etwas zurückgeben.«

»Wie schön.«

»Ja, ich mache das gern für dich, also zu Richard gehen. Aber nur, wenn du das möchtest und es nicht unschicklich findest.«

Luise widersprach sofort. »Was? Nein. Natürlich, das kannst du sehr gern. Das ist eine tolle Idee, mit dem Hund rauszugehen. Hunde tun dem Menschen so gut. Und für alles, was uns guttut, sollten wir uns Zeit nehmen.«

Die Frauen schlossen einander in die Arme. Elly war ihr eine liebe Freundin geworden, aber trotz all der Freundinnen hier fehlten ihr Maria und Anni unheimlich. Das würde immer so bleiben. Und sie vermisste George. Heute Morgen hatte sie doch eine Idee gehabt, was man noch tun könne. Ester und Elly hatten recht, George war genau der Richtige. Luise wollte ihn fragen, ob er ihr helfen könne.

Sie beschloss, einfach zu ihm in die Kanzlei zu gehen.

Am nächsten Tag zog Luise nach ihrer Arbeit im Window-Shop ihren Mantel an, legte Lippenstift auf, setzte einen von Esters hübschen selbstgefertigten Hüten auf und machte sich auf zu der Kanzlei, in der George arbeitete. Seit sie selbst hier am Empfang ausgeholfen hatte, war sie nicht mehr dort gewesen.

Die Straßen Manhattans waren weihnachtlich geschmückt. Lichterketten glitzerten, aber es regnete, die Leute huschten die Gehwege entlang. Wieso nur hatte sie keinen Schirm mitgenommen? Sie zog den Mantelkragen enger. Immerhin trug sie einen Hut, sodass ihre Haare nicht klitschnass wurden. Da fuhr ein Taxi direkt neben ihr durch eine Pfütze. Wasser spritzte wie eine kleine Fontäne auf, traf genau ihren Mantel. Die Schuhe zum Glück nicht. »Hey!« Na wunderbar. Jetzt sah sie aus wie ein begossener Pudel.

So trat sie kurz darauf notgedrungen an den Empfang, hinter dem Penny sauber und ordentlich wie immer in einem Kostüm saß und sie entsetzt anstarrte. »Luise! Wie siehst du denn aus?«

»Guten Tag, Penny. Wie geht es dir? Du siehst gut aus.«

»Danke. Was machst du hier? Bist du von Sinnen, hier so nass hereinzukommen?«

»Tut mir leid, aber ich muss mit George sprechen.«

»Du tropfst«, entgegnete Penny überfordert. »Geh bitte nach Hause. Ich sage ihm, er soll sich bei Gelegenheit bei dir melden.«

»Nein! Nicht bei Gelegenheit. Es ist wichtig.«

»Er hat jetzt aber keine Zeit.«

»Du hast ja noch nicht mal in seinen Kalender gesehen«, entgegnete Luise. Um sie herum hatte sich tatsächlich bereits eine Pfütze gebildet. Wie unangenehm.

»Luise, ich sage dir doch –«

Aber Luise trat jetzt einfach einen Schritt näher, und Penny unterbrach sich empört. Da Luise hier am Empfang gearbeitet hatte, wusste sie genau, wo der Kalender lag. Sie beugte sich blitzschnell über den Tresen, drehte ihren Kopf und erspähte

Georges Spalte. Noch zehn Minuten ging sein Termin. Danach stand nichts mehr im Kalender.

»Was soll das? Das darfst du nicht«, erklärte Penny, klappte den Kalender zu. Aber zu spät.

»Noch zehn Minuten, dann hat er Feierabend. Die warte ich.« Mit diesen Worten ging Luise auf den Besucherstuhl zu, der Penny gegenüberstand, und setzte sich. Demonstrativ sah sie dabei Penny an. Um ihre Schuhe bildete sich ein nasser Rand am Boden.

»Ich wusste schon immer, dass du eigen bist, Luise«, sagte diese vor sich hin.

»Das habe ich gehört.«

Penny schenkte ihr keine Aufmerksamkeit mehr, blätterte in einer Akte.

Der Uhrzeiger auf der großen Uhr am Empfang schlich träge wie eine Schnecke voran.

Endlich schwang die Tür zu dem Flur auf, der zu den Büros der Anwälte führte. Ein kleiner, rundlicher Mann im Anzug kam heraus, verabschiedete sich von Penny, setzte seinen Hut auf und ging. Nicht ohne Luise noch einen interessierten Blick zuzuwerfen.

Kurz nach ihm folgte George, im Anzug, seinen Wollmantel trug er über dem Arm. Wie gut er aussah. Groß, elegant. Er erblickte Luise, kam auf sie zu, und ehe er ansetzen konnte, etwas zu sagen, erklärte Penny: »George, ich brauche noch etwas von dir.«

Aber er schien sie nicht zu hören, trat zu Luise, und ihm war anzusehen, dass er sie am liebsten umarmt hätte. »Luise, du bist ja ganz nass. Ist etwas geschehen?«

»Nein, das war nur ein Taxi, das mich unabsichtlich nass gespritzt hat.«

»Zieh deinen Mantel aus, du bekommst meinen.«

Sie zögerte, aber er hielt ihr schon seinen Mantel hin. Also zog sie ihren aus und seinen an. Sie lachte. »Der ist mir viel zu groß.«

»Aber so bist du warm. Schön, dich zu sehen«, fügte er hinzu, legte sich nun ihren nassen Mantel über den Arm.

»Ich muss etwas mit dir besprechen.«

»Gern. Ich habe heute keinen Termin mehr.«

»Ich weiß.« Sie warf Penny einen Blick zu. Als sie deren traurige Miene sah, tat sie ihr leid. »Penny wollte aber noch etwas von dir.«

George drehte sich zu seiner Sekretärin um. »Ja? Was gibt es denn?«

»Ich ...«, begann diese stockend. »Ich brauche noch eine Unterschrift.« Schnell nahm sie eine Mappe zur Hand, schlug sie auf und hielt sie George hin. Der beugte sich darüber, las schnell und unterschrieb mit dem Stift, den sie ihm reichte.

»Dann noch einen schönen Abend, Penny«, sagte er, schnappte sich einen Schirm aus dem Schirmständer am Ausgang und ging mit Luise hinaus zum Aufzug. Dabei legte er wie zufällig seine Hand kurz an ihren Rücken.

Der Aufzug kam, sie traten ein, befanden sich allein darin. Wie gerne hätte sie sich an ihn geschmiegt, wie sehr sehnte sie sich nach seiner Berührung. Und auch er schien sich sehr bemühen zu müssen, sich zurückzuhalten. Die Anspannung während der Fahrt nach unten war schier grenzenlos. Als der Aufzug hielt und die Tür sich öffnete, traten sie schweigend hinaus. Im Foyer begegneten sie mehreren Leuten in Anzug und Mantel, alle offenbar auf dem Weg nach Hause.

»Wollen wir etwas essen gehen?«, fragte George. »Ich lade dich ein.«

»Essen ja, aber einladen musst du mich nicht. Unser Window-Shop wirft endlich für uns alle ein wenig ab. Zumindest genug, um über die Runden zu kommen, zusammen mit meinen anderen Jobs geht es ganz gut. Und dazu noch macht die Arbeit dort großen Spaß. Ich liebe es, zu backen, den Laden gemeinsam mit den anderen zu führen und die Kunden zu beraten.«

»Das freut mich sehr. Und da ich weiß, dass du eine stolze Frau bist, bestehe ich nicht weiter darauf und akzeptiere, dass du selbst zahlen möchtest.«

Luise lächelte. »Du hast schon so viel für uns getan, George. Ich wollte etwas mit dir besprechen.«

Er spannte den Schirm auf, und sie hakte sich bei ihm ein, genoss seine Nähe. So liefen sie die Second Avenue entlang zu einem Restaurant, das George kannte. Ein geschmackvoll eingerichteter Laden. Eher europäisch anmutend, nicht typisch amerikanisch, auch weihnachtlich dekoriert. Luise sah sich angetan um, als sie eintraten. Eine Holztheke, einfache Holztische und -stühle, kleine Adventsgestecke auf den Tischen, Fotografien an den Wänden. So ähnlich stellte sie sich ihr kleines Restaurant vor. Sie würde Fotografien von Berlin aufhängen.

»Ich hatte gestern eine Idee«, sagte sie, nachdem sie Platz genommen und der Ober den Wein serviert hatte. Sie saßen einander gegenüber, zwischen sich eine Kerze. »Ich schreibe zwar ab und zu noch für den *Aufbau*, aber da erreiche ich ja kaum die richtigen Leute hier. Und von den großen Zeitungen kamen nur Absagen. Hast du vielleicht Kontakte zu Radiosendern? Die sind doch immer auf der Suche nach Themen, vielleicht wollen sie über den Window-Shop berichten. Immerhin sind wir ein Emigrantenladen, wir liegen dem Staat nicht auf der Tasche. Und vielleicht verliest einer einen kurzen politischen Text von mir. Auch der kulturelle Widerstand vermag einiges.« Es sprudelte nur so aus ihr heraus.

»Oh ja, auf jeden Fall. Da müsste ich mal überlegen, wen ich kennen könnte. Kontakte zu großen Zeitungen habe ich ja leider nicht. Radio. Eine gute Idee, Luise, es erreicht so viele. Mir fällt dabei sofort Thomas Mann ein, der viele übers Radio erreicht.

Ich kenne ihn zwar nicht persönlich, aber er ist ja auch Emigrant und ein großes Vorbild.«

»Genau deshalb kam ich auf das Radio«, bestätigte sie. »Er hat ja schon 1936 öffentlich auf das Grauen in den Konzentrationslagern aufmerksam gemacht. Er nimmt kein Blatt vor den Mund, dass Hitler und der Faschismus bekämpft werden müssen.«

»Ja, ich finde ihn auch großartig«, bestätigte George und fuhr fort: »Wusstest du, dass er von der *New York Herald Tribune* schon 1934 als ›*the most eminent living man of letters*‹ bezeichnet wurde?«

Luise schüttelte den Kopf. »Ein beeindruckender Mann.«

Die Kerze auf ihrem Tisch flackerte, und George nahm plötzlich ihre Hände in seine, hielt sie ganz fest. Ihr Herz raste. Dann streichelte er sanft mit dem Daumen über ihren Handrücken, rang nach Worten, mit sich, aber sagte nichts, und sie genoss diesen magischen Moment, einen kurzen, wunderschönen Moment, ehe sie sich ihm wieder entzog.

Die nächsten Abende saß Luise noch lange am Küchentisch, doch sie schrieb nicht nur wie so oft in ihr Notizbuch, sondern feilte auch bis tief in die Nacht an ihren Worten, die hoffentlich ein Sprecher im Radio verlesen würde. Sie war aufgeregt, denn George war gestern noch ein Klient eingefallen, der mal einen Kontakt zu einem Radiosender erwähnt hatte. Hoffentlich klappte es.

Elly war schon ein paarmal vorbeigekommen, um mit Richard zusammen Gassi zu gehen. Es glich ein wenig einer Kinderbetreuung, aber Elly schien Richard und seine geistige Entrücktheit zu mögen. Sie sah zu ihm auf, war beeindruckt von den intellektuellen Erzählungen über sein Buch, an dem er immer noch schrieb, brachte ihm den Respekt entgegen, den Luise nicht mehr für ihn aufbringen konnte. Und Richard blühte in

Anwesenheit des Hundes tatsächlich auf. Offenbar hatte er sich einsam gefühlt, und der Hund, Johnyboy, und Elly taten ihm wirklich gut.

Anfang Dezember, es war bitterkalt, trafen sich Luise und George in einer kleinen Bar am Times Square. Die Luft war stickig und voller Rauch, es war viel los, aber es war warm, und George hatte einen kleinen Bartisch reserviert. Bei einer Flasche Rotwein besprachen sie Luises Text fürs Radio. George hatte tatsächlich seinen Klienten überreden können, Kontakt zu ihr aufzunehmen. Es war kein großer Sender, aber immerhin, sie wollten eine kurze Textstelle von ihr verlesen – dass sie den Window-Shop mitgegründet hatte, hatte sie wohl interessiert.

Nachdem sich George und sie auf eine Textstelle geeinigt hatten, schien er es plötzlich eilig zu haben. Enttäuscht sah sie ihm zu, wie er schnell den Mantel anzog. Sie zahlten, gingen hinaus in die Kälte.

»Es geht nicht, Luise«, flüsterte er, zog sie dann aber an sich, hielt sie fest. Sie spürte, wie ein Zittern durch seinen Körper lief, und auch sie zitterte am ganzen Leib.

Sanft löste sie sich aus seiner Umarmung. Sie hatte wieder Lippenstift aufgelegt. Vielleicht auch als Schutzschild, damit er sie nicht küsste. Dabei war es genau das, was sie sich in ihrem tiefsten Inneren immer sehnlicher wünschte.

KAPITEL 22

New York, 2023

Miriam Teitelbaum, die Besitzerin der Old German Bakery, musste Ende sechzig sein, trug kurze, dunkel gefärbte Haare, einen teuer aussehenden Hosenanzug und lebte in einer Penthouse-Wohnung mit Dachgarten. Und sie war die Tochter von Ester, Luises damaliger Freundin. Mrs. Teitelbaum hielt in ihrer Erzählung über Luise und George inne. Sie hatte sich sofort Zeit für June und Hendrik genommen, sie bei sich zu Hause empfangen. Nun tranken sie Darjeeling-Tee auf ihrer Dachterrasse, und die Dame erzählte ihnen alles, was sie durch ihre Mutter Ester über Luise wusste.

»Ihre Großmutter war eine sehr engagierte, mutige Frau«, fuhr Miriam fort. »Ihre Texte wurden wirklich in einem kleinen Radiosender verlesen. Und sie machten im Radio Werbung für den Window-Shop. Danach lief er noch besser.«

»Wie großartig«, entfuhr es June. »Fällt Ihnen noch etwas zu meiner Großmutter ein?«

»Tut mir leid, mehr kann ich Ihnen leider nicht berichten. Sie hat wohl öfter meiner Mutter ihr Herz ausgeschüttet, auch wegen ihrer Gefühle zu George, wie zerrissen sie beide waren.«

»Wissen Sie, wie es mit den beiden weiterging? Haben sie geheiratet?«

»Das weiß ich leider nicht. Tut mir leid.«

»Sie haben mir meine Großmutter noch ein kleines Stück nähergebracht, ich danke Ihnen.«

Miriam Teitelbaum verabschiedete die beiden mit einer Umarmung, sie duftete nach Rose und Lavendel. Ehe sie hinaustraten, wünschte sie June viel Glück bei ihrer weiteren Suche nach Maria und Anni. »Es ist wichtig zu wissen, was aus den Menschen geworden ist, es ist wichtig, an sie zu erinnern. Schön, dass Sie für die drei Freundinnen und die Familie der einen je einen Stolperstein in Berlin setzen wollen, eine wirklich schöne Idee.«

»Ja, nur muss ich erst einmal herausfinden, was mit ihnen allen geschehen ist.«

»Das werden Sie, da habe ich keine Zweifel.«

Nachdenklich verließen Hendrik und June das Penthouse. Er hatte sich die ganze Zeit sehr zurückgehalten, folgte ihr nun schweigend ins Freie. Die Sonne ging bereits unter. June trat auf den Gehweg, etwas zu nah an die Straße, denn eine Limousine fuhr hupend an ihr vorbei. Hendrik zog sie fürsorglich am Arm zurück. »Pass auf.«

»Oh, danke. Die Erzählung von Miriam hat mich ziemlich aufgewühlt. Endlich eine Zeitzeugin, nicht ganz, sie war ja nur die Tochter, aber ihre Mutter hat ihr von meiner Großmutter in jungen Jahren erzählt.«

»Ja, ich kann mir vorstellen, wie du dich fühlst. Möchtest du etwas trinken gehen? Wir könnten in die Bar am Times Square, in der sich deine Großmutter mit George ab und zu getroffen hat«, schlug er vor. »Laut Mrs. Teitelbaum gibt es sie ja noch.«

June musste lächeln. Sie beide auf den Spuren der beiden Liebenden. Wollte er ihr damit etwas sagen? Plötzlich war er ihr wieder so nah. »Sehr gern«, erwiderte sie dankbar.

Sie liefen los, dicht nebeneinander, den belebten Weg zur Subway. Empfand er etwas für sie? Und wenn ja, so viel wie sie für ihn? Denn das wurde ihr gerade klar. Dieser hilfsbereite, zuvorkommende Mann hatte ihr Herz erobert. Es schlug schneller als sonst, vermutlich auch lauter. Ihr war beinahe, als könnte man es hören. Sie sah ihn von der Seite an, seine leicht verstrubbelten blonden Haare leuchteten in der Sonne. Wieder musste sie an Luise und George denken. Was war aus deren Liebe geworden?

Als sie am Times Square aus der Subway traten, mussten sie sich durch einige Touristen schlängeln, die fasziniert die Leuchtreklamen beobachteten und mit ihren Smartphones fotografierten.

Hendrik nahm ihre Hand, um sie an einer Gruppe, die italienisch redete, vorbeizulotsen, und führte sie in die Bar, die Miriam Teitelbaum ihnen genannt hatte. Es gab sie wirklich noch. Eine riesige Leuchtreklame prangte über der Tür. Aber natürlich war sie längst renoviert und modernisiert worden, so stylish und cool, wie sie aussah, konnten das nicht die alten Möbel sein. Eine lange, verspiegelte Theke mit riesiger Alkoholauswahl, plüschige Loungesofas, alles neu und modern. Aber dennoch die Bar, in die Luise und George immer gegangen waren. Er ließ ihre Hand wieder los, am liebsten hätte sie seine erneut genommen. Doch sie riss sich zusammen, schaute sich schnell weiter um.

Die Loungesofas waren alle belegt, und Hendrik schlug vor, sich an die Bar zu setzen. Dort bestellten sie bei einem älteren Barkeeper je einen Tequila Sunrise, der laut Hendrik in den Dreißigerjahren erfunden worden war. Der Barkeeper bestätigte das. »Auch wenn ich nicht dabei war«, fügte er lachend hinzu.

»Wow, dann haben George und Luise vielleicht auch Tequila Sunrise getrunken«, wandte sich June an Hendrik.

»Bestimmt.« Sie sahen dem Barkeeper zu, wie er ihren Tequila Sunrise mixte.

»Schön, dass Miriam meinte, dass Luise nach den Erzählungen ihrer Mutter eine offene, herzliche Person war. So habe ich Großmutter auch empfunden.«

»Wie du.« Er sagte es mit einem schmerzlichen Unterton in der Stimme.

June sah ihn abwartend an, aber er schwieg, biss sich auf die Unterlippe. Wieder hatte sie dieses Gefühl, er wolle ihr etwas sagen. Doch er lenkte ab, erst auf ihre Großmutter, dann auf seine Familiengeschichte. Er hatte in dänischen Archiven ja auch nach seinen Vorfahren geforscht und berichtete jetzt davon.

Vom Bundesarchiv und Arolsen Archiv hatte er noch keine Antwort erhalten, online selbst nichts gefunden. »Bisher bin ich also nicht sehr weit gekommen. Ich denke, in Deutschland ist es kaum bekannt, dass die Nazis auch in Dänemark gewütet haben, hab ich recht?«

»In der Tat, das glaube ich auch. Ich wusste es zumindest nicht.«

»Dabei gab es diese tapferen, mutigen Dänen, die so viele Juden versteckt und ihnen geholfen haben. Mich hat das so beeindruckt, dass ich mich sofort gefragt habe, ob auch ich den Mut besessen hätte.«

»Das frage ich mich auch immer wieder, wenn ich mehr von den Aktionen meiner Großmutter erfahre.« Sie sah Hendrik an. »Ich glaube, wir sind beide mutig.«

Er lachte auf. »Du ja, aber woher willst du das von mir wissen?«

»Das spüre ich.«

Der Tequila Sunrise schmeckte köstlich, es machte Spaß, sich mit Hendrik zu unterhalten. Die Zeit verflog, bald schon waren sie beim dritten Drink. Sie prosteten sich zu, sahen einander dabei an. Junes Magen fühlte sich flatterig an, ein wunderschönes Gefühl. Plötzlich spürte sie Hendriks Hand auf ihrer, er streichelte sie sanft, sah ihr in die Augen. »Ich bin mir nicht sicher, ob ich mutig bin«, sagte er leise.

»Doch, das bist du.«

Er lehnte sich nahe zu ihr, kam immer dichter, bis sich ihre Lippen fanden, sie seine weiche Haut spürte, seinen Atem.

In dem Moment klingelte Junes Handy. Sie wollte es ignorieren, aber es hörte nicht auf.

Er löste sich von ihr. »Geh ran«, sagte er sanft.

Aber sie schüttelte den Kopf.

»Es könnte wichtig für deine Recherche sein.«

Sie seufzte, holte das Handy heraus, wollte kurz nachsehen, ob es Anton war, aber auf keinen Fall rangehen. Es ausstellen. *Walter* stand da.

»Oh nein!«, entfuhr es ihr. Sie sah, dass es bereits 21 Uhr war, schlug sich die Hand vor den Mund.

»Was ist?«

»Walter. Ich meine, der Anwalt meiner Großmutter. Ich fürchte, ich habe ihn versetzt.«

»Wie spät ist es denn?«, fragte auch er etwas erschrocken.

»21 Uhr«, murmelte sie. »Er wollte mich um 19 Uhr zu Hause abholen. In Washington Heights.« Sie sah, dass Walter schon ein paar Nachrichten geschrieben hatte. Wie unangenehm. Sie hatten die Zeit vergessen, komplett.

»So spät schon? Ich muss auch los. Ruf ihn doch gleich zurück, vielleicht ist er ja nicht beleidigt.«

»Was? Nein ... doch, ja, du hast recht.«

Sie zahlten schnell und verließen die Bar.

Draußen vor dem Restaurant blieb Hendrik stehen, trat einen Schritt näher, nahm ihren Kopf in beide Hände, legte seine Stirn an ihre und flüsterte: »Was hast du mit mir gemacht? Ich muss los, ich ... Sehen wir uns morgen?«

»Ja, ja, unbedingt.«

Er küsste sie sanft, löste sich dann aber gleich wieder und ging eilig in Richtung Subway davon.

Mit einem unbeschreiblichen Gefühl, als summten ganz viele Bienen in ihrem Bauch, sah sie ihm nach.

Dann lief sie los, wählte Walters Nummer.

»June, geht es dir gut?«, erkundigte sich dieser sofort besorgt.

Oh nein, er hatte sich Sorgen um sie gemacht.

»Ja, danke, Walter, entschuldige, es tut mir so leid, mir ist etwas dazwischengekommen.«

»Ah, verstehe. Kein Problem«, sagte er schnell.

»Doch, es ist überhaupt nicht meine Art, jemanden zu versetzen, es ist unverzeihlich. Kann ich dich noch auf einen Drink einladen?«

Stille. Er zögerte offenbar. »Wo befindest du dich denn?«, fragte er nach.

Sie sah sich um. »Am Times Square. Ich kann aber mit dem Taxi überall hinkommen.«

»Mhmhm, ich bin schon wieder zu Hause«, entgegnete er.

»Oder morgen? Zum Lunch? Ich lade dich ein«, schlug sie vor.

»Okay, zum Lunch. Aber das musst du nicht.«

Sie verabredeten sich in einem Restaurant nahe seiner Kanzlei, und June legte voll schlechten Gewissens auf. Walter hatte enttäuscht geklungen, und das wäre sie an seiner Stelle auch. Er war ein großartiger Mann, wie konnte sie ihn nur so behandeln? *Oh, Großmutter, was mache ich nur?*, dachte sie. Hendrik küsste fantastisch, aber so schnell, wie er gerade gegangen war, schien er jemanden vor ihr zu verheimlichen. Und sie musste das mit Anton klären. Sollte sie ihm doch am Telefon von ihrem Gefühlswirrwarr erzählen und die Beziehung beenden?

June spürte den Alkohol, der sie zusätzlich verwirrte. Sie beschloss, sich ein Taxi nach Washington Heights zu nehmen und sich hinzulegen. Was für ein Tag. So viele Eindrücke, so viele Gefühle. Diese alle musste sie jetzt erst mal sortieren. June trat an die Straße, winkte einem Taxi. Hier am Times Square herrschte reger Verkehr. Wie es wohl in den Vierzigern hier ausgesehen haben musste? Sie dachte an Miriam Teitelbaums Erzählung, die sie sehr bewegt hatte. Und sie wurde erfüllt von Stolz, dass ihre Großmutter diesen Window-Shop, der sich damals so gut etablierte, mitgegründet hatte.

KAPITEL 23

New York, Mai 1940

ASTRID, DIE DIE BUCHHALTUNG des Window-Shops übernommen hatte, überbrachte den Frauen am Abend eines arbeitsreichen Tages die freudige Nachricht. »Hört zu. Diesen Monat kann ich euch noch mehr auszahlen. Ich schätze, wir haben mit unseren Handarbeiten und deutschen Backwaren in New York einen Nerv der Zeit getroffen.«

Luise, Rahel, Ester und Elly freuten sich, juchzten auf. Sie fielen einander in die Arme. Für Luise bedeutete das, sie würde endlich ihr kleines Restaurant eröffnen können, von dem sie all die Zeit geträumt hatte. Die ganzen Jahre hatte sie eisern gespart, immer kleine Summen zur Seite gelegt und ständig gerechnet. Zusammen mit den 300 Reichsmark, also ihrem Geld aus Deutschland und dem je von Anni und Maria, minus den Abzügen durch die Nazis, die von jeder Auslandsüberweisung Geld einbehielten, würde es reichen. Zumindest für den Anfang.

Sie hatte inzwischen längst ein eigenes Konto eröffnet, und Richard hatte ihr das Geld überwiesen, so musste sie ihn jetzt nicht fragen. Luise atmete tief durch. Sie musste diesen Schritt endlich wagen, für Maria, für Anni. Denn seit sie von beiden nichts mehr gehört hatte, seit letztem Jahr, wollte sie das Restaurant erst recht ganz schnell eröffnen. Damit sie ein Auskommen haben würden, dort, wohin es sie verschlagen hatte, hoffentlich. Sobald sie es wusste, konnte sie es ihnen überweisen. Und dass sie irgendwann nach Amerika kommen würden, darauf hoffte Luise noch immer.

Astrid hatte kein Problem damit, als Luise ihr am nächsten Tag von ihrem Plan berichtete. »Ich werde dann kaum noch im Window-Shop arbeiten können, fürchte ich.«

»Das ist sehr schade, aber es leben so viele Emigrantinnen in New York, dass sich immer genug finden, die nähen, sticken oder backen können und die sicherlich ebenso dankbar sind für unsere Gemeinschaft in dieser fremden Stadt.«

Luise lächelte sie an. »Danke, Astrid, danke für dein Verständnis. Wenn du möchtest, können wir ja auch zusammenarbeiten. Ich meine, mein Restaurant und der Window-Shop. Ich habe genug mit Kochen und Organisieren zu tun, die Backwaren würde ich bei euch beziehen.«

»Sehr gern. Gerda backt auch sehr gut, fast so guten Streuselkuchen wie du. Aber natürlich nur fast.«

Luise lachte. »Sie backt ihn genau so wie ich. Es ist mein Rezept. Wunderbar, so machen wir es.« Es arbeiteten mittlerweile einige Frauen beim Window-Shop mit, sodass Luise nicht das Gefühl haben musste, die Freundinnen im Stich zu lassen.

Aufgeregt stürzte sich Luise in die Suche nach passenden Räumlichkeiten für ihr Restaurant. Aber entweder war die Miete horrend oder die Lage gruselig. Richard interessierte sich nicht dafür, aber George, er kam jetzt öfter im Window-Shop vorbei, um die leckeren Backwaren zu kosten. Heute früh hatte Luise eine Annonce in einer Zeitung gelesen und berichtete ihm aufgeregt davon. »Es ist ein ehemaliges Restaurant, wie findest du die Lage?«

»Sie ist passabel, nicht die beste, aber dadurch nicht so teuer.«

»Und es gibt eine Gastro-Küche, anders als im Window-Shop«, erzählte Luise eifrig.

Am Nachmittag rief sie von einer Poststelle aus die Nummer in der Annonce an. Es hob ein Mann ab, der mit ihr einen Termin am nächsten Mittag ausmachte.

Das Lokal befand sich in der Lower East Side in der Orchard Street. Hier standen vor allem Häuser mit Backsteinfassade und Feuerleitern. Luise entdeckte den Laden, der Hausnummer nach musste er das sein. Sie trat näher ans Schaufenster, das etwas verstaubt aussah, lugte ins Innere. Die Sonne schien hinein. Der Gastraum war recht groß, vier Tische standen darin, es würden aber bestimmt zehn Tische hineinpassen. Außerdem erspähte sie eine Theke und eine Tür, die wohl zur Küche führte. Die Größe wäre optimal, soviel man von außen sah. Ihr Bauchgefühl sagte sofort Ja.

Ungeduldig wartete sie auf den Besitzer, der sich hier mit ihr treffen wollte. Ein älterer, sympathisch wirkender Herr kam zu ihr, stellte sich als Mr. Dukakis vor, seine Familie stammte ursprünglich aus Griechenland. Er war recht korpulent, sein lichtes Haar hatte er über seine Glatze gekämmt, lebte schon seit Jahren in Queens. Als sie ihm erzählte, dass sie aus Deutschland sei, wurde er noch netter.

»Hier gibt es ja viele Zuwanderer in Amerika, was gut ist. Sie bekommen den Laden, wenn Sie mögen«, sagte er, nachdem sie sich innen hatte umsehen dürfen und ganz angetan war. Dann nannte er ihr eine passable Miete.

»Sehr, sehr gern. Ich nehme ihn.« Luise hoffte, dass ihr Erspartes reichte, bis sich das Restaurant selbst finanzieren würde. So einen großen Laden allein zu mieten war etwas ganz anderes, und für einen Moment sehnte sie sich nach der Unterstützung ihrer Frauengruppe aus dem Window-Shop. Aber nein, sie eröffnete das Restaurant ja sozusagen mit Maria und Anni. Vielleicht konnte Maria mit ihrer Familie ja doch bald über Umwege nach Amerika kommen und Anni hoffentlich auch. Einen anderen Gedanken erlaubte sich Luise nicht mehr.

Abends am Küchentisch rechnete sie noch einmal alles genau durch, bevor sie am nächsten Tag unterschreiben wollte. Es war schwer einzuschätzen, wie viel sie für Lebensmittel tatsächlich brauchen würde. Anfangs würde sie Elly und sich nur ein geringes Gehalt auszahlen können, aber Elly hatte sofort zugesagt, dass das für sie in Ordnung sei. »Ich habe ja mittlerweile etwas durch die Arbeit im Window-Shop und das Dogsitting gespart. Ich habe keine Kinder, keinen Mann, ich bin so froh, dabei zu sein als Kellnerin in deinem kleinen Restaurant. Und das Gassigehen werde ich reduzieren, das habe ich schon angekündigt, das geht.«

»Oh, kannst du dann aber trotzdem ab und zu mit Richard Gassi gehen? Ich meine, du weißt schon. Es tut ihm gut.«

Elly hatte gelächelt. »Natürlich. Das mache ich gerne weiter.«

Zum Glück standen in dem Ladenlokal schon die Theke und vier Tische. Es schien einmal ein chinesisches Restaurant gewesen zu sein.

»Wieso hat es zugemacht?«, hatte Luise Mr. Dukakis, ihren Vermieter, gefragt.

Der hatte mit den Schultern gezuckt. »Viele Läden gehen bankrott. Alle denken, sie werden bald Millionär, aber das Business ist hart, die Konkurrenz groß. Ich hoffe, Sie machen sich da nichts vor. Aber Ihr Konzept klingt gut. *Good old German food.* Das ist mal was anderes. *Chinese soup* wäre besser in Chinatown nebenan gegangen, wenn Sie wissen, was ich meine.«

»Verstehe.«

»Sie sehen aus wie eine sympathische Lady, bei der die Leute gern ihre Mittagspause verbringen, weil man sich bei Ihnen wohlfühlt. Menschenkenntnis, wenn Sie wissen, was ich meine.«

»Danke. Ich gebe mein Bestes, Mr. Dukakis«, hatte Luise erwidert und gelächelt.

Tagelang schrubbten Elly und sie das ganze Ladenlokal und die Küche, stießen dabei immer wieder auf Bambussprossen oder Chinanudeln in irgendwelchen Ecken. »Vielleicht mussten sie auch schließen, weil die Hygiene nicht gestimmt hat«, mutmaßte Elly kichernd und hielt eine Nudel hoch.

»Wie auch immer. Jetzt ist gleich alles wieder blitzblank, ich danke dir.«

Elly und sie sahen sich angetan um. Luise wirbelte die nächsten Wochen, erledigte die ganze Bürokratie, besorgte Dekoartikel, kleine Vasen, Kerzen, ein paar Bilder, die eine der Emigrantinnen für den Window-Shop gemalt hatte. Sie hatte Luise die Bilder geschenkt, auch die anderen hatten Tischdecken genäht, Glasuntersetzer gehäkelt, eine jede brachte aus ihrer Küche Kochutensilien mit, was sie zu Hause entbehren konnte. Mit so viel Unterstützung hätte Luise gar nicht gerechnet, gerührt platzierte sie die schönen Dinge der Frauen im Restaurant, räumte das Kochgeschirr ein und blinzelte eine Träne weg.

Günstige Teller, Gläser und Besteck für die Gäste hatte sie von jemandem gekauft, der seinen Laden auflöste. »*Good luck*«, hatte der hagere Mann gesagt. »Kann man in New York gebrauchen. Bei mir lief es nicht so.«

Luise wurde immer mulmiger. Hatte sie sich übernommen? Hätte sie noch länger sparen müssen? Mutete sie sich generell zu viel zu? Aber nein, sie hatte sich so entschieden, sie wollte nach vorne sehen. *Wenn ich den Menschen in Deutschland schon nicht helfen kann*, dachte sie bitter. Auch ihr Text, der tatsächlich im Radio verlesen worden war, hatte nichts Spürbares bewirkt. Sie machte sich nichts vor, es waren nur die kleinen Dinge, vielleicht die Einstellungen mancher Menschen, die sie verändern konnte. Und immerhin gab der Window-Shop und jetzt auch ihr kleines Restaurant den vor dem Krieg Geflüchteten ein kleines Stück Heimat wieder.

»Zweifele einmal getroffene Entscheidungen nicht an.« Das

hatte ihre Mutter früher gesagt, diese kluge Frau, deren Worte Luise immer mal wieder in den Sinn kamen.

Endlich, Mitte Juli, stand die Eröffnung des Restaurants bevor. Luise hatte sich einen passenden Namen überlegt, Taste of Freedom, und ein günstiges Schild anfertigen lassen. Da die Miete bereits zu zahlen war, hatten sie sich nicht allzu viel Zeit für das Einrichten und die Vorbereitungen nehmen können.

Die Nacht vor der Eröffnung schlief sie sehr schlecht. Richard schnarchte, weil er einen leichten Schnupfen hatte. Sie hoffte, sich nicht angesteckt zu haben. Hoffentlich bekam er kein Fieber. Sie legte ihm sanft ihre Hand auf die Stirn. Nein, zum Glück bis jetzt nicht.

Das Mondlicht schien in ihr Schlafzimmer. Müde rieb sie sich die Augen, stand auf. Sie musste eh früh auf den Großmarkt, um frische Lebensmittel einzukaufen. Astrid wollte später den Kuchen von Gerda bringen. Das, was sie für die Berliner Gerichte brauchte, sollte frisch vom Markt sein. Sie wollte sich auf den Business-Lunch hier in Manhattan spezialisieren. Am Abend gingen die Leute in schickere Lokale.

Mit einer großen Tüte Lauch, Salat, Tomaten und anderem Gemüse betrat Luise am frühen Morgen ihr Lokal. Vorfreudig ging sie in ihre Küche, packte die Einkäufe aus, legte sich alles zurecht und begann, das Gemüse zu waschen und zu putzen. Dann kam auch schon Elly, half ihr, und die Freundinnen redeten und lachten vor lauter Nervosität immer wieder zusammen.

»Luise, mit dir macht das Arbeiten so einen Spaß, ich freue mich darauf.«

»Wart's ab, wenn der Laden brummt, haben wir keine Zeit mehr herumzuscherzen.«

»Die sollten wir uns aber nehmen. Und dein Restaurant wird gut laufen, davon bin ich überzeugt.«

»Unser Restaurant«, verbesserte Luise wehmütig. »Ich denke immerzu an Maria und Anni.«

»Das verstehe ich. Aber gib die Hoffnung nicht auf. So, wie du sie beschrieben hast, sind sie auch sehr kluge Frauen, die sich sicher irgendwie retten konnten.«

»Und wieso schreiben mir beide dann nicht mehr?« Luise biss sich auf die Unterlippe. Hatte sie sich diese Gedanken nicht verboten?

Auch Elly presste die Lippen aufeinander. »Es wird einen Grund geben. Und ich bin mir sicher, du wirst ihn irgendwann erfahren.«

Luise nickte nachdenklich. »Ich hoffe es. Sonst wird es mich umtreiben bis zu meinem Lebensende. Gibst du mir mal bitte den Lauch?«

Elly reichte ihn ihr, und sie arbeiteten Hand in Hand weiter.

Als dann die Berliner Kartoffelsuppe in den Töpfen köchelte, es in der ganzen Küche duftete und der Kartoffelsalat fertig war, wurde Luises Nervosität noch größer. Sie hatte zwar im Window-Shop handgeschriebene Zettel als Werbung aufgehängt, auch an der ein oder anderen Straßenlaterne, aber ob heute wirklich Kundschaft kommen würde, stand in den Sternen. Es war schon halb zwölf, um zwölf begann bei vielen die Mittagspause.

Luise dachte daran, wie ihr Astrid vorhin ein Blech von Gretas Streuselkuchen gebracht hatte, und Luise natürlich sofort kosten musste, auch um sich etwas zu beruhigen. »Streuselkuchen beruhigt immer«, sagte sie und biss in das köstlich schmeckende Kuchenstück. »Mhm, wie in Berlin.« Wieder hatte sie die Freundinnen vor sich gesehen, Anni und Maria, wie sie damals zusammen vor ihrer Lieblingsbäckerei gestanden hatten.

Astrid hatte Luise umarmt, verabschiedete sich und wünschte ihr viel Glück. Sie musste zurück in den Window-Shop. »Aber wenn du Hilfe brauchst, sag Bescheid.«

»Danke, das ist so lieb von dir.«

»Du weißt doch, dass wir alle füreinander da sind.«

Luise starrte aus dem Fenster hinaus. Ein Passant ging an ihrem Restaurant vorbei, sah neugierig durch das Schaufenster hinein. Elly und Luise hielten die Luft an, fassten sich an den Händen. Würde er hereinkommen und wäre er ihr erster Besucher? Nein, er ging weiter, und Luise stieß die angehaltene Luft aus. »Was hat ihm denn nicht gefallen?«

»Das muss ja nicht der Grund sein. Vielleicht hat er ja gar keinen Hunger oder kein Geld«, mutmaßte Elly.

Luise lachte. »Du bist unverbesserlich.«

»Eigentlich bin ich ja die Pessimistische und du die, die immer zuversichtlich ist, Luise.«

»Das stimmt, ich bin einfach so nervös heute, sieh mal, wie meine Hände zittern.« Sie hielt sie hoch, und tatsächlich zitterten sie. In dem Moment kam George herein, zog hinter seinem Rücken einen kleinen Blumenstrauß hervor. »Herzlichen Glückwunsch zur Eröffnung deines Restaurants, Luise. Ich habe deine Lieblingsblumen für die Tische mitgebracht. Margeriten. Sie passen vielleicht noch in die Vasen zu den anderen Blumen, äh, du hast ja gar keine.«

Luise erschrak, lachte. »Nein, siehst du, ich wusste doch, dass ich etwas vergessen habe. Deine Margeriten kommen genau richtig.«

»Ich habe das auch nicht gemerkt, ich hole eine Karaffe Wasser aus der Küche für die Vasen«, erklärte Elly amüsiert und ließ die beiden allein.

Als er Luise die Blumen gab, berührten sich ihre Hände. »Wie lieb von dir, dass du heute an mich denkst«, sagte sie.

»Ich denke immer an dich«, erwiderte er. »Immer.«

Sie sah ihn berührt an.

In diesem Moment kam Elly wieder aus der Küche, mit einer Karaffe Wasser in der Hand, lächelte entschuldigend, füllte die kleinen Vasen mit Wasser auf.

George sah sich angetan um. »Du kannst sicher bald noch zwei Tische hier reinstellen. Platz genug wäre dafür ja.«

»Ich bin schon froh, wenn diese vier Tische immer voll sind.«

»Expandieren schadet nie«, entgegnete George lächelnd. »*Big business*, wir sind in Amerika.«

Sie lachten.

Er setzte sich einfach an einen der Tische und bat um die Tageskarte.

»George, das musst du nicht.«

»Ich weiß. Aber erstens will ich dein erster Gast sein, und zweitens habe ich Mittagspause und Hunger.«

Sie bat Elly, die bei den Tageskarten stand, ihm eine zu bringen. Luise hatte von Hand viermal das Tagesmenü auf ein Blatt Papier geschrieben. Berliner Kartoffelsuppe, Bulette mit Kartoffelsalat, Hamburger, Streuselkuchen. Es sollte ein Menü der Völkerverständigung sein, deshalb hatte sie auch einen Hamburger aufgenommen. »Die Bulette etwas platter gedrückt in einem Brötchen«, hatte sie noch mit Elly gewitzelt.

George bestellte Kartoffelsuppe und Bulette mit Kartoffelsalat, dazu eine Flasche Mineralwasser. »Ach, und als Nachtisch Streuselkuchen bitte. Und das Ganze bitte viermal.«

Elly, die die Bestellung als Kellnerin aufnahm, sah ihn verwundert an. »Viermal?«

»Ja, meine drei Kollegen müssten gleich hier sein.«

Luise warf ihm einen belustigten, dankbaren Blick zu und begab sich in die Küche, um das Essen zuzubereiten.

Georges Kollegen waren begeistert von der deutschen Küche und dem Spirit der Emigrantinnen, denn George hatte ihnen beim Essen auch vom Window-Shop erzählt und dass Luise ihren Traum verwirklicht und dieses Restaurant mit zwei Freundinnen gegründet hatte.

Die Anwälte lobten Luise, gaben ein üppiges Trinkgeld, und Luise nahm es glücklich entgegen. Sie bedankte sich freundlich für ihr Kommen, und die Herren versprachen, den Lunch jetzt öfter hier einzunehmen, auch wenn das Lokal nicht allzu nah bei ihrer Kanzlei lag.

Auch ein weiterer Tisch hatte sich mit Geschäftsleuten gefüllt. Das kleine Lokal war halb voll in der Mittagszeit, ein großer Erfolg für den ersten Tag.

Und als George ihr beim Hinausgehen zuraunte, dass er sie abholen würde nach Ladenschluss, klopfte ihr Herz schneller.

Nachmittags rechneten sie gar nicht mit Gästen, aber da schwang die Tür auf, und eine Frau kam mit ihren beiden Kindern herein. Sie hatten das Schild *Berliner Streuselkuchen* gelesen, das Luise ins Fenster geklebt hatte, und es stellte sich heraus, dass sie eine jüdische Familie waren, die rechtzeitig die Flucht aus Deutschland geschafft hatte. »Mmhm, der Kuchen schmeckt genauso wie zu Hause«, sagte die Frau und schloss genießerisch die Augen. Auch ihre Kinder schaufelten sich den Kuchen glücklich in den Mund.

Luise und die Frau unterhielten sich über das Leben in New York, das so viel anders war als in Berlin damals. »Ich habe mich anfangs auch sehr schwergetan«, sagte die Frau. »Inzwischen geht es, weil wir in einer jüdischen Community sind. Ich erzähle den anderen sehr gerne von Ihrem neuen Restaurant, ich bin sicher, es freuen sich einige auf den Geschmack der Heimat, und wir unterstützen sie auch gerne.«

Luise dankte ihr und auch Elly, die sich noch zurückhaltend den ersten Gästen gegenüber gegeben hatte, taute etwas auf, erzählte vom Window-Shop, und die Frau hörte interessiert zu.

Zufrieden und erschöpft putzte Luise mit Ellys Hilfe am frühen Abend die Küche. Es waren auch immer wieder Emigrantinnen vorbeigekommen, die sie aus dem Window-Shop kannte. Die Frauen wollten sie unterstützen, waren füreinander da. Aber wie gerne hätte Luise diesen ersten Tag auch mit Maria und Anni erlebt. Wie oft hatten sie alle drei davon geträumt.

Nachdem alles aufgeräumt und sauber war und sie das Restaurant geschlossen hatten, traten sie hinaus, und Luise verabschiedete sich von Elly. Vor der Tür sah sie sich nach George um. Sie erspähte seinen blonden Schopf, sah sein Lächeln und ging eilig auf ihn zu. Die Abendsonne tauchte die Stadt in ein orangefarbenes Licht, es war ein lauer Abend. George kam ihr entgegen, und als sie aufeinandertrafen, schloss er sie einfach in seine Arme und wirbelte sie herum. Sie lachte glücklich auf. Sanft setzte er sie wieder ab. »Luise, meine Kollegen haben so geschwärmt.«

Sie lachte. »Von mir oder von meinem Essen?«

»Von beidem natürlich.« Er legte einfach seinen Arm um sie, und so gingen sie durch Manhattan, und Luise genoss jede Minute. Sie erzählte ihm von den anderen Gästen und ihrer Hoffnung, dass sich herumsprechen würde, dass es ihr neues Restaurant für den Lunch oder Kaffee und Kuchen gab.

»Das wird es, ganz bestimmt. Hey, die New Yorker lechzen nach genau so etwas. Und dann so eine wundervolle Köchin.« Er drehte sie zu sich, sah sie sehnsüchtig an. »Bist du sehr müde? Möchtest du nach Hause oder ...?«

»Oder was?«

»Bei mir ein Glas Wein trinken?« Seine Stimme klang belegt. Ihr Mund wurde trocken. Ihr Herz raste. Sie beide wussten, was das bedeutete.

»Bei dir?«, wiederholte sie ebenso angespannt. Würde er sich danach wieder zurückziehen? Die Frage lag ihr auf der Zunge. Aber dann erinnerte sie sich an ihren Entschluss, mehr im Jetzt leben zu wollen, und nickte. »Ja, George, das würde ich liebend gern.«

Er nahm ihre Hand, als wäre sie das Kostbarste auf der Welt, und führte sie mit sich die Straße entlang.

Richard. Immer wieder pochte sein Name in ihrem Kopf, während sie Hand in Hand neben George am Washington Square Park entlanglief. Zur Restaurant-Eröffnung war Richard nicht gekommen. Wegen eines kleinen Schnupfens? Sie spürte die tiefe Enttäuschung in ihrem Bauch. Oder lag er fiebernd zu Hause? Die verschiedensten Gedanken schwirrten in ihrem Kopf herum. Nein, es war ihm einfach nicht wichtig gewesen. Sie nicht. Es reichte. Sie konnte nicht mehr, würde sich von ihm trennen. Und dieser Entschluss gab ihr ein plötzliches freies Gefühl, mehr Luft zum Atmen. Georges Hand fühlte sich warm an.

Das Haus, in dem er wohnte, nahe am Park, sah aus wie viele Häuser in Manhattan. Hoch bis in den Himmel gebaut, viele Fensterscheiben, die wirkten, als starrten sie alle auf sie hinunter. Er schien einen Moment zu zögern, schaute sie dann aber an, schloss die Haustür auf. Wieso plötzlich jetzt doch?

Das Entrée sah gepflegt aus, ein kühler dunkler Marmorboden, viel luxuriöser als in dem Haus, in dem sie wohnte. Da der Aufzug nicht gleich kam, nahm George sie einfach wortlos an der Hand und führte sie durch das schmale Treppenhaus in den zweiten Stock empor. Sie standen jetzt vor seiner Wohnungstür, er ließ ihre Hand los, suchte an seinem Schlüsselbund den richtigen Schlüssel heraus. Die Nervosität war auch ihm deutlich anzumerken.

Sie sah auf seinen Rücken. »Richard ist nicht zur Eröffnung gekommen«, sagte sie, um es ihm leichter zu machen. Er drehte sich zu ihr und verstand.

Rasch öffnete er die Wohnungstür und führte sie hinein. Im hellen Flur roch es dezent nach seinem Aftershave. Mit großen Augen sah sich Luise um. Schon der Eingangsbereich wirkte modern, aber das Wohnzimmer, in das sie ihm folgte, erst recht. Ein bequem aussehendes Sofa stand mit dem Rücken zur Tür mitten im Raum, davor ein kleiner Tisch, an der Wand ein Holzregal mit Büchern, daneben ein Sekretär, über dem ein expressionistisches Gemälde hing, eine junge Frau. Genau in diesem Stil hätte sie ihr Zuhause eingerichtet, wenn sie das Geld für so etwas übrig gehabt hätte. Das kleine Appartement, das Richard angemietet hatte, kam ihr jetzt noch schäbiger vor. Was hatte George nur von ihnen denken müssen? In Richards Berliner Wohnung sah es auch viel geschmackvoller aus, aber die kannte George ja nicht.

»Wie schön du wohnst.«

»Danke. Möchtest du einen Rotwein oder einen Weißwein? Ich habe je einen aus dem Napa Valley.«

Da Luise zögerte, redete er weiter, schien auch nervös zu sein. »Wusstest du, dass ein preußischer Immigrant 1861 das erste kommerzielle Weingut im Napa Valley in Kalifornien gegründet hat?«

»Ein Immigrant? Sehr schön.«

»Ja. Erst lief es großartig. Leider haben die Reblaus und die Prohibition dem Weinanbau im Napa Valley ziemlich zugesetzt, aber seit einem Jahr geht es wieder los, und ich habe das Glück, einen der verbliebenen Weinbauern zu kennen. Also, lieber einen Roten oder einen Weißen?«

»Einen Roten, danke.«

Er nahm ihr den Mantel und ihre Tasche ab, brachte beides zur Garderobe und ging wohl in die Küche. Luise trat ans Fenster und sah hinaus auf die Lichter Manhattans. Inzwischen war die Sonne fast untergegangen, hinter den Hochhäusern konnte man sie nicht mehr sehen. Die Stadt und die Menschen, die unten entlanggingen, sahen aus wie ein glitzernder Ameisenhaufen.

George kam ins Wohnzimmer zurück, mit einer geöffneten Flasche Rotwein und zwei Gläsern in der Hand.

»Setz dich doch«, bot er an, deutete auf das Sofa, setzte sich selbst darauf.

Luise ließ sich neben ihm nieder, beobachtete seine kraftvollen Hände, wie sie die Flasche hielten, wie er ihr Wein einschenkte, erst ein wenig, um zu probieren. Sie nahm das Glas entgegen, roch am Wein, schwenkte ihn etwas, kostete. Genau so, wie sie es bei ihm die letzten Male gesehen hatte. Sie war bisher keine Weinkennerin gewesen, wollte es aber werden, auch für ihr Restaurant. Neues dazulernen, offen sein, das Leben auskosten. Ihr neues, zweites Leben.

Sie nickte angetan. Er goss ihr mehr ein, sich selbst ebenso. Es gefiel ihr, dass er Wert auf guten Wein legte. Sie nahmen einen Schluck, genossen, schwiegen. Dann räusperte sich George.

»Luise, ich bin dir eine Erklärung schuldig. Ich will jetzt offen reden.«

Sie sah ihn aufgewühlt an.

»Richard war nicht der einzige Grund, warum ich mich oft zurückgezogen habe«, fuhr er fort, blickte dabei starr vor sich hin.

»Und welcher dann?« Sie vergaß zu atmen. »Also doch eine andere Frau?«

»Nein, doch, nicht so, wie du denkst.« Er seufzte, versuchte, sich zu erklären. »Bevor ich dich kennengelernt habe, hatte ich nach einer schwierigen Trennung absolut keine Hoffnung mehr auf das große Glück. Ein halbes Jahr bevor du nach Amerika gekommen bist, wurde ich gefragt, ob ich bereit bin, eine Scheinehe mit einer Jüdin aus Österreich einzugehen, um ihr Leben zu retten. Ich hatte nicht mehr daran geglaubt, an die Liebe. Ich wollte das Leben eines Menschen retten. Ich habe Ja gesagt.«

»Eine Scheinehe? Du bist also offiziell verheiratet?« Luises Herz klopfte wild.

Er nickte betreten. »Nur auf dem Papier. Es gehörte zum Deal. Es ist absolut nichts zwischen uns sonst. Sie liebt einen anderen, wir haben kaum Kontakt. Sie ist Künstlerin, war damals schon im Visier der Nazis, ich habe ihr das Leben gerettet, ein neues Leben in den Staaten ermöglicht, und damit ist alles gut, so dachte ich.«

»Und dann?«

»Und dann bist du gekommen. Und ich wusste sofort, dass ich mich in dich verlieben werde. Ich habe lange dagegen angekämpft ... schließlich ist Richard mein Freund. Aber es hat nicht funktioniert. Gefühle kann man nicht immer lenken. Ich durfte dir nichts sagen von der Scheinehe, weil dann erneut ihr Leben auf dem Spiel gestanden hätte. Und ich wäre vor Gericht gelandet. Und sie auch. Ich wusste zwar, dass du schweigen kannst, aber die Gefahr, dass doch irgendwie etwas durchsickert, war zu groß. Inzwischen habe ich die Scheidung eingereicht, für Julia, so heißt sie, war das in Ordnung. Früher wäre es zu gefährlich für sie gewesen, ein Kollege hat mir bisher davon abgeraten. Ich hoffe, wir waren jetzt lange genug verheiratet, sodass es nicht auffällt. Sie kann dann in Amerika bleiben, in Freiheit.«

Erleichterung durchflutete Luise. Er hatte einer Frau das Leben gerettet. Was für ein großherziger Mensch. Aber er war verheiratet. »Kann eine Scheinehe nicht einfach annulliert werden?«

»Ja, aber dann fliegt alles auf. Das darf es ja nicht. Deshalb eine ganz normale Scheidung. Es dauert ungefähr ein Jahr. Aber ich kann einfach nicht mehr, wir müssen weiter darüber schweigen, Luise, aber ... du bedeutest mir so viel.«

Sie lächelte, legte ihm einen Finger an die Lippen. »Nicht.« Schnell wandte sie sich ab, nahm einen großen Schluck Wein, stellte ihr Glas vor sich auf den Couchtisch. Dann suchte sie

Georges Blick, nahm ihm seines aus der Hand und stellte es ebenso ab. Ihr Magen flatterte, ihr Herz pochte, aber sie schaffte es nicht mehr, sich gegen diese Anziehung zu wehren. Ihr Körper, ihre Seele sehnten sich so sehr nach ihm. Sie lehnte sich vor, presste ihre Lippen auf seine. Für einen Moment verharrte sie still, um ihn dann zu küssen, seine ganze Leidenschaft zu spüren, seine Hände, überall auf ihrem Körper.

Als Luise kurz vor Mitternacht in einem weichen Bett erwachte, wusste sie erst nicht, wo sie sich befand. Die Leuchtreklamen der Stadt warfen einen sanften Schein ins Schlafzimmer. Blinzelnd sah sie sich im Raum um, in dem sich neben dem Bett ein großer Schrank befand.

George lag nackt neben ihr, nackt wie sie. Sofort zog sie sich die Bettdecke über die Brüste. George und sie waren nicht verheiratet, sie bekam ein schlechtes Gewissen. Gleichzeitig erfüllte sie ihr Glücksgefühl so sehr, dass sie auch dachte, dass es keine Sünde gewesen sein konnte.

Herrje, wie spät musste es sein? George schlief, ein seliges Lächeln auf den Lippen. *Ich muss das mit Richard klären*, dachte sie. *Sofort.*

Sollte sie George wecken und ihm sagen, dass sie gehen musste? Luise entschied sich dagegen, um sich nicht nackt vor ihm anziehen zu müssen. Allmählich sorgte sie sich doch um Richard. Wenn er wirklich Fieber bekommen hatte, wusste er nicht einmal, wo sich Schmerztabletten befanden. Weil ihn das wahre Leben nicht interessierte. Auch für sie interessierte er sich schon lange nicht mehr.

Nachdem sie sich angezogen hatte, überlegte sie erneut einen Moment, ob sie George wecken sollte, entschied sich dann aber dagegen, ging ins Wohnzimmer, fand in einem Sekretär einen Notizblock und einen Stift und malte ihm ein Herz auf das Papier. Darunter schrieb sie:

Nehme mir ein Taxi, komme morgen früh wieder.
Luise

Sie fühlte sich unfassbar glücklich, hätte am liebsten die ganze Welt umarmt.

⁓ℐ

Möglichst leise öffnete Luise die Tür zu Richards und ihrer kleinen Wohnung, roch die abgestandene Luft. Im dunklen Flur streifte sie den Mantel ab und schlüpfte aus den Schuhen. Im Wohnraum brannte kein Licht mehr, also schlief Richard bereits. Sie wollte sehen, ob er fieberte, ihn jetzt aber auf keinen Fall wecken. Er könnte Fragen stellen, würde es ihr sofort ansehen, ihr Glück. Sie spürte selbst, dass sie lächelte. Morgen früh würde sie in Ruhe mit ihm reden, ihm sagen, dass sie George liebte, aber immer für Richard da sein würde. Und dann würde sie zurück zu George gehen, für immer.

Sie schlich sich am Schlafzimmer vorbei, wollte erst zur Wohnstube, sich ein Wasser holen. Doch dann stutzte sie. Die Lichter der Stadt erhellten den Schlafraum ein wenig, der Vorhang war nicht zugezogen, und Luise sah sofort, dass Richard nicht im Bett lag.

»Richard?«, rief sie und ging weiter zum dunklen Wohnraum, aber auch dort befand er sich nicht. Die Tür zum Bad hatte offen gestanden, dort war er auch nicht gewesen.

Wo konnte er sein? Eine Ahnung, ein schreckliches Gefühl beschlich sie. Was, wenn er das, was er kürzlich erwähnt hatte, selbst in die Tat umgesetzt hatte?

»Von der Brooklyn Bridge stürzen sich viele Emigranten«, hatte er erst vor ein paar Tagen gesagt, als wieder von einem Fall in der Zeitung berichtet worden war. Luise hatte ihm verboten, so etwas zu sagen, weiter darüber zu sprechen. Hätte sie mit ihm darüber reden müssen? Dann hätte sie womöglich bemerkt, wie schlecht es ihm immer noch ging! Wenn dem so war, hatte er es gut überspielt in letzter Zeit.

Eilig machte sie überall Licht, ging suchend in der Wohnung umher, ob er einen Brief, eine Nachricht hinterlegt hatte. Noch gab es Hoffnung, dass er einfach irgendwo unterwegs war. Oh Gott, nein. Tatsächlich. Auf seinem Nachttisch lag ein zusammengefaltetes Papier, beschrieben mit seiner Handschrift. Ein eiskalter Schauer überlief sie. Entsetzt rannte sie hin, nahm das Papier und las.

Liebe Luise,
bitte verzeih mir, es ging einfach nicht mehr. Diese Fremde. Mir fehlt die Heimat immer noch so sehr. Ich habe mich bemüht, aber auch wenn sich mein Englisch verbessert hat, ich bin hier nichts ohne meine Muttersprache, werde nie etwas sein. Und eines will ich auch nicht sein: dir eine Last. Du bist frei.
Dein Richard

»Neeein!«, schrie Luise auf, dachte fieberhaft nach, rannte zurück in den Flur, schlüpfte in ihre Schuhe, schnappte sich ihren Mantel und rannte zur Wohnungstür hinaus.

KAPITEL 24

New York, Washington Heights, 2023

June hatte bis tief in die Nacht in Luises Notizbuch gelesen. Schockiert starrte sie jetzt auf diesen letzten Eintrag ihrer Großmutter. Hatte Richard sich das Leben genommen? Oh mein Gott!

Das Tagebuch endete hier und ging erst 1941 weiter. Aufgeregt wollte sie weiterblättern, da kam eine Nachricht von Hendrik und holte sie in die Gegenwart zurück.

> Kennst du eigentlich die Homepage vom Taste of Freedom? Der Willkommenstext dort ist von Luise. Sie schreibt so schön. Bestimmt hast du dein Talent von ihr.

June musste lächeln, googelte sofort noch einmal nach der Website des Restaurants, den Text hatte sie bisher noch nicht intensiver gelesen. Er klang erfrischend und herzlich. *Ja, genau so war sie*, ihre Großmutter, dachte sie wehmütig.

Ihr wurden noch andere Bilder zum Taste of Freedom angezeigt. Sie schaute sie durch, stieß auf ein Foto von Hendrik Jensen, dem Chefkoch. Wie gut er auf dem Foto aussah. Sie kam sich vor wie ein Teenager. Scrollte weiter durch die Bilder von ihm bei besonderen Kochevents, die sie fand, nachdem sie seinen Namen in der Suchmaschine eingegeben hatte. Er sah immer gigantisch aus. Auf einem Foto lächelte er sie an. *Nicht dich*, schalt sich June selbst. Doch dann gefror ihr das eigene Lächeln. Auf einem Foto, das dem Datum nach erst letzte Woche entstanden war, saß er dicht neben einer attraktiven brünetten Frau an einem Tisch, hatte den Arm um sie gelegt, lächelte in die Kamera. *Mareike Jensen, seine Ehefrau*, stand darunter.

June fühlte sich, als hätte ihr jemand Eiswürfel in den Nacken geschüttet. Also doch. Doch nur ein Fremdgeher. Wie Anton, wie Micha. Wie so viele. Das Foto war von letzter Woche, es konnte also kein albernes Missverständnis sein. Sie legte wütend ihr Handy weg. Wütend auf sich, wütend auf die ganze Welt. Er war verheiratet und hatte nichts davon gesagt. Wieso geriet immer sie an solche Männer? Es gab auch die anderen, die soliden, vertrauenswürdigen, versuchte sie sich bewusst zu machen. Sie musste nur lernen, diese zu erkennen. *Nette Männer wie Walter*, dachte sie im nächsten Moment. Wie hatte sie ihn nur versetzen können? Aber vielleicht war jetzt einfach nicht die Zeit in ihrem Leben für Männer. Sie beschloss, Walter abzusagen, schrieb ihm eine Nachricht.

> Es tut mir so leid, ich muss unser Lunch-Date morgen doch wieder absagen, melde mich.

Es war unmöglich von ihr, aber es ging gerade nicht anders. Ihre Gefühlswelt stand kopf.

Sie seufzte, schaltete ihr Handy aus. Offline sein. Viel zu selten tat sie das. Viel öfter sollte man das tun. Mit einem großen Kloß im Hals ging sie ins Bad, putzte rasch die Zähne, schminkte sich ab, betrachtete sich im Spiegel. Sie schien mit einem Mal viel mehr Falten zu haben. Was natürlich völliger Unsinn war.

Sie zog sich aus, ihren Pyjama an, ging ins Gästezimmer, legte sich in ihr Bett und dachte an Hendrik und dessen Frau.

Irgendwann musste sie eingeschlafen sein, denn sie wurde von der Türklingel geweckt. Um diese Uhrzeit? Es war noch immer mitten in der Nacht, und sie erwartete niemanden. Erwartete nichts mehr. June ließ es klingeln, hielt sich die Ohren zu. Aber derjenige gab nicht auf. Klingelte jetzt sogar Sturm.

»Herrgott noch mal!« Wütend stand sie auf, schnappte sich im Gehen ihre Strickjacke mangels Morgenmantel, lief zur Tür und rief auf Englisch: »Wer ist da?«

»Ich bin es«, hörte sie Antons Stimme. Sie riss die Tür auf. Vor ihr stand tatsächlich Anton, neben sich einen großen Koffer. Er war ihr von Berlin nach New York nachgereist, sah blass aus, erschöpft.

New York, 21. Juni 1941

Luise starrte zur Tür. Sie stand in der dampfenden Küche ihres Restaurants, einen Löffel voll Kartoffelbrei in der Hand, und sah Richard an, der blass und mit Schweißperlen auf der Stirn vor ihr stand. Sie war gerade dabei gewesen, abzuschmecken, hatte den Mund bereits geöffnet, klappte ihn jetzt zu und schluckte. Richard kam selten ins Taste of Freedom. Das ganze letzte Jahr vielleicht dreimal. War etwas geschehen?

»Luise. Ich muss dir das unbedingt sofort erzählen.«

Sie warf Elly, die aus dem Gastraum herbeikam, einen Blick zu, reichte ihr zwei Teller mit Kartoffelbrei und Buletten, die sie gerade befüllt hatte. »Tisch drei, bitte.«

Elly nickte, grüßte Richard freundlich. Der erwiderte den Gruß aufgewühlt, und Elly ging mit den Tellern an ihm vorbei wieder hinaus.

»Also, was ist geschehen?«, erkundigte sich Luise, legte den Löffel auf die Anrichte neben dem Herd, wischte sich die Hände an ihrer Schürze trocken. Seit seinem Selbstmordversuch vor knapp einem Jahr hatte sich alles geändert. Er war so krank, sie hatte sich unmöglich von ihm trennen können. Auch George war ihrer Meinung: »Du hast ihm das Leben gerettet, Luise«, hatte er kurz nach Richards Suizidversuch gesagt. »Wir müssen aufpassen, bis er gefestigter ist.«

»Ja, das müssen wir. Ich könnte sonst nicht weiterleben.« Aber so konnte sie auch nicht mehr lange leben.

»Hitler«, fuhr Richard jetzt aufgewühlt fort, »er hat die Sowjetunion überfallen.«

»Was? Die Sowjetunion? Es gab doch einen Nichtangriffspakt?«

»Ja, keiner hat damit gerechnet, nicht einmal die Sowjets. Er hat sie überrascht. Will diese ›sowjetischen Untermenschen‹, wie er sie nennt, er will sie wirtschaftlich ausbeuten, sie zu Zwangsarbeitern machen, habe ich gelesen. Seine ›arische Rasse‹ soll siegen. Dieser Mann ist wahnsinnig, komplett wahnsinnig, ich sage es doch schon die ganze Zeit.«

Luise dachte fieberhaft nach, ihr fehlten die Worte.

»Und du kochst hier«, sagte Richard vorwurfsvoll, »statt irgendwas zu tun.«

»Und was tust du?«, konterte sie wütend. Seit er ihr das angetan hatte, diese Sorge um ihn an der Brooklyn Bridge, ließ sie sich solche Sätze, die jetzt immer öfter kamen, je grausamer der Krieg geworden war, nicht mehr bieten. Sie wusste selbst, dass sie dem Ganzen so wenig entgegensetzen konnte. Dem ganzen Irrsinn. Dem Terror, dem Morden. Dass man sich hilflos fühlte als einzelner Mensch. Erst recht aus der Ferne. Dass man diesem Unmenschlichen Menschliches entgegensetzen musste.

Richard stützte sich auf eine Anrichte. »Er will in der Sowjetunion die jüdische Bevölkerung ermorden. Und die sowjetische Führungsschicht. Außerdem gibt es einen ›Kommissarbefehl‹, der die sofortige Liquidierung von gefangenen kommunistischen Kommissaren der Roten Armee anordnet.«

»Woher weißt du das so genau?«

»Ich habe meine Informanten, wie du weißt.«

Seit Richard kurz davor gewesen war, sich das Leben zu nehmen, war er aus seiner Lethargie erwacht. Wenigstens ein Gutes hatte es gehabt. Luise war damals zur Brooklyn Bridge gerannt, als ginge es um ihr Leben. Völlig außer Atem war sie dort angekommen, sah Richard, der dort auf einer der Brückenstreben stand, hinunterschaute in die Tiefe, ins Wasser, und kurz davor war zu springen.

»Richard! Nicht!«, hatte sie gerufen und gestoppt. »Ich brauche dich, tu mir das nicht an!« Die Worte waren aus ihr herausgeflossen. In der Verzweiflung. Wenn er es tat, würde sie nie wieder glücklich werden. Dann wäre sie verantwortlich für seinen Tod! Vorsichtig war sie auf ihn zugegangen.

»Bleib weg!«, rief er, und Luise stoppte unverzüglich. Atmete schwer, hoffte und bangte.

»Bitte, Richard, wir sind hier in Sicherheit, wir haben uns, wir leben.«

»Was ist das für ein Leben, in der Fremde? Es wird immer schlimmer in der Heimat, wir können nie wieder zurück.«

»Das weißt du doch gar nicht. Irgendwann ist der Krieg vorbei. Und ich kann mir nicht vorstellen, dass das Böse auf Dauer gewinnt.«

»Aber ich, Luise, ich kann mir das vorstellen.«

»Richard, du darfst dein Leben nicht wegwerfen. Dann hätte Hitler gewonnen, dann hätte er dich kleingekriegt, denk dran.«

Er zögerte, sie sah ihm an, dass er noch nicht überzeugt von ihren Worten war.

»Denk an unsere Freunde, die er umgebracht hat«, fügte sie hinzu. »Wie gerne hätten sie gelebt!«

Da zuckte Richard zusammen, drehte seinen Kopf zu ihr, starrte sie an. »Du hast recht. Es wäre Verrat an unseren Freunden.«

»Ja, das wäre es. Komm, nimm meine Hand, ich helfe dir.«

Sie ging vorsichtig weiter auf ihn zu, nahm seine Hand, half ihm, herunterzusteigen von den Brückenstreben. Für einen Moment strauchelte er, Luise zuckte zusammen, riss ihn zurück, sodass er auf die Brücke fiel.

Dort saß er zusammengekauert und weinte. Sie beugte sich zu ihm, wollte ihn trösten, doch plötzlich wehrte er sie ab, stand auf, stellte sich aufrecht hin. »Er kriegt mich nicht klein, diese Bestie nicht.«

Von diesem Tag an war Richard früher aufgestanden, arbeitete an seinem Buch und anderen politischen Texten, ging öfter nach draußen, auch um besser Englisch zu lernen, wie er sagte. Amerikanisches Englisch. Und er traf sich öfter mit politisch interessierten Emigranten. »Stell dir vor, ich habe durch George einen Verleger kennengelernt«, hatte er eines Tages verkündet. »Mr. Williams. Er kennt Thomas Mann.«

»Wie interessant.«

»Ja, das ist es. Thomas Mann ist in Amerika freundlich aufgenommen worden, hat mir Mr. Williams erzählt. Und dass er Schriftstellern und anderen Künstlern aus Deutschland, die hier im Exil in Armut leben, finanziell hilft. Er sammelt Geld für sie, hilft bei der Vermittlung von Verfolgten, die in die Staaten flüchten wollen. Sofern es geht.«

Luise hatte ihm zugehört. Sie wusste ja, dass sich Mann schon seit Jahren gegen Hitler aussprach, auch dass er sich seit Oktober letzten Jahres in Radioansprachen der BBC im deutschsprachigen Programm an die Menschen in Deutschland wandte, über den Krieg und das politische Geschehen sprach, um die Leute aufzurütteln. Und das, obwohl darauf sicher harte Strafen standen.

Richard trat nun zu ihr an den Herd. »Jetzt, da Hitler sogar die Sowjetunion angegriffen hat«, redete er weiter, »will Mr. Williams mein Buch herausbringen.«

Luise sah ihn überrascht an. »Das ist ja wundervoll, gratuliere!«

»Danke. Vielleicht kannst du dann auch wieder stolz auf mich sein«, fügte er leiser hinzu, drehte sich um und verließ die Restaurantküche.

Er hofft also noch immer, dass wir wieder zueinanderfinden, dachte sie erschüttert. Aber für sie gab es nur noch George. Seine Geborgenheit, Nähe und Liebe. Sie trafen sich heimlich, gingen nach Feierabend in den lauen Sommernächten Hand in Hand am Hudson River entlang oder durch den Central Park spazieren oder gleich zu George nach Hause. In diesen gestohlenen Stunden liebten sie sich, benahmen sich wie ein Paar, aber dann ging Luise zu Richard, aus Angst, er könnte sich noch einmal etwas antun. Dabei ahnte er es doch ganz gewiss, es gab keine intime Berührung mehr zwischen ihnen.

Auch Elly versuchte Richard zu helfen, überredete ihn immer wieder zu einem Spaziergang mit dem Hund, und wie sie sagte, redete Richard immer mehr mit ihr, blühte auf.

Luise hoffte sehr, dass sie ihre Liebe zu George endlich öffentlich leben durfte und sie heiraten, eine Familie gründen konnten. Denn das wünschte sie sich immer stärker. Ein Kind, ein Kind von George.

Ein Sonnenstrahl kitzelte Luise an der Nase. Sie schlug die Augen auf und erschrak. Es war bereits hell in Georges Schlafzimmer. Sie hatten verschlafen. Rasch setzte sie sich auf. Was, wenn Richard gleich zu Hause aufstand und und sie nicht neben ihm lag? Im Moment wachte er immer früher auf, um sein Buch fertig zu überarbeiten.

Vorsichtig schlüpfte Luise nackt aus dem Bett, wollte George nicht wecken. Sie hatten gestern lange diskutiert. Darüber, dass Amerika sich weitestgehend isoliert hatte. Präsident Roosevelt, der sich lange, wie die meisten Amerikaner, nicht an diesem

Krieg beteiligen wollte, rüstete nun die amerikanischen Streitkräfte auf und lieferte Kriegsmaterial an die Westmächte, die gegen Hitler kämpften.

»Er muss endlich richtig einschreiten«, hatte Luise gestern erneut zu George gesagt. »So viele Tote, so viel Elend, so viel Leid, die Amerikaner können doch nicht einfach zusehen. Was ist mit den Kindern in unserem Land? Sie sterben, und die, die überleben, haben keine Zukunft.«

George hatte versucht, sie zu beruhigen. »Ich weiß, es ist grauenvoll. Aber wir unterstützen die Westmächte, wir haben die Guthaben der Deutschen und Italiener eingefroren, die Schließung der Konsulate dieser Länder angeordnet. Und einige weitere Sanktionen verhängt, wie du weißt.«

Luise sah jetzt den schlafenden George noch einmal an, zog sich an, schnappte sich ihre Tasche, ging ins Wohnzimmer zum Sekretär, schrieb rasch eine Nachricht auf einen Zettel:

Love you forever.

Dann verließ sie seine Wohnung, nahm den Aufzug und fuhr hinunter. Die Lifttür ging auf, und vor ihr stand – Richard. Mit bitter bestätigter Miene.

»Richard«, stieß sie entsetzt aus.

Er schüttelte den Kopf. »Ich musste es mit eigenen Augen sehen.«

Das Blut war ihm aus dem Gesicht gewichen. Er fuhr sich mit zitternden Händen durchs Haar, drehte sich um und ging rasch hinaus auf die Straße.

Luise stand wie gelähmt vor dem Aufzug. Sie hörte ein Auto laut hupen.

Sollte sie Richard hinterherlaufen? Ging er womöglich wieder zur Brooklyn Bridge, um sich etwas anzutun?

Die Gedanken rasten. Ihre Schuldgefühle schnürten ihr die

Kehle zu. Sie hatte Fremdgeher immer verachtet. Längst war sie selbst eine geworden.

Der Aufzug kam von oben wieder herunter, die Tür ging auf, und da stand George.

»Luise!« Er sah sie an, erkannte sofort, dass etwas geschehen sein musste, schloss sie in seine Arme.

Sie weinte. Immer mehr, immer bitterlicher.

»Schsch. Komm.« Er führte sie in den Aufzug, fuhr mit ihr hoch zu seiner Wohnung. Dort brachte er sie zum Sofa, setzte sich mit ihr, schloss sie fest in seine Arme und ließ ihr Zeit.

»Du kannst ihn nicht Tag und Nacht beaufsichtigen«, raunte er schließlich sanft.

»Ich weiß, George, er ist auf einem guten Weg«, versuchte sie sich selbst zu sagen. »Die Gewissheit ist manchmal besser, bestimmt auch für ihn.«

KAPITEL 25

New York, 11. Dezember 1941

LUISE HATTE SICH eine Erkältung zugezogen, denn draußen war es klirrend kalt. Sie saß in Richards Wohnung, in der sie, wie mit ihm verabredet, noch so lange leben würde, bis George geschieden war. Richard war vor allem froh, nicht ganz alleine zu sein, hatte dem deshalb zugestimmt. Sie lauschte dem Sprecher im Radio, hielt in der Hand eine Tasse Tee. Die Ereignisse des Weltgeschehens hatten sich in den letzten Tagen überschlagen. Und gerade verkündete der Sprecher im Radio den Eintritt der Vereinigten Staaten in den Zweiten Weltkrieg.

Luise zuckte zusammen, ihr Puls raste augenblicklich. Sie hustete. Endlich, endlich gab es wieder Hoffnung für die Menschen in ihrer Heimat. Sie lebte jetzt schon fast fünf Jahre in den Staaten, hatte sich zwar gut eingelebt, aber ihr Herz gehörte immer noch Berlin.

Nach dem Überfall der Japaner auf Pearl Harbor vier Tage zuvor hatte Amerika Japan den Krieg erklärt. Und jetzt gab es eine Kriegserklärung Deutschlands und Italiens an die USA, die diese nun beantwortet hatten. Ihr wurde plötzlich übel.

Sie stellte ihre Tasse ab, hielt sich die Hand vor den Mund, rannte hinaus in den Flur auf die Toilette, übergab sich und atmete schwer. Eine Haarsträhne fiel ihr ins Gesicht. Sie wischte sie beiseite. Konnte es sein? Sie erlaubte sich diesen Gedanken nicht, erlaubte sich nicht, sich zu freuen.

Aber auch an den folgenden Tagen wurde ihr vor allem morgens übel, und die Hoffnung auf ein Baby wuchs.

Richard, der natürlich mitbekam, dass sie öfter auf die Toilette rannte, um zu brechen, gratulierte ihr bitter. Sie sah ihm an, dass er heimlich gehofft hatte, sie würde doch bei ihm bleiben.

Nachdem Luise vom Arzt die Gewissheit bekommen hatte, dass wirklich ein Baby in ihr heranwuchs, wurde sie überschwemmt von wundervollen Gefühlen. Plötzlich wusste sie, was es hieß, Mutter zu werden. Es gab ihrem Leben so viel Sinn.

Abends ging sie zu George und platzte noch in der Tür mit der Neuigkeit heraus. »Wir bekommen ein Baby«, sagte sie lächelnd.

Überglücklich hob er sie hoch, drehte sie sanft im Kreis, nahm ihren Kopf zwischen seine Hände, legte seine Stirn an ihre und flüsterte: »Ich bin der glücklichste Mann auf der Welt.«

Luise küsste ihn, mit klopfendem Herzen, voller Leidenschaft. Sie rissen sich die Kleidung vom Leib, er trug sie ins Schlafzimmer, und sie streichelten und spürten sich.

Erschöpft und verschwitzt lag sie schließlich neben ihm, betrachtete diesen wunderschönen Mann. Genauso wundervoll würde ihr Baby werden.

Jetzt mussten sie endlich heiraten. Wo blieb nur die Bewilligung seiner Scheidung?

Die Arbeit im Restaurant war ihr schon in den letzten Tagen aufgrund der Übelkeit schwergefallen. Aber sie hatte versucht, sich zusammenzureißen. *Es haben auch andere Frauen Kinder bekommen und in der Schwangerschaft gearbeitet,* sagte sie sich und machte weiter. »*Wir Frauen sind stark*«, hat Ester gemeint, erinnerte sich Luise. Sie war auch Mutter und arbeitete, sie hatte recht.

»Ich bekomme wirklich ein Kind, Richard«, verkündete Luise ihm am nächsten Morgen, als sie am Küchentisch beim Frühstück saßen. »Es verändert sich so viel«, fügte sie vorsichtig an. »Jetzt werde ich doch früher zu George ziehen. Aber ich werde dich oft besuchen.«

Er starrte sie an, erklärte bemüht gefasst: »Vielleicht müssen wir alle akzeptieren, dass das Leben aus Veränderung besteht, dass sich alles immer weiterdreht, nichts bleibt, wie es war. Weder das Gute noch das Schlechte.«

»Oh, Richard, du hast so recht.«

»Bei mir gibt es auch eine Veränderung. Ich bekomme noch einen Buchvertrag für ein weiteres Buch«, erklärte er stolz.

»Also noch einen Vorschuss.« Sie freute sich für ihn. Sein erstes sollte in eineinhalb Jahren erscheinen.

»Wie wundervoll, gratuliere.«

Am Abend, als sie bei George neben ihm auf dem Sofa saß und sich an ihn kuschelte, schlug dieser vor: »Sollen wir morgen in der Mittagspause nach einem Kinderbettchen sehen?«

»Das wäre schön.« Sie lächelte. Sie freute sich. Unendlich. Ihr Magen fühlte sich an, als wäre er voller Zuckerstreusel. Die Scheidung war zwar immer noch nicht durch, aber George wollte auch, dass sie schon zu ihm zog.

Wenige Tage später schlief Luise die letzte Nacht bei Richard. Sie träumte wildes Zeug. Von Richard, der im völligen Chaos in dieser Wohnung saß, mit rot unterlaufenen Augen, Richard, der als Bestsellerautor über einen roten Teppich schritt.

Am nächsten Morgen, nachdem Richard zu einem Treffen mit seinem Verleger aufgebrochen war und sie sich vorerst verabschiedet hatten, trat Luise ins Schlafzimmer, nahm ihren Koffer und packte ein paar Kleidungsstücke hinein. Sie hielt inne, sah den Koffer an, der sie an ihre Flucht erinnerte. Seitdem hatte sie ihn nicht mehr benutzt. So sehr hatte sie sich vor ihrem Weggang aus Berlin eine schöne Zukunft mit Richard gewünscht, niemals hätte sie gedacht, dass er sich in der Fremde so verändern würde. Aber auch sie.

Plötzlich fühlte sie einen stechenden Schmerz im Unterleib. Sie krümmte sich zusammen. Was war das? Schwer atmend legte sie sich einen Moment aufs Bett, es fühlte sich an, als würde ihr jemand mit dem Messer in den Bauch stechen. Sie war doch erst am Anfang ihrer Schwangerschaft. Es fühlte sich nicht richtig an. Mühevoll rappelte sie sich trotz Schmerzen auf, beschloss, zu ihrem Frauenarzt zu gehen. Hoffentlich nahm er sie gleich dran. Aber als sie noch mal ins Bad zur Toilette ging, sah sie das Blut und ahnte es sofort. Sie hatte ihr Baby verloren.

Der Arzt bestätigte es ihr bei der Untersuchung. »Sie haben ihr Kind verloren.«

Mehr musste sie nicht wissen. Lag auf diesem kalten Stuhl, fühlte sich einsam und verloren. Was würde sie noch alles verlieren? So sehr hatten George und sie sich auf dieses Kind gefreut, sich schon Jungen- und Mädchennamen ausgedacht, das Bettchen gekauft, ein paar Strampler dazu. In neutralem Weiß. Und jetzt war es tot. Durfte sie nie einfach nur glücklich sein?

Sie hörte die Worte des Arztes kaum mehr. Riss sich zusammen, ging nach Hause, zu George.

Auch George hatte Tränen in den Augen, wie sie, hielt sie im Arm, gemeinsam saßen sie schweigsam auf dem Sofa. Würde sie je wieder schwanger werden können?

»Leg dich hin, Darling«, sagte er irgendwann leise. »Ich mache dir einen Kamillentee.«

»Ich will keinen Tee, ich will mein Kind, unser Kind«, erwiderte sie verzweifelt.

Er umarmte sie, hielt sie fest, ganz fest. »Wir werden ein Kind bekommen, irgendwann, das verspreche ich dir.«

»Und was, wenn ich nicht mehr schwanger werden kann?«

»Hat der Arzt etwas in der Richtung gesagt?«

»Nein, aber nicht jede Frau hat dieses Glück. Vielleicht ist das die Strafe.«

Sie wussten beide, dass sie die Trennung von Richard meinte. Dem Mann, den sie hatte heiraten wollen und dann hintergangen hatte.

»Du willst jetzt doch eh erst mal in deinem Restaurant arbeiten. Mit einem Baby ist das nicht möglich.«

Luise wusste, dass es Frauen in Amerika auch schwer gemacht wurde, Kinder zu haben und einen Beruf. Wie in Deutschland. Aber dachte George auch so? Sie wollte das Taste of Freedom nicht aufgeben, wenn sie ein Kind bekam. Es bedeutete Freiheit für sie. Bisher hatten sie noch nicht darüber gesprochen.

»Ich hätte in der Anfangszeit nicht gearbeitet«, sagte sie. »Dann wäre eine der Frauen aus dem Window-Shop in der Küche eingesprungen. Aber irgendwann dann schon wieder.«

Er sah sie ernst an. »Ich weiß. Du bist eine moderne Frau. Auch wenn das in den Staaten nicht gern gesehen wird. Das habe ich mir schon gedacht.«

»In Deutschland wird das auch nicht gern gesehen. Die meisten Männer erlauben es ihrer Frau nicht, zu arbeiten. Wäre es denn okay für dich?«

»Darling, alles, was dir guttut, ist okay für mich.«

»Und wenn dann die Leute reden?«

»Sie reden eh schon. Lass sie reden. Aber sag, möchtest du mich jetzt trotzdem noch heiraten? Die Scheidung ist endlich durch.«

»Was? Natürlich, natürlich will ich das, und wie.«

New York, Sommer 1942

Diese Sehnsucht, die Sehnsucht nach einem Kind, tat unendlich weh. Jedes Mal, wenn ein Kind mit seiner Mutter ins Restaurant kam, entfachte der Anblick in Luises Bauch ein Feuer. Es brannte, hinterließ eine lange schwelende Glut. Ein Kind, ein Kind mit George. Sie wünschte es sich so sehr. Eigentlich hätte sie längst wieder schwanger sein müssen. Aber jeden Monat wurde ihre Hoffnung zunichtegemacht. Trotzdem versuchte sie positiv zu bleiben.

Immerhin hatten sie inzwischen geheiratet. Nur im kleinen Kreise, mit ein paar Freunden von George und Elly, Astrid, Rahel und Ester. George hätte gern danach groß gefeiert, aber Luise fand das in Zeiten des Krieges nicht angebracht. »Wir holen das nach, wenn der Krieg vorbei ist. Ich bin jetzt Luise Clay.«

Endlich hatten sich auch in Amerika mehr Leute gegen den Krieg formiert. Im März hatten die britischen Alliierten angefangen, Deutschland Einhalt zu gebieten, warfen Bomben erst auf Lübeck und dann auf Rostock. Luise fühlte einerseits eine Erleichterung, dass die Alliierten diesem Terror etwas entgegensetzten, andererseits taten ihr die Menschen in diesen Städten unendlich leid. Sie fühlte sich zerrissen, hoffte, dass der Zivilbevölkerung nichts geschehen möge. Und immer wieder wanderten ihre Gedanken zu Maria und Anni.

Sie diskutierte viel mit George darüber, aber auch mit Richard, wenn sie ihn besuchte.

»Wenigstens haben jetzt viele Staaten diese Erklärung unterschrieben, dass sie die Vernichtung jüdischer Menschen klar ablehnen«, sagte sie zu Richard, dem sie Königsberger Klopse aus dem Restaurant mitgebracht hatte. Er saß am Küchentisch, frisch geduscht, nahm den Teller dankend entgegen.

»Es wurde ja hier in den Staaten viel diskutiert«, entgegnete er und stach mit der Gabel in einen der Klopse. »Ich hoffe, die Alliierten tun jetzt etwas und sehen nicht nur zu.«

»Ja, das hoffe ich auch.«

»Bist du wieder schwanger?«, fragte er unvermittelt.

Getroffen sah Luise ihn an. »Nein. Ich erzähle es dir, wenn es geschehen sollte.« Sie kämpfte dagegen an, in Tränen auszubrechen.

Er legte die Gabel beiseite, stand auf, kam zu ihr, nahm sie in den Arm. Dann löste er sich wieder. »Du machst das schon. Irgendwie kommst du zu einem Kind.«

»Meinst du wirklich, Richard?«

»Ja. Du hast alles hinbekommen, was du wolltest. Du schaffst das.«

»Ich danke dir. Aber ich habe nicht alles hinbekommen, ich weiß immer noch nicht, was mit Maria und Anni geschehen ist. Und das zermartert mich, fast jede Nacht.«

KAPITEL 26

New York, Washington Heights, 2023

Wie schrecklich, dass ihre Großmutter eine Fehlgeburt hatte erleiden müssen, dachte June, und ein Frösteln überlief sie. Sie stand in der Wohnküche von Luise und bereitete sich eine heiße Milch zu, denn sie konnte nicht schlafen. Anton hatte sie im Gästezimmer einquartiert, sie selbst schlief in Luises Schlafzimmer. Er hatte sich zwar erst beschwert, wollte in einem Bett mit ihr schlafen, aber June wehrte es ab. Sie hielt ihren kleinen Finger in den Milchtopf und zog ihn abrupt wieder heraus, denn sie hatte sich verbrannt. Schnell zog sie den Topf vom Herd, lutschte ihren Finger dann ab. Es tat weh, aber noch mehr tat der Gedanke weh, dass Brooke, ihre Mutter, vielleicht gar nicht Luises Tochter war und somit June nicht ihre Enkelin. Denn offenbar konnte Luise damals nicht schwanger werden. June goß die Milch in eine Tasse, tat einen Löffel Honig dazu, rührte um und setzte sich mit der heißen Milch an den Küchentisch.

Würde es etwas ändern für sie? Und wenn ja, was? Sie dachte an ihre Großmutter, die in jungen Jahren so viel hatte durchstehen müssen. Und dennoch war sie immer zuversichtlich geblieben. June musste daraus lernen für ihr eigenes Leben, wollte zuversichtlich bleiben. Selbst wenn, hatte Luise sie als ihre Enkelin angesehen. June merkte, dass sie schon stärker geworden war, seit sie sich mit ihrer Familiengeschichte befasste. Antons Ankunft hatte sie nicht komplett aus der Bahn geworfen. Die ganze restliche Nacht nach Antons Ankunft hatte sie weiter in Luises Notizbuch ab 1941 gelesen. Sie hatte unbedingt wissen wollen, ob Richard überlebt hatte, und zum Glück hatte er es! Auf dem Küchentisch lag der Brief vom Landesarchiv aus Deutschland, den Anton mitgebracht hatte. Sie nahm ihn erneut zur Hand und las: »*Jakob Kirschbaum, bis Mai 1939 wohnhaft in Berlin* ...« Maria und ihre Familie hatten also wirklich bis Mai 1939 in Berlin gelebt. Mehr erfuhr sie dadurch leider nicht. Gut, dass ihre Großmutter weiter in ihr Notizbuch geschrieben hatte.

Sie hörte ein Geräusch aus Richtung Gästezimmer, Anton schnarchte. Er schien erkältet zu sein, denn normalerweise schnarchte er nicht.

Seit er vor ihrer Tür gestanden hatte, mit seinem riesigen Koffer, hatten sie ein paar Stunden geredet. Aber man konnte eine Affäre nicht wegreden. Auch nicht nach Monaten. Ihr Gefühl, ihm nicht mehr vertrauen zu können, ließ sich nicht auflösen wie Rauch, den man mit einem Handtuch zerwirbelte.

June seufzte innerlich, legte den Brief vom Landesarchiv wieder beiseite. Warum hatte Großmutter nicht zeitlebens nach ihren Freundinnen gesucht? Wieso war sie nie wieder nach Deutschland zurückgekehrt?

Junes Handy, das auch auf dem Tisch lag, gab einen Ton von sich. Als sie darauf sah, zeigte es eine neue E-Mail an. Hendrik. Er hatte sich schon mehrfach gemeldet, aber sie hatte ihm geschrieben, dass Anton überraschend angereist war. Dass sie Zeit brauchte.

Nun teilte er ihr mit, dass immer noch keine Antwort von den Archiven gekommen sei. Dafür hatte er etwas zu seiner Familie gefunden, schien elektrisiert zu sein, dankte ihr. *Durch dich habe ich erfahren, wie mutig meine Urgroßmutter war*, schrieb er. *Und ich habe übrigens gelesen, dass fast alle Dokumente, die man in Archiven findet, von den Tätern verfasst worden sind. Es sind von den Tätern erstellte Informationen! Ist das nicht krass? Aber es gibt jüdische Verfolgte, die später Erinnerungen aufgeschrieben haben, Memoiren. Vielleicht ist das ein Ansatz?*

June seufzte, sie hatte auch schon daran gedacht. Aber in Memoiren etwas für ihre Suche zu finden käme einem Lottogewinn gleich. Sie hatte schon herausbekommen, dass derartige Erinnerungen im United States Holocaust Memorial Museum in Washington gesammelt worden waren. Machte es Sinn, nach Washington zu fahren?

Hendrik schrieb weiter, dass er sie sehen wolle, er verstehe nicht, warum sie ihn plötzlich abwies, auf seine Nachrichten nicht reagierte. *Bist du wieder mit Anton zusammen?*

June zögerte, machte einen Screenshot von dem Foto von ihm und seiner Frau aus dem Internet und schickte es ihm ohne Kommentar zurück.

Er antwortete sofort. *Oh nein, das kann ich dir erklären. Bitte lass uns uns treffen.*

Aber June hatte jetzt keinen Kopf dafür. Anton wollte sich erklären, Hendrik nun auch. Und der arme Walter wartete auf eine Nachricht von ihr. Sie rieb sich übers Gesicht, stand auf, ging mit ihrer immer noch zu heißen Milch mit Honig zurück ins Schlafzimmer ihrer Großmutter, stellte sie auf dem Nachttisch ab, kuschelte sich ins Bett und schloss für einen Moment die Augen.

Die Morgensonne schien ins Schlafzimmer und weckte sie. June hatte vergessen, die Gardinen ganz zuzuziehen. Sie setzte sich auf, sah sich um und fühlte sich in dieser vertrauten Umgebung so wohl wie lange nicht mehr. Sie liebte dieses Haus, diesen traumhaften Garten, aus dem sie die Vögel zwitschern hörte, so sehr.

Die letzten Tage hatten ihr das wieder so richtig bewusst gemacht. Je mehr sie über ihre eigene Familiengeschichte erfuhr, umso klarer wurde ihr, dass sie wieder gerne hier leben wollte, in Washington Heights. Sie musste sich eh einen neuen Job suchen. Und mit Walter hätte sie einen netten Kontakt für ihren Neustart in ihrer alten Heimat. Zugegeben, die Enttäuschung mit Hendrik saß tief. Wieso hatte er ihr nichts von seiner Ehefrau gesagt? Walter schien hingegen wirklich ein netter, aufrichtiger Mann zu sein. Könnte vielleicht ein guter Freund werden.

Sie hörte Geräusche aus der Küche. Bevor sie an ihre Zukunft denken konnte, musste sie erst einmal die Sache mit Anton klären. Sie würde ihm nicht aus dem Weg gehen können. Zögerlich stand sie auf und lief die Treppe hinunter.

Er hatte den Küchentisch für sie beide gedeckt mit dem, was er im Kühlschrank gefunden hatte, mit dem wenigen, das June für sich inzwischen eingekauft hatte. Käse, Butter, Marmelade, Weintrauben. Und er hatte offenbar frische Bagels besorgt. Der Duft von Gebäck und Kaffee kitzelte ihre Nase.

Anton stand neben der Kaffeemaschine, lächelte June an. »Guten Morgen. Gut geschlafen?«

»Ich habe lange gelesen, in den Briefen und Aufzeichnungen meiner Großmutter, eher wenig geschlafen.«

»Und, hast du etwas Neues gefunden?«

»Nein.«

»Dann tut dir ein Kaffee jetzt sicher gut.« So fürsorglich kannte sie ihn nicht. Ein sicheres Zeichen. Ein Zeichen dafür, dass er kämpfte.

Wie sollte sie es ihm nur sagen? Sie sah die Hoffnung in seinem Blick, die Hoffnung, dass sie ihm doch noch verzeihen könnte.

Er reichte ihr eine Tasse Kaffee, die er gerade am Automaten eigentlich für sich bereitet hatte. »Soll ich Milch aufschäumen? Und magst du Zucker?«

»Ich nehme nie Zucker. Und immer heiße Milch in meinen Kaffee«, entgegnete sie kopfschüttelnd. Nicht einmal das wusste er. Sie setzte sich an den Küchentisch, sah ihm zu, wie er die Milch in einem kleinen Gefäß aufschäumte.

Allein der Geruch des Kaffees tat schon gut. *Wie sage ich es ihm?* Sie wollte ihm nicht wehtun.

Er stand mit dem Rücken zu ihr, drehte sich jetzt um, lächelte sie wieder an. »Wollen wir heute zusammen in das Restaurant deiner Großmutter gehen zum Lunch?«, fragte er. »Viel hast du ja nicht im Kühlschrank.«

»Ich bin hundemüde«, entgegnete sie. Das interessierte ihn also. Das Restaurant. Brennend. »Anton, ich muss dir etwas sagen, es ist mir durch die Geschichte meiner Großmutter, meiner Familie, noch klarer geworden. Durch ihre Briefe habe ich viel verstanden, auch was mich angeht.«

Seine Miene veränderte sich, wurde angespannter. »Aha, und was?«

Er hielt das kleine Gefäß kurz so, dass der Wasserdampf danebenging. Es zischte.

»Pass auf!«, rief June.

»Autsch!« Anton hatte sich die Finger verbrannt, zog sie weg, warf dabei das Milchgefäß um, sodass die Milch auf die Anrichte rann. Schnell stellte er es wieder auf. Es war nicht alles herausgelaufen. »Die Sauerei mach ich nachher weg.« Er kam mit dem kleinen Henkeltopf zu ihr, goss heiße Milch in ihren Kaffee. In seinen, der auch schon auf dem Tisch stand, ebenso. Dann stellte er den Topf zurück unter den Vollautomaten, kam zum Tisch zurück, setzte sich zu ihr. Mit langsamen, bedachten Bewegungen. Er ahnte es. Das machte es leichter.

June räusperte sich. »Meine Großmutter hatte eine große Liebe damals. George. Nachdem sie verstanden hatte, dass sie den Mann, mit dem sie zuvor zusammen war, Richard, nicht mehr liebte.« Sie hielt inne, nahm einen Schluck Kaffee. Er war jetzt noch heißer durch die Milch, sodass sie sich ein wenig die Lippe verbrannte.

»Aha, George, Richard, was hat das mit uns zu tun?«

June atmete durch. »Ich habe dich geliebt. Aber wir haben uns verändert.«

»Natürlich, wer verändert sich nicht?«, erwiderte er sofort.

»Du tust mir nicht mehr gut, Anton. Und ich dir vermutlich auch nicht.«

»Doch. Deshalb bin ich dir nachgereist, um die halbe Welt.« Seine Stimme klang jetzt belegt. »Ich brauche dich, June. Und dass ich dir damals so wehgetan habe, bedauere ich wirklich. Es ist so lange her, und es wird nie wieder geschehen, bitte glaube mir das doch endlich. Ich treffe diese Frau nie wieder.«

Sie kam sich vor wie in einem schlechten Film. Sätze, die man kannte. »Ich weiß, Anton. Ich glaube dir das sogar. Aber es hat etwas in mir zerstört. Anfangs wollte ich es nicht wahrhaben, wollte um unsere Beziehung kämpfen, aber seit ich hier bin und mehr weiß über meine Familie, habe ich endlich wieder Vertrauen gefasst in mich. Denn das ist das Wichtigste. Auf mich kann ich mich immer verlassen, immer. Und ich brauche auch niemand anderen, um glücklich zu werden, wenn ich das selbst kann.«

»Du hast jemanden kennengelernt«, stieß er hervor.

»Nein, ich meine, ja, natürlich, mehrere Leute, auch sehr nette Männer. Aber darum geht es nicht. Ich bin mit niemandem zusammen und will das jetzt auch nicht. So einfach ist es nicht, Anton. Es hat mit uns zu tun, mit niemand anderem. Am meisten mit mir.«

Sie sah ihm an, dass er ihr nicht folgen konnte. Wie auch, wo er die Geschichte von Luise und George nicht genauer kannte. Die Geschichte dieser wundervollen Liebe. Auch wenn June nicht wusste, wie sie weitergegangen war, so hatte sie sich beim Lesen selbst ein bisschen in George verliebt. Wusste, dass wenn überhaupt, ein Mann wie er der Richtige für sie wäre. Ein empathischer, feinsinniger Mann, der sich für andere einsetzte.

Sie redeten weiter, letztendlich immer dasselbe, drehten sich im Kreis wie ein Blatt, das vom Baum segelte, irgendwann schlingernd.

Langsam schien Anton einzusehen, dass ihr Entschluss feststand. Er trank wortlos in kleinen Schlucken seinen Kaffee aus. *Immer in kleinen Schlucken*, dachte June. Das hatte sie schon immer gestört, dieser Tick. Und dass er kein Genießer war, wie Hendrik. Verdammt. Dieser Däne ging ihr einfach nicht aus dem Kopf. Oder war er eher ein Schwede, weil er ja eigentlich dort aufgewachsen war? Nein, er fühlte sich als Däne, hatte er ihr gesagt.

Sie hatte Anton zur Tür begleitet, ihm gesagt, dass sie immer für ihn da sein würde.

»Ich habe genug Freunde«, erwiderte er, nahm seinen Koffer. »Mach dir um mich keine Sorgen. Pass auf dich auf.«

Immerhin ein versöhnlicher Abschied, kein Streit.

Das Taxi wartete schon, und Anton winkte ihr, ehe er einstieg.

Ein weiteres Kapitel ihres Lebens, das sich geschlossen hatte. Sie dachte an Micha, ihren Ex-Mann, an all die Verluste. Ihre Eltern, ihre Großmutter, sie vermisste sie alle sehr. Aber so weh wie am Anfang tat es zum Glück nicht mehr.

June ging zurück in die Küche, nahm einen Putzlappen und wischte die Milch weg. Sie war bereits getrocknet, war schwer wegzubekommen. Sie schrubbte und scheuerte, schluchzte verzweifelt auf, konnte die Tränen nicht mehr zurückhalten. Sie liefen über wie Milch, heiß und schnell. June hielt inne. Natürlich machte es etwas mit ihr. Das Ende einer langjährigen Beziehung.

Sie bereitete sich an der Kaffeemaschiene einen frischen Kaffee zu, sog den Duft ein, schäumte erneut Milch auf, goss diese auf den Kaffee. Dann ging sie mit dem Milchkaffee auf die Veranda, ließ sich in Luises Terrassenstuhl nieder, der knarzte, sah in den Garten, roch den Lavendel, der sie an ihre Kindheit, an ihre Großmutter, erinnerte.

Sie versuchte, nicht mehr an Anton zu denken, sich auf sich und das Wichtige in ihrem Leben zu konzentrieren. Wie könnte sie weiterrecherchieren? Welche Schritte würde sie als Journalistin gehen, wenn es eine ganz normale Story wäre? Aber es war keine normale Story. Es war Marias Story. Und Luises Story, die ihrer Familie.

June zog ihr kleines Notizbuch hervor. *Leo Baeck Institute*, hatte sie hineingeschrieben. Sie war bei ihrer Recherche darauf gestoßen. Dort sollte es auch Berichte von Emigranten geben, in New York, fiel ihr ein. Jüdische Flüchtlinge oder ihre Nachkommen hatten diese Aufzeichnungen und Erinnerungsstücke hier gesammelt. Teilweise wurden diese Schriften sogar mit ins Exil genommen. Ein kostbarer Schatz. Und er befand sich in der 15 West 16th Street. Vielleicht wurde dort über den Window-Shop oder das Taste of Freedom geschrieben. June beschloss, dorthin zu gehen, alleine.

New York, Ende Juli 1942

Luise räumte Georges Wohnung auf, die nun ihre gemeinsame Wohnung war. Es fühlte sich gut an, verheiratet zu sein, aber über alldem lagen dennoch Schatten. Der Verlust ihres Kindes, ihre innere Einsamkeit, der Krieg, der sie weiter aushöhlte. Und das, obwohl sie in Sicherheit leben durfte. Was taten Menschen anderen Menschen an?

Vielleicht waren diese unmenschlichen Nachrichten, die Luise aus Deutschland hörte, der Grund, warum sie nicht mehr schwanger wurde? Sie schlief immer noch sehr schlecht, fühlte sich schuldig. Schuldig, geflohen zu sein, in Sicherheit. Ihren Landsleuten in der Heimat nicht beizustehen, nicht genug aus der Ferne tun zu können. Sie setzte sich an den Sekretär und schrieb wieder all ihre Gedanken in ihr Notizbuch. Nach einigen Zeilen hielt sie inne und dachte nach. Auch den anderen Emigrantinnen ging es ähnlich. Die Frauen aus dem Window-Shop trafen sich ab und zu, wenn es ihre Zeit zuließ, noch dienstags in der Mittagspause, auch Elly war oft mit dabei. »Wir sind doch keine Untermenschen«, hatte Elly erst kürzlich gesagt. »Wie kommt Hitler nur darauf?«

»Ich weiß nicht, was in seinem Gehirn schräg läuft. Und in so vielen anderen Gehirnen leider auch«, hatte Luise traurig erwidert. Nach wie vor konnte sie es nicht fassen, wie viele Menschen etwas gegen Juden hatten, in der ganzen Welt, auch in den USA, aber in Deutschland besonders viele. Es ließ sie nicht los.

Eines Abends, als Luise in Georges Armen im Bett lag, dachte sie wieder an Maria und ihre Familie und sagte nachdenklich: »Und wenn ich nach Berlin fahre und sie suche?«

Der Satz hing in der Luft.

»Es wäre der reinste Selbstmord, das weißt du«, erwiderte George. »Meinte Richard nicht mal, ihr seid sicher längst auf den Listen der Nazis?«

»Ja, das meinte er.«

»Solange dort Krieg herrscht, lasse ich dich nicht gehen. Und wenn, komme ich sowieso mit.« Er beugte sich über sie, sah ihr in die Augen, küsste sie zärtlich, hielt inne. »*Hey, darling, I love you*«, flüsterte er.

Es fühlte sich so gut an. »Und ich dich.«

Sie streichelten sich, liebten sich, aber Luise konnte sich nicht ganz fallen lassen. Seit sie ihr Baby verloren hatte, war ihr Kinderwunsch noch größer geworden, und sie verkrampfte immer mehr.

Endlich, endlich, ein paar Monate später, blieb ihre Regel aus. Luise wagte es nicht, sich zu freuen. Hatte sie sich nur verzählt? Nein, seit Langem zählte sie ganz genau. Die Arbeit in der Restaurantküche zog sich heute wie Nudelteig. Elly sah ihr sofort an, dass etwas nicht stimmte.

»Doch, es stimmt alles. Also vielleicht stimmt bald alles«, erwiderte Luise auf ihre Nachfrage.

Elly verstand sofort. »Oh, Luise. Ich drücke so fest die Daumen.«

»Sag es ja keinem weiter.«

»Bist du verrückt? Das bringt doch nur Unglück«, fand Elly, biss sich sofort auf die Unterlippe.

Luise sah ihre Freundin erschrocken an. Eigentlich glaubte sie nicht an so etwas. Sollte sie George überhaupt einweihen vor Ende des dritten Monats?

Ihr blieb keine Wahl, denn auch er sah ihr sofort an, dass sie innerlich strahlte. »Darling, du machst mich so glücklich.«

»Jetzt warte bitte ab. Und zu niemandem ein Wort.«

»Versprochen.« Er legte die Hand auf ihren Bauch. »Es ist unser Geheimnis«, flüsterte er ihrem Bauch zu, als würde er mit ihrem Kind sprechen. »Wir beide, wir werden noch viele Geheimnisse vor Mommy haben.«

»Hey«, lachte sie und knuffte ihn. »Das wird ja was.«

Er lachte auch. Glücklich, überglücklich wie sie. »Luise, ich liebe dich.«

Ihr war zwar nicht so oft übel wie in der ersten Schwangerschaft, aber sie merkte, dass sie nicht so belastbar war wie sonst. Dennoch, Luise arbeitete weiter wie zuvor in ihrem Restaurant.

Elly rügte sie immer wieder, schickte sie nach Hause, nahm ihr alles Mögliche ab. Aber Luise wollte nichts aus der Hand geben. Am späten Abend sank sie oft völlig erschöpft neben George ins Bett.

Und dann wieder das Blut. Der süßliche Geruch, den sie schon kannte.

Und kurz darauf die Gewissheit: Sie hatte ihr Kind verloren. Wie ein Messer schnitt diese Erkenntnis in ihr Bewusstsein. In ihre Kehle. In ihr Herz.

Sie fühlte sich, als hätte man ihr ein Bein zerschmettert. Gelähmt, unfähig, ihren Weg weiterzugehen.

New York, September 1943

Und dennoch ging Luise weiter. »Ich bin wieder nicht schwanger«, musste sie im nächsten Jahr noch einmal sagen. Es zehrte an ihr, machte sie unendlich traurig. Sie saß auf dem Sofa, nippte an ihrem Tee.

George, der gerade aus der Kanzlei nach Hause gekommen war, ging zu ihr, kniete sich neben sie, umarmte sie. »Wir haben Zeit, Darling. Gib dir Zeit. Und wenn nicht, lieben wir uns doch trotzdem. Wir haben uns. Das haben nicht viele.«

»Ich weiß.« Sie dachte an Richard. An Elly, beide schon so lange alleine. An die Frauen, die ihre Männer im Krieg verloren hatten. Und manche sogar ihre Kinder.

George küsste sie sanft auf den Mund. »Ich bin auch ohne Kind überglücklich mit dir, Darling.« Er nahm ihre Hand.

»Ich weiß, George, aber ich nicht. Etwas fehlt, mir geht es nicht gut. Vielleicht ist es auch das unendliche Leid der Kinder in diesem Krieg.«

Und wenig später wusste sie einen Ausweg. »Wenn ich schon kein eigenes Kind bekommen kann, dann möchte ich Kindern helfen. Helfen, irgendwann wieder eine Zukunft zu haben. In Freiheit und Frieden. Ich denke so viel an Marias Kinder. Ob sie noch leben? Sie hatten ihr ganzes Leben vor sich.«

Er nickte traurig, auch seine Recherchen über die Kanzlei nach ihrer Freundin und deren Familie, die er all die Jahre immer wieder angestellt hatte, hatten nichts ergeben. »Das ist eine schöne Idee, Luise, aber wie willst du helfen?«

»Ich weiß etwas.«

Die Alliierten waren in Süditalien gelandet. Es war ein Anfang, aber bald wurde allen klar, dass es ein schwerer Weg werden würde. Und bis jetzt war ihr Sieg nicht abzusehen.

Luise räusperte sich. »Astrid hat mir gestern erzählt, dass sie deutsche Mitarbeiterinnen suchen. Beim British Information Service. Beim *Listening Post*, wo Hitlers oder Goebbels' Reden auf Schallplatte aufgenommen werden. Ich kann sie übersetzen und abschreiben, dann werden sie an alle Konsulate verteilt. So wissen alle Länderchefs, welche Propaganda die beiden Teufel den Deutschen erzählen.«

»Das ist großartig, Luise. Aber was ist mit deinem Job im Restaurant? Übernimmst du dich dann nicht? Dein Körper braucht jetzt Ruhe.«

»Das wird gehen. Es muss. Wir müssen jetzt alle Opfer bringen. Wir sehen uns dann weniger, fürchte ich. Aber ich hoffe, du wartest auf mich?«

»Ich warte schon mein ganzes Leben auf dich, Darling. Natürlich warte ich auf dich. Wenn sie dort noch mehr Leute brauchen, sag Bescheid. Mein Deutsch ist zwar nicht perfekt, und ich bin oft lange in der Kanzlei, aber ich bin zu allem bereit, um zu versuchen, diesen Irrsinn zu stoppen. Für die Zukunft der Kinder dieser Welt.«

Überwältigt lehnte sich Luise an ihn.

Bald darauf hatte ihr Astrid einen Kontakt hergestellt, zum British Information Service, zum *Listening Post*.

Elly und eine andere Emigrantin, die sie aus dem Window-Shop kannte, übernahmen am Morgen das Restaurant.

Die Arbeit beim *Listening Post* brachte Luise auf andere Gedanken. Mehrere deutsche Emigrantinnen waren hier als Übersetzerinnen tätig, hörten Hitlers oder Goebbels' Reden, übersetzten sie und tippten das Gehörte mit einer Schreibmaschine nieder.

»Widerlich, dieser Goebbels«, sagte eine Frau in ihrem Alter, die neben Luise saß und nach Duftwasser roch. »Wie können die zu Hause das nur glauben?«

»Ich frage mich das ständig. Allein die Tonlage, dieses Herrische, Fanatische«, erwiderte Luise angewidert. Sie erinnerte sich an die Übertragung der Rede im Sportpalast in Berlin im Februar dieses Jahres, in der Goebbels 15 000 Anhänger anheizte, den totalen Krieg zu wollen. Die vielen Besucher sprangen wie bei einer Welle von ihren Sitzen, rissen die Arme hoch und schrien: »Jaaa!«

Goebbels setzte dann noch nach: »Wollt ihr ihn, wenn nötig, totaler und radikaler, als wir ihn uns heute überhaupt noch vorstellen können?«

Und wieder sprangen die 15 000 Menschen hoch und brüllten: »Jaaa!«

Luise hatte eine Filmaufnahme der Rede in den Staaten gesehen, saß fassungslos davor. Schon damals, als sie das Land verlassen hatte, hatte es viele deutsche Mitläufer gegeben. Fanatische, überzeugte. Aber was sich in den Jahren seit ihrer Flucht aus Deutschland dort getan hatte, vor allem trotz des vielen Terrors und der schrecklichen Morde, überstieg ihr Vorstellungsvermögen. Wie schafften diese Aggressoren es, so viele Menschen derart weiter zu verblenden? Goebbels war auch im Ausland berühmt-berüchtigt für seine Rhetorik. Aber dennoch. Konnte man Menschen einzig dadurch so gut lenken?

Es gruselte sie jedes Mal, wenn sie Goebbels' neueste Reden abhörte und übersetzte. Dieser Mann schien jeglichen Bezug zur Realität, zur Menschlichkeit, zur Empathie verloren zu haben. Nicht nur Hitler, auch ihn musste man, so schnell es ging, stoppen. So viele Gefolgsleute in diesem Kreis.

Die Arbeit war zwar anstrengend, auch mental, weil sie ständig diese hetzerischen Reden hörte und niederschrieb, aber es lenkte ab von ihrer Sehnsucht nach einem Kind, von ihren ständigen Gedanken und Sorgen um Maria und Anni.

Der »Battle of Berlin«, wie er hier genannt wurde, der Luftkrieg der Alliierten gegen Berlin, begann im November.

Luise blutete das Herz. Ihr war eiskalt. Der Herbstwind rüttelte am Fenster. Sie stand mit George im Wohnzimmer, Arm in Arm, während sie reglos dem Radio lauschten.

Luise fand als Erste ihre Sprache wieder. »Es muss die Hölle sein, dort.«

»Ja, das muss es.«

»Wir müssen ihnen wenigstens irgendwie zeigen, dass wir nicht aufhören, an sie zu denken.«

Durch den British Information Service, den *Listening Post*, gelang es Luise, sich den Kontakt zu einer Radiosendung zu verschaffen. »The Voice of America«, mit der man das deutsche Volk erreichen konnte. Denn die Sendung wurde seit Februar über Mittelwellenanlagen in Großbritannien abgewickelt, die Aufnahmen wurden auf Schallplatte gepresst und per Flugzeug nach London gebracht. Faszinierend. Und seit Neuestem konnte man sogar direkt über Kurzwelle aus New York nach Deutschland senden, mit einem internationalen Programm in vier Sprachen, wie Luise erfuhr. Sie ließ nicht locker, überredete den netten Redakteur, erzählte ihm von ihrer Flucht, von ihren Lieben in Deutschland, bat ihn, selbst einen Text verlesen zu dürfen, der Mut und Hoffnung machen sollte.

Aufgeregt berichtete sie George beim Abendbrot davon, dass es klappte.

»Das ist großartig, Luise, aber auch gefährlich«, fand er.
»Wieso das?«
»Zumindest, wenn du deinen wahren Namen nennst. Falls du wirklich auf einer Liste der Nazis stehen solltest.«
Sie willigte ein, ihn nicht zu nennen, aber etwas zu sagen, sodass Maria und Anni wussten, wer sprach, falls sie zuhörten.
Sie bereitete sich nächtelang vor, schrieb ihren Text gefühlt hundertmal um. Diese wenigen Minuten, die sie bekommen hatte, waren eine Riesenchance, viele Menschen zu erreichen. Einige dachten wohl in Deutschland dank Hitlers und Goebbels' Propaganda immer noch, dass Konzentrationslager reine Arbeitslager seien. Im Ausland dagegen waren die Gräueltaten, die darin geschahen, bei einigen bekannt.

Endlich war es so weit. George fuhr Luise wenige Tage später zur Radiostation. Sie wollte vor allem über starke Frauen im Widerstand berichten, hatte dazu alles zusammengetragen, was sie über die verschiedenen Gruppen, mit denen sie in Kontakt stand, finden konnte. Denn sie wollte allen da draußen sagen: *Auch wir Frauen können etwas gegen diesen Terror in der Welt tun. Um unsere Kinder, unsere Lieben und uns zu schützen.*
Sie sprach über Hilda Monte, die 1936 ins Exil nach London gegangen und deren Buch *The Unity of Europe* gerade erschienen war. Hierin stellte sie Überlegungen an für die Organisation einer föderalen Europäischen Gemeinschaft nach dem Krieg.
Dann berichtete Luise von Käthe Niederkirchner, die in der Sowjetunion im Exil lebte und im Oktober dieses Jahres gemeinsam mit einem anderen Widerstandskämpfer über Polen aus einem sowjetischen Flugzeug gesprungen war.
»Ist das nicht der Wahnsinn? Sie springt aus einem Flugzeug! Käthe Niederkirchner wollte Kontakt mit Kommunisten in Berlin aufnehmen. Wünschen wir ihr viel Glück, dass sie es schafft. Oder Anna Seghers, die im Exil in Frankreich Exilzeitschriften

publiziert hat, die sich für eine ›Volksfront‹ gegen Hitler einsetzt. Vor zwei Jahren konnte sie nach Mexiko entkommen und gründete dort eine Bewegung und die Exilzeitschrift *Freies Deutschland* mit, schreibt Romane. Oder Hanna Arendt, die seit zwei Jahren auch in New York im Exil lebt. Sie schreibt Kolumnen für die deutsch-jüdische Emigrantenzeitung *Aufbau*, die ja hier in New York erscheint. Und es gibt noch so viele weitere Geschichten von starken Frauen im Widerstand im Exil. Und natürlich auch von Männern. Es zeigt, wie mutig wir sein können, auch fern der Heimat. Also auch ihr«, fügte Luise kämpferisch hinzu. »Auch wenn es gefährlich ist. Aber Hitler nicht zu stoppen ist noch gefährlicher. Thomas Manns Radiobeiträge, die er all die Jahre vom Exil aus gesendet hat, wurden gehört. Das belegen chiffrierte Rückmeldungen aus Deutschland.«

Sie war so in Fahrt, dass der Redakteur ihr ein Zeichen gab aufzuhören. Etwas plötzlich spielte er einen Song von Glenn Miller ein.

Luise entschuldigte sich, dass die Pferde mit ihr durchgegangen waren, aber er verstand es. Sie hatte ein gutes Gefühl. Vielleicht hatte sie wirklich manchen in Deutschland Hoffnung geben können.

Richards Buch war inzwischen in einer kleinen Auflage erschienen, aber immerhin. Er hatte Luise zu sich eingeladen, sie aßen Butterkuchen, den Luise mitgebracht hatte, tranken Kaffee, und er überreichte ihr feierlich und stolz ein Exemplar.

Luise nahm das Buch, blätterte es durch, freute sich mit ihm. »Ich bin sehr stolz auf dich«, sagte sie.

»Und ich auf dich. Dein Text im Radio war wirklich gut.«

»Danke, das bedeutet mir viel.« Sie sahen einander an.

»Und ich habe bald eine Lesung«, fügte er hinzu. »Das wird eine Herausforderung.«

»Das schaffst du auch.« Sie trank ihren letzten Schluck Kaffee, stand auf. »Ich muss jetzt aber wieder. Soll ich noch abspülen?«

»Unsinn. Das mache ich.« Richard erhob sich ebenfalls, sah ihr wieder in die Augen. Dann trat er einen Schritt auf sie zu und umarmte sie plötzlich, hielt sie fest, vergrub sein Gesicht in ihrem Haar. Luise erwiderte die Umarmung überrumpelt, nahm seinen vertrauten Geruch wahr, der sie zutiefst berührte.

KAPITEL 27

New York, 2023

June verliess nachdenklich das Leo Baeck Institute, das um 16 Uhr schloss. Es befand sich im Center for Jewish History in Manhattan, in einem Altbau mit Backsteinfassade, zwei Fahnen hingen über der Eingangstür. Das Museum enthielt eine der bedeutendsten Sammlungen von Quellen zur Geschichte und Kultur deutschsprachiger Juden. Ihr Kopf schwirrte von all den traurigen Schicksalen jüdischer Emigranten, von denen sie gelesen hatte. Die Erinnerungen hatten sie zutiefst aufgewühlt.

Tatsächlich hatte sie auch über den Window-Shop gelesen, aber leider nicht mehr herausgefunden. Gut, dass sie das Notizbuch ihrer Großmutter besaß.

Aber etwas war June durch das Leo Baeck Institute wieder bewusst geworden: Was ihr fehlte, waren Zeitzeugen oder Nachfahren von Zeitzeugen, die ihre Großmutter oder Maria gekannt hatten. Noch jemanden wie Miriam Teitelbaum. Das brauchte sie. Und jetzt dringend einen Kaffee.

Alison ist eine wirkliche Zeitzeugin, fiel ihr ein. Damals hatte sie im Nachbarhaus in Washington Heights gewohnt, ihre Freundin aus Kindheitstagen.

Alisons Mutter war einst Luises Nachbarin gewesen. Leider war sie verstorben, das wusste June, aber vielleicht erinnerte sich Alison an irgendetwas, was sie weiterbrachte. Inzwischen müsste sie wieder in Manhattan sein.

June nahm ihr Handy zur Hand und wählte Alisons Nummer. Und tatsächlich nahm Alison ab und freute sich, von ihr zu hören. Sie hatte sogar spontan Zeit, sich in einer Stunde zu treffen. »Du hast Glück, mir ist gerade ein Termin abgesagt worden. Hast du jetzt eigentlich das Haus deiner Großmutter geerbt?«, fragte sie noch am Telefon.

»Ja, und ein Restaurant«, erwiderte June, ohne darüber nachzudenken. »Es ist aber kompliziert, nicht ich alleine. Ich erzähle dir gleich, weshalb.«

»Ein Restaurant? Oh, dann können wir uns doch dort treffen. Wie aufregend«, schlug Alison sofort vor, und June wusste, dass es ein Fehler gewesen war, es zu erzählen. Da aber Hendrik Urlaub hatte, wie er in seiner letzten Nachricht geschrieben hatte, als er sie bat, ihn zu treffen, willigte sie ein. Alison würde eh keine Ruhe geben, sie war schon damals sehr ungeduldig gewesen.

June traf zu früh im Taste of Freedom ein, bekam Hendriks Tisch, bestellte sich schon mal einen Kaffee und einen gesunden grünen Smoothie und wartete auf Alison. Währenddessen recherchierte sie weiter am Smartphone auf der Website des Leo Baeck Institute. Es roch köstlich im Lokal. Kaffeeduft, gemischt mit Vanille und Zimt.

Einige Minuten später trat Alison ein und sah sich begeistert im Restaurant um. Sie hatte etwas zugenommen, aber es stand ihr gut. Sie trug eine enge Jeans, ein pinkfarbenes weites T-Shirt. Ihre Haare waren blondiert und schulterlang. »Wow, June, und das gehört jetzt alles dir?«, fragte sie, während sie June mit einer herzlichen Umarmung begrüßte.

»Nein, nein, nicht ganz. Nur zu einem Drittel und auch nur, wenn ich die anderen Erben oder Nachfahren finde oder herausbekomme, dass es keine Erben gibt.«

Alison setzte sich, und June erzählte ihr die Kurzversion.

»Ach herrje. Und wenn du das alles niemals herausfindest, bekommst du nichts?«

»Ich weiß es noch nicht, ich fürchte, ja.« June seufzte. »Und vor allem habe ich dann meine Großmutter enttäuscht.«

»Das wollen wir ja nicht«, sagte Alison lächelnd. »Wie kann ich dir helfen?«

»Oh, ich treffe mich nicht nur deshalb mit dir.«

»Komm schon. Alles gut.« Alison drehte sich zum jungen Kellner, bestellte sich ebenfalls einen Smoothie. Sie überflog die Tageskarte, die auf ihrem Tisch lag. Sie war in einer schnörkeligen Schreibschrift verfasst. »Und einen Apfelkuchen mit Vanilleeis, bitte.«

»Oh den hätte ich auch gerne«, bat June den Kellner.

Sie sprachen über Junes Großmutter, aßen köstlichen Apfelkuchen mit Vanilleeis und schwelgten in Erinnerungen. Es tat gut, mit Alison über damals zu reden, mit jemandem, der Luise gekannt hatte. Es bereitete June ein warmes Gefühl im Bauch.

Alison versuchte sich an alles zu erinnern, was ihre Mutter ihr im Laufe der Jahre über die Nachbarin erzählt hatte. Ihr Vater hatte sich früh von ihrer Mutter getrennt, kannte Luise also nicht. »Ein bisschen schräg war sie ja schon, deine Großmutter. So viele Kräuter wie sie hat keiner der anderen Nachbarn angebaut. Aber kein Wunder, vermutlich hat sie die in ihr Restaurant gebracht.«

»Und davon habt ihr wirklich auch nichts gewusst?«

»Nein, offenbar wollte sie mit niemandem über ihre Vergangenheit reden. Was ja oft vorkommt bei Leuten, die diese schreckliche Zeit erlebt haben. Kein Wunder.«

»Ja. Nur war sie hier in Sicherheit, hat den Krieg nicht hautnah miterlebt. Sie war nie wieder in Deutschland.«

»Was? Doch. Meine Mom hat mir mal erzählt, dass Luise direkt nach Kriegsende wieder zurückgegangen ist für eine Zeit. Mom hat sie damals für verrückt erklärt.«

»Wirklich? Davon weiß ich nichts. Aber kein Wunder, so weit bin ich im Notizbuch noch nicht.« June dachte aufgeregt nach. »Was weißt du noch über ihre Rückkehr nach Deutschland?«

Doch ehe Alison antworten konnte, schwang die Tür des Taste of Freedom auf, eine junge Kellnerin hielt sie schnell, und Hendrik schob eine Frau im Rollstuhl herein. Eine hübsche, brünette Frau. *Die Frau aus dem Zeitungsartikel im Netz*, wurde June schlagartig klar. *Seine Frau.* Am liebsten wäre sie plötzlich unsichtbar gewesen. Sie hielt die Tageskarte hoch, versuchte, sich dahinter zu verstecken, linste seitlich zu den beiden hinüber.

Hendrik und seine Frau wurden vom Personal nett begrüßt. Er hatte June noch nicht gesehen. Seine Frau hatte ein sympathisches Lächeln, dunkle, warme Augen. Sah gut gekleidet aus, trug eine Jeans und einen Blazer, nicht overdressed. Sie hatte einen blassen Teint, aber es stand ihr gut zu ihren braunen Haaren, sie erinnerte ein wenig an Schneewittchen.

Alison lachte hell auf. »Was ist denn mit dir los? Versteckst du dich? Wirst du vom FBI gesucht? Wer ist das denn?«

»Pschscht. Das ist der Chefkoch.«

Hendrik hatte wegen des Lachers in ihre Richtung gesehen, erkannte June sofort, sah sie betreten an. Seiner Miene nach zu urteilen, war ihm die Situation äußerst unangenehm. Er zögerte kurz, flüsterte seiner Frau, die sich mit der jungen Kellnerin unterhielt, etwas zu. Sie nickte, redete weiter mit der Kellnerin, die sie offenbar kannte.

Hendrik trat zu ihnen an den Tisch. »Hey«, sagte er mit seiner dunklen, warmen Stimme, und Junes Herz klopfte sofort schneller. So ein Mist. Er kam ihr noch größer vor, als er nun vor ihnen stand. Und er wirkte angespannt.

»Hey.« Ihr Puls raste, sie konnte nichts dagegen tun.

Alison, die auch von Hendrik angetan schien, stellte sich einfach selbst vor. »Chefkoch sind Sie?«, fragte sie dann begeistert. »Ich liebe Männer, die kochen können.«

»Ich dachte, du hast Urlaub«, versuchte June ihm zu erklären, warum sie hier war.

»Habe ich auch. Aber ... wir waren gerade in der Gegend.« Er deutete auf seine Frau.

»Ja, dann, schönen Urlaub noch«, sagte June. Alison warf ihr einen irritierten Blick zu.

»Können wir uns morgen treffen, June? Bitte.« Hendrik sah sie ernst an.

Alison nickte ihr auffordernd zu. June atmete durch. »Gut. Wann und wo?«

»Im Central Park.« Er überlegte kurz. »Beim Ententeich an der Gapstow Bridge?«

June dachte sofort an Luise und George, die auch mehrmals dort gewesen waren. Sie nickte, nannte eine Uhrzeit, sagte zu.

Als Hendrik kurz darauf zu seiner Frau außer Hörweite gegangen war, konnte sich Alison gar nicht mehr beruhigen. »June, der steht auf dich, das ist ja wohl so was von offensichtlich.«

»Und wenn schon, er ist verheiratet. Er ist mit seiner Ehefrau hier.«

»Oh.« Alison hielt inne. »Woher weißt du das?«

»Google sei Dank. Von einem Foto, das im Internet erst letzte Woche veröffentlicht worden ist. Darauf waren sie Arm in Arm zu sehen.«

»Verdammt, er kann einem leidtun.«

»Wieso? Sie sieht sehr nett aus.« June meinte das wirklich, und sie würde dieser Frau niemals ihren Mann wegnehmen. Niemals. Endlich verstand sie, was Hendrik die ganze Zeit belastet hatte.

»Seine Frau sieht wirklich sehr nett aus.« Alison seufzte, dann stellte sie bitter fest: »Selbst wenn er sie nicht mehr liebt, ist er auch an diesen Rollstuhl gefesselt.«

June schluckte. Genau das war das Problem. Genau das hatte sie auch sofort gedacht. Sie wollte jetzt nicht darüber reden. »Also, was weißt du über die Reise meiner Großmutter nach Deutschland?«, lenkte sie ab. »Und wieso hat sie deiner Mom davon erzählt, wo sie doch sonst mit niemandem über damals geredet hat?«

»Meine Mom meinte, dass sie sich mal um deine Großmutter gekümmert hat, als die sehr krank war. Das muss Ende der Sechziger gewesen sein. Sie hat ihr eine Suppe gebracht. Und deine Großmutter hat ihr dann wohl fiebernd davon berichtet, wie sie ein Jahr nach Kriegsende für eine Hilfsorganisation gearbeitet hatte und deshalb in ihre Heimat nach Deutschland zurückgegangen war. Direkt nach dem Krieg, mitten in die Trümmer. Meine Mom fand das so verrückt, deshalb hat sie mir davon erzählt.«

*

New York, Mai 1946

Luise beobachtete eine Ente im Teich. George hatte ihr einmal erklärt, dass sie Nordamerikanische Pfeifente hieß, dabei hatte er gepfiffen. Er versuchte, sie zum Lachen zu bringen, das tat ihr gut.

Nun stand er neben ihr, hielt ihre Hand, und gemeinsam beobachteten sie die Enten-Mama, die, gefolgt von drei Entenküken, aus dem Teich stieg und wie sie am Ufer entlangwatschelten. Die Sonne schien, diese Idylle stand in so starkem Kontrast zu den Bildern, die Luise in der *New York Times* gesehen hatte, die sie nicht mehr aus dem Kopf bekam. Berlin, ihre wunderschöne Heimatstadt, so völlig zerstört. Und vor allem die armen Menschen, die Kinder.

»Du würdest wirklich in diese völlig zerstörte Stadt wollen?«, fragte er aufgewühlt. Sie erwiderte nichts, sah die Entenküken an und nickte. Er drückte ihre Hand, und gemeinsam gingen sie weiter durch den Central Park. »Du hast doch die Bilder von Berlin gesehen, Luise. Die Innenstadt ist ein Ruinenfeld, so viele Schuttberge.«

»Ja, natürlich, aber dort leben noch Menschen, und sie brauchen Hilfe«, entgegnete sie entschlossen, den Tränen nahe. »George, ich muss nach Berlin, ich muss sie suchen, jetzt, da der Krieg endlich vorbei ist. Ich muss wissen, was ihnen widerfahren ist. Was, wenn Maria und ihre Familie sich verstecken konnten? Ich habe gehört, dass es einige Berliner gab, die Juden versteckt hielten und ihnen so das Leben gerettet haben. Und es gab Kindertransporte nach England, Eltern, die wussten, dass sie dem Tod geweiht sind, haben ihre Kinder alleine in die Fremde und damit in die Freiheit geschickt. Nach und nach kommt alles ans Licht. Auch das Gute.«

»Ich weiß. Diese Menschen verdienen meinen größten Respekt. Sie sind wahre Engel. Aber es gibt so viele Blindgänger-Bomben dort, es ist so gefährlich.«

»Ich weiß, ich muss trotzdem nach Berlin.«

Er seufzte. »Und was willst du konkret tun?«

Luise blieb stehen, drehte sich zu ihm, sah ihn an. »Ich möchte für eine Hilfsorganisation arbeiten, die Verfolgten hilft, die sich im Krieg verstecken konnten, oder ehemaligen KZ-Häftlingen. *Displaced Persons*. Ich möchte ihnen helfen, ein neues Leben anzufangen.«

»Meinst du mit Hilfsorganisation die UNRRA? Die seit Kriegsende von der Uno übernommen wurde?«, fragte George nach.

»Genau. Die UNRRA betreut die Lager, in denen die Displaced Persons untergebracht sind. Auch in Berlin.«

Zusammen mit den Frauen des Window-Shops hatte Luise schon einigen Flüchtlingen geholfen, hier anzukommen. Jetzt wollte sie Menschen, die aus diesen Trümmern fliehen wollten, die Chance geben, ein neues Leben anzufangen.

George seufzte, fand das aber sehr gut, wie er zugab. Er erklärte zu wissen, dass diese Organisation schon im Zweiten Weltkrieg, 1943, in den Staaten gegründet worden war. Von mehreren Nationen. Hilfslieferungen sollte es aber nur in befreiten Gebieten geben, nicht im Feindgebiet. Und jetzt war Deutschland ja befreit, kein Feindgebiet mehr.

»Ehrlich gesagt, habe ich schon zugesagt«, fuhr Luise zögerlich fort.

Abrupt drehte er sich zu ihr. »Ohne mit mir darüber zu reden?« Er wirkte enttäuscht.

»Entschuldige bitte. Ich wurde heute Morgen gefragt, und du warst den ganzen Tag in Besprechungen, und dann habe ich spontan Ja gesagt. Bist du mir sehr böse?«

»Luise, nein, du weißt, ich liebe es, dass du so ein großes Herz hast.« Er strich ihr eine Haarsträhne hinter die Ohren.

Sie lächelte erleichtert, stellte sich auf die Zehenspitzen, küsste ihn auf den Mund. Seine Lippen schmeckten so gut, sie sog seinen Geruch ein.

Dann löste sie sich von ihm, sah ihn sanft an. »Ich wusste ja eh, dass du es im Grunde gut finden wirst.«

»Aber ich komme mit.«

»Das habe ich gehofft. Denn es wird hart. Es wird sehr hart. Die Menschen, die die Konzentrationslager überlebt haben, sind sicher nur noch ein Schatten ihrer selbst.«

»Und du bist sicher, dass du das verarbeiten kannst?«

»Nein. Aber wenn ich jetzt nicht fahre, sind Marias und Annis Spuren ganz verwischt. Wenn ich sie finden will, muss ich jetzt nach Berlin.«

»Du hast recht.«

»Und wie willst du deinem Chef erklären, dass du mit mir nach Berlin gehst?«, hakte sie nach.

»Das lass mal meine Sorge sein.« Er nahm ihre Hand, lief mit ihr weiter ein paar Schritte am Ententeich entlang. Von Weitem sahen sie, dass die Entenmama mit ihren Kleinen wieder in den Teich gehüpft war. Einträchtig schwammen sie ihrer Mutter hinterher.

Luise sehnte sich nach wie vor nach einem Kind, aber sie musste ihr Schicksal, nicht schwanger werden zu können, akzeptieren. Sie hatte beschlossen, sich jetzt um andere Kinder zu kümmern, es gab so viele, die Hilfe dringend benötigten.

George und sie setzten sich auf eine Bank und sahen den Entenküken zu. Luise dachte an dieses Gefühl der Erleichterung, als sie vor einem Jahr vom Ende des Krieges erfahren hatte. Richard war überraschend zu ihr ins Restaurant gekommen und hatte ihr gesagt, dass Thomas Manns letzte Radioansprache zu hören sei.

Elly, Richard und die Gäste hatten sich alle um das Radio versammelt, das auf dem Tresen stand.

»Der Krieg in Europa ist zu Ende.« Manns Stimme klang erst erleichtert, dann aber traurig. »Denn es ist bitter«, sagte er, »wenn die Welt jubelt über eine Niederlage und die Demütigung eines Landes, aus dem man selbst stammt. Ich sage, es ist trotz allem eine große Stunde: die Rückkehr Deutschlands zur Menschlichkeit.«

Die Gäste, unter denen die meisten Emigranten waren, Elly, Luise und Richard klatschten Beifall. Und dann entbrannte eine hitzige Diskussion. Denn Thomas Mann deutete in seiner Rede eine Kollektivschuld der Deutschen an. Einige waren der Meinung, dass man vom Exil aus nicht recht sagen konnte, wer sich wie verhalten hatte, deshalb sei nicht jeder schuld. Nur Elly, die inzwischen öfter ihre Meinung vertrat und mutiger geworden war, sagte, es hätten sich alle mitschuldig gemacht.

Richard sah sie beeindruckt an und gab ihr recht. Luise dagegen warf ein, dass es ja auch Menschen im Widerstand gab, oder unpolitische Mutige, die keine Schuld betraf. Aber weder Richard noch Elly gingen darauf ein, sie sahen sich an, und Luise beobachtete diesen Blick, den die beiden austauschten, und erst da merkte sie, dass sich zwischen ihnen wohl etwas anbahnte.

Wie schön, hatte sie gedacht, sie wünschte es sowohl Richard als auch Elly so sehr.

»Luise«, unterbrach George jetzt ihre Gedanken an damals. »Ich möchte aber nicht, dass wir in Deutschland bleiben, das muss dir klar sein.« Die Entenmama schwamm mit ihren Kleinen immer weiter weg.

»Ich weiß, George.« Er hatte schon mehrfach klargestellt, dass er sich ein Leben in diesem Land, in dem so viele Nazis und Anhänger Hitlers lebten, auf keinen Fall vorstellen konnte.

Richard dagegen hatte kürzlich gesagt, er wolle auf jeden Fall zurück. »Ich habe es zwar endlich geschafft, im Exil ein wenig anzukommen, dank dir, Luise. Aber meine Wurzeln, meine Sprache, das, was mich ausmacht, ist nach wie vor in Deutschland, in Berlin.«

Ging es ihr nicht auch so? Beging sie einen Fehler, wenn sie mit George für immer in New York blieb?

KAPITEL 28

Hamburg, Juli 1946

ES HERRSCHTE EINE gespenstische Stille an Bord des Dampfers, der sie in nur sechs Tagen von New York nach Hamburg gebracht hatte. Keiner der anderen Passagiere aus New York machte mehr einen Mucks, nur noch das Geräusch der Motoren, des Wassers, das gegen den Schiffsrumpf plätscherte, und ein paar Möwen waren zu hören.

Luise hielt Georges Hand ganz fest, starrte schockiert auf die Überreste von Hamburg, dieser einst so prachtvollen Hansestadt, mit ihren zahlreichen architektonisch besonderen Bauwerken. So vieles war zerbombt worden, auch ein Jahr nach Kriegsende ragten Hafenbahngleise geborsten in den Himmel, Kräne lagen umgestürzt auf den Quais, im trüben Wasser des Hafenbeckens sah man Wracks.

Ihr Magen, der auch auf dieser Dampferfahrt immer mal wieder rebelliert hatte, zog sich zusammen. Luise hatte gelesen, dass ein britischer Kriegsberichterstatter vom Chaos im Hamburger Hafen berichtet hatte. »Hamburg ist eine tote Stadt«, hatte er gesagt, als er mit den Briten am 3. Mai 1945 nach Hamburg gekommen war.

Werften, in denen nicht nur Schiffe, sondern auch Waffen gebaut worden waren, waren von den Alliierten zerbombt worden. Die Zerstörung reichte von den Elbbrücken bis zu einer Baracke für Kriegsgefangene und der Außenstelle des Konzentrationslagers Neuengamme.

So viele Hamburger müssen etwas mitbekommen haben von den grausamen Vorgängen in diesem Konzentrationslager, dachte Luise bitter. *So viele in Deutschland leugnen, etwas gewusst zu haben.* Was würde George und sie hier alles erwarten? Luise atmete tief ein. Die Luft roch so anders als in New York, als schwirrten feine Staubpartikel herum.

Auch Berlin sollte stark zerbombt sein, noch stärker sogar, diese einst so aufregende, lebendige Stadt. Wie würden ihnen all die traumatisierten Menschen entgegentreten? Würden sie ihnen vorwerfen, sie in diesem Inferno alleingelassen zu haben?

George drückte ihre Hand. Er wusste, wie sehr sie all das belastete, und auch ihn bedrückte es zutiefst, das sah sie ihm an.

Der Schutt auf den Straßen und an den Straßenrändern ließ ahnen, was hier geschehen war. Gut, dass Hamburg wenigstens am Ende kapituliert hatte, sonst wäre noch mehr zerstört worden. Auch das Schienennetz war durch den Krieg stark beschädigt worden, wie Luise inzwischen wusste. Aber bereits im Juli vergangenen Jahres hatte man die Schäden an Straßenbahngleisen und Oberleitungen weitestgehend behoben, auch um möglichst rasch die Trümmer beseitigen zu können. Die S- und U-Bahnen fuhren auf einigen Strecken wieder.

Die UNRRA hatte Luise mitgeteilt, wie sie von Hamburg nach Berlin gelangen konnten. Seit Januar dieses Jahres herrschte ein reger Güterverkehr zwischen den Besatzungszonen, mit Interzonenzügen, aber eben nur für Güter. Da die britischen Besatzer in Hamburg Nachschubwege gebraucht hatten, hatte man einige Strecken wieder schnell befahrbar gemacht.

Der normale Personenverkehr zwischen Ost und West war aber immer noch eingestellt. Sie müsse also »illegal« über die Zonengrenze, wie viele andere es auch taten, hatte man ihr geschrieben.

Mit der Straßenbahn am Hamburger Bahnhof angekommen,

sahen sich Luise und George erschüttert um. Auch hier war vieles zerbombt worden.

Sie durchquerten das Bahnhofsgebäude, fanden ihr Gleis, und weiter ging es mit der Eisenbahn. Sie fuhren von ihrer Besatzungszone bis zum Grenzbahnhof direkt an der Demarkationslinie der anderen Besatzungszone, und schließlich mussten sie zu Fuß über die »Grüne Grenze«. Viele taten es ihnen gleich, so viele abgemagerte, vom Krieg gezeichnete Menschen. Eine Frau neben Luise stolperte, sie half ihr rasch wieder auf. Dieses dünne Handgelenk, die abwesenden Augen, das blasse Gesicht, das abgetragene Kleid. Luise schämte sich, so wohlgenährt und gut gekleidet auszusehen.

Nach mehreren Stunden Fahrt, wieder mit der Bahn, in denen sie viel Verwüstung gesehen und kaum noch Worte gefunden hatten, kamen sie endlich in Berlin am Zoologischen Garten an.

Der Schaffner pfiff, sie stiegen aus. Luise hatte schon von Weitem erfasst, was aus ihrer Stadt geworden war. Ihr Berlin! Das hier hatte nichts mehr damit zu tun. Schon vom Zug aus hatten sie erschüttert die Skelette der Häuser betrachtet. Die unfassbaren Berge an Schutt, die zerstörten Leben, die Schickale, die man darunter nur erahnen konnte.

Wie hat hier irgendjemand überleben können?, durchfuhr es Luise, als sie das Bahnhofsgebäude verlassen hatten und sie vor dem halb abgeschossenen Dach der Kaiser-Wilhelm-Gedächtniskirche standen. Vor drei Jahren war das geschehen, sie erinnerte sich an den Artikel in einer New Yorker Zeitung, durch den sie es erfahren hatte. Seither stand der zerstörte Kirchturm da und war noch nicht repariert worden. Es gab so vieles wieder aufzubauen.

Sie zitterte, spürte Georges Hand in ihrer. Wie traumatisiert mussten all diese Menschen sein. Egal, welcher Gesinnung. Waren sie dankbar, befreit worden zu sein? Oder immer noch wütend, nicht gesiegt zu haben? Luise wusste, es würde beides geben. Aber eben auch viele, die Hilfe benötigten, viele, die dankbar sein würden, viele Kinder, die eine Zukunft brauchten.

Das jüdische UNRRA-Lager, in das Luise gehen wollte, befand sich in Berlin-Mariendorf, Tempelhof. Ein Lager, in dem sich Displaced Persons, Vertriebene, ehemalige Zwangsarbeiter und KZ-Häftlinge befanden, auch Familien mit Kindern, wurde ihr gesagt. Dort gab es sogar einen Kindergarten und eine Volksschule.

Luise zerriss es das Herz, wenn sie nur daran dachte. An die Kinder, die all das Grauen hatten erleben müssen. Die ihr ganzes Leben lang davon träumen würden. Die keine glückliche Kindheit hatten. Was, wenn sie dort Marias Kinder finden würde, wenigstens sie? Aber das wäre ein so großer Zufall, dass sie sich bemühte, nicht darauf zu hoffen. Dennoch. Eine Spur vielleicht, ein Hinweis auf ihren Verbleib. Oder auf Anni. Ihren Siegfried müsste man doch ausfindig machen können, als Ehemaligen bei der Gestapo. Und über ihn könnte sie Anni finden. Ihre Gedanken rasten.

Sie durfte die Hoffnung nicht aufgeben, auch wenn der Anblick ihrer Heimatstadt drohte, diese im Keim zu ersticken.

Da das Taste of Freedom mittlerweile gut lief, hatte sich Luise die Schiffstickets leisten können und darauf bestanden, auch Georges zu bezahlen. Sie genoss es, finanziell unabhängig zu sein, und wollte das auch für immer sein.

George musste bald wieder zurück, aber sie würde etwas länger bleiben. Zum Glück hatten Astrid und Rahel sofort angeboten, Elly im Restaurant zu unterstützen. Das Netzwerk der Emigrantinnen war so wundervoll, Luise war sehr dankbar dafür. Die Frauen verstanden gut, was sie antrieb, so kurz nach dem Krieg nach Berlin zurückzukehren. Sie alle hatten ihr aufgeschrieben, nach welchen Namen sie auf den Listen suchen sollte. Sie alle vermissten einen, meist mehrere geliebte Menschen.

Traurig lief sie Hand in Hand mit George am Ku'damm entlang. Diese einstige Prachtstraße. Es standen zwar noch einige Gebäude, ein paar Läden hatten geöffnet, aber Schutt lag immer noch am Wegesrand. Die Straßenbahn fuhr, die Menschen eilten geschäftig an ihnen vorbei. Das Leben ging weiter, die Welt drehte sich, man musste unentwegt versuchen, Schritt zu halten.

Luise stolperte. George fing sie auf. »*Everything okay, Darling?*«

»*Yes*. Ich meine, ja.« Sie hatten ausgemacht, auf deutschem Boden ihre Muttersprache zu sprechen.

»Sehr schön«, entgegnete George jetzt auf Deutsch. Mit seinem charmanten amerikanischen Akzent. Luise sah den Blick einer jungen Frau, die George musterte und sehr angetan zu sein schien, kein Wunder, er sah einfach gut aus.

»Hey, hast du den Blick gesehen? Vermutlich muss ich hier auf dich aufpassen«, neckte sie ihn.

Er schmunzelte, wurde dann ernst. »Männer in meinem Alter gibt es vermutlich nicht mehr viele.«

Betreten sahen sie sich an. So viele Frauen hatten ihre Männer oder Brüder verloren. So viele Kinder ihre Väter.

Sie fragten sich durch, wie man mit der Straßenbahn oder U-Bahn nach Mariendorf kam. Es gab insgesamt drei DP-Camps für Displaced Persons in Berlin. Zehlendorf, Reinickendorf und Mariendorf. Letzteres war im Juli dieses Jahres von der UNRRA eröffnet worden. Luise würde auch dort schlafen, George hatte sich ein Hotel in der Nähe gebucht. Die Camps waren so konzipiert, dass die Menschen hier mehrere Jahre verbringen konnten. In Mariendorf gab es drei Wohnblocks, sie befanden sich zwischen der Eisenacher Straße, Rixdorfer Straße, dem Dirschelweg und der Äneasstraße. »Mariendorf-Bialik-Center« wurde das Viertel genannt, das hatte Luise schon erfahren. Um die 4000 Menschen lebten dort, auch Kinder. Sie alle einte die Hoffnung auf eine friedliche Zukunft.

Luise wollte allein in das Camp gehen und sich zur Arbeit melden. »Geh bitte ins Hotel, wir treffen uns heute Abend zum Dinner, dann berichte ich dir alles«, sagte sie zu George.

Der willigte ein, setzte sie vor dem Camp mit ihrem Gepäck ab, küsste sie. »Bist du sicher, dass du den Anblick der Menschen verkraftest?«

»Sie mussten viel mehr verkraften als ich. Viel, viel mehr. Natürlich schaffe ich das.«

Sie umarmten sich, George ging zu seinem Hotel, während Luise noch einen Moment verharrte. Sie holte tief Luft. Berliner Luft. Diese roch noch einmal anders als die in Hamburg. Vertrauter, aber ebenso staubig, auch nach verbranntem Holz.

Entschlossen nahm sie ihren Koffer in die Hand, ging zum Camp, meldete sich am Eingang bei der Lagerpolizei, zwei Männern in einfacher Uniform und mit Helmen. Sie stellte sich als UNRRA-Mitarbeiterin aus New York vor. Der eine Lagerpolizist begrüßte sie freundlich und bat sie, ihm zu folgen. Er führte sie über den Hof. Luise sah dürre Frauen und Männer mit traurigen, tiefliegenden Augen. Sie wurde zu einer blonden, sympathisch wirkenden Frau gebracht, die ihr zeigte, wo sie schlafen und wo sie ihr Gepäck ablegen könne. Sie hieß Annegret. Auch sie war extrem dünn.

Das Camp wirkte wie eine kleine selbstverwaltete Stadt – es gab eine Polizei, eine Art Gericht, eine Schule, Ausbildungsmöglichkeiten, Sportveranstaltungen wurden durchgeführt, auch Kunst- und Kulturveranstaltungen fanden statt. Und hier lebten Kinder. Dünne, blasse Kinder. So wenige, die lachten. Luise zog es das Herz zusammen.

Sie wurde von Annegret abgelenkt, die ihr gerade erklärte, dass die Bewohner hier mit den Bewohnern der anderen beiden Lager in Berlin Kontakt hielten. Gemeinsam hatten sie einen Suchdienst eingerichtet, um überlebende Angehörige zu finden. Sofort wurde Luise hellhörig, fragte Annegret, an wen man sich wenden müsse, wenn man jemanden suche.

Annegret erklärte es ihr, verstand sehr gut, dass sie unbedingt wissen musste, was aus ihren beiden Freundinnen geworden war.

Gleich am nächsten Tag wollte Luise zu dem Mann gehen, der den Suchdienst betreute. Jetzt war sie müde und erschlagen von der Reise und den erschütternden Eindrücken, außerdem war es schon Abend, und George wartete auf sie.

Annegret verabschiedete sich herzlich von ihr. Sie wollte ihr morgen mehr zeigen, dann sollte Luise auch ein paar Bewohner kennenlernen, die schnellstmöglich nach Amerika ausreisen wollten, wobei Luise sie hoffentlich unterstützen konnte.

»Sehr gerne. Aber kann ich erst mit demjenigen reden, der den Suchdienst betreut?«

»Natürlich. Gleich in der Früh um acht?«

»Perfekt, danke, Annegret.«

Beim Essen mit George hatte Luise Mühe, ihre Augen offen zu halten. So viel hatte sie heute gesehen. So viel, was schmerzte, so viele, die nur noch ein Schatten ihrer selbst waren. George berichtete, dass er am nächsten Tag einen Termin mit einem Kollegen hatte, einem Anwalt, der sich auch um die Belange der Displaced Persons kümmerte. Ein Amerikaner, der schon 1945 nach Berlin gekommen war, um nach seinen Verwandten zu suchen.

»Wundervoll. Es gibt so viele großartige, mutige Menschen hier«, sagte Luise. »Nicht nur Nazis, George, das musst du doch sehen.«

»Natürlich sehe ich das. Aber selbst wenn man nicht aktiv in der Partei war oder aktiv Schuld auf sich geladen hat, hat man nicht eine Mitschuld, wenn man nur weggesehen hat?«

Sie diskutierten beim Dinner eine Weile darüber, so oft schon hatten sie darüber gesprochen. Luise erinnerte wieder an die Menschen, die sich widersetzten, wenn auch nur durch kleine Taten. George gab ihr recht, blieb aber bei seiner Meinung, dass die, die nur weggesehen hatten, in seinen Augen schuldig waren.

»Lass uns nicht streiten, ich muss jetzt auch wieder ins Camp zurück, ich bin hundemüde.«

»Natürlich, Darling. Ich bringe dich hin.« Sein Hotel befand sich fußläufig in der Nähe, sodass er sie bei einem Abendspaziergang dorthin begleiten konnte.

Kurz bevor sie das Tor erreichten, drehte er sie sanft zu sich. »Luise, es ist seltsam, dass du nicht bei mir schläfst, findest du nicht?« Er machte sich Sorgen, das hörte sie an seiner Stimme.

»Ich bin hier, um zu arbeiten, George«, entgegnete sie sanft. »Im Camp zu leben gehört zu dem Job dazu, das wusstest du doch.«

»Sicher. Ich vermisse dich nur jetzt schon.«

Sie küssten sich flüchtig, dann ging Luise zum Tor des Lagers, winkte George, sprach mit den Lagerpolizisten und wurde hineingelassen.

Wenige Menschen liefen noch draußen umher, die meisten schienen bereits in den Unterkünften zu sein.

Der Mond schien hell, Luise ging über den Innenhof, sah in den Himmel, fröstelte. Würde sie morgen beim Suchdienst endlich einen Hinweis auf den Verbleib ihrer Freundinnen erhalten?

―❦―

Am nächsten Morgen, nachdem Luise gemeinsam mit einigen anderen Mitarbeitern in einer Wohnküche gefrühstückt hatte, brachte Annegret sie zum Suchdienst im Camp, musste dann weiter. Ein dünner Mann mit kurzen Haaren, er stellte sich als Elias vor, notierte sich die vollen Namen von Luises Freundinnen, dazu die Geburtsdaten. Er ging seine Listen durch, und Luise wartete angespannt und beobachtete seine Miene. Es dauerte lange. So viele wurden gesucht. So viele vermisst. So viele Schicksale. Auf seinem Unterarm sah sie eine eintätowierte Nummer. Sie wusste, was das bedeutete, er war im KZ gewesen. Sie fröstelte.

Nach einer gefühlten Ewigkeit schüttelte der Mann den Kopf.

»Es tut mir sehr leid, gnädige Frau. Aber bitte, geben Sie die Hoffnung nicht auf. Es sind Wunder geschehen. Sehen Sie mich an, ich habe Buchenwald überlebt.«

»Das ist wirklich ein wahres Wunder. Danke, Sie haben recht. Vielen Dank. Ich gebe die Hoffnung nicht auf. Und ich habe den größten Respekt vor Ihnen. Niemand kann sich ausmalen, welches Grauen Sie erlebt haben müssen.«

Er nickte, sein Blick wurde verhangen. Luise wurde klar, dass er zwar überlebt haben mochte, aber dennoch ein gebrochener Mann war. Seine Seele hatte gelitten.

Sie bat ihn noch, nach den Namen der Angehörigen ihrer Freundinnen aus dem Window-Shop zu suchen. Aber auch zu ihnen gab es keinen Hinweis.

Schließlich verabschiedete sie sich und ging hinaus, sah Annegret auf dem Hof in der Sonne stehen. Sie lief zu ihr hinüber. »Leider hat die Suche nichts ergeben. Sag, Annegret, kann ich dich etwas fragen?«

»Natürlich.«

»Wie konnte man das Konzentrationslager überleben?«

Sie zuckte zusammen. Luise wurde klar, dass Annegret selbst in einem gewesen war. Erschüttert hörte sie ihr zu.

Annegret erzählte, dass Elias seine ganze Familie im Lager verloren hatte. Seine Mutter und seine Schwester wurden gleich bei der Ankunft vergast, sein Vater von SS-Leuten zu Tode ge-

prügelt. Er selbst sollte erschossen werden, stand vor einem Massengrab, wie er ihr erzählt hatte, wartete mit dem Rücken zu den Schützen auf den tödlichen Schuss. »Aber keiner hat ihn getroffen. Er hat sich trotzdem in das Loch auf die Leichen fallen lassen und sich tot gestellt. Andere Tote fielen auf ihn.«
Entsetzt sah Luise sie an. »Nein.«
»Doch.« Leise fügte Annegret hinzu: »Und ich habe das Konzentrationslager überlebt, weil ich eine gute Freundin hatte, die dafür gesorgt hat, dass ich freikam.« Sie presste ihre Lippen zusammen. »Mir wurde politischer Widerstand vorgeworfen, dabei habe ich mich nur um jüdische Kinder gekümmert. Ich kam ins Frauen-KZ Ravensbrück, circa 100 Kilometer von Berlin entfernt. Ich hatte Glück, sie haben mich tatsächlich gehen lassen. Du siehst, Glück hat viele Gesichter.« Ihre Lippen bebten.
Luise legte ihr die Hand auf den Arm.
Annegret sah ihr in die Augen. »Ich kann nicht wirklich darüber reden, ich wollte dir nur ein wenig Hoffnung machen, dass deine Freundin Maria vielleicht überlebt hat.«
Luise atmete durch. »Vielleicht hat sie es auch noch rechtzeitig geschafft, auszuwandern in irgendein Land«, fügte sie hinzu. »Nur dann weiß ich nicht, warum sie sich nicht bei mir gemeldet hat.«
Annegret strich ihr kurz über den Arm. »Es wird Gründe geben. So viel ist geschehen in diesem Krieg, er hat so viel mit den Menschen gemacht.«
Wieder spürte Luise diesen Brocken in ihrem Bauch. Das unbestimmte Gefühl von Schuld, auch wenn sie es nicht eindeutig benennen konnte. Würde sie es je ablegen können?

In den nächsten Tagen lernte sie viele Ausreisewillige kennen, setzte sich mit ihnen zusammen und beantwortete ihre Fragen, notierte für sie nützliche Orte und Anlaufstellen in New York oder anderen Ländern, in die sie wollten. Die Menschen waren ihr so dankbar. Einer Frau, die alleine nach New York auswandern wollte, erzählte sie vom Window-Shop, von ihrem Frauen-Netzwerk, das so hilfreich und gut war, um ein neues Leben zu beginnen.

»Wir Frauen sollten uns viel öfter zusammenschließen, uns unterstützen, Netzwerke bilden«, erwiderte die Frau dankbar.

Und Luise gab ihr von Herzen recht.

Nach mehreren Stunden brauchte Luise immer eine Pause. Die Schicksale, von denen manche der Leute ihr erzählten, machten sie zutiefst traurig, wühlten sie auf.

Wie groß der Antisemitismus außerhalb des Camps immer noch war, erschütterte sie. Er hatte sich in Deutschland ja nicht in Luft aufgelöst, überhaupt nicht. Von einigen Camp-Bewohnern, die sich viel außerhalb des Camps aufhielten, um ihren Geschäften nachzugehen, erfuhr Luise von ständigen Anfeindungen gegen sie, sobald der Verdacht aufkam, sie seien Juden.

Annegret gab ihr eine Ausgabe der jüdischen Zeitung *Undser Lebn*, die dieses Jahr gegründet worden war und den Umgang der deutschen Bevölkerung mit Juden thematisierte. Die Schwarzmarktaktivitäten der jüdischen Camp-Bewohner gefielen anderen nicht. Annegret erklärte es Luise. »Weil die Juden dadurch besser versorgt werden als die meisten anderen Deutschen, von denen viele unter Hunger leiden. Diese Vorwürfe sind zu den Leitern des Camps gelangt, und sie versuchen jetzt, die Schwarzmarktaktivitäten der Lagerbewohner zu unterbinden.«

»Herrje«, entfuhr es Luise. »Neid und Missgunst gibt es viel zu oft unter Menschen.«

Sie versuchte ihr Bestes, Camp-Bewohnern zu helfen, gegen diese Anfeindungen anzugehen, wenn sie etwas mitbekam, aber es war schwer. Sie konzentrierte sich darauf, Lagerbewohner bei ihren Ausreiseplänen zu unterstützen, erzählte abends George beim Dinner immer davon.

Eines Tages ging sie über den Innenhof des Camps, sah ein kleines Mädchen auf der Erde sitzen, das ihr schon einmal aufgefallen war. Sie hatte ein hübsches Gesicht, große dunkle Augen, war sehr dünn und schmächtig. Ganz allein saß sie da, starrte auf den sandigen Boden, als sähe sie dort ein Gespenst.

Viel zu viele Kinder hatten all die Gräuel ertragen müssen. Laut Annegret waren die meisten Kinder, die nun in einem der Camps lebten, zuvor in Konzentrationslagern gewesen, nur manche von ihnen waren mit ihren Familien von hilfsbereiten Berlinern in Kellern oder auf Dachböden versteckt worden, aber auch das hatte etwas mit ihnen gemacht.

Die anderen Kinder spielten in Gruppen zusammen, als könnten sie sich so Halt geben, als könnten sie sich ansonsten verlieren. Nur dieses Mädchen schien eine Außenseiterin zu sein, Luise hatte die Kleine schon ein paarmal alleine im Camp auf der Erde sitzen sehen.

Vorsichtig trat sie zu dem Mädchen. Weil die Kleine so zart war, konnte Luise ihr Alter schwer einschätzen. Acht oder zehn?

»Hallo«, sagte sie leise, um das Mädchen nicht zu erschrecken. Doch es zuckte zusammen, sah sie ängstlich an und rutschte etwas zurück.

»Keine Sorge, ich tu dir nichts. Ich bin die Luise, aus Amerika. Und wie heißt du?« Luise schalt sich innerlich selbst. Die Luise aus Amerika. Etwas Besseres war ihr nicht eingefallen.

»Tali«, flüsterte das Mädchen jetzt.

»Tali, was für ein schöner Name.« Luise merkte, wie schwer es war, etwas Sinnvolles zu sagen. Aber sie wollte nicht aufgeben. Das Mädchen strahlte so etwas besonders Trauriges aus, sie wollte versuchen, die Kleine ein wenig zu trösten.

»Möchtest du nicht mit den anderen spielen?«, fragte sie nach.

»Die wollen nicht.«

»Was? Wieso das denn?«

»Weiß nich. Weil ich Jüdin bin?«

Erschrocken schüttelte Luise den Kopf. Hatte sich das so in diese Kinderseele eingebrannt? »Das glaube ich nicht. Hier sind doch alle jüdisch. Außerdem ist das ja auch nichts Schlimmes. Das sagen nur schlimme Menschen, weißt du? Das hat nichts mit dir zu tun.«

Die kleine Tali sah sie an, überlegte, nickte dann.

»Hast du hier Verwandte?«, versuchte Luise es erneut.

Tali schüttelte den Kopf. »Meine Mama ist hier gestorben.«

»Oh, das tut mir so leid.«

»Ich schlaf mit den anderen Kindern im Schlafsaal.«

Den hatte Luise schon gesehen. Ein ganzer Schlafsaal voller Kinderbetten. Viele der Kleinen schienen auf sich allein gestellt zu sein. Es hatte ihr die Kehle zugeschnürt.

Tali flüsterte jetzt. »Papa ist im KZ gestorben. Wir haben es überlebt.«

Luise schluckte erschüttert. Die Kleine war im KZ gewesen.

Tali presste die Lippen zusammen.

»Ist es okay, wenn ich mich zu dir setze?«, fragte Luise sanft.

Tali sah sie erstaunt an. »Du? In den Sand?«

Sie nickte, lächelte, setzte sich auf den sandigen Boden Tali gegenüber. Dann begann sie zu erzählen, von ihrer eigenen Kindheit in Berlin, auch dass sie vor dem Krieg ausgewandert war nach Amerika.

Jetzt wurde Tali etwas offener, gesprächiger, fragte neugierig nach, wie es in Amerika so sei. »Sind da auch so viele Häuser kaputt wie hier?«

»Nein, zum Glück nicht. Und es gibt dort sehr hohe Häuser. Wolkenkratzer, es sieht manchmal wirklich so aus, als würden sie an den Wolken kratzen.«

Tali lächelte zaghaft. »Und scheint da oft die Sonne?«

»Ähnlich wie hier, würde ich sagen. Und es gibt auch einen

großen Park in New York. Den Central Park. Mit vielen Vögeln, Enten, kleinen Seen, im Winter kann man Schlittschuh laufen.«
»Wirklich?«
»Wirklich.« Luise lächelte sie an. Merkte, wie sehr sie von ihrer neuen Heimat schwärmte. Ihrer neuen Heimat? Hatte sie das gerade wirklich gedacht?
»Gibt es da auch so ein Camp?«, fragte Tali jetzt weiter.
»Nein, so eines nicht.«
»Schade.«
»Wieso schade?«
»Ich würde lieber dort im Camp wohnen.«
»In Amerika?«
»Ja.«
»Und wieso?«
»Möglichst weit weg von hier.«
Bestürzt sah Luise sie an. Und doch verstand sie Talis Wunsch. Was hatte diese zertrümmerte Heimat der Kleinen schon zu bieten außer grauenvoller Erinnerungen?

Sie unterhielt sich noch ein wenig mit Tali, erfuhr, dass sie acht war und mit ihren Eltern, zwei Lehrern, in Berlin-Charlottenburg gelebt hatte. Dann wurde Tali von einer Betreuerin zum Essen gerufen. Das Mädchen stand auf, verabschiedete sich von Luise.
»Tschüss, Luise aus Amerika.«
»Tschüss, Tali. War schön, mit dir zu reden. Machen wir bald wieder, ja?«
Tali nickte, und ein Lächeln huschte über ihr Gesicht.

Den ganzen Tag lang ging Luise die Begegnung mit der Kleinen nicht aus dem Kopf. Tali wollte möglichst weit weg von Deutschland leben, wen wunderte es?

Am Abend erzählte sie George beim Dinner davon, auch von dem Schicksal von Talis Eltern. Ergriffen hörte er ihr zu, nippte an seinem Riesling. Das kleine Restaurant war bevölkert von ausgelassenen Briten, fast nur Männern. Kaum ein anderer außer den Besatzern konnte es sich leisten, hier essen zu gehen. Auf den dunklen Holztischen standen brennende Kerzen, und hinter der Holztheke zapfte ein schlanker Wirt Bier. Die meisten Gäste tranken Bier und aßen Fish and Chips. Der Geruch nach Alkohol und Fett lag in der Luft. Der ein oder andere Brite warf Luise immer wieder einen angetanen Blick zu, aber sie hatte nur Augen für George.

Sie hatten sich einen Bohneneintopf mit Gemüse bestellt, tranken Wein und Wasser. Aufgewühlt erzählte Luise alles, was sie von Tali wusste. Nach einer Weile sah George sie so merkwürdig an. »Willst du sie mitnehmen nach New York?«, fragte er plötzlich.

»Was?« Sie lachte auf. Ein Gedanke, den sie auch sofort gehabt hatte. George kannte sie einfach zu gut. Aber etwas in ihr sperrte sich noch dagegen. »Nein, das geht doch nicht«, erwiderte sie. »Ich arbeite den ganzen Tag.«

»Das tun andere Mütter auch, dafür gibt es Kinderbetreuung. Von den Emigrantinnen.«

»Das wäre für dich in Ordnung?« Kaum ein Mann würde es erlauben, dass seine Frau arbeitete, erst recht nicht, wenn zu Hause ein Kind versorgt werden musste. Außer der Mann verdiente selbst nichts, wie viele Männer im Exil, oder war krank.

»Tali möchte nicht hierbleiben«, rutschte es Luise heraus.

»Verstehe, aber du.« Er knetete seine Hände, nahm erneut einen Schluck Wein.

Luise nahm einen Löffel Suppe, zögerte ihre Antwort dadurch hinaus, schluckte, legte ihren Löffel beiseite. »Nein. Ich meine, ich weiß es einfach noch nicht.«

Er nickte. »Es gibt so viele Kinder hier, die keine Eltern und Verwandten mehr haben. Wir könnten einem Kind ein neues Zuhause schenken.«

Luise sah ihn überrascht und nachdenklich an. »Das sagt sich so einfach. Es ist ein traumatisiertes Kind, werden wir ihm gerecht, wenn wir beide arbeiten?«

»Ich wollte dir nur sagen, dass ich offen dafür wäre. Wenn wir ein eigenes Kind hätten, würde es auch irgendwie gehen.«

»Irgendwie, ja. Irgendwie heißt für euch Männer immer, die Frauen bleiben doch zu Hause.«

Sie konnte sich ein Leben ohne ihren Job im Restaurant nicht vorstellen. Jetzt, da sie ihren Traum endlich verwirklicht hatte. »Auch die Arbeit hier im Camp könnte ich nicht weiter tun. Gerade kann ich so vielen Menschen hier helfen. Sie sind so dankbar, mehr zu erfahren, was eine Ausreise bedeutet, an welche Stellen man sich wenden kann, wie man es schafft, in einem fremden Land heimisch zu werden.«

George sah sie forschend an. »Ich dachte, das ist es, wonach du dich sehnst, Darling. Ein Kind.«

Luise kämpfte mit den Tränen. »Ja, doch. Nach einem eigenen Kind, einem Kind von dir.«

Er nahm ihre Hand, streichelte sie sanft. »Luise, aber wenn es nicht sein soll, dann könnten wir eine Kinderseele retten.«

Luise schluchzte auf. »Ich weiß, ich klinge furchtbar egoistisch. Ich weiß auch nicht, was mit mir los ist.« Es wäre wunderbar, sie mochte Tali. Was war überhaupt ihr Problem? Sie zog ihre Hand zurück.

»Ich will mithelfen, dieses Land wieder aufzubauen. Ich will länger bleiben, George, ich muss das tun.«

»Nein, musst du nicht. Du hast genug getan, damals in Deutschland im Widerstand, dann in New York. So viel wie du haben die allerwenigsten Deutschen gegen dieses Terrorregime unternommen. Du hast dein Leben riskiert, Luise, du warst mutig und so klug, rechtzeitig ins Exil zu gehen, um von dort aus weiter zu agieren. Aber das habe ich dir ja schon oft gesagt.«

Sie fing sich wieder, dachte nach. Was, wenn sie Tali wirklich zu sich nähmen? Ihr Herz schlug schneller. Vorausgesetzt, Tali würde das überhaupt wollen. Sie könnte diesem Kind, das so viel durchgemacht hatte, eine Zukunft bieten. Annegret hatte ihr erzählt, dass die Kleine und ihre Mutter nur noch Haut und Knochen gewesen waren, als sie aus dem KZ befreit wurden. Mehr wusste sie über das Mädchen nicht, kannte es kaum, aber spielte das eine Rolle?

»Du musst es jetzt nicht entscheiden«, hörte sie George versöhnlich sagen.

»Danke dir. Danke für dein Verständnis.« Doch sie spürte diese drängende innere Unruhe. »Ich will morgen weiter nach Maria und Anni forschen. Ich gehe noch mal zum Roten Kreuz, vielleicht gibt es neue Suchlisten.«

»Tu das. Soll ich mitkommen? Ich könnte mir Zeit freischaufeln.« Er hatte mit Anwaltskollegen einige Termine ausgemacht.

»Nein, nein. Das brauchst du nicht.«

George nahm erneut ihre Hand, streichelte mit dem Finger wieder über ihren Handrücken. »Ich fürchte, wenn ich mir die Lage in diesem Land so ansehe, dass es ziemlich aussichtslos ist, etwas über den Verbleib deiner Freundinnen herauszufinden. Ich wünsche es dir sehr, aber mach dir bitte keine allzu großen Hoffnungen. Keiner will mehr über Vergangenes reden. Die Menschen wollen weiterleben, vergessen, verdrängen.«

»Das dürfen sie aber nicht. Zumindest nicht die, die Menschenleben auf dem Gewissen haben«, stieß sie aufgewühlt hervor.

»Da gebe ich dir recht. Aber du weißt, sie reden sich heraus, nur ihre Befehle befolgt zu haben.«

Luise seufzte. So oft hatten sie darüber diskutiert. Schon in den Staaten. Sie wollte jetzt nicht mehr darüber reden. »Es wäre schön, Tali bei uns zu haben. Egal, wo«, sagte sie fest.

»Ja, Darling, das wäre es. Aber Tali möchte auch nicht hier leben. Es wäre also eine Entscheidung für Amerika.«

Luise nickte nachdenklich.

»Jetzt lern sie erst mal besser kennen. Und ich dann auch irgendwann. Ich bin für dich da, das weißt du. Aber ich möchte mit dir oder euch in Amerika leben. Auf keinen Fall hier in diesem Land.«

»Ich weiß, George. Ich liebe dich.«

»Ich liebe dich auch.«

KAPITEL 29

New York, Sommer 2023

Ich vermisse dich, hatte Hendrik erneut geschrieben. June starrte auf ihr Handy. Sie stand vor dem One World Trade Center, hob nun den Blick hinauf zum Himmel, zu der Spitze dieses riesigen Turms, der aus so vielen Fensterscheiben bestand. Die Sonne spiegelte sich darin. Er war hier am Ground Zero anstelle der Twin-Towers errichtet worden, war das höchste Gebäude New Yorks. *One World,* dachte June, *wieso können die Menschen nicht einfach zusammenhalten? Denn schließlich sind wir doch alle auf dieser einen Welt.*

Sie ging weiter, ihrem Handy-Navi nach, fand die Bäckerei mit angeschlossenem Café, wo Walter für sie einen Tisch reserviert hatte. Sie hatte ihn nach dem Treffen mit Alison um ein Date gebeten, sich tausendfach entschuldigt, dass sie ihm das letzte Mal einfach abgesagt hatte. Er schien nicht nachtragend, hatte in seiner Mittagspause aber nicht allzu viel Zeit, diese Stunde hatte er sich extra nach ihrem Anruf freigeschaufelt.

Die Bakery befand sich in einem Backsteingebäude, im Schaufenster standen Weidenkörbe mit süßen Köstlichkeiten. Donuts, Bagels, Muffins. Daneben künstliche Sonnenblumen. June trat ein, der Duft von Gebäck und Kaffee wehte ihr entgegen. Neben einer großen Kuchentheke gab es einen kleinen Caféraum. Alles war in Mint und Rosé gehalten, die Kuchen und Torten in der Auslage sahen verführerisch aus. June ließ sich den reservierten Tisch zeigen, setzte sich und wartete.

Sie musste zugeben, sie hatte Walter auch angerufen, um ihn nach Tali zu fragen. Vielleicht sagte ihm der Name ja etwas, denn Alison wusste bedauerlicherweise nicht, ob Luise das jüdische Mädchen adoptiert hatte, von dem sie damals Alisons Mutter erzählt hatte. Sie hatte Luise nur sagen können, dass ihre Großmutter in den Sechzigerjahren alleine nach Washington Heights gezogen war, ohne Mann und ohne Kind.

Als June von Tali erfuhr, hatte sie im ersten Moment gedacht, dass Tali ihre Mom gewesen sein könnte, June also tatsächlich nicht die leibliche Enkelin von Luise wäre. Im nächsten Moment wurde ihr aber klar, dass es rechnerisch gar nicht ging. Tali wäre viel zu alt gewesen, um June zu bekommen. Was die Mathematik anging, war June nie ein Genie gewesen, aber so viel hatte sie noch zusammenbekommen.

Doch die Frage nach Tali war nicht der einzige Grund für ihr Treffen mit Walter. Sie war sich bewusst geworden, dass sie die netten Männer viel zu oft übersehen hatte in ihrem Leben. Das würde sie nun ändern.

Hendrik hatte mehrere Nachrichten geschickt, sie um ein Treffen gebeten, schrieb, er wolle ihr alles erklären. Aber was brachte das? Er durfte sich nicht von seiner Frau trennen, sie saß im Rollstuhl, sie brauchte ihn. Nein, June wollte sich weiter auf sich konzentrieren, auf die Geschichte ihrer Familie.

Sie sah auf die Uhr, dann zur Tür, da kam Walter auch schon pünktlich im Anzug herein. Er entdeckte sie, kam lächelnd auf sie zu.

»Hallo, Walter, schön, dich zu sehen. Wie geht es dir?«

»Gut, und dir?« Etwas steif reichte er ihr die Hand und setzte sich. Sie bestellten bei einer jungen Kellnerin, die eine mintfarbene Schürze mit Rüschen trug, darunter ein roséfarbenes T-Shirt. June wählte einen New York Cheesecake, er ein Thunfisch-Sandwich. Dann sah er sie an, musterte sie freundlich. »Bist du vorangekommen mit deiner Suche, June?«

»Es geht so. Über Maria und Anni habe ich noch nicht viel herausgefunden. Aber über das Leben meiner Großmutter, weil ich eine frühere Freundin von mir getroffen habe, deren Mom Großmutters Nachbarin war, und sie ihr, als sie mal Fieber hatte, ein bisschen von der Zeit kurz nach dem Krieg erzählt hat.«

»Oh. Das klingt gut. Und wie kann ich dir helfen?«

June zögerte. »Ich wollte dich tatsächlich etwas dazu fragen, aber ich wollte dich nicht nur deshalb sehen, Walter. Ich bin gerne in deiner Gesellschaft.«

Er lächelte verlegen. »Frag mich gerne, was du fragen wolltest.«

Die Bedienung brachte den Kuchen, sein Sandwich und die zwei Tassen Kaffee, die sie noch bestellt hatten. Alles sah köstlich aus.

June wartete einen Moment, nahm dann einen Schluck Kaffee, stellte ihre Tasse ab. »Tali, sagt dir der Name etwas?«

Walter überlegte. »Tali? Nein, nicht, dass ich wüsste. In welchem Zusammenhang?«

»Meine Großmutter hat sie in einem DP-Camp in Berlin kennengelernt, sie war damals ein ungefähr achtjähriges Mädchen. 1946.« Sie erzählte ihm alles, was Alison ihr berichtet hatte.

»Tali«, wiederholte er nachdenklich. »Irgendwie habe ich den Namen doch schon mal gehört.«

June horchte auf. »Hat dein Vater ihn erwähnt? Es ist der einzige Strohhalm, den ich im Moment habe. Im Notizbuch meiner Großmutter steht nichts mehr zu dieser Zeit nach dem Krieg.«

»Jetzt weiß ich«, stieß er aus. »Es gibt eine Akte in der Kanzlei mit einer gewissen Tali Schwarz. Sie ist mir irgendwann in die Hände gefallen, und ich habe sie nur kurz überflogen und gesehen, dass es um ein Kind ging, eines, das den Holocaust überlebt hat. Das hat mich berührt.«

Aufgeregt hakte June ein: »Was stand noch darin?«

»Das weiß ich nicht mehr. Aber ich kann gerne für dich nachsehen.«

»Das wäre wunderbar. Ich danke dir so sehr.«

Er lächelte. »Gerne.«

Jetzt hatte sie wieder ein schlechtes Gewissen. »Ich wollte dich wirklich nicht nur deshalb treffen«, versicherte sie.

»Freut mich.« Dann sah er auf die Uhr. »Ich muss leider wieder, ein Termin.«

Er bestand darauf, sie einzuladen, zahlte, und sie verließen gemeinsam das Café. *Schade, seine Mittagspause war viel zu schnell vorbei*, dachte June.

Sie traten auf die Straße, ein Obdachloser ging an ihnen vorbei, eine Gruppe Geschäftsleute kam ihnen entgegen, ein Auto hupte.

Walter versprach, noch heute Nachmittag in der Akte nachzusehen und sich zu melden. Zum Abschied beugte er sich zu ihr, küsste sie rechts und links auf die Wange, immer noch etwas steif. Er roch nach einem teuren After-Shave.

»Tali Schwarz«, wiederholte er. »Ich bin selbst gespannt, was in der Akte steht.«

Berlin, Ende Juli 1946

Luise verbrachte in ihrer freien Zeit im Lager viele Stunden mit der kleinen Tali, bastelte Papierflieger mit ihr oder half ihr bei den Schularbeiten. Sie liebte es, sich mit der Kleinen zu beschäftigen, und auch Tali wich ihr kaum noch von der Seite. Heute hatte sie Tali versprochen, sie zum Roten Kreuz mitzunehmen, nachdem sie die Erlaubnis von Annegret eingeholt hatte, dass Tali das Lager mit ihr verlassen dürfe.

Die Fahrt mit der Straßenbahn durch das zerbombte Berlin

war so gespenstisch und erschütternd, dass Luise bedauerte, Tali dabeizuhaben. Der Anblick der Schuttberge, der armen Menschen, der vielen Trümmer musste für die Kleine, die ihre Eltern durch diesen Krieg verloren hatte, noch grausamer sein als für sie. »Schau nicht hin«, sagte Luise. »Es sieht so schrecklich aus.«

»Ich will aber hinsehen«, erwiderte Tali.

Die Kleine hatte ja recht. Viel zu viele Leute hatten bereits die Augen verschlossen.

Beim Suchdienst des Roten Kreuzes gab Luise wieder die Daten ihrer Freundinnen an, auch die Namen der Gesuchten, die ihr die Frauen aus dem Window-Shop mitgegeben hatten. Sie ging die Listen durch mit den Menschen, die gefunden werden wollten, aber kein Hinweis auf Marias Familie oder Anni, auch nicht zu den Gesuchten der anderen Frauen aus dem Window-Shop.

Auch bei anderen Hilfsorganisationen, die Luise in den nächsten Tagen mit Tali besuchte, kam sie keinen Schritt weiter. Tali wollte sie unbedingt begleiten, und so legte Luise ihre Fahrten immer auf nachmittags, nach der Schule. Auch über den Verbleib von Siegfried, Annis Freund oder Mann, konnte sie nichts herausfinden.

Als Luise wieder einmal ein bedauerndes Kopfschütteln zur Antwort bekam, schob Tali ihre kleine Hand in ihre. Wie schön sich das anfühlte, wie zart und weich. Luise lächelte die Kleine an. »Du bist so lieb«, sagte sie.

»Und du so traurig«, antwortete Tali.

»Ja, du hast recht. Es macht mich traurig, nicht zu wissen, was mit meinen Freundinnen geschehen ist. Ich mache mir auch Vorwürfe, Maria und ihren Mann nicht noch mehr überredet zu haben.«

Tali nickte. Sie verstanden sich, ohne viel zu sprechen.

Doch manchmal, wenn sie auf dem Weg zu einer Hilfsorganisation waren, erzählte Tali ihr plötzlich ganz viel, als ob sich etwas in ihr angestaut hätte. Als ob die Worte wie ein Fluss herausfließen müssten, weil das Wasser sonst über das Ufer treten würde. Von der Zeit, bevor ihre Familie in das Lager gebracht worden war, als sie noch genug zu essen hatten und ihre Mama Kreplach gemacht hatte, gefüllte Teigtaschen. Die Kleine erzählte von einem Park in Berlin, in dem sie ein Versteck in einem blühenden Busch hatte, in das sie flüchtete, wenn die Männer in den braunen Uniformen kamen. An eine Zeit vor dem Krieg konnte sich Tali natürlich nicht erinnern, sie war kurz vor dem Krieg geboren und hatte zwei Jahre im KZ gelebt. *Was für eine Kindheit*, durchfuhr es Luise erschüttert.

Die nächsten Tage durchlebte Luise viele schlaflose Nächte, aber dann hatte sie sich entschieden. Je eher Tali aus diesem Camp herauskäme, desto besser. Zwar wurde sie hier gut betreut, bekam genug zu essen, konnte sogar zur Schule gehen, aber es war eben ein Camp und nur auf Zeit gedacht. Und Tali galt als die Außenseiterin bei den anderen Kindern. Warum das so war, hatte Luise noch nicht herausgefunden.

Obwohl sie Angst vor der großen Verantwortung hatte, Angst, ihrer Heimat Deutschland nun doch ganz den Rücken zu kehren, stand Luises Entscheidung fest. Sie wollte der Kleinen ein Zuhause schenken, und sie liebte George. Also würde sie Tali fragen, ob sie mitkommen wolle nach Amerika. Nur wann war der richtige Augenblick? Was, wenn das Mädchen doch nicht wollte?

Nachdem sie George in dem kleinen Restaurant beim Dinner davon erzählt hatte, ging sie am nächsten Vormittag alleine nach Charlottenburg, um etwas für das Camp zu erledigen. Dabei kam sie zufällig an dem Haus vorbei, in dessen Keller sie damals die Flugblätter gedruckt hatten. Andächtig blieb sie davor stehen. Aus einem Fenster drang der Geruch nach Eierkuchen.

Sie stand unter einer Linde, es duftete fast wie früher. Dabei war es jetzt zehn Jahre her, aber Luise erinnerte sich so gut, auch an die Gerüche dieser Straße.

Unwillkürlich dachte sie an Emil, der damals in der Nebenstraße gewohnt hatte. Ob sein Haus noch stand? Ob er überlebt hatte und noch dort wohnte?

Sie ging den Weg zu Emils Wohnhaus. Ein altes Haus mit Stuck und mehreren Balkonen. Sie sah sich die Klingelschilder an. Tatsächlich. *Pomrenke* stand da. *Emil Pomrenke*, so hieß er. Luise zögerte kurz, drückte dann auf die Klingel und wartete. Aber es schien niemand zu Hause zu sein. Sie kramte einen Stift und einen Zettel aus ihrer Handtasche, notierte darauf Grüße von Luise Jonas und in welchem DP-Camp er sie noch ein paar Tage lang finden könne. Sie verwendete ihren Mädchennamen, unter dem er sie kannte. *Bin nicht mehr lange in Berlin, dann wieder in Amerika, ein Treffen würde mich sehr freuen*, schrieb sie.

Dann machte sie sich auf den Weg zurück ins Lager, fuhr mit der S-Bahn, sah aus dem Fenster, ließ das Gerippe dieser Stadt an sich vorbeirauschen. Die Aufbauarbeiten waren zwar in vollem Gange, überall wurden Trümmer weggeschafft, aber es würde noch Jahre dauern, bis die äußerlichen Spuren dieses Krieges beseitigt wären. Die anderen Spuren, die sich in die Seelen der Menschen eingebrannt hatten, blieben sicher für immer und würden noch Generationen beschäftigen.

Ihre Abreise stand bald bevor. Luise war mit der Spurensuche nach ihren Freundinnen vor Ort nicht weitergekommen. Bald würde sie auf dem Schiff nach Amerika sein, hoffentlich mit Tali. Dann würde erst recht ein neues Leben beginnen. Dann konnte sie auch wieder nach Richard sehen, der bestimmt inzwischen mit Elly zusammen war. Sie wünschte es den beiden.

Drei Wochen war sie hier gewesen. Drei Wochen waren viel

zu wenig. Aber ihre Suchaufträge liefen weiter, das tröstete sie. Luise hatte ihre Kontaktdaten in New York hinterlegt.

George hatte bereits nach Amerika zurückgemusst, sein Chef hatte ihm ein Telegramm geschrieben, brauchte ihn dringend in der Kanzlei. Ihr Mann fehlte ihr jetzt schon. Sie konnte sich ein Leben ohne ihn nicht vorstellen. Aber auch die kleine Tali hatte sie so sehr in ihr Herz geschlossen. Heute würde sie die Kleine fragen.

Luise wartete nervös im Camp auf sie. Es war ein heißer August, die Kinder hatten Ferien, waren gerade beim Mittagessen. Endlich stürmten sie auf den Hof, ganz zum Schluss, ganz alleine kam Tali angelaufen. Sie erblickte Luise, trottete lächelnd auf sie zu, schmiegte sich an sie, und Luise drückte sie fest an sich. Das Haar des Mädchens duftete so gut. Nach Blumenwiese und Apfelbaum. Anders konnte sie diesen herrlichen Geruch nicht beschreiben.

»Du sollst hierbleiben«, sagte Tali und löste sich widerstrebend von ihr. Sie sah Luise mit ihren großen Augen an.

»Du meinst, ich soll bei dir bleiben?«

Tali nickte.

»Ich habe doch mein Restaurant in Amerika, das habe ich dir ja erzählt.«

»Was gibt es da zu essen?«, fragte sie nach.

»Deutsche Gerichte und amerikanische. Es ist ein Restaurant, das die Menschen zusammenbringen soll. Menschen, die nach Amerika ausgewandert sind, um in Freiheit zu leben.«

»Und bringt es sie zusammen?«

»Ja.« Luise lächelte. »Einige auf jeden Fall. Ich bin sehr glücklich darüber.«

»Gibt es da auch was Süßes?«

Luise lachte. »Ja, Berliner Streuselkuchen zum Beispiel. Und Apfelkuchen und Käsekuchen. Der Käsekuchen schmeckt ein bisschen wie der New York Cheesecake, auch sehr lecker.«

Tali leckte sich über die Lippen. »Mmhm.«

Luise rang nach Worten. Doch ehe sie etwas hervorbrachte, fragte Tali plötzlich: »Kann ich mitkommen nach Amerika?«

Ein riesengroßer Stein fiel Luise vom Herzen. Sie kniete sich zu ihr.

»Möchtest du das wirklich? Ich würde mich riesig freuen. Und George auch. Wir haben schon darüber gesprochen.«

Verdutzt sah die Kleine sie an.

Luise fuhr angespannt fort: »Aber ich muss schon auch im Restaurant arbeiten, weißt du.«

Talis Miene war ernster geworden. Sie nickte.

Luise sah sie lächelnd an. »Würdest du das wirklich wollen? Du würdest mich so glücklich machen. Uns. George und ich könnten deine neuen Eltern werden. Du hast ihn leider noch nicht kennengelernt, aber du wirst ihn mögen, ganz sicher.«

Tali sah überfordert aus, zuckte mit den Schultern und rannte weg. Luise sah ihr bedrückt nach. Wie töricht von ihr, das mit den neuen Eltern hätte sie nicht sagen sollen. Konnte sie je so etwas wie eine gute Mutter werden?

Am Abend sprach sie mit Annegret darüber, mit der sie natürlich schon beredet hatte, dass sie überlegte, Tali mit in die Staaten zu nehmen. Die beiden Frauen hatten sich auf eine Bank im Innenhof des Camps gesetzt, beobachteten den Sonnenuntergang. Die Sonne sah aus wie ein orangefarbener Ball.

Annegret hatte Luise aufmerksam zugehört, sah sie an. »Ich habe mir mit meinem Mann immer ein Kind gewünscht, jahrelang, aber es sollte nicht sein. Dann habe ich so viele Kinder in diesem Krieg verloren«, sagte sie traurig. »Jüdische Kinder, um die ich mich gekümmert hatte. Ich habe große Zweifel, ob ich das kann, ein eigenes Kind lieben, ihm eine gute Mutter sein.« Nach einer kurzen Pause fügte sie leise hinzu: »Ich bin schwanger, Luise.«

»Was? Oh, wie schön. Ich meine, du brauchst ganz sicher keine Angst zu haben«, sagte Luise sofort überzeugt. »Wenn es das eigene Kind ist, hat man ein Urvertrauen, dann wird man diese Ängste und Zweifel nicht haben und alles richtig machen.«

Annegret schüttelte den Kopf. »Ich habe mit anderen Frauen gesprochen, mit Müttern. Auch sie hatten und haben Angst, keine gute Mutter zu sein. Es ist verrückt, oder?«

»Ja, das ist es.« Luise sah nachdenklich vor sich hin. »Frauen trauen sich selbst oft viel zu wenig zu«, überlegte sie laut.

Am nächsten Tag, nach ihrer Arbeit, wartete sie auf Tali vor der Schule des Camps. Ein paar Kinder stürmten wie immer in Gruppen heraus, dann kam Tali, allein, schlurfte mit den Füßen über den Boden. Als sie Luise sah, huschte ein Lächeln über ihr Gesicht.

Luise freute sich, ging zu ihr, kniete sich zu dem Mädchen. »Tali, es war ungeschickt, was ich gestern gesagt habe, wir wollen natürlich nicht deine Eltern ersetzen. Sie werden immer deine Eltern sein. Wir werden Luise und George sein, und für dich da sein, in Amerika. Hast du darüber nachgedacht?«

Tali sah sie mit großen Augen an, dann kam Leben in sie. Stürmisch fiel sie Luise um den Hals und flüsterte: »Ja, ja, ja.« Dann löste sie sich von ihr, lächelte. »Aber nur unter einer Bedingung.«

»Und die wäre?« Luises Herz klopfte.

»Darf ich dann trotzdem Mama zu dir sagen?«

Luise lachte, drückte Tali erneut an sich. »Oh ja, sehr gerne darfst du das.« Wie gut die Kleine duftete.

Aufgeregt telefonierte Luise vom Büro des Camps aus mit George in der Kanzlei, bat ihn, alle Formalien sofort in die Wege zu leiten. Er als Anwalt kenne sich ja aus. Er klang überglücklich. Denn es war auch eine Entscheidung für ihn. Für eine gemeinsame Zukunft. Zu dritt, in New York.

Die verbleibenden Tage erzählte Luise Tali viel von New York, vom Taste of Freedom, dem Window-Shop, den Kindern der anderen Frauen. »Sie werden dich sicher nett aufnehmen.« Davon war sie überzeugt. Sie waren selbst fremd in den USA gewesen, wussten, wie dankbar man war, wenn man freundlich begrüßt wurde.

Luise buchte ihr Schiffsticket um, denn sie brauchte noch ein paar Tage für all die Formalitäten in Deutschland. Dann buchte sie eines für Tali gleich dazu.

Es würde nicht einfach werden, ihr Leben in New York so völlig auf den Kopf zu stellen, aber sie würde auch das meistern.

Doch zwei Tage vor ihrer gemeinsamen Abfahrt kam Annegret mit angespannter Miene auf sie zu. »Luise, kann ich dich sprechen?«

Luise klopfte das Herz bis zum Hals. Sie sah Annegret an, dass sie keine guten Nachrichten hatte.

Die knetete ihre Hände, es fiel ihr sichtlich schwer, das zu sagen. »Es tut mir so leid. Du kannst Tali leider doch nicht mitnehmen nach Amerika«, brach es dann aus ihr heraus.

»Was? Wieso nicht?«

»Wir dachten ja, dass sie keine Verwandten mehr hat. Aber die Lagerverwaltung hat einen Anruf von einer Verwandten von der Kleinen aus Palästina bekommen. Der Suchdienst hat nach deinem Antrag per Fax noch in Palästina nach Familienangehörigen von ihr gesucht. Sie haben eine entfernte Cousine ihrer Mutter gefunden.«

»Eine entfernte Cousine?«, wiederholte Luise tonlos.

»Sie haben sie angerufen. Sie sagt, dass Tali nach Palästina gebracht werden muss.«

»Was? Nein! Sie kennt diese Familie doch gar nicht!«, brach es aufgewühlt aus Luise heraus.

»Ich weiß.«

»Sie nennt *mich* Mama!« Luise kämpfte gegen ihre Tränen an.

»Ja, es tut mir so unendlich leid. Ich weiß, dass Tali zu dir nach Amerika möchte. Und dass du eine wundervolle Mama für sie wärst. Aber das spielt jetzt leider alles keine Rolle mehr.«

»Tut es doch! Kinder haben auch Rechte. George ist Anwalt, er wird einen Weg finden.«

»Ich fürchte, selbst dein George wird das nicht schaffen. Wir hatten einen sehr ähnlich gelagerten Fall schon einmal. Und der Campleiter kennt andere Fälle, bei denen das genauso war. Es gibt keine eigenen Kinderrechte.«

Luise konnte ihre Tränen nicht mehr zurückhalten. Annegret nahm ihre Hand. »Dein George kann es natürlich versuchen, aber du kannst die Kleine erst mal nicht mitnehmen. Die Kosten für das Schiffsticket für sie erstattet dir der Campleiter, hat er gesagt. Es tut ihm auch sehr leid. Und mir erst.«

Luise stand unter Schock, fühlte sich genauso leer, verlassen und einsam wie nach ihren drei Fehlgeburten. Wieder ein Kind verloren. Ein Frösteln durchlief ihren Körper, ihr wurde eiskalt. Dann kam Leben in sie. »Ich lasse das nicht zu. Ich muss mit dem Campleiter sprechen. George wird das Rechtliche klären, wir werden auch noch einen Anwalt in New York einschalten, wir lassen uns unser Kind nicht wegnehmen.« Mit diesen Worten ließ sie Annegret stehen, rannte über den Innenhof ins Büro des Campleiters.

Tali schrie und rannte weg, als Luise es ihr sagen musste. Am liebsten hätte Luise auch geschrien. Sie ging der Kleinen nach, fand sie in einer Ecke kauernd, trat zu ihr. Tali sprang auf, trommelte gegen ihre Brust, aber Luise schaffte es, ihre Ärmchen festzuhalten. Tali hielt inne, warf sich in Luises Arme und weinte bitterlich.

»Schsch, ich bin genauso traurig und verzweifelt wie du, Tali. Aber ich bin mir auch ganz sicher, dass es bei deinen Verwandten in Palästina sehr schön ist«, sagte sie bemüht tapfer.

»Ganz bestimmt gibt es da auch einen Park mit Vögeln und einem Teich, und leckeren Kuchen gibt es sicher auch.«

»Ich will aber zu dir nach Amerika, Mama!« Tali hatte es sich angewöhnt, die letzten Tage nur noch Mama zu ihr zu sagen. Luise zerriss es das Herz. Sie hatte nichts erreichen können, hatte einsehen müssen, dass es nicht ging.

»Ich möchte das auch, sehr sogar.«

»Dann mach, dass es geht!«, rief Tali weinend. Ihr kleiner Körper fühlte sich jetzt schlaff an in Luises Armen, alle Hoffnung war daraus entwichen.

»Ich habe es versucht, Tali. Wirklich. Ich habe mit dem Leiter des Camps gesprochen. Wir haben noch mal mit deiner Verwandten gesprochen. Sie möchte dich bei sich haben. Das ist ja auch schön. Aber selbst, wenn du es nicht möchtest, es gibt leider absolut keine Chance, sie hat das Recht, dich zu sich zu holen. Der Campleiter hatte derartige Fälle schon öfter, und ich habe natürlich auch sofort mit George telefoniert, er ist ja Anwalt, sein Kollege ist sogar auf solche Fälle spezialisiert. Die beiden haben alle Urteile zu sehr ähnlichen Fällen gründlich durchgearbeitet. George hat sich auch schon so auf dich gefreut. Auch einen Anwalt hier habe ich aufgesucht, ihm alles erzählt über dich und uns. Aber Schatz, wenn die Cousine deiner Mutter dich bei sich haben möchte, gibt es wirklich keine Chance, sagen sie.«

Tali hatte die ganze Zeit vor sich hingestarrt, wirkte wie eine leblose Puppe.

Luise fuhr fort: »Wir müssen alle schweren Herzens ein-

sehen, dass es nicht geht. Dass es Gesetze gibt, die es uns nicht erlauben. Und wir dürfen es dir nicht noch schwerer machen. Dir kein Gezerre antun. Es ist besser für dich, wenn du dich ganz auf deine neue Familie in Palästina einstellst. Und hey, es ist deine Familie. Und ... ich kann dich besuchen, wenn du magst.«
Tali starrte weiter vor sich hin. Nach einer gefühlten Ewigkeit, in der beide nicht sprachen, flüsterte Tali: »Will ich nicht.«
Erschüttert presste Luise ihre Lippen zusammen. Sie wusste selbst, dass es besser für das Kind war, wenn sie nicht ständig zu ihr reiste. Aber es würde ihr schwerfallen, sehr schwer. Wie schnell man so ein kleines Wesen liebgewinnen konnte.

An ihrem letzten Tag suchte sie nach Tali, um sich zu verabschieden, aber diese hatte sich offenbar versteckt. Luise hoffte, sie noch zu sehen, ging zu Annegret, die ihr über den Hof entgegenkam. Luise setzte ihren Koffer ab, trat zu ihr. Der Abschied von Annegret fiel ihr auch nicht leicht. Sie mochte diese zupackende Frau, die immer wieder aufgestanden war, trotz schwerer Schicksalsschläge. Sie umarmten einander.
Dann löste sich Luise von ihr, trat einen Schritt zurück, sah sich erneut suchend um. »Hast du Tali irgendwo gesehen?«, fragte sie Annegret betrübt.
»Leider nein. Ich fürchte, sie versteckt sich. Und darin ist sie gut.«
»Das fürchte ich auch. Sag ihr bitte liebe Grüße von mir und dass sie ein starkes Mädchen ist. Das darf sie niemals vergessen.«
»Das sag ich ihr gerne. Kommst du wieder mal nach Deutschland, nach Berlin?«, fragte Annegret.
»Ich weiß es nicht.«
»Du hast uns sehr geholfen. Aus erster Hand zu erfahren, wie es ist, auszureisen, und deine Ratschläge und Kontakte waren sehr wichtig für viele.«

»Das freut mich. Ich fürchte, der Zug wartet nicht.« Erneut sah sie sich suchend um. Keine Tali weit und breit. Wie verletzt musste das Mädchen sein.

»Wirklich schade, dass du deine Freundinnen nicht gefunden hast, Luise«, sagte Annegret noch. »Wenn sich dieser Emil Pomrenke, von dem du erzählt hast, melden sollte, gebe ich ihm deine New Yorker Adresse, oder?«

»Ja, mach das bitte. Ich danke dir. Bis bald, Annegret, mach es gut. Pass auf dich auf.«

Luise nahm ihren Koffer, ging damit zum Ausgang des Camps.

Wehmütig drehte sie sich noch einmal um, winkte Annegret. Tali aber konnte sie nirgends entdecken. Luise dachte an ihr letztes Telefonat mit George. Er hatte sehr eindringlich auf sie eingeredet, denn sie wollte es nicht wahrhaben, wollte weiterkämpfen um dieses Kind. »Darling, die Fälle gleichen sich. Die jüdischen Waisenkinder mussten nach Palästina zu ihren Verwandten, durften nicht von anderen adoptiert werden. Wir würden Tali nur noch mehr wehtun, wenn wir vor Gericht ziehen würden.«

»Das will ich nicht«, hatte sie erwidert.

»Ich auch nicht.« Nach einer kleinen Pause fügte er hinzu: »Luise, wir könnten einem anderen Kind eine Zukunft bieten.«

»Ich möchte aber kein anderes Kind«, hatte sie gesagt. »Danke, George, für deine Mühe.«

»Es tut mir so leid, Darling, *miss you*.«

»Ja. *Miss you, too*.«

KAPITEL 30

New York, Central Park, 2023

Der gute Walter hatte June gleich am Nachmittag angerufen und ihr erzählt, dass die Akte, die sein Großvater als Luises Anwalt in New York damals angelegt hatte, handschriftliche Aufzeichnungen enthielt, die er nicht so schnell während der Arbeitszeit durcharbeiten könne. Sobald er das getan habe, wolle er sich sofort melden.

June dankte ihm sehr. »Tut mir leid, dass ich dir so viel Arbeit mache, ich bezahle dein Honorar natürlich.«

»Auf keinen Fall, June. Sieh es als Freundschaftsdienst«, hatte er sofort erwidert.

Nachdenklich betrat sie an der Upper East Side den Central Park. Sie brauchte jetzt Bewegung und frische Luft. Walter hatte ihr, als sie ihm sagte, in den Central Park zu wollen, von einem Weg im Park erzählt, der »the mall« heißen sollte. Ein Pfad, gesäumt von Statuen berühmter Autoren. Ein Highlight für Literaturliebhaber. Er las wohl sehr gerne, wie sie noch erfuhr, die alten Klassiker und anspruchsvolle Literatur. June mochte das auch, aber auch Unterhaltungsliteratur, gern historisch-zeitgenössisch, gern Liebesgeschichten. Dort gab es wenigstens fast immer ein Happy End.

Eine Gruppe Touristen auf Fahrrädern kreuzte ihren Weg. Die Sonne schien, Vögel zwitscherten, und June fühlte sich wohl hier, inmitten dieser Natur, je weiter sie in den Park hineinlief. Sie atmete die gute Luft ein, ging den Weg entlang, der tatsächlich »the mall« hieß. Große Ulmen bildeten eine Art Dach über ihr. Offenbar gab es in Nordamerika nirgends so viele amerikanische Ulmen wie in diesem Park, wie sie gleich auf ihrem Handy recherchierte. Alte Journalistenangewohnheit, alles zu hinterfragen und nachzurecherchieren.

Sie schlenderte weiter, dachte an ihr Treffen mit Walter. Er war wirklich sehr nett, aber Hendrik hatte etwas anderes in ihr ausgelöst ... Verdammt. Sollte sie Hendrik doch treffen, damit er sich erklären konnte? June spürte, dass sie insgeheim hoffte, dass bei dieser Erklärung ein Wunder geschah. Sie nahm wieder ihr Handy zur Hand, schrieb ihm, wo sie war, ob er zur Gapstow Bridge an den Ententeich kommen wolle. Kurz zögerte sie, schickte die Nachricht dann aber ab.

Gern, antwortete er sofort. June wurde nervös.

Sie kam am Ententeich an der Gapstow Bridge an, sah sich um, setzte sich auf eine Bank. Ein paar Leute flanierten vorbei. Eine Gruppe Frauen in Kostümen und Hosenanzügen, die sich eine Pause gönnten, eine Großmutter mit einem Kinderwagen. Zwillinge saßen nebeneinander und gaben entzückte Laute von sich, deuteten dabei auf die Enten. Wie begeistert Kinder noch sein konnten. June beobachtete die Großmutter, die sich jetzt zu ihren Kindern beugte und liebevoll mit ihnen redete. Wie glücklich sie aussah. Wie zufrieden. Hatte Luise doch noch ein eigenes Kind bekommen, ihre Mutter? Oder war sie adoptiert?

Eine halbe Stunde später hörte sie Hendriks Stimme in ihrem Rücken, und sie spürte sofort wieder dieses Kribbeln am ganzen Körper.

»June.« Nur dieses Wort und ihre Haut vibrierte.

Sie stand auf, drehte sich um. Dieser große Mann sah sie an, und am liebsten hätte sie ihn umarmt. Aber sie musste sich von ihm distanzieren, trat einen Schritt zurück.

»Es tut mir leid«, sagte er schnell, als ob er fürchtete, sie bräche das Gespräch ab. »Ich habe den richtigen Zeitpunkt verpasst, es dir zu sagen. Anfangs warst du nur die Enkelin von meiner ehemaligen Chefin, aber dann ... Ich hatte nicht gedacht, dass du diese Gefühle in mir auslöst. Dass das überhaupt noch mal eine Frau schafft.« Er atmete schwer, knetete seine großen Hände.

Sie sah darauf. Schöne Hände. Zupackende Hände. »Mir ging es ähnlich«, entgegnete June leise. Dann straffte sie sich. »Was wolltest du mir sagen?« Sie versuchte, distanziert zu wirken, was ihr bestimmt nicht gelang.

»Gehen wir ein paar Schritte?«, schlug er vor.

Sie willigte ein, lief neben ihm her, sah ihn immer wieder von der Seite an, so wie er sie.

Dann begann er zu erzählen. »Mareike, meine Frau und ich, wir kennen uns seit meiner Highschoolzeit, seit einer Reise, die ich damals mit meinen Eltern nach Dänemark unternommen hatte, in die Heimat unserer Vorfahren. Mareike ist Dänin. Ihre Eltern vermieteten uns eine Ferienwohnung. Wir verliebten uns, und Mareike hat alles in Dänemark aufgegeben, ihre Familie, ihr ganzes Leben, um wenig später, sie war gerade achtzehn geworden, zu mir nach New York zu kommen.«

»Wow.«

»Ja, sie hat mit ihrer Familie gebrochen, wegen mir. Ich finde, du musst wissen, was uns verbindet. Leider haben wir uns, wie viele Paare, im Laufe der Zeit auseinanderentwickelt, auseinandergelebt, schon seit Jahren auch auseinandergeliebt. Lange vor ihrem Unfall. Vielleicht auch, weil wir keine Kinder bekommen haben. Wer weiß. Mareike wollte keine, hat ihren Job so sehr geliebt, konnte sich ein Leben mit Kindern nicht vorstellen. Sie war eine toughe Geschäftsfrau.« Er hielt inne, fuhr sich mit den Händen durchs Haar, erzählte dann weiter: »Kurz vor ihrem Unfall wollte Mareike Schluss machen, war sich dann aber doch nicht sicher, weil ich sofort eingewilligt habe. Ich wollte Kinder, hatte keine Gefühle mehr für sie, habe keine Zukunft für uns gesehen. Sie war sauer, ist über die Straße gerannt und wurde von einem Auto erfasst und mitgeschleift.«

»Oh Gott!« June stoppte, sah ihn erschüttert an.

Er nickte. »Es war die schlimmste Zeit unseres Lebens. Für uns beide. Am meisten natürlich für sie. Sie wird nie wieder gehen können. Ihren Job, den sie so geliebt hat, Managerin in einer Bank, hat sie dann auch kurz darauf verloren. Mistkerle. Denn eigentlich könnte sie den auch vom Rollstuhl aus machen. Aber sie meinten, es wäre nicht gut für das Image der Bank. Jemand, der gehandicapt ist. Sie hat sich damals total zurückgezogen, kommt mittlerweile mit ihrer Situation aber ganz gut zurecht. Aber sie braucht mich, irgendwie. Und auch wenn wir nur noch wie Bruder und Schwester sind, eigentlich schon seit einem Jahr vor ihrem Unfall, wie gesagt, fühle ich mich verantwortlich für sie, verstehst du das?«

»Natürlich, für wen hältst du mich? Ich wollte dich auf keinen Fall in einen Konflikt bringen.«

»Ich weiß. Aber das hast du, unbeabsichtigt.« Er blieb stehen, sah sie intensiv an. »Ich denke Tag und Nacht an dich. Wieso wolltest du mir nicht die Chance geben, alles zu erklären? Einmal stand ich sogar vor deiner Tür, vor dem Haus deiner Großmutter, aber du warst nicht da.«

Sie zuckte traurig mit den Schultern. »Ich wurde in jeder meiner langjährigen Beziehungen betrogen. Ich dachte, was nützt es denn. Ich hatte das Bild von euch im Internet vor Augen, ihr beide, Arm in Arm. Von letzter Woche. Darunter stand, dass sie deine Frau ist.«

»Ach, das Foto wurde bei einer Spenden-Gala aufgenommen. Der Fotograf wollte unbedingt, dass ich den Arm um sie lege. Das hatte nicht zu bedeuten, dass wir zusammen und glücklich sind, June«, sagte er eindringlich.

»Ja«, erwiderte sie. »Der äußere Schein trügt oft.«

Sie atmete durch. Sie wollte nicht weiter über sich reden.

»Sagt dir der Name Tali etwas? Im Zusammenhang mit meiner Großmutter? Hat sie ihn mal erwähnt?«

Hendrik schüttelte den Kopf.

»Und Emil Pomrenke?«

Hendrik sah sie an, zog die Augenbrauen hoch und nickte. »Ja, der ja.«

Sie zuckte zusammen. »Was? Wirklich?«

»Ja, muss ein alter Freund deiner Großmutter gewesen sein. Sie hat zumindest einmal von ihm erzählt.«

Verblüfft sah June ihn an. »Was hat sie erzählt? Bitte erinnere dich an jede Kleinigkeit. Alles könnte mich weiterbringen.«

Hendrik deutete auf eine Bank, die gerade frei wurde. »Wollen wir uns setzen?«

»Gern.«

Sie nahmen auf der Bank Platz, June schaute ihn erwartungsvoll an, sah, wie er nachdachte. »Es war nicht lange vor ihrem Tod. Da hatte ich ihr mal wieder ihren Streuselkuchen gebacken, sie wollte, dass ich mich kurz im Restaurant zu ihr setze, und dann fing sie an zu erzählen, dass sie vermutlich nicht mehr lange leben werde, dass sie etwas auf dem Herzen habe, eine Last, eine Schuld. Und dieser verfluchte Emil Pomrenke sei mit schuld, dabei habe sie gedacht, er sei ein Freund.«

»Schuld? An was genau?«

»Das hat sie leider nicht gesagt. Der Name ist mir nur in Erinnerung geblieben, weil ein Freund von mir gerade seinen Sohn Emil genannt hatte und er so ähnlich mit Nachnamen heißt. Ich hatte es ganz vergessen, verzeih.«

June überlegte fieberhaft. »Mehr hat sie nicht über ihn gesagt? Wie kam sie auf das Thema? Nur weil sie dachte, sie würde nicht mehr lange leben? War sie krank? Soviel ich weiß, ist sie eines natürlichen Todes gestorben.«

»Sie kam wohl an dem Tag darauf, weil sie einen Flyer erhalten hatte, auf dem es um eine Ausstellung ging. Sie meinte, der würde sie an ein Flugblatt erinnern, an damals. Ich habe dann zwar nachgefragt, aber mehr hat sie darüber nicht erzählt. Obwohl sie, glaube ich, kurz davor war – sie sagte, sie mag mich, deshalb erspart sie mir das. Sie klang sehr aufgewühlt, erzählte mir dann von diesem Emil Pomrenke. Sie schien ihn in ihr Herz geschlossen zu haben und wirkte sehr enttäuscht.«

Hendrik sprach so liebevoll über Luise, als wäre sie seine Großmutter gewesen. June sagte ihm das auf den Kopf zu, und er gab ihr recht, dass es sich oft so angefühlt hatte. Er hatte einen besonderen Draht zu ihr gehabt, ihr Tod hatte ihn tief getroffen.

Für einen Moment saßen sie so da, ein Vogel zwitscherte in einem Gebüsch neben ihnen, und June wurde wieder bewusst, wie sehr sie sich bereits in diesen einfühlsamen Mann verliebt hatte.

Abrupt stand sie auf, hielt seine Nähe nicht mehr aus. Sie wusste nicht, ob sie ihm glauben sollte, nichts mehr für Mareike zu empfinden. Auch das hatten ihre Männer immer beteuert, nichts für die andere zu fühlen. »Ich gehe jetzt, Hendrik.« Sie fasste einen Entschluss: »Ich fliege nach Deutschland, dort kann ich besser weiterrecherchieren.«

Er stand auch auf, sah sie traurig und sehnsüchtig an.

»Und wie lange?«

»Ich weiß es nicht. Vielleicht bleibe ich doch dort. Ich bin nicht offen für etwas Neues«, erklärte sie ausweichend. »Du solltest mich besser vergessen.«

Erschüttert sah er sie an. Einen Moment schien er versucht, ihre Hand zu streicheln, hielt sich aber zurück. »Ich werde dich nie vergessen, June, du bist eine ganz besondere Frau, genauso wie deine Großmutter.«

Sie hielt seinen Blick. »Ich mag keine Abschiede. Könntest du bitte einfach in die andere Richtung gehen?«, fragte sie mit erstickter Stimme.

Auch er schien mit den Tränen zu kämpfen.»Natürlich. Geht mir genauso.«

June drehte sich um, ging auf die Gapstow Bridge zu, bemühte sich, stark zu bleiben und sich nicht umzudrehen. Sie schaffte es, aber sie schaffte es nicht, ihre Tränen zurückzuhalten.

»Kann ich Ihnen helfen?«, wurde sie von einem älteren Herrn mit weißen Haaren und Hut gefragt.

»Nein danke, alles in Ordnung.« June senkte den Kopf, ging eilig weiter.

Gerade als sie an der Brücke vorbeikam, kam eine Frau im Rollstuhl auf sie zu. Seine Frau! June erstarrte, versuchte, ihren Gefühlszustand zu überspielen.

Mareike kannte sie ja nicht, hatte sie höchstens kurz im Restaurant wahrgenommen. Hoffentlich nicht. Insofern senkte June wieder den Kopf, als wäre sie in Gedanken, und wollte an ihr vorbeigehen. Doch Mareike hielt ihren Rollstuhl an.

»June?«

Abrupt stoppte sie. »Ja?«, erwiderte sie zögerlich.

»Hey, ich bin Mareike, Hendriks Frau, wie du weißt.« Sie klang so sympathisch.

June fühlte sich unendlich schlecht. Jetzt kam die Abrechnung, die Abrechnung dafür, dass sie Hendrik einmal geküsst hatte. Sollte sie erklären, dass sie zu dem Zeitpunkt nichts von einer Ehefrau wusste?

Mareike lächelte sie traurig an. »Ich habe euch gerade gesehen. Ich hatte im Taste of Freedom gehört, dass ihr euch heute hier verabredet habt. Und gerade habe ich gesehen, dass er dich liebt. Und du ihn.«

June rang nach Worten, ihr Mund blieb offen stehen, wie sie selbst bemerkte. Der Kloß in ihrem Hals wurde größer.

»Es sah gerade so nach Abschied aus, ist das richtig?«, fragte Mareike sanft.

»Ja, ich meine, es ist ja nie wirklich etwas zwischen uns gewesen, ich wusste nicht, dass er verheiratet ist. Ich bin keine Frau, die sich in eine Ehe drängt.«

»Das glaube ich dir. Hendrik ist ja auch nicht mehr wirklich verheiratet. Er ist bei mir, aus Sentimentalität, weil wir eine schöne gemeinsame Geschichte haben, und vor allem, um sich um mich zu kümmern. Aber nicht, weil wir noch ein Liebespaar sind. Das kannst du ihm wirklich glauben. Schon lange nicht mehr, schon vor dem Unfall hat es nicht mehr gestimmt zwischen uns. Ich meine, ich liebe ihn schon noch sehr, er ist ein wundervoller Mann, aber ich liebe ihn auf eine andere Art.«

Der Kloß in Junes Hals wurde kleiner.

»Und weil ich Hendrik liebe«, fuhr Mareike fort, »wollte ich dir sagen, dass ich euch nicht im Weg stehen möchte. Er ist frei. Auch innerlich, das weiß ich. Es ist schon so lange her, dass wir uns getrennt haben.«

Junes Herz schlug noch schneller. Was für eine beeindruckende Frau. Kein Wunder hatte Hendrik sich damals in sie verliebt. »Ich, ich weiß gar nicht, was ich sagen soll.«

Mareike lächelte. »Nur weil ich im Rollstuhl sitze, muss er nicht bei mir bleiben. Das Letzte, was ich möchte, ist Mitleid. Und tatsächlich bin ich in einer Rolli-Gruppe, in der mir ein Mann sehr gut gefällt. Ich habe lange gebraucht, aber ich habe verstanden, dass ich doch nicht weniger wert bin, nur weil ich meine Beine nicht mehr bewegen kann.«

»Nein, auf keinen Fall«, bestätigte June beeindruckt. »Ich finde sogar, dass du eine ganz besondere, großartige Frau bist, so, wie ich dich gerade kennenlerne.«

Mareike lachte. »Danke, aber auch nicht besonderer als jede andere Frau. Jede von uns ist doch einzigartig. Und für irgendjemanden noch mehr.« Sie wurde wieder ernst. »Wirklich. Ich liebe Hendrik wie einen Bruder und möchte, dass er wieder glücklich ist. Er muss sich nicht verantwortlich fühlen für diesen Unfall. *Ich* hätte damals nicht einfach auf die Straße rennen dürfen. Aber manchmal schalte ich meinen Kopf einfach aus. Ich bin ein bisschen chaotisch, musst du wissen!«

June lächelte. »Sehr sympathisch.«

»Also, bitte, geh ihm nach, wehe, wenn nicht. Ich will meinen Hendrik wieder strahlen sehen. Und ich kann mir auch gut vorstellen, dass wir beide Freundinnen werden können. Ich hoffe es.«

Überwältigt lächelte June und nickte. »Das kann ich mir auch sehr gut vorstellen. Und neue Freundinnen kann man nie genug haben.«

»Wunderbar.«

»Aber ich habe mich gerade erst von meinem Partner getrennt. Eigentlich dachte ich, ich lass das mit den Männern für eine Weile besser sein.«

Mareike überlegte. »Versteh ich. Alleine ist man auch nicht weniger wert, was einem manche Leute ja immer einreden wollen.«

»Ganz genau. Als Single ist man niemandem Rechenschaft schuldig. Kann machen, was man will, ist frei.«

»Ja, andererseits sieht man euch beiden an, dass ihr ganz schön verknallt seid. Und gegen Gefühle kann man nicht viel tun. Wann ist schon der richtige Moment im Leben? Wenn du darauf wartest, bleibst du wirklich bis ins hohe Alter alleine. Und in einer erfüllenden Beziehung ist es ja schon schön, finde ich.«

June lächelte. »Du überredest mich ja ziemlich gut.«

»Ich habe nur Augen im Kopf. Und mir geht es mit dem Mann aus unserer Rolli-Gruppe ähnlich. Ich sperre mich noch etwas, weil es auch irgendwie verlockend klingt, mal eine Zeitlang allein zu sein. Marshmallows essen, ohne sich erklären zu müssen, im Schlafanzug den ganzen Tag rumhängen.«

Beide lachten.

»Aber zu zweit kann man auch Marshmallows essen«, fuhr Mareike dann fort, »und erst recht im Bett rumliegen.«

Sie grinsten.

»Na jetzt aber, los!« Mareike deutete auffordernd in die Richtung, in die Hendrik vorhin gegangen war.

June folgte ihrem Finger mit dem Blick, zögerte. Konnte sie Mareike jetzt einfach alleine im Rollstuhl hier zurücklassen?

Die schien ihre Gedanken zu erahnen. »Du musst dir um mich keine Sorgen machen. Ich bin selbständig. Ich fahre alleine Subway, in der Rolli-Gruppe spielen wir Basketball.«

»Wow. Toll. Also gut, wenn du dir sicher bist?«

»Ich bin mir ganz sicher.«

June verabschiedete sich lächelnd und rannte los, Hendrik hinterher.

Sie rannte an Spaziergängern vorbei durch den Park, musste immer wieder ausweichen, rannte weiter, aber sie konnte ihn nirgends sehen. Ein Kind mit Fahrrad kreuzte ihren Weg, sodass sie stoppen musste. Außer Atem sah sie sich um. Kein Hendrik weit und breit. Außerdem gabelte sich hier der Weg. Sie wischte sich über die verschwitzte Stirn. Hätte sie doch mehr Sport getrieben. Aber außer den Joggern im Park zuzusehen und sich zu fragen, wie um Himmels willen man am frühen Morgen freiwillig joggen konnte, wie man überhaupt joggen konnte, hatte sie schon lange nicht mehr auch nur darüber nachgedacht.

Sie seufzte, gleichzeitig raste ihr Puls. Mareike hatte Hendrik freigegeben. Aus Liebe. Endlich wusste June, was es wirklich bedeutete zu lieben. Und auch geliebt zu werden. Denn Hendrik war aus Liebe bei Mareike geblieben, aus einer anderen Form der Liebe. Was für ein wundervoller, empathischer Mann. Und dieser Mann empfand etwas für sie. Das hatte sie ihm selbst angesehen, aber Mareike auch.

Ihr fiel etwas ein. Sie schlug sich gegen die Stirn. »Mensch,

June, wir leben nicht mehr in den Vierzigern«, sagte sie zu sich selbst, lachte auf. Eine Frau sah sich kurz irritiert zu ihr um, ging dann weiter. Gut, dass es die Leute in New York gewohnt waren, dass sich Menschen eigenartig benahmen und Selbstgespräche führten. June zog lächelnd ihr Handy heraus, wählte Hendriks Nummer.

Sofort ging er ran. »June?«, seine Stimme klang freudig.

»Hey. Wo bist du?«

»Ich bin am Rand vom Park. Bei dem Eisladen. Johnny's Blue.«

Den kannte sie aus ihrer Kindheit. June erinnerte sich, dass ihre Großmutter hier oft mit ihr Eis essen war. Erdbeereis, wie mit George damals, fiel ihr jetzt ein. »Kenn ich. Gut, bestelle mir bitte schon mal ein Erdbeereis.«

Er lachte auf. »Okay, gerne. Du hast Geschmack, Johnny macht das beste Eis in ganz New York.«

»Ich weiß, dass ich Geschmack habe. Bis gleich.«

»Bis gleich.«

Hendrik drückte June so fest an sich, dass sie beinahe keine Luft mehr bekam. Mit dem einen Arm, in der anderen hielt er ihr Eis. Sie lachte. »Ich schmelze, und das Eis auch.«

Hendrik löste seine Umarmung etwas, legte die Stirn an ihre. »Mareike ist einfach großartig. Aber du bist ...«

»Sag es nicht. Es ist nicht zu beschreiben«, scherzte sie. »Und das gilt auch für dich.«

Er lachte, reichte ihr das Eis. June nahm es, leckte daran, verdrehte verzückt die Augen, schloss sie, spürte seine warmen, weichen Lippen auf ihren. Mareike hatte recht, es gab nie den richtigen Moment im Leben. Jeder Moment konnte der richtige sein. Ein Glücksgefühl durchströmte sie. June genoss seine Nähe, seinen Geruch, seine Leidenschaft.

Er hielt inne, außer Atem von ihrem Kuss, und flüsterte an

ihren Lippen: »Lass uns zu mir nach Hause gehen. Ich wohne nicht weit.«

Sie zögerte.

»Sorry, ich bin ein Idiot, das geht viel zu schnell.«

»Nein, das ist es nicht. Es ist wegen deiner Frau, Mareike. Ihr wohnt doch sicher zusammen?«

»Was? Ach so, nein. Wir haben jeder eine eigene Wohnung. Schon seit zwei Jahren. Mareike hat etwas Behindertengerechtes gebraucht, und ich konnte mir die alte Wohnung allein nicht mehr leisten. Für wen hältst du mich? Ich hätte dich doch nicht in unsere gemeinsame Wohnung mitgenommen.«

June lachte entschuldigend auf. *Anton hat so etwas gebracht*, dachte sie. Wischte den Gedanken dann aber beiseite. Hendrik stand vor ihr, dieser großartige Mann. Sie wollte sich jetzt nur auf ihn konzentrieren. Auf sie beide. *Ein Wir, es gibt ein Wir*, dachte sie überglücklich, nahm seine Hand und nickte.

Gerade als sie in die Subway steigen wollten, klingelte ihr Handy. Sie zog es aus ihrer Handtasche. *Walter* stand auf dem Display, doch er hatte wieder aufgelegt, tippte eine Nachricht. Sie wartete sie ab.

Habe in der Akte noch etwas über Tali herausgefunden, schrieb er ein paar Sekunden später.

»Walter hat etwas gefunden«, raunte sie überrascht. »Der Anwalt meiner Großmutter, du hast ihn im Restaurant kurz kennengelernt.«

Hendrik nickte.

»In einer Akte, über Tali«, fuhr June aufgeregt fort.

»Du hast mir immer noch nicht gesagt, wer Tali ist.«

»Das erkläre ich dir noch, aber jetzt muss ich ihn unbedingt sehen.« Sie sah Hendrik an. »Oder nein, jetzt nicht.«

Er lächelte, nahm ihr Gesicht zwischen seine Hände. »June, wir haben alle Zeit der Welt, triff Walter, hör dir an, was er herausgefunden hat.«

KAPITEL 31

Berlin, August 1946

Durch einen Tränenschleier sah Luise auf ihre zerstörte Heimatstadt. Sie saß in der Straßenbahn zum Zoologischen Garten, dachte an Tali, daran, dass sie jetzt noch ein Kind verloren hatte. Schon vier. Sie versuchte, tapfer zu sein, wollte sich in New York um Kinder kümmern, die ihre Familie im Holocaust verloren hatten.

Sie atmete tief ein. In der Straßenbahn roch es etwas modrig. Fast wie in einem Keller, wie in dem Keller damals. Sofort dachte sie wieder an Emil. *Emil Pomrenke, wieso hast du dich nicht gemeldet? Wo bist du? Lebst du hoffentlich noch?* Wann hatte sie zuletzt mit ihm geschrieben? Es musste 1939 gewesen sein, als sie ihn bat, nach Anni zu suchen. 1939, das Jahr, in dem sie auch zuletzt von Maria und Anni gehört hatte. Seltsam. Gab es da womöglich einen Zusammenhang?

Die Straßenbahn hielt. Nicht allzu weit entfernt von Emils Wohnung, wie Luise jetzt bewusst wurde. Kurz entschlossen schnappte sie sich ihren Koffer, stand auf, drängte an Mitfahrenden vorbei, entschuldigte sich und verließ im letzten Moment die Bahn, bevor die Türen geschlossen wurden, und die Bahn fuhr quietschend weiter.

Was mache ich hier? Ich muss zu meinem Zug, dachte sie. Sie hatte nicht mehr allzu viel Zeit, bis der Zug nach Hamburg zu ihrem Dampfer ging, aber diese musste sie ausnutzen. Eiligen Schrittes ging sie los.

Warum hatte er den Kontakt zu ihr abgebrochen, auf ihre letzten Briefe nicht mehr geantwortet?

Ihre Gedanken rasten, während sie weiterlief. Was war damals geschehen?

Endlich kam sie an seinem Wohnhaus an, stellte außer Puste ihren Koffer ab und drückte aufs Klingelschild. Hoffnungsvoll sah sie nach oben, ob sich in seinem Stockwerk eine Gardine bewegte, aber nichts tat sich. Sie klingelte mehrfach. Plötzlich wurde ein Fenster dort oben aufgerissen, und Emil, mit seinen braunen, verstrubbelten Haaren, sah herunter. Er erschrak sichtlich, als er Luise erkannte, knallte das Fenster sofort wieder zu.

Irritiert blickte sie nach oben. Was löste ihr Anblick bei ihm aus? Sie hatte ihm doch nichts getan? Sie klingelte erneut bei ihm, aber wieder rührte sich nichts.

Kurzerhand drückte sie auf eine andere Klingel im Erdgeschoss, und kurz darauf öffnete ihr eine junge Frau die Tür.

Luise erklärte nett, eine Freundin von Emil Pomrenke zu sein, der höre wohl die Klingel nicht. Sie wurde hereingelassen in ein altehrwürdiges Entrée mit hohen Decken, stieg mit ihrem Koffer die knarzenden alten Holzstufen nach oben in den zweiten Stock, kam außer Puste an. Die Decken waren im ganzen Haus sehr hoch. Sie erkannte seine Wohnungstür, eine grüne alte Holztür, auch sein Name stand am Schild. Sie klopfte dagegen, erst einmal, dann mehrmals.

»Emil, bitte mach auf. Ich bin's, Luise, Luise Jonas, ich habe nicht lange Zeit.«

Sie lauschte. Hörte aber keine Schritte, nichts.

Wieder klopfte sie. »Emil, ich bitte dich, um der alten Zeiten willen. Ich habe nur ein paar Fragen, mein Zug zum Schiff nach Amerika geht bald. Bitte!«

Es dauerte noch einen Moment, dann hörte sie endlich Schritte auf den alten Holzdielen.

Die Tür wurde aufgerissen, Emil, ein paar Jahre älter, verhärmter im Gesicht, viel dünner und blass, stand vor ihr. Ernst, geradezu ängstlich sah er sie an.

»Luise. Du lebst.«

»Ja, und du zum Glück auch. Kann ich bitte kurz hereinkommen?«

Er zögerte, trat dann einen Schritt zur Seite, machte ihr Platz, schloss die Tür hinter ihr und ging vor durch den dunklen Flur in eine typische Berliner Wohnküche. Ein beigefarbenes Küchenbuffet stand neben dem Fenster, in der Mitte ein Holztisch. Das Fenster ging zum Innenhof hinaus, es kam nur wenig Licht herein.

Luise stand ihm jetzt gegenüber. »Emil, was ist geschehen?«

»Nichts.« Seine Hände zitterten, er steckte sie schnell in die Hosentasche.

»Warum hast du den Kontakt zu mir abgebrochen?«

Er zuckte nur mit den Schultern.

»Was habe ich dir getan?«

Er zögerte, sagte dann leise erneut: »Nichts.«

»Ich verstehe nicht.«

Wieder zuckte er mit den Schultern.

»Bitte, rede mit mir«, insistierte sie. »Ich bin immer noch auf der Suche nach meinen Freundinnen, Maria und Anni, du kanntest sie ja. Weißt du, wie es ihnen ergangen ist?«

Er presste die Lippen zusammen, schüttelte den Kopf. Dann ließ er sich auf einen der Küchenstühle sinken. Luise tat es ihm gleich, sah ihn abwartend an.

»So genau nicht, und mehr willst du auch nicht wissen, Luise, glaub mir«, sagte er angespannt.

»Doch, ich will es wissen, wieso auch nicht?«

»Sonst wirst du dich dein Leben lang schuldig fühlen.«

New York, August 1946

Allein stand Luise an der Reling des Dampfers, allein unter Menschen, einsam. Die Freiheitsstatue schien Luise zu verhöhnen. Sie war nicht frei, würde es niemals mehr sein. Sie starrte auf die Statue, selbst erstarrt. Während der ganzen Überfahrt hatte sie mit keiner Menschenseele gesprochen, hatte Zeit gebraucht, Talis Verlust und das von Emil Gehörte zu verarbeiten. Kein Wort würde sie George davon erzählen, hatte sie sich geschworen. Kein Mensch durfte jemals davon erfahren, was Emil ihr berichtet hatte.

Das Schiffshorn tutete und ließ sie aufschrecken. Ihre Hände krampften sich um das Geländer. Was sie vor ihrer Abreise in Berlin erfahren hatte, würde sie ihr Leben lang verfolgen, dessen war sie sich sicher.

Sie hatten all die Einreiseregularien bereits hinter sich, das Schiff lief auf den Hafen von Manhattan zu. Von Weitem erblickte sie George, sein blondes Haar, seine große, stattliche Gestalt. Wie damals, als Luise das erste Mal amerikanischen Boden betreten hatte, stand er da. Diesmal mit einem großen, wunderschönen Blumenstrauß. Ihre Sehnsucht nach ihm wurde so überwältigend, dass sie am liebsten über Bord gesprungen wäre, um zu ihm zu schwimmen. Sie brauchte ihn, seinen Halt, seine Ruhe, seine Zuversicht, seine Liebe. Wie hatte sie nur jemals überlegen können, ihn hier zurückzulassen, um ganz nach Deutschland zu gehen und dortzubleiben? Nie wieder würde sie einen Fuß auf deutschen Boden setzen, nie wieder.

Endlich legte das riesige Schiff an, die Passagiere strömten mit ihrem Gepäck zum Steg, dann über den Quai. Sie wurde mit ihrem Koffer von drängelnden, vorfreudigen Menschen mitgeschoben, fühlte sich, als würde sie wie ein Geist neben sich stehen, als wäre sie überhaupt nicht anwesend.

»Luise!«, rief George freudig, hob den Blumenstrauß hoch,

der von Nahem noch größer war. Rote Rosen, aber auch bunte andere Blumen, die sie liebte, so viele.

Sie zwang sich zu einem Lächeln. Schließlich konnte er nichts dafür. Nichts für ihren Zustand. George zwängte sich durch die Menschenmenge, erreichte sie, musterte sie besorgt, hatte ihr offenbar schon angesehen, dass etwas geschehen war. Dann fasste er sie sanft um die Hüfte, küsste sie zärtlich.

Als er sich von ihr löste, blickte er sie forschend an. »Luise, Darling, geht es dir gut? Wie habe ich dich vermisst. Du siehst sehr blass aus, ist dir wieder übel geworden?«

»Ja, genau«, antwortete sie. Das war am einfachsten.

Er nahm ihren Koffer, überreichte ihr den Blumenstrauß. »Der ist für dich.«

»Danke.« Sie nahm ihn, und ihre Hand sackte samt Blumenstrauß hinunter. George nahm ihn ihr schnell wieder ab.

»Entschuldige, du bist müde, gib ihn mir.« Er trug auch ihren Koffer, und Seite an Seite gingen sie in Richtung Straße.

Plötzlich blieb Luise stehen, George drehte sich zu ihr. »Was ist?«

»Du bist der beste Mann der Welt, George. Und deshalb liebe ich dich, für immer.«

Er lächelte, beugte sich zu ihr, seine warmen Lippen fanden ihre. Zu Hause. Ein Gefühl von zu Hause.

In ihrer Wohnung legte sich Luise erst mal auf das Sofa. »Ich mache dir einen Kamillentee«, schlug George vor, nahm eine Wolldecke, breitete sie liebevoll über ihr aus.

»Danke.«

Sie lag auf der Seite, starrte vor sich hin, spürte seinen besorgten Blick.

Er kniete sich zu ihr. »Darling, Tali wird es gut gehen bei ihren Verwandten. Sie wird ein schönes Leben haben in Palästina.«

Luise nickte nur schwach, schloss die Augen. *Wenn es nur das wäre*, dachte sie.

»Oder ist da noch mehr, das dich bedrückt?« Was musste dieser Mann immer so feinsinnig sein? Aber genau deshalb liebte sie ihn.

Sie antwortete ihm nicht, schüttelte nur den Kopf, konnte es ihm nicht sagen, niemals.

KAPITEL 32

New York, 2023

Walter hatte ein Lokal vorgeschlagen, das June noch nicht kannte. Es befand sich in Upper Manhattan, in der Nähe von Washington Heights. Schon von außen sah man, dass es ein edles Restaurant war. Ein Paar verabschiedete sich gerade von der Empfangschefin, sie gratulierte den beiden zur Verlobung.

June wartete, sah sich suchend um. Sie fühlte sich underdressed, erklärte der Kellnerin, als diese sich an sie wandte, mit Walter Brown verabredet zu sein, er habe einen Tisch reserviert. Die Kellnerin nickte, führte sie zu ihm. Er sah ihr lächelnd entgegen. Ein Tisch für zwei, auf dem eine brennende Kerze stand, dazu eine rote Rose. *Viel zu romantisch*, durchfuhr es June.

Walter stand sofort auf, als sie an den Tisch trat. Er schien auch direkt aus der Kanzlei gekommen zu sein, trug seinen Anzug, sah etwas müde aus. Aber als er sie anblickte, leuchteten seine Augen. *Oh nein*, dachte June. Er machte sich wirklich Hoffnung? Und das, obwohl sie ihn so oft versetzt hatte.

Diesmal begrüßte er sie mit Küsschen rechts und links, sie nahmen Platz, tauschten Höflichkeitsfloskeln aus. Doch June konnte sich nicht lange zurückhalten. »Walter, was hast du über Tali herausgefunden?«, fragte sie nach.

»Wollen wir nicht erst bestellen?«, entgegnete er.

»Doch, natürlich.«

Er reichte ihr die Karte. »Entschuldige, ich habe ziemlich

großen Hunger«, erklärte er. »Ich will dich nicht auf die Folter spannen.«

»Danke.« Sie überflog die Karte, entschied sich so schnell für ein Gericht, wie sie es noch nie geschafft hatte.

Nachdem sie beim Ober bestellt hatten, erklärte Walter: »Tali wurde 1947 von Luise adoptiert und lebte bei ihr in New York.«

»Oh! Wie schön!«, entfuhr es June begeistert, dann dachte sie nach. »Aber was wurde aus ihr? Weder meine Großmutter noch meine Mom haben je ein Wort über sie verloren.«

»Ja, das ist das Tragische. Das Mädchen hat sich bei seiner Verwandtschaft in Palästina, die sie ja nicht kannte, so unwohl gefühlt und immer von Luise, ihrer zweiten Mama, gesprochen, dass ihre Verwandte doch eingewilligt hatte, Tali zu Luise zu schicken. Auch weil Tali immer kränker geworden ist. Sie kam sehr krank zu Luise, aber trotz ihres guten Essens aus dem Taste of Freedom ist Tali ein Jahr später gestorben. Es müssen die Folgen der Mangelernährung und die ganzen Strapazen im KZ gewesen sein. Einige, die das KZ überstanden hatten, lebten danach nicht mehr lange.«

Traurig sah June ihn an. »Wie schrecklich.«

»Ja.«

»Und meine Mutter? Ist sie auch adoptiert worden?«

»Nein.« Er lächelte. »Aus der Akte geht hervor, dass Luise und George noch ein Kind bekommen haben, Brooke. Nach Talis Tod muss deine Großmutter schwanger geworden sein, sie war sicher überglücklich darüber.«

Erleichtert sah June ihn an. »Dann war Luise wirklich meine Großmutter. Und George mein Großvater.«

»Ja, das waren sie.«

»George ist früh gestorben, Luise hat danach wieder ihren Mädchennamen angenommen, vermutlich, um gefunden werden zu können«, sagte June. »Deshalb erinnere ich mich nicht, dass sie jemals Luise Clay hieß.«

Walter nickte. »Und was ich noch herausgefunden habe: Luise ist entschädigt worden, als politisch Verfolgte, das stand auch in der Akte.«

June sah ihn aufmerksam an. »Entschädigt«, wiederholte sie. Bei diesem Wort war ihr etwas eingefallen. Aufgeregt fuhr sie fort: »Es gibt ein Entschädigungsarchiv. Ich bin noch nicht dazu gekommen, dort zu recherchieren. Walter, aber das ist es, das könnte mich zu Maria führen. Wenn Maria auch eine Entschädigung bekommen hat.« Vertriebene durch den Holocaust hatten Entschädigungsansprüche stellen können. Politisch Verfolgte und Juden.

Walter bestätigte das, kannte als Anwalt sogar die Gesetzeslage, da er einmal einen jüdischen Emigranten als Klienten vertreten hatte. »Es gibt das Gesetz über die Anerkennung und Versorgung der politisch, rassisch oder religiös Verfolgten des Nationalsozialismus, das entstand sozusagen als Anschlussgesetz zum Bundesentschädigungsgesetz. Man bekommt Akteneinsicht im zuständigen Amtsgericht. Leider nur vor Ort, nicht im Internet. Anders kommt man an die Infos nicht ran.«

»Das heißt, ich muss zum Amtsgericht nach Berlin, oder jemanden hinschicken, damit es schneller geht.« Sie wollte jetzt nicht sofort weg aus New York, weg von Hendrik.

Anton fiel ihr ein. Er hatte beim Abschied angeboten, für sie Dinge in Berlin zu erledigen, für ihre Suche. Könnte sie ihn wirklich um diesen Gefallen bitten?

Wenn Maria wirklich noch hatte auswandern können, dann hatte sie vielleicht eine Entschädigung beantragt. Wieso war sie nicht früher darauf gekommen? Dann würde man vielleicht auch sehen, in welches Land sie emigrieren konnte.

Der Ober servierte das Essen. Am liebsten wäre June jetzt sofort aufgestanden und gegangen, um weiterzurecherchieren, um Anton anzurufen, außerdem sehnte sie sich nach Hendrik. Aber das konnte sie Walter nicht antun.

Im Gespräch mit ihm, das sich inzwischen um ihren Job drehte, wurde ihr wieder klar, wie wenig Lust sie hatte, weiter als schlechtbezahlte Redakteurin bei belanglosen Magazinen zu arbeiten. Ihre Lebenszeit war ihr einfach zu schade dafür. Vermutlich hatte Großmutter ihr auch das sagen wollen mit ihrem Vermächtnis. *Mach etwas aus deinem Leben, etwas, das dir Spaß macht.*

Das Essen schmeckte hervorragend und war auch wunderschön dekoriert.

»Weißt du, was, ich könnte Foodbloggerin werden«, sagte sie zu Walter. Der Gedanke war in ihr gereift, seit sie von Großmutters Restaurant und ihrer Liebe zu gutem Essen, ihrem guten Geschmack gehört hatte.

»Foodbloggerin?«

»Ich esse gerne und schreibe gerne«, sagte sie lachend. »Liegt also nahe. Schöne Fotos zu machen, werde ich lernen.«

Er lächelte. »Warum nicht?«

»Und vielleicht finde ich Maria ja wirklich, und Anni«, fuhr sie euphorisch fort. »Dann wäre ich finanziell eh abgesichert.«

»Ich bin mir wie gesagt sicher, dass du es schaffst.«

»Meine Großmutter hat auch noch mal ganz neu angefangen. Jeder kann das, in jedem Alter, das hat mich ihre Geschichte gelehrt. Ich möchte es versuchen. Auch wenn ich nichts erbe. Ich muss mehr auf mich achten, auf meine Gesundheit, darauf, was mir guttut. Auch das sollte jeder tun.«

»Das stimmt. Bist du krank?« Er klang besorgt.

»Nein, aber ich war kurz davor, krank zu werden. Ich stand vor einem Burn-out. Oder war schon mittendrin, keine Ahnung. Jedenfalls hat mir die Auszeit hier sehr gutgetan. Auch wenn der Tod meiner Großmutter vor ein paar Jahren hier wieder so präsent war. Aber ich liebe ihr Haus, den Garten. Hier bin ich aufgewachsen. Ihr Geist weht da noch umher«, fügte sie lächelnd hinzu.

»Sie hatte einen wachen Geist, kann also gut sein«, scherzte Walter.

June lachte. »Ja, das hatte sie.«

Nachdem sie aufgegessen und noch etwas über das Leben in New York geplaudert hatten, verabschiedete sich June bald. Hendrik würde sie erst morgen treffen können, er hatte zu Mareike gemusst.

Vermisse dich. Ich habe eine neue Idee, wo ich weiterrecherchieren kann, schrieb June ihm.

Klingt gut. Vermisse dich auch wie verrückt. Brauchst du Hilfe?, hatte er sofort geantwortet. Keine Spielchen, kein Warten, ein Hilfsangebot. Ihr Herz klopfte. Vielleicht hatte ihre Großmutter ihr tatsächlich auch deshalb diese Aufgabe gestellt, um sich selbst herauszufordern, um über ihr Leben nachzudenken. Das, was jeder hin und wieder tun sollte.

Das ist lieb, aber ich schaffe das alleine, schrieb sie zurück.

~❦~

Anton hatte sich sofort bereiterklärt, für June ins Entschädigungsarchiv am Fehrbelliner Platz zu gehen. Er hatte Akteneinsicht beantragt, wollte alles abfotografieren für sie. »Weißt du, ich bin kein so schlechter Kerl, wie du denkst«, hatte er gesagt.

»Das denke ich ja auch nicht«, hatte sie am Telefon erwidert.

Natürlich dauerte es, bis er die Akteneinsicht bekam, aber June recherchierte weiter in anderen Archiven, auf die man online zugreifen konnte, genoss die kostbaren Stunden mit Hendrik, lebte in Luises Haus, wie in einem Traum. Hoffentlich würde sie hier ihre Zukunft verbringen können, im Haus ihrer Familie.

Zwei Wochen später, es war mitten in der Nacht, lag June allein in ihrem Bett im Gästezimmer, konnte nicht schlafen. Am liebsten hätte sie Hendrik sofort von den Infos aus dem Entschädigungsarchiv erzählt, die Anton ihr vorhin geschickt hatte. Aber Hendrik hatte abends zu Mareike gemusst, sie war aus ihrem Rollstuhl gestürzt, und es war nicht klar, ob sie in ein Krankenhaus musste. June machte sich Sorgen um sie. Mareike würde immer ein Teil ihrer Beziehung bleiben, und das war in Ordnung so.

June stand auf, nahm ihr Handy, ging im Pyjama in die Wohnküche, um sich einen Tee aufzubrühen. Jetzt erst sah sie, dass Hendrik ihr eine Nachricht geschickt hatte.

> Bei Mareike alles okay, sagt der Arzt. Bist du noch wach?

June lächelte erleichtert. Schön, dass es Mareike gut ging.
Sie sehnte sich nach ihm.

> Ein Glück! Liebe Grüße an Mareike. Ja, immer noch. Morgen zusammen frühstücken? Kuss

Sie schickte die Nachricht ab, vertiefte sich erneut in die Unterlagen, die Anton geschickt hatte. Das Mondlicht und das Licht ihres Smartphones erhellten den Raum ein wenig. Nachdem sie ihren Tee getrunken hatte, ging sie zurück ins Bett. Sie war so aufgeregt, konnte jetzt sicher nicht schlafen.

Ein Klingeln an der Haustür schreckte sie irgendwann auf. Sie musste doch eingeschlafen sein. Draußen war es immer noch dunkel, fünf Uhr früh, verriet ihr der Blick auf den Wecker. Wer mochte das sein? Kurz bekam sie etwas Angst. Aber als im nächsten Moment eine Nachricht von Hendrik auf ihrem Handy-Display erschien, *Frühstück ist da*, musste sie lächeln.

Dieser Kerl. Sie stand auf, lief eilig zur Tür und öffnete. Davor stand Hendrik mit einem Picknickkorb in der Hand.

»Frühstückszeit«, verkündete er grinsend. »Heißen Kaffee habe ich auch dabei und allerlei andere Köstlichkeiten.«

»Wow.«

»Lass dich nie mit einem Chefkoch ein.«

Sie lachte, umarmte ihn. »Die beste Entscheidung meines Lebens. Ich liebe gutes Essen.«

Sie küssten sich sanft. Dann löste sich June von ihm, bat ihn herein. Er folgte ihr, und sie gingen in die Wohnküche. Dort stellte er den Korb auf den alten Holztisch, packte eine edle Thermoskanne aus, verschiedene Bambusschälchen, öffnete die Glas-Deckel.

»Mhmm, Rührei mit frischen Kräutern, Tomate-Mozzarella, und was ist das?«

»Ein Koriander-Brunch-Salat à la Hendrik in love.«

Sie ging zu ihm, schlang die Arme um ihn, lehnte ihren Kopf gegen seine Brust. Sein Herzschlag pochte laut und deutlich an ihrem Ohr.

Eine Weile standen sie einfach so da. Hendriks Hand strich sanft über ihren Rücken. Wie gut sich das anfühlte, wie geborgen.

»Weißt du, was ich mir überlegt habe?«, fragte sie ihn.

»Nein, was?«

Sie hob den Kopf, sah ihn an. »Wenn ich beide Erben der Freundinnen meiner Großmutter gefunden habe und wir das Taste of Freedom zu dritt behalten werden, was ich hoffe, dann möchte ich mit dir dort zusammenarbeiten.«

»Oh wow. Das klingt großartig.«

»Erst mal als Kellnerin, um alles kennenzulernen, aber dann gerne als Geschäftsführerin, wie Luise damals. Immer noch großartig, wenn ich deine Chefin bin?«, neckte sie ihn.

Hendrik lachte. »Ja, sehr, weil du dann immer in meiner Nähe bist, perfekt.«

June schmunzelte. »Mal sehen, ob du das dann noch so perfekt findest. Aber bis dahin ist es noch ein weiter Weg. So lange muss ich etwas anderes machen, um mich zu finanzieren.«

»Und die Arbeit als Journalistin ist nichts mehr für dich?«

June schüttelte den Kopf. »Nicht für Klatschmagazine wie bisher. Außerdem darf es nichts Festes sein. Ich muss weiterforschen. Also habe ich beschlossen, ich werde einen Foodblog erstellen. Ich liebe gutes Essen, wie du weißt. Und einen Reiseblog werde ich auch führen. Denn ich muss auf Reisen gehen in nächster Zeit.«

»Auf Reisen, wieso?«

Sie lächelte vorfreudig. »Weil ich die abfotografierten Infos von Anton aus dem Entschädigungsarchiv bekommen habe. Maria hat tatsächlich einen Antrag auf Entschädigung gestellt. Von Brasilien aus.«

»Brasilien?«

»Ja, viele sind dorthin ausgewandert.«

Hendrik nickte angetan. »Toll, dann wirst du sie finden.«

»Das Land ist groß, und sie ist sicher umgezogen.«

»Trotzdem. Du wirst es schaffen, da bin ich mir sicher. Aber dann wirst du länger weg sein.«

»Ich gebe mir Mühe, schnell voranzukommen. Ich muss die Reise ja auch irgendwie finanzieren. Keine Ahnung, ob ich mir als Bloggerin gleich meinen Lebensunterhalt verdienen kann, vermutlich eher nicht. Obwohl, vielleicht werde ich eine super Influencerin«, scherzte sie.

»Dir traue ich alles zu.« Ernster fügte er hinzu: »Was man wirklich will, das schafft man.«

Sie nickte lächelnd, auch er hatte sehr für seinen Traum gekämpft. Genauso wie Luise. Ihr Blick fiel auf das Foto ihrer Großmutter auf der Anrichte, die junge Luise, zusammen mit ihren Freundinnen. Sie hatte es geschafft. Zu emigrieren, im Exil heimisch zu werden, auch wenn sie viele, viele Rückschläge hatte verkraften müssen. Sie hatte sich ihren Traum erfüllt, ihr Restaurant gegen alle Widrigkeiten eröffnet, einige neue Freundinnen gefunden, eine große Liebe.

Allerdings hatten Luise die Schatten der Vergangenheit ein Leben lang verfolgt. Deshalb hatte sie erst kurz vor ihrem Lebensende verfügt, dass ihre Enkelin mehr erfahren sollte über ihr Leben in Deutschland, über ihren Mut, sich zu widersetzen, über ihre Auswanderung. Und sogar über ihre Schuld, die sie bis zuletzt ganz für sich behalten hatte. June wusste jetzt auf jeden Fall wieder, wie stark Frauen sein konnten, vor allem die Frauen im Exil.

Hendrik legte seine Hände um ihre Hüfte, zog sie an sich, und sofort wusste sie, was sie als Nächstes tun wollte. Ja, sie würde nach Brasilien fliegen und sich dort auf Marias Spuren begeben. Aber vor allem und erst einmal wollte sie ihn, diesen Dänen, der ihr Herz berührte.

Sie stellte sich auf die Zehenspitzen und küsste ihn, spürte seine warmen Lippen, seinen Atem, seine Kraft. Sie küssten sich voller Sehnsucht, dann hob Hendrik sie hoch und trug sie ins Gästezimmer, um sie zu spüren.

ANMERKUNG DER AUTORIN

Die Geschichten unserer Großeltern oder Urgroßeltern, die im Zweiten Weltkrieg fliehen mussten, um zu überleben, dürfen nicht vergessen werden. Wie haben sie es geschafft, wer hat ihnen geholfen?

Wie erschreckend aktuell Flucht und Vertreibung in Europa werden würden, hätte ich mir, als ich auf das spannende Thema der Exilfrauen gekommen bin, nicht gedacht. Es kann jeden treffen, dass er seine Heimat verlassen muss, das sollte man nie vergessen.

Die einzelnen Handlungen und alle Personen sind zwar frei erfunden, aber der Roman ist inspiriert von mehreren wahren Geschichten, die mich bei meiner Recherche zutiefst berührt haben. Es sind Geschichten, die immer noch nachhallen und etwas mit uns machen. Denn Kriegstraumata können auch vererbt werden.

Zum Beispiel ist die Figur Astrid angelehnt an Elsa Brandström, eine Schwedin, die auch als »Engel von Sibirien« bekannt wurde. Sie hatte sich im Ersten Weltkrieg besonders für deutsche und österreichische Kriegsgefangene in russischen Gefangenenlagern eingesetzt. Und sie ging mit ihrem Mann ins Exil in die USA und hat mit anderen Emigrantinnen einen Window-Shop gegründet, einen Laden, in dem es Handarbeiten, Backartikel, Hüte und vieles mehr gab, alles, was die Exilantinnen selbst hergestellt hatten. Man unterstützte sich gegenseitig in der Fremde, bildete schon damals eine Art Frauennetzwerk. Aber natürlich entspringt auch einiges meiner Fantasie.

Mich hat bei meiner Recherche fasziniert, dass es so viele tolle Frauen gab, die auf der Flucht und im Exil so viel leisteten, einmal im politischen Widerstand wie meine Heldin Luise, aber sie halfen auch anderen Emigrantinnen, von denen sich viele in der Fremde verloren fühlten.

Erstaunlich ist, dass die Rolle der Frau im Exil bisher in der Literatur und Forschung kaum Beachtung gefunden hat und das, obwohl es meist die Frauen waren, die das Leben und Überleben in der Fremde organisiert und gemeistert haben. Denn viele Männer taten sich mit der Sprache und dem Verlust ihrer Arbeit sehr schwer, sie hatten sich oft durch diese identifiziert und fielen jetzt in ein tiefes Loch, siehe Stefan Zweig, der sich im Exil sogar das Leben nahm.

In den Dreißiger- und Vierzigerjahren gab es einige mutige Frauen wie Luise, die politisch aktiv waren, über die viel zu wenig geschrieben wurde. Ihnen möchte ich ein Denkmal setzen, mich verbeugen, denn sie alle haben ihr Leben riskiert. Dass einige von ihnen aus NS-Deutschland fliehen mussten, weil sie um ihr Leben fürchteten, ist traurig, dass sie vom Exil aus weiter versucht haben, etwas gegen dieses Terrorregime zu unternehmen, großartig.

Meine Heldin June schafft es in der Gegenwart, mit sich ins Reine zu kommen, eine Spur zu Maria oder deren Nachfahren zu finden. Falls der eine oder andere sich selbst auf die Spurensuche nach Verwandten begeben möchte, gibt dieses Buch jede Menge Hinweise, wie man dabei vorgehen könnte. Besonders zu empfehlen ist die Seite *www.stolpersteine-berlin.de*, auf der es einen tollen Rechercheleitfaden gibt, vielen Dank dafür. Großartig wäre natürlich, wenn ich mit meinem Roman ein kleines bisschen dazu beitragen könnte, Familiengeschichte wieder lebendig werden zu lassen oder gar Familienmitglieder zusammenzuführen.

Meine lieben Leser*innen, kommt gerne im nächsten Band

der Glücksfrauen mit nach Brasilien, ich zeige euch dieses wunderschöne Land, folgt June auf den Spuren von Maria, erfahrt, wie sie es mit ihrer jüdischen Familie geschafft hat, sich auf einer abenteuerlichen Reise in Sicherheit zu bringen.

Wie sehr Krieg die Menschen traumatisiert, wie viele mit Schuldgefühlen leben müssen, ein ganzes Leben lang, bis sie kurz vor ihrem Tod vielleicht ihr Herz erleichtern, mag man sich gar nicht vorstellen. Sie schweigen, aus Scham oder Verzweiflung, so wie Junes Großmutter Luise, die ihr Geheimnis nicht einmal ihrer Enkelin preisgab.

Aber fast jedes Geheimnis kommt irgendwann ans Licht, und ihr könnt gerne dabei sein in den nächsten beiden Bänden der *Glücksfrauen*.

DANKSAGUNG

Ich danke euch, meinen lieben Leser*innen, Blogger*innen und natürlich den wundervollen Buchhändler*innen, dass ihr alle mit meinen *Glücksfrauen* auf diese Reise gegangen seid, dass es euch gibt.

New York ist eine faszinierende Stadt, die Tatsache, wie viele Menschen dort von Emigranten abstammen, vergisst man immer wieder. Kein Wunder ist die Suche nach den eigenen Wurzeln so besonders und so wichtig für viele.

Herzlichen Dank an meine Lektorin Martina Wielenberg und das ganze Team des Lübbe Verlags, danke an meine Außenlektorin Anne Schünemann, meine Agentin Eva Semitzidou von der Agentur Michael Gaeb, die sofort an die *Glücksfrauen* geglaubt hat.

Ich danke Rachel Soost, die mir wertvolle Tipps gegeben hat für Junes Spurensuche und die mir eine tolle Testleserin war. Und natürlich danke ich allen meinen Freundinnen und vor allem meinem Mann und meinen Kindern, die mich immer unterstützen, die mir eine Heimat geben, die mich zu einer glücklichen Frau machen. Was will man mehr? Ich Glücksfrau.

Und falls ihr auch beim Lesen immer wieder Lust auf Streuselkuchen bekommen habt, hänge ich euch noch das originale Berliner-Streuselkuchen-Rezept von Luise an.

Herzlich
Anna Claire

LUISES BERLINER STREUSELKUCHEN

Zutaten
500 g Weizenmehl
40 g frische Hefe
100 g Butter
60 g Zucker
1 Prise Salz
¼ l Milch
Unbehandelte Zitrone (Schale)

Für die Streusel
200 g Mehl
180 g Zucker
250 g Butter
1 Prise Zimt

Mehl in eine Schüssel geben und eine Mulde in die Mitte drücken, eine Prise Salz hinein. Die Hefe zerbröckeln, hineingeben und die Hälfte der erwärmten Milch in die Mulde im Mehl geben. Ein wenig Zucker darüberstreuen.
    Teig circa 20 Min. gehen lassen. Wenn der Teig etwas aufsteigt, alle Zutaten, auch die geschmolzene, abgekühlte Butter, die restliche Milch, das verquirlte Ei und Zitronenschale dazu. Mit den Händen vermengen, sodass der Teig noch geschmeidig

bleibt. An einem warmen Ort gehen lassen, bis er sich fast verdoppelt.

Ausrollen, auf gefettetes Backblech (oder mit Backpapier), Rand hochdrücken, noch mal 30 Min. gehen lassen.

Die Streuselzutaten vermengen, drücken, sodass Klümpchen entstehen, darübergeben.

Im vorgeheizten Backofen bei 200 Grad eine halbe Stunde backen und dann genießen.

Guten Appetit!

Manche Geheimnisse überdauern Generationen, manche Liebe hält für immer

Sophia Hartlieb
DAS COLLIER MIT
DER HERZBLUME
Roman

432 Seiten
ISBN 978-3-404-18986-1

Die 90-jährige Charlotte erfüllt sich einen großen Wunsch: Gemeinsam mit ihrer Enkelin Hannah reist sie noch einmal von London in die Heimat ihrer Kindheit, ein Dorf im Sauerland. Hier lernte sie Paul kennen, ihre große Liebe, die jäh vor 75 Jahren endete. Während für Charlotte im Schatten der alten Kirche Erinnerungen greifbar werden, macht Hannah Fotos vom Dorf. Dabei spricht sie ein junger Mann an und bittet sie, ihm einige der Bilder für seinen Großvater zuzusenden. Als Hannah seinem Wunsch nachkommt, ahnt sie nicht, dass sie damit eine Tür in die Vergangenheit öffnet – und zu einem dunklen Geheimnis, dessen Auswirkungen bis in die Gegenwart reichen ...

Lübbe

Die Community für alle, die Bücher lieben

Das Gefühl, wenn man ein Buch in einer einzigen Nacht verschlingt – teile es mit der Community

In der Lesejury kannst du

★ Bücher lesen und rezensieren, die noch nicht erschienen sind

★ Gemeinsam mit anderen buchbegeisterten Menschen in Leserunden diskutieren

★ Autoren persönlich kennenlernen

★ An exklusiven Gewinnspielen und Aktionen teilnehmen

★ Bonuspunkte sammeln und diese gegen tolle Prämien eintauschen

Jetzt kostenlos registrieren: www.lesejury.de

Folge uns auf Instagram & Facebook:
www.instagram.com/lesejury
www.facebook.com/lesejury